折叠宇宙
FOLDING UNIVERSE

宇宙跃迁者

郝景芳———

著

浙江文艺出版社
Zhejiang Literature & Art Publishing House

果麦文化 出品

目录

引子

炮弹引爆的时候，酒吧里的吊灯又微微一震。

吧台上的酒杯跳了两步，液面晃了晃，但没有洒。从窗口依稀可以看到远方亮起的火光，火光把山丘上的房屋照亮，轮廓尖锐。沿着海岸线，也有一缕海水亮起，闪烁模糊的橙黄色，涂抹在沙滩和浪的交界处。

远处的深海还是陷入漆黑，静静磅礴，有被巨兽吞噬般的幽暗。年轻男人很想端起酒杯，但忍了忍，没有动。这已经是晚上第三次亮起的火光。

这个叫江流的男人，约莫二十六七岁，清秀俊朗，肤色白而脸颊瘦，半长的头发微鬈，身上的花衬衫扣子解开三颗，耳朵上戴着恒星造型的耳钉，嘴角带着一丝若有若无的笑容，对着来往的客人眼波流转，是任谁都会微微心动的优雅俊美的模样。要不是还在跟投影里的人对话，他真的很想端起杯子，把余下的波本都灌入喉咙。但他还是忍了，喉结上下动了动。

他的左小臂上显示出蓝莹莹的光，仔细看过去，是类似于藤蔓的文身发出的光，环绕手腕一周，从远处看就像手镯。蓝光所到之处，有投影画面产生，此时此刻，在江流面前的桌子上就投影着一个面容姣好的中年女人，头发盘在脑后，一丝不苟，眉毛微微上扬，显得气场十足。

江流很难听清母亲在说什么。一方面是因为噪声，远处的轰炸、近处酒吧的音乐和喧哗；另一方面也是因为他跟母亲对话的时候，已经形成一种下意识的屏蔽习惯，似乎在耳边形成一个透明的玻璃罩，在语言的水流里行进，却不让一个词语漏进来。他听母亲说话的时候，总有一种真空般的安静感。

他调整了一下耳机。他的耳机远看像是耳骨夹和耳钉，甚至有点妖娆。但即使调整了音量，他依旧听不进去。

人类生命苦短，为了相互交流浪费了多少时间啊，江流想。又一声炮轰，漆黑的落地玻璃被映成橙色。

"好，我知道了。"江流说。

"这次你一定得说好了。明早六点就上飞机。这不是儿戏，不是闹着玩儿的！"母亲说，"我是费了半天力气，才让你二叔从布鲁塞尔申请了禁飞区的通行卡，就为了你小子。你可不能不答应。听见了没？"

"听见了，听见了。"江流说。

"这次轰炸的目标真的离你很近！不走要死人的！"母亲瞪着眼睛，"我不是开玩笑。"

"好好，不开玩笑。"江流说。

"还有，你爸爸最近很生气。你明知道他不喜欢你参与暗事。你小心点。"

"知道了。"

他和父母的应答总像出自身体里的一个自动答录机，一直在说，却没有真正在说。他已经不记得是从什么时候开始进入了这个模式。也许是十二岁？也许是十岁？也许更早。可能是因为哥哥姐姐总是积极热情地回答父母的问题。在那些早餐餐桌上——"如何才能避免汇率变动带来的负面影响？""均衡资产配置，买反向产品做对冲。""更好的大数据宏观研究。""江流你说呢？""啊，我同意。"诸如此类。每当这种时候，江流总是不想说话。他自顾自地跷着脚低头上网，反正有哥哥姐姐呢，他已经习惯了。

江流听到自己声音空洞，像 AI 模拟出来的声音。他很想去抓手边的杯子，眼睛忍不住瞟过去。只要一口就好了，冰凉的波本。

"还有，"母亲最后说，她顾盼生辉的黑眼睛直勾勾地盯着他，仿佛想要把他看穿，就像她每次在公司董事会上盯着不怀好意的股东一样，"你别以为你那点浪荡事我不知道，你少给我招惹各种不三不四的人。你要是乱交朋友，看我回来不打断你的腿。"

"好，好，你就别管我了。"江流挂断了通话。

酒保见他挂了通话，踱着步子来到他面前。酒保是一个五十多岁的和蔼大叔，看上去是亚洲血统和高加索血统的某种奇妙混合。

酒保把第五杯波本放在江流面前，笑了一下说："再来一杯？"

"算了。"江流摆了摆手，却在酒保把酒端走的那一瞬间，感受到一种深深的遗憾。于是他又招了回来："还是再来一杯吧。多一杯，也不碍事。"

也许喝一杯就少一杯了，江流想。他相信母亲带来的消息，父母在欧洲、美国和东南亚的关系网每分每秒都在同步消息，以确保他家的全球生意不会被战火影响，因此，母亲说的消息十有八九是真的，很可能来自大西洋联盟的某些政要。江流确信，这样秘密的消息，眼前这些沉醉于酒精和寒暄的人都不会知道，他们依然沉醉于夜夜笙歌。但不知为什么，他又有一种感觉，这些人从某种程度上也一定知道这些事，自从他们逗留在这座三条战线交汇的海岛，就已经对这样的前景心知肚明。只是或早或晚的事。

江流来到夏威夷大约 32 个月了。这些岛屿他在年幼时都曾经到过，但都是跟着父母和哥哥姐姐度假，他对海岛的印象就是五星级酒店的游泳池和碧海银沙。小时候的他从来没有意识到这些海岛作为战争争夺点的意义，对于几大联盟来说都像肉骨头。

"戴维，"江流对酒保说，"你今晚帮我传个消息。说太平洋岛屿争夺加剧，即日起，冲突升级，让岛上所有天赏的人都立刻准备好对家人朋友的保护，尽量转移到地下。"

"好。"酒保点点头，"那消息源呢？"

"不要写我。就写……世界贸易组织理事吧。"

酒保点点头，表示懂了，接着又仿佛不经意地问："巨子，你为什么不想回家？"

江流知道，他是听见自己和母亲的对话了。"我没家。父母家也不算是我家。"他说，"……这世上哪里才算是家呢？原来有一阵子，我还有点想在哪儿长期住下来的。但是现在觉得，我是找不到这个地方了。都是临时住一阵。你说怎么算是家呢？肉体也只不过是寄居的皮囊。住一阵，再换个地方，最后一死了之。"

酒保轻轻把江流还余下的小半杯酒拿了回来，温和地说："你喝多了，还是去跳跳舞吧。"

江流还想去抓酒杯，酒保用小臂挡住他，轻声说："别喝了，快去跳舞吧。"

江流的手停在空中三秒，最终放下来。跳跳舞吧，江流对自己说，如果这座海岛还剩下三天和平日子，不如就歌舞升平三天。

酒吧的内室就是舞厅，超级吸声墙壁让一切音乐都收拢在内室，外界一点声响都听不见，打开门，才会被震耳欲聋的舞曲声笼罩。在这样的舞曲声中，即使室外真的突然发生爆炸，室内也几乎听不到任何异样。

有着丰富层次的电子舞曲像龙卷风一样席卷了每一个跳舞的人。音乐就在身边流动，与MR空间[1]营造出的时空幻境萦绕在一起，把人颠来倒去震颤。有片刻时间，房间里显示的幻境变为无穷无尽的宇宙，每个人都有失重的错觉。江流感觉自己被气流裹挟，飞到了宇宙边缘。有很长时间，他都没注意到衣领上显示的新消息。

当他最终发现衣领上蓝莹莹的闪光时，他的头已经有点晕了。酒精的威力开始慢慢发酵，他一边和着舞曲的节奏跺脚一边打开信息，视线微醺，看不清文字。蓝字显示出发件时间：2080 年 4 月 8 日，21:38。

---

1 MR 空间：混合现实（Mix Reality）空间。

江流起初没有在意。

他跳了一会儿，就搂着一个红头发的姑娘走出舞厅。他摇摇晃晃，手搭在姑娘肩膀上，不像是环绕着女朋友，倒像是搂着自己球队的哥们儿。红头发的姑娘也很高挑，穿着高跟鞋，快赶上江流的高度，两条长腿在极短的短裤下露着。两个人一边走，姑娘一边亲江流的脸颊。江流微笑着，手里仍然拎着一瓶酒。

突然衣领的蓝光又亮起来。这次江流按下了接通按钮，是他家的管家杜亦波，江流从小叫波叔的。

"你这个熊孩子，怎么不接我电话？！"波叔一联通，就破口大骂起来。

"波叔啊，"江流露出甜甜的谄媚的醉笑，"给我留点面子嘛。我跟美女在一起呢。"

"留个屁的面子！命都快没了。"波叔仍然愤愤不平地说，"我在飞机上，两个小时之后到夏威夷，你最好现在就回家收拾收拾，等我来了就跟我走。"

"两个小时？"江流笑嘻嘻地看着身边的美女，"来不及呢！怎么这么急啊？不是说好明天早上六点吗？"

"有新消息，空袭可能提前到凌晨，不走来不及了。"波叔急吼吼地说，"而且，你上次不是让我帮你监测什么天文数据吗，我一直帮你记着呢，这两天有信号了，还是挺不寻常的新信号。你小子趁早回来看。"

"什么什么什么什么？"江流像是全身过电一般，一下子清醒了，他站定了说，"波叔你再说一遍？"

"就是你上次让我帮你跟踪的，那个叫什么帆的姑娘问的数据。我不是帮你查了吗，前几天突然有信号了，应该是有飞行物进入……"

江流放开手里的姑娘，跟波叔说："我知道了。你现在帮我调一下数据，太阳系数据，还有白矮星数据。咱家的，还有 NASA[1] 的，都帮我调

1　NASA：美国国家航空航天局。

一下。……不行，我等不及了，我现在就要回家看。"

他说着跟刚才搂着的女孩摆摆手，示意女孩就此告别。女孩震惊了，瞪着眼看他。

"不好意思，"江流挂了电话之后，歉意地笑道，"有些重要的科学信号，我得处理一下。不好意思了啊……你能自己回家吗？我给你叫辆车。等我下次，我是说下次来夏威夷的时候，一定请你吃饭。……对，我是天文学家，看不出来吧？"

当江流回到自己的公寓，在房间的墙面上调出卫星网监测到的太阳系超低频射电信号，他的心开始怦怦跳起来。竟然真的来了。他的喉结动了动，突然异常干渴，不知道是因为酒喝多了，还是因为神经的刺激。

他双手在空中挥舞，用手势调动墙面中的数据，他已经很久没有如此激动地翻找数据了，动作异常激烈快速，如果不明就里的人从远处观察，或许会以为他在练奇异的掌法。他调动所有能启用的世界范围内的分布式算力，又用到了自己已经很久没用过的滤波能力，最终，满意地长出一口气，坐到沙发上。然而他长出一口气之后，又倒吸一口凉气。

他不由得想起云帆的样子——长发、干净的面容、小巧的鼻子、含情的杏眼、淡静坚定的神情，清清凉凉，在太阳底下像是透明的一般，像清晨易逝的露珠。那时候他一眼注意到她，却没想到她会提天文学问题，更没想到，有一天他会真的为她提出的问题激动不已。是命运吧，他想。

两个小时以后，江流家的私人飞机准时悬停在他的窗外，飞机伸出的便携式登机通道，刚好搭到他的阳台。江流瞥了一眼，心里想：派出这老派的笨家伙来接我，想必是怕我自己开着飞机逃掉。但他又撇嘴笑了笑：不过，这样你们就以为能难住我了吗？他拎着小行李箱登上飞机，机舱内一切如常，有模拟的森林海滩场景，有上好的白葡萄酒和松露鹅肝。波叔急吼吼地接过他的箱子，又责怪他最近时常失联。

江流伸手动了动，机舱内的辐射变成了α波的共振波，音乐也加入了低频的重复和弦。果然，没过多久，波叔和开飞机的Luka都昏昏沉沉地睡下了，江流笑笑，悄悄让飞机上的AI把目的地从苏黎世换成了西安。

那是四个月前云帆给他留的地址。

第一章 信号

　　江流刚下飞机，就被凛冽的北风震慑住了。从太平洋的热带小岛到北方城市西安，他还没做好身体上的准备。

　　他试图轻手轻脚下飞机，不吵醒波叔。但这个诡计失败了，开舱门的时候，狂卷的北风一下子把波叔吹醒了。波叔冷得一激灵，混混沌沌揉着眼睛醒来，困乏的身体本就不舒服，蒙眬中又发现降落的机场不对，再看见逃跑的江流，立时怒火中烧，腾一下跳起来，在江流身后跳着脚追他，江流一见，就开始顶着箱子狂跑。

　　波叔喊道："你小子要是不回家，老爷就要毒打我，到时候找你算账！"

　　江流喊道："波叔承让了，谁让咱是忘年知己呢！"

　　波叔喊道："谁跟你是知己？！谁是你知己，倒了八辈子霉！"

　　江流喊道："回头一定给波叔买屁股药！"

　　就这样，一大一小没正形地跑了小半个机场。江流仗着自己年轻，即便顶着个箱子，也把波叔甩开，窜进了人群。他能想象到父亲大发雷霆的样子，但是那又有什么办法呢？如果不让波叔承受这雷霆，自己就得承受。从母亲昨日的话语里，父亲多半已经知晓自己近年来所做的事情。毕竟，无论是在链上，还是在摄像头里，他做的事都不是无迹可寻。父亲不会真拿波叔怎样，但对自己嘛……江流想想就瘆得慌。他下飞机之前就关闭了通信纽扣，这样起码在几天之内，不会有人找到他。

　　机场的无人出租车载着他，驶过已被弃置的农田，来到西安郊野之外的秦陵。一路上，江流透过车窗看窗外的旷野，惊异于这里的景象，像是一片被遗落在时光之外的孤独幻境。可以看得出来，这里曾经在漫长的时光中保持着几乎一成不变的面貌：分成方格子般的农田，红砖砌成的低矮小屋，零星瘦长的树。现在农田里杂草丛生，已经荒芜农事很久。不知道是因为人们被战事驱赶，还是因为人群都被裹挟进入周围的机械化堡垒。

出租车把江流丢在一个荒凉偏僻的院落门口。院门是古典中式的，门口还有废弃了的参观刷卡入口。跨入院子，能看见旷野之中有一座典雅的博物馆建筑，有一角已经被战火摧毁，但主体建筑仍然保持洁净和尊严。几个大字从远处就能看见：秦陵博物馆。

一个年轻女孩从博物馆里出来，向江流所站的位置走来。

是云帆。是他记忆里的模样，还是那么干净清爽，微微一笑，有两个小梨涡，如云散后露出的一抹天光。云帆穿了一条白色古典连衣裙，一字领口有流云纹理，恰好嵌在锁骨下，腰线贴合身体，细腰窈窕。

"感谢江博士能来。"云帆主动开口道。

"来拜访美女是我的荣幸。"江流说。

"你带了数据来？"云帆假装没听见，"到我办公室来吧。"

"这里怎么空空荡荡的？就你一个人在这儿？"江流问。

"是。按战时管理，这个园区不开放了。"

"美女，独居荒郊野岭也太危险了。还好我来了，我保护你。"江流慢慢凑上去。

云帆向后退一步，自然转身："你来之前，本来也没危险。"

她向前走去，示意他跟上。江流在身后望着她纤细的背影，好一会儿才快步跟上前。他发现自己每踏出一步，地面上显示的图像就有变化，会出现沙土路、石板路和地名注释。江流看得很新奇，故意左右蹦跳着，看看会出现什么。

"是古咸阳城。"云帆说，"本来是全息全景展示的，但是没有游人了，就关掉了大半，只有地面的显示还开着。你若感兴趣，晚一点我给你把全景投出来。"

再往前走，进入了正式的展厅。大厅地面完全是玻璃制成的，玻璃底下是秦陵地宫的复原模型。江流低头看脚下的山川河流，曲曲折折的河流勾勒出星斗般的轨迹，建筑不多，更像是镶嵌在繁星和山川中的观测站。云帆拍了拍手，有光在模型里亮起来。当白色的光点沿着河流的方向流动起来，就像是银河落入凡间。想象两千多年前能造出这样的威仪壮阔，颇有一丝震撼。

"这只是缩小成 1/100 的复原，"云帆似乎能猜出他的心思，"真正的秦陵地宫有 168 米长，141 米宽。算上封土，整个陵园面积是故宫的 78 倍大小，比这个模型大多了。而且没有人真正知道地宫的样子，我们这个模型已经是综合了多方资料之后最可能的想象了。"

"两千多年前，能造出这样的工程……"江流叹道。

"所以不可能是秦始皇自己造的。"云帆说。

"你是什么意思？"江流愣了一下。

云帆径直向复原模型一侧走去，突然之间，在她面前，地面向两边打开，露出方形缝隙。江流吃了一惊。他跟上前，发现这是一个地道入口，沿几级小台阶下去，是一架小型电梯。他跟随云帆进入电梯，电梯安静向地下驶去。不多时，江流估摸着下降了三四层楼的高度，电梯停下来。一道门打开，背后是一间雅致的书房。书房不大，一面墙完全是书架，另一面一侧有一张书桌，古典几案造型。书桌背后挂着一幅淡雅的素梅图。

江流上下打量着房间："你的办公室很雅气啊，不过怎么建在地下这么隐秘？"

"你猜。"云帆微微一笑。

"防坏人？还是守着宝藏？"江流挑挑眉毛。

"都对。"云帆说，"喝点什么？绿茶还是普洱？"

"随便吧，我平时只喝威士忌。"

云帆点点头："见识过。不过我们庙小，供不起您这尊大菩萨。咱们快点谈正事，谈完您就可以飞回您的酒吧了。"

"不急，不急，"江流笑道，"在你身旁，我自己就醉了。"

云帆面色平静，烧开水冲了绿茶，洗了两遍茶宠和杯子，第三泡清新淡雅的新茶放到了江流面前。"说吧。昨天晚上你那么着急给我发信息，是发现什么了？"

"就是你上次问我导师的问题，我一直记着呢。"江流喝了一口茶，微微烫到，嘶哈了一阵说，"你看我对你的话这么上心，不感动吗？"

"你发现什么了？"云帆继续问。

江流整理了一下思绪，想了想自己该从哪儿说起。

他还记得四个月前第一次见到云帆时的场景。当时是一次国际学术会议，就在夏威夷。他的导师是夏威夷大学的著名教授，也是这次会议的主办方代表。江流从哈佛天文系本科毕业后，空闲了一年，然后选择去夏威夷大学读博士，就是冲着导师的水平和名望：学术盛年期，研究的又是最前沿的课题领域，在研究界是世界瞩目的专家之一。

云帆大概就是从网络上查到江流导师的名望，早早就在会场等着了。在导师讲完之后，云帆是第一个凑上来的。江流一眼就注意到她，就像在丛林中注意到一只会发光的独角兽。那天的云帆梳着高马尾，穿一条黑色的高领连衣裙。云帆是第一个接近的，却不是第一个提出问题的。其他一些学生、年轻学者和科技记者，也都围着导师提问。

终于轮到云帆了。她问："Johnson教授您好，我发现在银河系内，距离地球较近的几颗脉冲星，近一年的光度发生了可观测的有规律变化。我怀疑这有被文明生物干预的因素。"

导师稍微迟疑了一下说："您好，我的研究领域主要是各种高能射线暴，像快速射电暴和伽马暴，普通的脉冲星数据不是我的专长。"

云帆坚持说："但是您对高能射线暴也提出过有外星文明干预的可能性，不是吗？"

导师想解释什么，但已经被其他人叫住了，于是对江流说："你记一下这位女士的问题，事后可以再找我沟通。"

于是，江流就等到了堂堂正正请云帆吃饭的机会。只是这顿饭，是江流和所有女孩吃过的最无趣的一顿饭了。云帆一直认认真真跟他请教有关天文观测的方法，从快速射电暴，到掩星巡天法，再到微波背景辐射和暗物质研究，他惊讶于她了解的领域之多。虽然很多问题听起来就很外行，一看就是从网络上或者科普书里看来了很多不专业的讲法，但是她能问出这些问题，就说明是下功夫做了研究的。江流多次想把话题引到她个人身上，但她滴水不进，不仅轻巧绕开他的挑逗，而且或明或暗讽刺他的无理取闹。

这是江流有史以来第一次遇到对他的话语无动于衷的女孩。

"你上次说，你用的是 LAHEO 的原始数据，对吗？"江流从回忆中走出来，看着眼前的云帆，忽然产生一种"我倒要看看你在想什么"的好奇心。

"是的。我只用它自带的软件做了最基本的滤波和平整化处理，没做任何二次计算。"云帆说，"所以，算是原始数据吧。"

"我很好奇，你跟我说过，你是考古学专业，怎么会使用我们天文专业的数据和软件呢？"江流问。

"江博士，人世间有一种行为叫'学习'，我不知道你可曾听说过。"

"那你为什么要学天文呢？"江流继续问。

云帆微微笑了笑："我想，一位天文学博士，不应该问别人为什么学天文吧？你为什么学天文呢？"

江流知道，他这样是问不出结果的。于是他决定暂缓，开始给云帆展示数据。Large Area High Energy Observatory (LAHEO，大范围高能天文台）是战前欧洲宇航局发的最后一颗天文卫星，观测宇宙中的高能天体，是集合了欧洲大陆战前一批顶级的天体物理学家和航天工程师设计完成的，精度上了新台阶。LAHEO 的数据出现差错的可能性极低。

云帆上次提问之后，他就开始观测银河系内的脉冲星。果然像云帆所说，有五颗脉冲星光度发生过变化，每个变化幅度都超过了 10%，在光谱上有可见的凹凸，而且是同样的变化模式。这很难解释为误差或偶然。如果只有一颗脉冲星变化，有可能还是误差。但一串五颗脉冲星，先后串联发生相近的光度变化，无论是误差还是偶然，解释起来都太牵强了。

上一次云帆提出的猜想是灯塔，是给外星飞船导航的灯塔。但是据江流的计算，若只是灯塔，并不需要如此大幅度的能量变化。他的猜想是：这确实是外星飞船引起的变化，但是外星飞船不只是要导航，更重要的是充能。只有充能才会引起如此大幅度的光度变化。但想到这一层可能性，又让江流感觉毛骨悚然。因为脉冲星辐射能量能达到太阳的 100 万倍，1 秒钟的辐射能量如果全部转化为电能，足够地球使用几十亿年。如果一艘飞船充能能引起脉冲星辐射能量 10% 的变化幅度，那就是提取了 10 万倍太阳能量，即便能量吸收效率只有万分之一，也能吸收 10 倍太阳辐射能量强度，那比地球上任何飞船能达到的能量水平不知道高出了多少倍。从而可以推知，外星飞船背后的科技水平不知道高出地球飞船多少倍。

更令江流脊背发冷的是，他计算了这几颗脉冲星的光度变化轨迹，试图推导飞船轨迹。他发现，第一颗观测到的脉冲星，距离地球有 300 光年；第二颗在 220 光年以外；第三颗在 160 光年以外；第四颗在 120 光年以外；第五颗在 89 光年以外。然而所有这些观测信号都是在过去几个月里观察到的。这就意味着外星飞船朝地球驶来的速度，是非常接近光速的。这样的速度，也超越地球飞船不知多少倍。

如果是这样，地球和这样的外星文明交手，凶多吉少。江流多少有点不敢顺着这个思路往下想。他只是半信半疑地调动家里的卫星网络数据，改变了观测区域和聚焦波段，专门找地球附近 50 光年外的脉冲星数据，并且让木星、土星附近的私家探测器转向，监测有没有不明飞行物进入太阳系。

"我把几个卫星网、空间站和多波段望远镜数据进行了叠加，基本上是能确认结果的。"江流用手链把结果投影到墙壁上，从密密麻麻的数据和图表中给云帆画出关键性的结果，"你看这里。这是 25 光年外的一颗脉冲星，从弧度轨迹上，跟前几颗观测到光度变化的星刚好处在同一道弧线上，可能是椭圆弧线。在两个半月之前，这颗星被观测到跟前几颗星一样的光度变化。此后，大概在两个月之前，土星环绕探测器观察到有飞行物进入太阳系，飞行物始终在减速，经过海王星和天王星之后，速度已经降低非常多，半个月之前已经越过土星轨道，缓慢接近地球。我家的卫星最远只到土星，所以是从土星开始才给我信息。其他数据我都是从国际卫星数据上算来的。——没别的意思，我只是解释一下为什么过了四个月才来找你。是数据问题，不是我不上心。"

云帆认真听着，轻轻咬嘴唇，似乎有疑问，但并不惊讶。"还有多久到达地球？"

"说不好，飞船始终在减速，不好精确计算。但估摸着再过半个多月，就差不多了。"

云帆点点头，脸上的神情很复杂。江流判断不出她此时的情绪。

"你能看到飞船准确的位置吗？"云帆问。

"比较难，"江流说，"目前在多个波段的数据中，只有超低频射电波识别出飞行器的进入，其他波段几乎都是空的，光学波段也没有反应。这就是它能躲过木星和土星一带多国监测的原因。但超低频射电波定位是比较模糊的，很难精确。我如果不是亲自计算了连续的数据信息，也难以相信有飞船真的进入太阳系。——你看这里，这个红色圆圈里划定的就是超低频射电波段观测到的飞行物行进轨迹。"

"你这个数据是从哪里看到的？能给我一个观测权限吗？"云帆问。

"是我家的卫星网。"江流说，"说实话，目前世界上观测精度能超过我家卫星网的还不多。给你开账号没问题啊，我现在就安排。"

"好的，谢谢，"云帆说，"感谢你的数据，帮助很大。那今天就不多占用你的时间了，后续开账号的事情我们在网上沟通吧。我要是有什么不明白的问题，再远程问你。"

"可别啊。"江流装作委屈的样子，"我帮你做了这么重要的观测，你连一顿饭都不请我吃吗？太绝情了吧。我家的飞机已经飞走了，今晚我哪儿也去不了。你不至于这么狠心，让我睡到园区外的马路上吧？"

"不是我不想留你，只是我这里真的没有多余的饮食。我们这个地方，靠近军事禁区，一般的外卖都送不过来。我每天是有吃的，是我家以前的阿姨梅姨，每天用无人机给我送一日三餐，但是只有我一个人的饭量，又很清素，实在适应不了江二少爷的胃口。"

"我吃得很少，又吃得很素，刚好，刚好。"江流点头道。

"哎哟喂，"云帆似笑非笑，"据我所知，江家二少爷不是米其林上星餐厅以外的餐厅都不入法眼吗？"

"哦哦，"江流笑道，"我没听错吧？你竟然查过我？"

"只许你上网，不许我上网吗？"云帆意味深长地笑道，"江二少爷，你还是回去吧。你叫私人飞机来接你，应该是分分钟的事情。你今天的帮助我很感谢，等我忙完最近的事，一定登门拜谢。"

"没事，就算你这儿没吃的，咱俩出去吃也行。"江流说。

"出不去，"云帆说，"这里军事警戒，一般叫车都叫不到。我平时如果想出去，都是叫梅姨来接我。但她最近刚好去她闺女家了，在云南。"

"不妨事，"江流笑道，"这件事包在我身上。如果我能叫车，你就跟我出去吃饭，就这么说定了，OK？"

云帆被他气笑了："真没见过像你这样的人。我想表达的意思是：不想跟你一起吃饭，所以一直在找借口。你非要让我说得这么明白吗？"

江流也不着恼，只笑着说："你没否定，我就当你已经答应了。待会儿等车来了，你就得跟我出去吃饭。"

果不其然，没过多一会儿，就有一辆破破旧旧的小车停在园区门口。式样非常老旧，还有司机驾驶，大概是 2050 年代生产的最后一批有人驾驶汽车系列。云帆已经很久没坐过还有司机的车了。这是哪儿找来的，她有点没好气地想。

但不管怎么说，车既然神奇地来了，云帆也就不好意思再狠心拒绝。于是她稍微收拾盥洗了一下，就跟着江流坐上车。云帆已经好久没出过园区了。有那么一阵子，她觉得自己似乎生长在园区里，一个人孤孤单单，潇洒自由，像一棵树一样自给自足，自己照顾自己，有每天清晨透明的阳光和蓝天就已经足够抚慰生命，不再需要其他人，也不需要回到红尘。除非她需要外界支援，才时不时出去参与各种活动。但随着手中的信号越来越强，她连这种外出应酬的需求都减弱了。她越来越不想面对这个复杂的世界。

不知道为什么，江流身上有一种让人难以拒绝的气质。

开车的是一位老伯伯。这年头，还懂得如何手动驾驶的，也只有老伯伯了。云帆不知道江流是从哪里叫来的车，她知道他本事大得很，也就不过问。老伯伯开着车，跟他们讲话，一会儿说自己现在生活好了很多，还有钱买了车，一会儿又说希望自己这把老骨头还能做点对的事情。云帆心里纳闷，不知道为什么一位陌生的老伯伯会对他们说这些话，是在对她，还是在对江流说？她有种感觉，这位老伯伯和江流是旧相识，至少那种叙旧的感觉是旧相识。然而老伯伯又对江流一无所知，问他是哪儿的人，家里有几口人。云帆无法理解。

他们的车子在郊野行驶了大约十几分钟，突然感觉窗外卷起一股气流。右侧的树开始向路中间歪斜，树叶噼噼啪啪翻滚，气浪隔着窗子都能感觉到。云帆向窗外望去，惊异地发现右前方出现一架银白色一体化低空飞机，多面体外观，流线造型，飞行时虽然卷起气流，但是噪声并不大，显然是有高级降噪设计。飞机一侧有个不起眼的标识——江浪贸易 ltc，可见是江家的飞机了。

"唉，波叔阴魂不散啊。"江流看见飞机，嘟囔一句，"王老伯，麻烦您前方左转，走林子里的小路。"

"小路？"老伯伯吃了一惊，"小路不好走，坑坑洼洼都是田埂，这几年地荒了没人种，杂草丛生的，车子容易陷进去。"

正说着，飞机上射出了子弹，直冲着他们坐的车子的轮胎射过来。"我勒个去！这是什么操作？"老伯伯惊呼一声，连忙依照江流说的，一猛子扎下小路，在杂草斑驳的田间树林穿梭。这里飞机不容易飞过来，更不容易射中。

"这是你家的飞机吧？"云帆问，"为什么会射击你？"

"谁知道？！"江流没好气地说，"波叔疯了吧。"

"波叔是谁？他想杀你？"

"不是。他也就是……想把我抓回家。"

"抓你回家？"云帆笑道，"你犯了什么事逃出来？"

"说来话长，回头再跟你讲。"江流一边说，一边搓了搓左手的戒指，手腕上的文身又亮了起来，这一次是有图像直接显示在白净结实的小臂上，他点击了几下，上下翻，又扩大视图，直到有一个红点在手臂上闪现。

"王老伯，前面第二个路口，向右转，进旁边的村子，进村之后第二个巷子左转，停在那个院子前就行了。"江流对老伯伯说。

老伯伯依言照办了。停车前，飞机又跟了上来，射出几颗子弹，有一颗还射中了车轮。所幸车子已经停了下来，三个人下车之后三两步窜进开着门的屋子。他们一进去，屋门就在他们身后悄无声息地关上。

云帆正感到惊异，一位衣着寒碜、挂着拐杖的中年男子从屋里出来，并不多话，让他们在客厅里的几张板凳上坐下，接着，向江流拱了拱手。江流做出一个奇怪的手势，中指小指伸出来，其他手指握住，中年男子和刚刚开车的老伯伯也做出一样的手势。江流左右手手指交替交叠，轻声说了句"兼相爱、交相利"，中年男子也交替交叠手指，回了句"别相恶、交相贼"。然后三个人都坐下，此后再无奇怪的暗语。

"追你的是什么人？"拄拐杖的中年男子沙哑着嗓子问道。

"倒也不是坏人，"江流说，"是我家里人。我不想回家，他们就……方式过激了，让您见笑了。"

"为啥不回家啊……"中年男子接了句。

江流感觉他话里有话，瞥见他的视线一直盯着门口，江流转头一看，门口墙上挂着一张照片，一个笑得傻兮兮露出白牙齿的十七八岁男孩，镶嵌在黑色相框里，顶部有一朵白花。江流知道自己触到了敏感点，立刻收了声。

"你们平素在这边，过得可好？"他转而问。

"还行吧，讨个生活，这条老命苟延残喘罢了。"中年男子说得平平淡淡。

"你可别这么说，"开车的老伯伯说，"你要是老，我算什么？岂不是得算老妖怪了？我觉得我还年轻着哩。这两年觉得自己还有用，接下来还想再多做点大事。"

"你要是这么说，"中年男子说，"那我比你多做几件大事还是绰绰有余的。"

江流打趣他们说："目前最大的事就是吃顿晚饭。"问中年男子能不能随意给他们弄点吃的。中年男子闻言点头，并且叫开车老伯去后院帮他杀鸡。他们俩走出屋子，留下云帆和江流。两个人都有很多话，又都欲言又止，沉默了一阵。

"你不打算解释一下吗？"云帆问。

"解释什么？"江流笑道，"你这句话，是典型的女朋友质问男朋友出轨的话。你已经把我当成男朋友了吗？"

云帆并不理会他："你刚才说过，你家里为什么要抓你，你待会儿会跟我说的。"

"你很想知道吗？这么关心我？"江流笑着问。

"我需要判断一下，今天晚上是不是留你在园子里，有没有什么风险。"云帆冷冷地说，"你不愿意说就算了，咱俩就此别过，各走各的路。"

"别别别，"江流连忙拦她，"你当然要把我留下来，必须把我留下来。我跟你说。"他犹豫了 0.1 秒到底要说哪些，云帆也清楚地察觉到了，"我爸想把我抓回去，只是因为我一不小心把他一些机密的交易数据泄露出去了。"

"什么机密交易数据？"

"铀交易。"

云帆轻轻发出一声"哦——"的叹息，身体轻轻后仰，思量了一下，又问："你怎么会认识这么多我们本地人？据我所知，你从小生活在北京，高中出国读书，我们秦陵附近怎么会有你的故人？"

江流笑了一下："虚拟世界是平的，你比我更知道啊。我不是还认识你吗？"

"那你为什么——"

"等一下，"江流打断她，"你问我好几个问题了，现在轮到我了。我也得问才公平。你为什么会一个人住在秦陵？"

"因为这是我的工作啊，我做考古研究。"云帆说。

"那为什么会知道外星飞船的消息？"江流轻轻凑上前去。

"做考古研究，难免会知道各种自古流传下来的神话传说。我自己推算出来的。"云帆并不惧怕看江流的眼睛。

"什么神话传说？"

"上古河图洛书、埃及金字塔，中古殷商青铜、武王伐纣，近古始皇修陵、玛雅金字塔，这些都是外星人干预的结果。很容易推算出来。"云帆说。

江流"扑哧"一声笑了："我小时候也爱看这些'远古外星奇迹'的书，没想到真有人信。这些说法太老了，一点都不新鲜，你不如再想个别的故事？"

云帆坐直了，正色对他说："你不信就算了，我本来也没指望你信。你不信，别跟着我就是了。我从不缺人爱我，我只缺人信我。"

江流看着云帆，突然感受到这话里有一丝伤感。他连忙收敛了轻浮的表情，思忖着该用什么话来补救一下。就在这时，两位大叔大伯已经将几碗农家菜搬了上来。墙壁边滑出一张自动伸缩的餐桌，之前竖直靠在墙边，又是红砖色，云帆和江流都没有注意到。餐桌放平之后，露出的墙面已经自动转为显示屏幕，开始播放当日新闻，可见是大叔每天吃饭的标配了。当天菜色是简单的葫芦鸡、摊鸡蛋、红烧肉和清炒菜心，但色泽和香气都很诱人。

"生活还不错啊。"江流摸着餐桌说，"刚进来的时候，我看你……还担心……"

"嗨，儿子老伴都不在了，家里也没个人，穿得就寒碜了点。"大叔笑笑。

"您这桌菜真是做得绝了，"云帆轻巧打趣道，"江公子平时从来不吃米其林星级以外的餐厅，今天在您这儿，我看吃得也挺香。是太阳打西边出来了吗？"

江流在桌下轻轻踢了云帆一脚，用眼睛示意她不要说。云帆注意到，两位叔叔伯伯显然听进去她这句话，相互看了一眼，又都假装无事。这顿饭接下来就在不痛不痒的寒暄中进行，任何人都不再探问根底，随意拉一些日常饮食的话题，竟像是寻常亲戚间吃饭。云帆和江流都有一种不真实的感觉。在他俩的平素生活中，都是独来独往一人食，很多年都未有过这样烟火气的时刻，仿佛乱入到他人的生活。

当夜，王老伯开车从正门离去，引江家的飞机追击。大叔用摩托车送江流和云帆回到了园区。路上，江流双手轻轻护住云帆的腰。

　　就在同一时刻，在距离秦陵五公里之外的另一个封闭园区里，一位年轻的军事研究员被顶头上司——太平洋联盟西北和中亚战区总首领袁将军——叫到办公室。

　　这位军事研究员叫齐飞，并不在军队服役，而在军队附属的一家机密研究所任所长。他只有二十八岁，但所有见到他的人，都认为他有一种成熟而服众的气质，谈吐睿智，逻辑清晰，讲话不怒自威，尤其是开口部署工作的时候，更是气场全开，这才让所里一百多号人——其中不乏年长的专家研究员——服气这个小辈的领导。当然，所有人也心知肚明，齐飞背后有袁老将军作为坚实的靠山。齐飞个子很高，挺拔俊朗，眉目如剑，走到哪里都有人夸一句"一表人才"，大家都传他是袁老将军内定的女婿了。

　　这天晚上，当齐飞推开袁老将军的办公室门，一眼就瞥见桌子上躺着的十几个烟头。他知道，袁将军一定是遇到了烦心解不开的事情，才会这样一直抽烟。在他认识袁老将军的七八年时间里，这样酗烟的时刻只遇到三回。袁将军的转椅背对着门口，正对着窗外，巨大落地窗刚好面向停机坪，齐飞知道，袁将军选择这间办公室，就是希望能随时看见自己心爱的战队。

　　此时夜幕落下，华灯初上，一排战机静静躺在跑道上。将军凝神远眺。即使看不见面孔，齐飞也能感受到将军的心事重重。

　　"袁将军。"齐飞恭敬地叫了一声。

　　"小飞，你来了。"袁将军转过身，示意他坐下。

　　"您有不开心的事？"齐飞问。

　　"小飞啊，先恭喜你。"袁将军拍拍书桌桌面，将桌面的显示功能唤醒，调出数据，给齐飞指示道，"昨天夜里的夏威夷拦截，做得很成功。虽然大西洋的偷袭策划得突然，但是咱们的反导系统反应非常快，只损失了一栋配楼和一小段跑道，但基地主体都保护住了，几颗炸弹都落到了周边，伤了一些民房，但战队无大碍。这是你的 AI 系统做得好，后面会给你请功的。”

“也归功于情报，”齐飞说，“前一日就听说大西洋的策略转向海岛了。”

“嗯……说到情报……”袁将军叹了口气，“最近咱们遭遇了五六次情报泄露，有三次黑客入侵，但是到现在都还没找到始作俑者。”

“不是大西洋的 AIA 做的？”齐飞皱皱眉。

“不是。”袁将军摇摇头，“AIA 的手法我们大致知道了，虽然是量子加密不好破译，但是特征标志很容易识别。如果是他们做的，我们应该早有觉察。”

“那是红海那边？”

“应该也不是。这次的技术更强，比我们调查到的红海那边的技术强不少。”

“有点蹊跷。”齐飞说，“不过没关系，您放心，这件事交给我。我看一下相关资料，保证在七天之内给您查出一个结果来。”

袁将军点点头：“你费心了。不过，今天我找你来，还不是为了这件事，而是上礼拜你报给我的秦陵的监测数据，我报给联盟中央指挥部了。他们研究之后的批复是：即刻到现场勘查，务必查到水落石出。”

“联盟中央这么重视？”齐飞有点讶异。

“是。最主要的原因是，你监测到的信号非常奇诡，无法探知任何有意义的信息，但又是明确的持续对外发送的信号，目前无法解释这种行为。信号是超低频，不是现有任何联盟的沟通频段，而且夹杂着少量杂音，还不知道是什么导致的。”袁将军把分析报告中的细节展示给齐飞看，“最重要的一点是：秦陵怎么会有直达宇宙太空的信号发出来？是什么仪器？是谁安置的仪器？目的是什么？秦陵离咱们这里太近了，有理由怀疑是对手或者破坏性组织安插的情报联络点。所以务必彻底清查，越快越好。”

"据我所知……"齐飞说，"秦陵最近几年处于半荒弃状态，只有考古学者……"

"对，就是这样，才最容易被人利用。所谓灯下黑。"袁将军坚决地说，"眼见为实，你明天就去查一下。之所以让你去，一方面是因为这信号是你们研究所发现的，另一方面，也有个人的原因，现在守着秦陵的看护人叫云帆，是你的旧相识。你去侧面打听一下，也看看这个云帆有没有什么蹊跷。"

齐飞听了，有两三秒钟没有回答，似乎有一瞬间宕机，但即刻调整了状态："收到。"

"齐飞啊，"袁将军最后意味深长地看着他，"有些事情，我也不便跟你多说，但我想你是拎得清的人。在大是大非面前，你可不能站错了队。孰轻孰重，我想你最懂。等你这个任务做完，上一个记功应该也就批下来了，咱们给你开个小的庆功宴。我可以把你和白露的事，给大家公开讲一下。你看可好？"

齐飞微微低头："听将军安排。"

当天晚上，齐飞站在研究所顶楼，默默望向秦陵方向，在寂静的黑暗里站了许久。黑暗笼罩世界，灯火都熄了，没有人能看见齐飞的表情，更没有人能看见他的心。

第二章　秦陵

江流在秦陵招待所的一间客房休息。虽然久已无人来访，但自动机器人还是打扫得非常干净，可见园子里每个细节都仍被精细照管。园子非常安静，江流已经许久未曾彻夜安眠，往往借助大量酒精入眠，这一夜竟睡得踏实，他心里着实觉得惊讶。

次日清晨下了一场雨，雨后天清云淡，西北的四月仍然春寒料峭，江流从热带飞过来，几乎没有外套，早上一开门，就被寒气逼回房间。跟着寒气一同进门的，还有一辆小餐车。小车到人膝盖的高度，是秦陵铜车马的造型，上面放着一只黑色漆盒。

江流打开黑色漆盒盖子，发现里面有几样面点和一碗汤面，还配了几块水果切块。虽是寻常式样，但搭配颇为精致。江流心中窃喜，知道云帆也是嘴硬心软的性子。

吃过早餐，他来到博物馆大厅，按墙上的一个青铜色小按钮。这是云帆昨天告诉他呼叫她办公室的按钮。

正在这时，江流听见身后的脚步声。虽然声音还远，但听得出坚定有力，显然是男人的脚步。江流本能地回身，微微倾侧，这是下意识的防御的姿态。

他看见一个体形清瘦、个子很高的男人踏上博物馆台阶，男人带着金丝眼镜，黑衬衫，黑裤子，严肃而俊朗。两人见到对方，都是微微一愣，犹豫两三秒，又几乎同时说出："你是？"

"我找云帆。"齐飞先开口。

"你找她什么事？"江流问。

"你是哪位？"齐飞反问，"也是来找她的吗？"

"我是……我是她代理人。你有什么事，不妨告诉我。"江流微微笑道。

齐飞蹙眉，上下打量江流，江流也迎着他的瞪视，始终保持着轻佻的笑意。两人眼睛里似乎在几秒之内就完成了三四场短兵相接。就在这时，两个人都听见鞋跟轻踏地板的声音，同时转过身。

"江流，"云帆走到他们跟前，站定说，"你若再胡说，我这里便不留你。"

江流轻轻一笑看着云帆说："好，都依你，那我就不说是你代理人了。反正都一起住了，身份什么的不重要。"

云帆狠狠瞪了他一眼道："我查到你家飞机在机场的停靠位了。你若再敢随意乱讲，我待会儿就让机场的朋友帮我联络你家波叔。"

"好，好，不说了，不说了。"江流摆手道。

他清晰地看见，在刚才这几句之间，黑衣男子的表情阴晴圆缺变了几遍。江流心里转了好几个念头。这个男子和云帆必然是事先认识的。如果是他猜测的那样，二人之间还有一些故事。他偷偷抬起手，用戒指上的微摄像头给齐飞拍了一张照片，转动戒指，让戒指助手给他查齐飞的背景。在刚刚他和云帆说话的几秒钟里，齐飞也做了一模一样的事情，只不过用了自己的眼镜。他两根手指拍了两下眼镜腿。齐飞以为江流没看到，但江流看得一清二楚。江流也知道，他的举动齐飞也能看到。

"你来做什么？"云帆问齐飞。

"我有事问你。"齐飞看了一眼江流，"不过需要单独问你。"

江流笑道："巧了，帆帆，我也有话想跟你单独说。"

齐飞冷笑一声说："没人教过你别人说话的时候随意插嘴是不礼貌的吗？"

江流依然微笑道："没人教过你随意评价他人行为也是不礼貌的吗？"

云帆打断他们说："你们两个，谁有话说，都跟我来办公室吧。"

云帆说完转身就走。江流抢先一步跟上云帆，但刚走两步，就感受到肩膀上一股沉重的力量，把他向下压，拖拽了他的脚步。江流本能地伸出左手格挡，齐飞的手从他的肩上撤去，换成小擒拿手的路数，试图控制他的左手。江流左手下滑，在和齐飞手腕接触的一瞬间，手画个弧，向下成掌，将齐飞擒拿的方向转向，朝齐飞肋部攻去。齐飞侧身躲开。经过这几步试探，两个人都对对方的近身功夫摸了底，知道自己遇到了厉害的对手。云帆回头的时候，什么都没有看到，只见到他俩跟在自己身后一左一右，相互之间警惕地看着。

到了办公室里，云帆给他俩每人泡了一小杯茶，两只棕色的茶杯，一碗水端平。

"你们谁先说？"云帆问。见两个人都不开口，她又加了句："单独说是没有可能的，就在这里说，想说就说，不说就算了。"

江流瞥了一眼齐飞，齐飞也看着江流。

"我先说，"江流说，"昨晚我对超低频信号做了新的降噪和滤波处理，痕迹更加清晰，现在能完整看到外观轮廓了。我之前估计的时间基本是合理的。下一步就看你想怎么做了。"

云帆思索了一下："你有办法主动联络吗？"

江流说："不确定，得试试。如果你跟我去一个地方，我们可以现场调试。"

"去哪里？"

"你先别管，我只能告诉你，在那里可以尝试。"

"我考虑一下。"云帆咬咬嘴唇，"如果——"

齐飞却突然打断她："没什么如果，我不允许。"

云帆微微睁大了眼睛，看着他。从齐飞到来的那一刻开始，云帆就有一种异常的严肃，从始至终眼睛没有一刻直视齐飞，但是在行走或者低头查看文件的时候，又似乎每时每刻都注意着齐飞的动向。当她侧面对着齐飞的时候，靠近齐飞的一侧，会异常僵硬，似乎旁边是一堵不可面对的墙。这种僵硬的气氛，江流即使再迟钝也能感知。但此时此刻，当齐飞说出这句话，云帆第一次讶异地看着他，像是空气中出现了一道若有若无的裂痕，背后是洪水般即将喷涌而出的情绪。在那一瞬间，似乎凝固，又似乎山雨欲来。

齐飞似乎觉察到失言，强烈的语气往回收了收，说："我来，是要调查秦陵的信号收发问题，我有联盟的调查函，如果没有我的批准，任何人都不允许离开这个园子。"

"什么信号收发？"江流问。

"据可靠信息源监测，"齐飞说得严肃而不动声色，"秦陵近期一直有超低频电磁信号的发射，而且强度不断增加。我们有理由怀疑这里有违规设备的对外沟通。"

"你这里也有超低频通信？"最惊讶的是江流。

"我不知道什么是超低频。"云帆说。

"不是你安置的仪器？"齐飞问。

"你看我懂仪器吗？"云帆说。

"我想也不是你。"齐飞点点头，"那就一定是某个有目的的组织利用了你的场地。"他说着有意无意瞥了一眼江流，"最近半年你是否长时间离开过这片园区？有什么人来过？有没有人找你获取过进入园区的方式？"

"你也不用查，"面对齐飞的质问，云帆却也不显得惊讶，"我不懂超低频，但是我知道你说的信号通信是怎么回事。仪器不是我安置的，但也不是什么组织。"

"那是怎么回事？"齐飞蹙眉。

云帆看看江流，又看了一眼齐飞，她的目光在两个人的眼睛里分别逗留了一瞬，极短的一瞬，但如刀锋犀利，似乎就是想看一下，谁在那一瞬间本能地躲闪。她在试探他们的可信程度。

"其实我知道你们各有目的，"云帆说，"我也不避讳地说，我这里确实有秘密，是你们想探听的秘密。你们各自是为了什么而来，我并不想深究。天下大乱，各为其主，这都跟我没关系。我只是确实需要有人帮我。我今天可以带你们两个人去一个地方，到了那里，你们疑惑的问题，就能解开一大半。但是接下来，我能信任谁，与谁合作，就看你们两个人谁能真正帮我的忙。"

她说着，站起身来，走到茶桌对面的墙边，伸出手轻柔地一抹。江流这才发现，前两天他进来时以为是真实书画的装饰墙面，原来是虚拟显示。无论是虚拟屏显示的细腻程度，还是书画影像的立体感，都做到了非常逼真的程度，显然是精心调试过，不让任何来访者发现这堵墙的秘密。

现在，虚拟显示的书画消失了，露出了墙面上一圈细缝，中间有一道笔直的裂痕。云帆站到墙面前，面孔识别的光纹亮起来，接着，细缝之内的墙向后退去，又沿中央的裂痕分开，向两侧收进去，露出背后一道幽深的通路。

"这里通向……"江流似乎猜到了什么。

"秦陵。"云帆说的时候，已经开始向前走了，因此声音飘忽，回音悠远。云帆的背影走入幽深的隧道，淡青色的裙子袅袅婷婷，宛若发出淡淡的荧光。

齐飞和江流跟着云帆。江流的好奇心在前行的过程中不断强化。他看着前方幽暗深邃的墓穴坑道，心中高速运转，猜测前方可能遇到的奇观盛景。江流早就听说过秦陵的神秘盛大，但从没有想过自己有朝一日能进入秦陵。当江流走下黑黝黝的通道的时候，心里莫名紧张，他期待中的画面是一道挡住去路的土坯门，门后有复杂的箭弩和刀剑。

可是当他穿过今人开掘的土坯拱廊，终于钻进了黄土墓道，却失望地发现，这里完全没有任何奇观盛景，也没有箭弩刀剑。隧道很长，很黑暗，手电照亮的地方，偶尔呈现出门和守门陶俑，姿态栩栩如生。如果没有见过兵马俑，此时骤然见到如此逼真的雕塑，可能会觉得惊叹，但此时已有心理预期，因此视线并不停留在这些塑像上，只盯着黑暗处尚未出现的想象中的"猛兽"。

他们似乎一直在下降。土坡路不算陡，但仍然能感觉到缓缓下行。下行了几百米之后，向左转向，继续下行。

三个人都没有说话，只有窸窸窣窣的脚步声在黑暗里延伸。江流不由得佩服起身前这个身影坚定的姑娘。她引领他们在黑暗里穿行，步履无阻滞，也没有寻常姑娘显露出的惊慌，看上去瘦弱纤细，但实际上有着令人惊异的强大的内心力量。他能想象，在他和齐飞没来的日子里，她也曾经一个人在这黑暗里穿行。他很讶异这种坚强从何而来。

与此同时，他也随时能感受到身边行走的这个黑衣男人，齐飞。齐飞的步履几乎无声，又稳又迅捷，看得出来是有过多年的专业训练。他从刚才短暂的交手看不出齐飞身手的路数，或许是散打，也或许是某种革新的军事格斗术，总而言之是招式简短直接、硬碰硬的风格。齐飞此时几乎和江流并肩而行。隧道本来就不宽，两个高大的男人并肩就更显局促，但两个人几乎无一丝一毫身体碰撞。有时候江流故意试探，向齐飞一侧歪一下，但每次齐飞都精准地本能避过。江流于是知道，这个人的警觉和素养是职业性的。没有常年的工作习惯，不会有这种身体肌肉上的本能反应。

江流能察觉到齐飞和云帆之间的结界。前一日的云帆，虽然嘴上拒人千里，但是表情上还是柔软的，时不时还有几句带着俏皮微笑的小调侃。但是今天的她，完全变成了石菩萨，除了冷静和面无表情，没有任何可用来形容的词语。江流知道，这种冰冻的裂痕比暧昧情愫更复杂。

"到了。"云帆停下来，在墙壁上用手摸索，推开一道不容易察觉的暗门。

"这里是？"江流在黑暗中看不清楚。

"要坐一小段升降机，你们小心一点。"云帆率先踏进去，点亮了一盏昏黄孤灯，让人看清楚暗门里的小空间，是一架简易的升降电梯，"这段坑道是我祖父带人修的，不是秦朝遗存，你们不用露出这种表情。"

江流和齐飞这才恍过神，跟着踏进去。小升降机空间非常小，三个人几乎紧贴在一起，每个人都能感受到这种尴尬，于是分别把头转开，各自瞪视一面墙。

升降机缓慢下降，漫长的几秒之后停下来。三个人走出来，面前是一道更深邃幽暗的坑道，目力可及处有点点红光在黑暗中闪烁，红光刺目，如巨兽眼眸，令人毛骨悚然。

"就是这儿。"云帆指指红光，边说边蹲下去，用随身带的一只小刷子，轻轻刷开土坯墙底一片黄土。

江流能看出，这个地方的表层浮土经常被刷开，以至于和周边有截然鲜明的分界。随着云帆清扫的面积越来越大，以及拨开的土灰越来越多，红色发光点越发清晰，周围有一些银灰色闪光之处，在黑暗之中也越来越明显。江流的心开始跳动，他开始意识到眼前所见的事物有何不同寻常。

跳动的信号来自内层土坯墙，不是任何现代安装的仪器，而是来自黄土本身。又或者说，黄土内部有不为人知的仪器。

"这是什么？"江流问。

"信号探测器。"云帆说，"我父亲分析，可能是中微子探测器。是秦陵原始的。"

"什么？"江流瞪大了眼睛。

中微子探测器是人类上个世纪才开始研发的探测器，一般是设置在山里，由巨大的水坑接收。这还是20世纪获得诺贝尔物理学奖的重大发明，是很现代的科学成就。整个21世纪才有四个国家建了中微子探测器，探测有有效信号的只有日本神冈、中国锦屏山和美国落基山三处观测站。可是云帆说，两千多年前建成的秦陵地下竟然有中微子探测器，什么原理?

"这里怎么会有中微子探测器?"江流蹲下仔细查看发光的土坯墙,忍不住问,"它的原理是什么?"

"我也不算太清楚,"云帆站着,静静看着那闪烁的红光,"我只知道,在秦陵地宫里,有某种能接收中微子的装置,中微子被捕捉之后,发生粒子反应,会向周围辐射出某射线,这个装置实际上就是接收这种次级射线的。从内层地宫到这个探测器之间,应该是有导管,把内层探测器接收的信号导向这些外层探测器。但是它埋在厚土中,我也没有挖掘。"

"难道这就是为什么秦陵地宫里有液体?"齐飞插话道,"如果说是为了捕捉中微子,倒是说得过去。但为什么是水银?"

江流也疑惑道:"确实不太明了。其他中微子探测装置用的都是纯水的切伦科夫辐射。好像真的没有人试过水银。"

"但我记得,美国橡树岭确实很早就用水银做过中微子相关实验。"齐飞仔细回忆道,"好像是用到了汞的重核不稳定性。具体实验过程我记不清了。"

"我也听说过,晚上回去查一下。"江流说。

"我也去资料库里找找。"齐飞很自然地接话道。

齐飞说完这句,突然顿住了。江流也停了两三秒没说话。两个人都意识到刚才的讨论,太像是同学同事之间的默契对话,而这是他们俩并不愿意看到的局面。两个人又僵住了。这时齐飞才想起追问云帆个中蹊跷。

"为什么在秦陵里会有中微子探测器?"

云帆轻声说:"这是它们离开时留下的痕迹,为了让秦陵的后人知道,它们何时再来。当信号变强的时候,就是它们再度到达地球的时候。"

齐飞的脸色微微变了一瞬:"它们是……?"

"外星人。"云帆说得很平静,"我推测……这应该是跟它们的飞船联络的信号。"

"那么,最近秦陵的超低频电磁波信号,"齐飞说,"也是这装置发射的？"

"我只能这么想。"云帆说。

"等一下，"江流突然想到其中的问题，"你怎么知道是中微子探测器？我们只看到红色光点闪动，但如果你不说，谁也不知道是中微子探测器。你又是怎么知道的？"

"是我父亲告诉我的。我搞不懂这背后的技术原理，"云帆说，"我只是从很小的时候，就看见过这里的光点闪烁。那个时候它比现在微弱很多。"

江流追问："那你父亲又是怎么知道的呢？"

"是我祖父告诉他的。"

"那你祖父又是怎么知道的呢？"

"我祖父曾有一段奇遇。说了你也不会信的，还是不说为好。"云帆轻轻摇头道。

"你不说又怎么知道我不会信？"江流坚持道，"你说来听听。"

"她不想说。"齐飞突然插嘴道，"你没有耳朵吗？云帆她不想说。"

"她是怕我不信，"江流不甘示弱，"但我会信的。云帆你告诉我。"

云帆看着前方黑暗的隧道，声音很轻："我还记得，我爸爸第一次带我来这个地方看，我才十岁。那个时候我很喜欢读书，也看了不少历史故事，我爸爸就误以为，我会喜欢了解这些古老遗迹的事情。但他错了，我第一次来就吓呆了，这里太黑了，他扒开尘土让我看见微弱的红光，我也完全不想看，我感觉就是怪兽蹲在黑暗中等着吞噬我。我大叫起来，当场就跑了出去，后来再也不想跟我爸爸重新回来。一直到八年之后，我十八岁高考之前，才又来了一次，当时我正在跟我爸闹别扭。我们俩僵着冷战，我好几天没有理他，于是他连拖带拽把我又拉到这个地方，让我看这些闪烁的红光。那个时候我明显看出红光信号加强了。小时候的红光像是幽灵一样飘浮，但我十八岁那年看到时，已经像心跳一样显著了。但即便是这样，那个时候的我，还是拒绝相信我爸爸的话。"

她说到这里转过头来："那个情境我永远都忘不了。我不想再经历一遍了。所以我今天就只给你们看这些，你们信也罢，不信也罢。我谁都不勉强。"

说着，她重新打开升降机的暗门，走了进去。"我要上去了。"她说。

在向上走的坡道上，江流率先打破了沉默。

"如果说这里有中微子探测器，那倒是确实能解释为什么秦陵要建得这么庞大。"江流边走边说，"中微子只参与弱相互作用，反应截面小，因此需要在很深的地下才能探测。跟冷暗物质探测是一样的。"

"是的，"云帆点点头，"我小的时候就知道，秦陵是一座高山，方圆几十里最宏大的高山。当我上小学时听说秦陵完全是人为堆出来的，纯粹是秦始皇在墓穴上方堆出的高山，说真的，我真是吃了一惊，我想象不出来这么一座大山是怎么在短短几年时间里造出来的，也完全不懂为什么秦始皇要堆这么一座土山。如果说要布置中微子探测器，那是能解释得通的。"

"不过中国古代墓葬都讲究堆土吧？尤其是帝王。也不奇怪。"齐飞说。

"但骊山跟其他陵寝都不一样。"云帆接着说，"很多事如果没有借助外力确实很难说明。例如当初到底是多少人才把骊山和地宫建造起来？据考证，秦陵可能是在李斯主政的五年多时间里就建成了，即便满打满算也就用了不到十年，就把这么一座庞大的奇迹工程做出来了，这是怎么做到的？兵马俑和铜车马都是外围陪葬，精品程度远不如地宫内部的陪葬品，就已经惊世骇俗了，这么大而复杂的工程，短短几年完成，怎么做到的？"

"也可能是举全国之力建成的啊。"齐飞质疑道，"后世都说秦始皇劳民伤财。"

"不是那么简单的。"云帆摇摇头，"秦陵的建造不是堆农民人力就能堆出来的。例如，在一个比兵马俑一号坑还要大的陪葬坑，到 21 世纪 60 年代共出土了一万多套石质铠甲，每一套铠甲都是由石片连缀而成，每片石片大约只有三四毫米厚，非常精致，是由完整石块切削打磨，再穿孔，以青铜丝连缀。考古学家做了尝试，以现代电动工具尝试，一个人一天只能做 6 片石片，而一套铠甲就有 600 多片石片。那你想想，用古代的手工打造要多少天？"

"确实有点夸张，但也不是完全不可能。"江流想了想说，"这件事要是想弄清楚，还是可以去研究的。"

"老师讲，"云帆继续，"书上讲秦陵由 72 万人工作完成是可信的。但这其实很有问题。这需要的是有技术的人力，不是一般农民就能做的。能找得到这么多有技术的人吗？何况，据记载，当时全国总共 1500～2000 万人，男性占一半也就约 800 万人，老人和小孩除去，全国青壮劳动力最多 500 万，如果盖秦陵就用了 72 万，那时候给他们运送补给的人要四五倍，也就是说全国青壮年绝大多数都在为秦陵付出。可是从刘邦的成长经历看，他和身边人全都没参与过修建或补给，因此这个概率是很小的。"

"这么算起来是有道理，"江流说，"但若归因于外星人，还是觉得有点匪夷所思。"

三个人的脚步声在空洞的坑道里回响，不知为什么，回程的路感觉更空旷，可能是紧张感消失了，让江流感受到周围的森严与空洞。江流回想这个上午看到的景象和云帆的话，还是觉得有一点震动。外星人两千多年前就来过？它们为什么来地球？在地球上做了什么？如果外星人造访过秦国，为什么从来没有人知道？所有的这些疑问都瞬间涌上江流的心头，但他什么都没有问。他不想让云帆感觉到他的怀疑。

"这样吧，"云帆忽然说，"我知道你们心里都还有疑问，我再带你们看点东西。"

此时他们已经快走到尽头，到了第一次转向的拐角。当时曾路过两道土门，但没停留，此时云帆到一道门前，用力推了一下，门向后退了几厘米，露出侧面墙上两道纵横的凹槽，凹槽里有木质和石质长短不同的小杆，云帆熟练地上下推动，到某一个构型时突然一声咔响，接下来石门下方开始出现滚动的滑轨，石门向后退去。

云帆从打开的石门向内部走去，不知为什么，这个通道比刚才地下的通道更有一丝危险的气息。江流和齐飞犹豫了一下跟了上去。

就在这时，不知道什么东西从黑暗的通道内部扑了上来，速度极快，向云帆袭来。

江流本能地揽住云帆，向地面扑倒，侧身支住地面，用手格挡，将云帆整个人护在他的身下。而齐飞在电光石火的一瞬，已经抬手击落了扑过来的事物。他不知道从哪里变出一支可伸缩的金属棒，拿在手里只像是便携式望远镜，却在出手一瞬间变成长棍，将扑飞的邪物击落到地上。落地的事物还在动，齐飞还想再击打一番。

"等等，不要！"云帆趴在地上，朝齐飞喊道。

齐飞举棒，小心翼翼地罩住地上扑腾的事物，问云帆："这是什么？"

云帆点亮手里的灯，轻声说："铜凤凰。"

"铜凤凰？"江流和齐飞同时惊讶道。

"是。"云帆说，"两千多年前的事物了。"

"两千多年！秦朝遗物？"江流讶异，"那怎么还能活动？"

云帆坐起身来，理了理头发，解释道："是以机关发条为动力，以墓道门开为触发，制造精巧，经岁月而不坏。里面还有很多只。"她轻轻捧起地上咯棱咯棱扑腾的被击落的铜凤凰，小心翼翼地修复，"它没有攻击性。它只是受触发之后对人扑击，但并不会伤人。若能将人扑倒，它就会从打开的墓道口飞出去，飞向它所设定的通风报信之所在。无论是它的动力，还是通信结构，都非常精巧。"

"你早就熟悉它了？"齐飞问。

"是，"云帆把手里的铜凤凰放下，"我们还是把它留在这里吧，见光之后，它很容易锈蚀，你们若想看，我带你们去看一只已经放入展厅的。"

他们站起身，都拍干净身上的黄土。"刚才……不好意思。"江流道。

"没事，"云帆说，"谢谢你们。"

云帆从衣袋里拿出纸巾给他们擦手。这是这一天第一次出现冰裂开的缝隙。

三个人走上来，云帆带他们穿过另一道出口，出来之后是一道细长的走廊，穿过走廊，进了一个极为宏阔的大厅，中间有一圈天井，透入天光，大厅正中央有一座秦陵铜车马雕塑，放在模拟的高山台上，十分威武壮阔。大厅中央书写着一排行书"秦始皇陵铜车马博物馆"，原来他们是从侧门进入了秦陵博物馆主展厅。

云帆带他们从大厅右转，正面最醒目的位置上，摆放着铜车马的原件。江流还算是一个关注中国历史的人，也在各种网络报道中见过铜车马的照片，甚至见过网上的全息3D复原图，但是见到实物，还是觉得有一点震撼。因为它太写实了，太逼真了，甚至像是把真人和真马浇铸上青铜，当场凝聚成展品。

"这两套铜车马，是中国古代金属加工史上的奇迹。"云帆说，"两套车马总共用了6000多个零件，每个零件都精工细作，标准化程度相当高，几乎赶上两千多年后工业流水线的标准化水平。这是如何做到的不得而知。此外马脖子上的项圈用了42根金管和42根银管连接而成，连接方式至今都不清楚。还有最奇特的，你看这里。"

云帆说着让江流转到铜车马侧面，一个最容易观察车马篷盖的角度，说："你看这篷盖，如此大的车盖，最厚的地方只有4毫米，最薄的地方连1毫米都不到，毫无锻打、焊接的痕迹，显然是一次铸造而成，这是怎么做到的? 当代学者苦心研究了半个世纪都没研究出来，按理说，这样一次超薄铸造或者整体锻打，要用高压水冲击锻打，是当代机械加工生产线才能完成的结果。为什么两千多年前的秦手工作坊就能做到，是很令人费解的。"

"确实很精细。"江流一边看，一边感叹道。

"还有独特之处，"云帆指着铜马的脚说，"现在已经发现这两套铜车马是用失蜡法铸就而成，而考古界都知道，中国自古青铜器大多是用陶范铸造法，虽然在春秋时期有一些失蜡法碎片作品，但和这两套铜车马手法很不一样，马腿里的芯骨和多处补缀铜片都是证据。然而失蜡法究竟从何而来，为何唯一的完整作品就有如此顶峰的水平，又是一个难解之谜。"

"或许，"齐飞说，"当时有比较多的国际交流呢？至少我听说，古代中东地区的铸铜，也是很发达的。有人就说中国的冶金技术来自中东。"

"国际交流自古就有，但是没有明文记载。因为通常的技术流传是逐步的，过程是漫长的，沿途应该都有相关遗迹和产物，作品达到成熟程度也是有过程的。但是铜车马不是，像这样成熟的失蜡法作品是孤证孤例，中国在先秦没有相同技法，一出现直接就是顶峰的水平。而且，这还不是最关键的，你来看这边的剑，"云帆示意他向另一个展厅走过去，"这才是怎么都无法解释的。"

江流跟着云帆，仔仔细细观察她示意他看的剑刃。它们确实很锋利，看上去完好无损，而剑身上的色泽与花纹，也历经时间磨砺而毫无残损，令人十分诧异。

"现代成分检验发现，这些剑刃之所以锋利如初，是因为表面镀了一层10微米的铬盐氧化物，起到了很好的防锈作用。"云帆做出一个轻抚剑刃的动作，但是手指并未碰到剑刃，"可是这种氧化物的生成，是西方国家上世纪30年代才有的专利技术，要借助现代化学，用很复杂的高科技设备才能制备完成。建秦始皇陵的人为什么能在两千多年前就掌握这项技术？"

"所以，你认为这些技术也是来自外星人？"江流问。

"我不敢确定。我只是说，"云帆说，"即使你不相信我家的故事，也可以看这些佐证。"

云帆又向前走，进入下一个展厅，展厅中央是一个梯形高台，在高台顶端，比人的身高略高的地方，停留着一只半人大小的铜凤凰。江流和齐飞都倒吸一口凉气。它太精细了，比三星堆考古遗址所发掘的青铜神树上的雕刻细致数倍，身上有长长短短的铜质羽毛，每一片羽毛的形制都不同，边缘还有卷曲的韵致。凤凰的姿态娴雅生动，翅膀微微抬起，颈项上扬，宛若欲飞未飞那一刻被人凝固。关节连接处的零件也极细致，有的地方甚至看不清零件。它不像是铸造的，反而像是3D打印的结果。

"这就是……刚才遭遇的铜凤凰？"江流问。

"是。"云帆带他们来到斜侧45度的位置，能更清楚看到铜凤凰侧面脖颈下的机关，"这是2032年我祖父带团队开通第一条地下通路的时候，从里面飞出来的。跟刚才我们的遭遇很像。其实楚汉之争时有人开掘秦陵，就遇到过从里面飞出来的飞鸟。后世都把这个当作奇谈，没有人相信。但这一次是真的遇见了。当时的录像还在，如果你感兴趣，待会儿我带你看。它差一点就飞走了，所幸我祖父反应快，用一小台无人机去追，把它撞下来了。"

齐飞问："它要飞去哪儿？"

云帆摇摇头："谁也不知道。从它落下来那天，它就不动了。看上去，它可能是要去什么地方传递信息，因为它能飞出来，就意味着有人打开了第一层墓道，它可能是设定了启动程序，要把这个信息传递到什么地方。但是谁也不清楚了。后来我们用X射线检测仪和量子光栅做了分析，发现它的合金类型很特别，当时中国大地上出土的器物都没有与它相同的，而它的体内有一整套微小齿轮和链条组成的传动装置，虽然动力系统只是复杂的发条系统，但整个机械结构都达到了难以置信的精细程度。"

江流又仔细凝视了一会儿，叹道："确实难以置信。"

云帆也仰着头，看着凤凰，也似乎看着天空中看不见的远方，轻轻说："这些就是我从小时候就知道的故事，这些车马、凤凰，也是我从小时候就见过的器物。我知道它们精巧，我知道凭当时的科技水平很难解释这些工艺，但我心里还是不太相信外星人和秦始皇的故事。你知道，这个故事太离奇了，仅仅靠一些精巧的事物，是不足以让我相信的。"

"嗯。"江流点点头。云帆也说出了他心底的感受。

"所以，我留下了自己的遗憾。"云帆站在铜凤凰下方，安静而笃定，也像一只栖居枝头的凤凰，"这一次，我不希望再留遗憾了。我想做的事情，势在必得。"

那一刻，齐飞和江流都有一丝震惊。云帆的坚定意志竟有一点燃烧的味道，像点燃的冰。

晚饭后，云帆回到办公室工作，齐飞约江流到博物馆外说话，江流答应了。

夜晚月朗星稀，江流走在前面，双手插在裤兜里，仰头赏月，像是在最悠闲浪漫的夜里陪女朋友散步的大学生，脸上也带着微微的笑意。有两三分钟，两个人一言不发向前散步，如果有人从远方观察，会以为两个人是亲密的至交。

"齐所长，"江流主动开口道，"你约我出来，有何贵干啊？"

"这正是我想问你的问题。"齐飞冷笑一声，"江巨子，你身为世界最大的情报网之主，又是豪富之家的二公子，却不远万里来到我们这个乡下小地方，有何贵干啊？"

"没有什么特别的，就是为云帆而来的。"江流说着，有意无意瞥了一眼齐飞的反应，"她这么漂亮又这么聪明的女孩，生活里是很少见的，非常引人喜欢，齐所长应该同意吧？我是一见到，就不愿意错过了。"

齐飞的脸色冰冷："江巨子一向风流潇洒，又名校毕业，身边从不缺少聪明漂亮的女孩吧?"

"不不不,"江流笑道,"与人交往,最重要的是缘分。我和其他女孩的缘分都浅,只和云帆的缘分深厚。……怎么,齐所长难道对此有意见?"

"我对你的风流韵事没意见,"齐飞面色冷硬地挥了挥手,"但我对你的黑客行为有很大意见。你现在必须跟我到所里,接受调查。"

随着齐飞的手势,从秦陵园区门口和园内灌木丛后,突然蹿出二三十个身着紧身黑衣、身手矫健的蒙面客,每个人都甩出长长的丝线,丝线一端是有 AI 识别能力的球形定位器,一旦识别目标,会有超强黏性终端附着在对方身上,如附骨之疽难以摆脱。另一端牢牢掌握在驱动者手里,中间的丝线是纳米加强的人造蛛丝,若没有特殊的工具则剪不断、理还乱,超高强度,越想摆脱越深陷其中。由于人力成本高昂,这样的蛛丝阵很少使用,而一旦动用,没有任何人能从中逃脱。

"我太荣幸了,"江流被蛛丝阵裹挟之后,"扑哧"一声笑道,"竟然动用蛛丝网络,说明我是个大人物了。真没想到我这样无足挂齿的浪荡废物竟然能有这样的待遇,真是承蒙齐所长看得起了。其实,齐所长你真是见外了,我早就仰慕你的英姿了,今晚本来就想跟你一起赏月吟诗的。这美好的月色,就应该和有才华的朋友一起欣赏。你如果说请我去所里座谈,我自然是求之不得,自己就会去,哪里用得着这样大的阵仗呢?"

齐飞冷冷瞪视江流,想要从他没有一句真话的嬉笑面孔下面,看透他真实的目的。这样的凝视只持续了两三秒,齐飞就转开脸,向部下挥挥手:"带走。拘押。"

第三章　夜战

江流在拘押室里等待的时候，悠悠闲闲地唱着歌。他一进入房间就看清楚顶部环绕一圈的摄像头灯带，于是在唱歌的时候，会故意对着摄像头眨眼、摆造型，让看监控的小哥忍不住发笑。齐飞暗自生气，又没法阻止。

齐飞在等将军的回复。对于这样的要犯落网，按照惯例，将军要亲自部署审讯的策略和流程。但是今晚的报告打上去之后，始终没有消息。

约莫等了一个小时，依然没有将军的回复。齐飞有点焦躁，他说不清这种焦躁的来源，在他记忆中，已经很久没有过执行任务中有情绪的时候了。他尝试用打桥牌时用的聚焦方法让自己冷静下来，但还是能觉察心底的不安。他催促手下再问一下将军办公室，得到的回复是，将军今夜在太平洋总部开会，一直没有散会，无法联络，不清楚什么时候结束。

齐飞站起身，走进江流的拘押室。

他不想再等了。

"你是怎么认识云帆的？"齐飞侧身坐在江流面前的桌子上，居高临下地问。

"很简单啊，她来参加学术会议，找我咨询脉冲星问题。"江流摊开手微微笑道，"你又是怎么认识云帆的？"

"江巨子，我希望你能认得清形势，"齐飞说，"现在是我在审问你，轮不着你来问我。我和云帆是故交，无须你操心过问。"

"既然是故交，那为什么简单的友好寒暄都没有？你们是不是有仇？"

"我只和你有仇。"齐飞冷冷地答道。

"齐所长，"江流身靠椅背，双手环抱后脑勺，笑道，"别这么剑拔弩张嘛，有话好好说。如果你想问我什么，咱俩坐下来，喝杯小酒，我保证什么都告诉你。你这么气势汹汹的，我被吓傻了，可能就什么都说不出来了。"

"好啊，那咱俩好好聊聊天。"齐飞动也没动，丝毫没有把酒言欢的意愿，"我且问你，'天赏'是你创立的吧？"

"是。"江流毫不隐讳。

"为什么叫'天赏'？"

"《墨子》有云，"江流悠悠念道，"'顺天意者，兼相爱、交相利，必得赏；反天意者，别相恶、交相贼，必得罚'。我们只做善良之事，兼相爱、交相利，顺天意，必得天赏。"

"好一个只做善良之事，"齐飞借着自己身体高位，俯身下去，"全球最大的黑客组织，专做倒卖情报的事情，为利益到处泄露机密搞破坏。这就是你所谓的只做善良之事？"

"齐所长，不要污蔑啊。"江流轻笑了一声说，"全球最大的黑客组织可不是我们，我们也不做那些搞破坏的事情。天赏只以善心处世，劳苦小民讨生活而已，可没那么大本事破坏全世界。是我做的事我不否认，不归我的功和过，我可不会应承。"

齐飞俯身，却微微扬着下巴，眼神低垂，有轻蔑对手的气势感，而又不失分寸，显见是非常有经验的审讯者。"是吗？那我倒想好好了解一下，天赏都做哪些善事。"

"没问题，"江流仰头笑道，表情依然放松，位置不占优，气势却丝毫不输，"我很愿意给齐所长汇报。我们天赏虽然不如齐所长的'云思'那么有智慧，但为善之心却一点不少。齐所长你说是吧？"

齐飞瞳孔微微收缩。"云思"是军方的机密项目，是用超级 AI 算力，汇集所有数据信息，计算出最佳掌控布局方案，再协调控制全局的顶层设计项目。最初只是用来做军事部署，但很快超出了这一范畴，从大范围能源调配、生产力计算、物资物流、交通运输、人员部署，再到实时情报咨询和监测数据的汇总与计算，项目涵盖的范围越来越大，算力越来越强，控制性越来越高，软硬件结合程度越来越深。整个项目的萌芽从 21 世纪 20 年代就开始了，经过几十年不断摸索提升，到了齐飞手上，又有大幅度跨越式进展。很少有人知道这个项目现在是齐飞掌管。就连项目的名称，几十年前叫"云网"，后来改为"云脑""云智"，最近才更名为"云思"。江流不仅知道项目最新的名字"云思"，还知道齐飞是项目的新掌门人，那是情报相当发达，已经渗透进太平洋联盟内部核心的程度。

齐飞越想越觉得心惊，语气也不由得变严厉了："江流，我现在问你的问题，你最好都如实回答，否则我不确定接下来会不会有更严厉的审讯。"

"乐意奉陪。"江流也严肃起来。

齐飞拉过来一把椅子，坐下来，和江流面对面："我问你，天赏是不是用了区块链技术？"

"是。"

"天赏里面，是不是有人销售情报？"

"是。"

"谁买，谁卖？"

"匿名者买，匿名者卖。"

"你知不知道很多军事情报是不能买卖的？"

"我不知道。"江流说，"我并不控制任何信息，谁买，谁卖，都是自愿的。"

"那你如何筛选情报的真实性？"齐飞问。

"我不筛选。谁的情报真实性高，得到买家认可，下一次系统赋予的权重就高，情报卖家收入就高。情报者提供的信息越真实，自己收入越高。是他们自己控制。"

"那如果有人不为了收入，故意提供假情报呢？"

"那就假呗，又怎么样呢？"江流耸耸肩，"人世间的事情，真真假假，假假真真，谁又能说得清，到底什么是真，什么是假，有的时候，假作真时真亦假。"

"你少给我打机锋。"齐飞有一丝愠怒，"到底是哪些人在天赏买情报，你总可以知道吧？谁是你们的金主？"

"谁都可以，你也可以试试。"江流也向前俯身，"只不过，齐所长要想好，天赏没别的规矩，只有一条，是不可泄露情报源，如果哪个买家把卖家挖出来卖掉，就是与赏人为敌，所有赏人都会汇集一切情报将其除之而后快。齐所长如果就是以探听赏人秘密为目的，那么就要做好这辈子被全世界赏人追杀的准备。我们天赏，主动作恶的事情从来不做，但是欺负到赏人头上的事情，也决不会忍。"

"好一个从不主动作恶，"齐飞冷笑道，"为一己私利，破坏联盟计划，也算是善？"

江流冷冷地瞪视齐飞："我们从未破坏任何计划。你们的重大战略、战术奇袭，赏人们一次也没有挡路。"

"太平洋联盟核心技术线最近的几次黑客入侵，你敢说跟你们没关系？"

"我们买卖线索，但从不组织黑客行动。"

"上一次马六甲行动，我们的军舰行动路线被提前泄露，遭遇拦截，抓住的人供出了天赏。这你又怎么说呢？"

"首先，所有的情报交易，都不是我安排的。"江流说，"有人拿到了消息想要卖，只要有人买，就会有传播。至于结果，我们一没有对你们的军舰动手脚，二没有把消息卖给你们的敌人，你们遭遇拦截怪得到天赏吗？我们只是给夹缝里活着的小人物传个话，让他们小心，别沦为炮灰。你想知道都是什么人想买情报，那我就告诉你。你别把事情都想得那么复杂。买情报的都是普通人,我们就是告诉他们提前躲到地下室,让苦苦经营的小商人提前把货物藏起来,让海外求学的学生能计划一条安全回家的路。你们计划伟大的军事行动的时候,想过这些人没有?他们为了自己和货物的安全,出点钱买情报又碍着谁了?你们不提前预警,还不允许平民自救吗?"

齐飞沉默了三秒,眯起眼睛,审视着江流:"江公子,你说得真像是圣人啊,普度众生,慈悲为怀。那我问你,你在这里面究竟获得了什么?我不信你做这么多事情,就是为了做个随随便便的商城。"

江流缓缓站起身来:"随便你,齐所长。今天云帆有一句话说得好,你信,或者不信,都随你便,绝不勉强。这个世界上的很多事情,本来就是没法证明的,自由心证,你爱怎么想就怎么想。"

说着,江流向门口走去。"你要去哪儿?"齐飞站起来追他。

"还能去哪儿?回去睡觉。"江流说。

"你站住。"齐飞伸手拦江流。

江流向右转身,左肩陡然下沉,堪堪躲过齐飞的阻拦。他弯腰从齐飞手臂下方穿过,用左手抵挡齐飞在身后使出的擒拿手,右手向前伸,快速弹动,按下门把手上面的密码。齐飞已经抓住江流的左臂,但江流右手输入正确密码之后,已然将门打开。他率先伸出一只脚顶门,接着身体向前,也用右肩挡住门板,大半个身子已经快要从房间探出去。齐飞手上加力,要把江流拉回房间里,江流右手抓住门把手,左手和齐飞缠斗。他开始使用太极,用柔力卸去齐飞悍勇的擒拿。两个人短短一两分钟已经过了十几招。最后,江流的左手腕文身突然发出蓝光,齐飞感觉相碰的手掌一麻,呆了一瞬,就在这几十分之一秒的犹豫间,江流摆脱齐飞格挡,一个箭步从房间里蹿出去。

齐飞去追,江流的快速奔跑能力超越了他的预期,显然是鞋子上有助力系统,有可能是喷气助力,也有可能是电磁辐射或者弹性材料助力,总而言之,江流在几秒之内一纵一跃,已经到了拘押楼的走廊尽头。齐飞迅速挥动手中的金属棒——齐飞叫它指挥棒，这是一个以手势为识别信号的传输装置，也是他和他的AI乾坤之间，最直接的沟通方式——让楼门锁闭，齐飞确信只要乾坤把这一道楼门锁了，任谁有什么样的助力设备，都不可能破门而出。这道门也不是密码控制，即便江流再有内应线人泄露密码，也不可能控制这道门。

齐飞的动作相当迅速，在江流到达门口之前，听见了他熟悉的乾坤应答的声音，这种情况下，他百分百确定江流插翅难飞，然而出乎他意料的是，江流在楼门口轻轻松松推开门，夺路而去。齐飞惊呆了，不知道是哪里出了差错。

但齐飞没有时间多想，他快步奔跑追了上去。他本来就身高腿长，又接受了多年军队里的身体和行动特训，无论在任何速度测试中都是一流的，此时的追缉对他而言并不陌生。到了楼门口，他就跳上自己的飞行摩托向前追赶。

齐飞身后，他的几名助手也跟了上来。"齐所长，我们马上集结队伍。"助手喊道。

"不用。"齐飞说话的时候，人已经冲到了前方，"我自己会一会他。"

齐飞让小摩托加速，16只螺旋桨开到全马力，这种飞行摩托本来不是给追击敌人设计的，而只是为了在地形不好的区域完成跟踪追查，因此从动力和速度上来说不是最快的，若太快速螺旋桨平衡就容易不稳。但即便如此，以飞行摩托追击一个徒步奔跑的人，也应该是三两步就能追上的。可摩托全力加速十几米，距离前方的江流仍然有几个身位。

此时在空旷的夜里，齐飞看得很清楚，江流脚下的鞋子底部，亮起一圈蓝色光晕，显然是有电磁动力，但动力模式因离得太远还无法判断。鞋子不是螺旋桨模式，而只是有弹跳助力和地面效应所产生的升力。从背后看起来，江流一纵一跃，动作翩翩潇洒，速度奇快，如同奔逃的九色鹿，而齐飞在摩托上，感觉自己像在马背上追捕前方猎物的猎人。

江流快到军事禁区大门口了，齐飞不再等待，将指挥棒掏出来，在空中画出几道弧线，园区里的路灯齐刷刷灭掉了，突然暗下来的道路有一种幽微的恐怖感。万籁俱寂，只能听见远处的禁区大门"咔嗒"和"嘀嘀"的声音，那是双重锁闭确认的声音。齐飞已经让乾坤锁死了大门，这一次他倒想看看，江流还能怎样飞天遁地。

　　江流站住了片刻，大约是在适应黑暗，接着，当月光清朗地照亮四周，他选择了小路，轻身一跃，向旁侧树木间一条小路飞奔而去。齐飞不由得赞许江流的选择。无论如何，江流的鞋子在大路上都不如齐飞的摩托快，最初江流坚持走大路，是想赌飞速离开园区的一丝丝机会。现在园区大门已经锁闭，江流的鞋子在小路和林子里都比摩托更为便捷。而更主要的是，江流一定已经看出，齐飞的指挥棒可以将信号传给园区里一切连接电路的设备，因此，唯有远离任何设备才是安全的。如此短时间能果决选择，想来是看得很清楚了。

　　齐飞掉转摩托，追了上去。

　　江流转入的小路，通向园区里一片花圃。袁老将军多有雅兴，要求各个办公室里都常换花草，因此专门辟出来一块区域种树养花，中间也有曲折的塑胶道小路，让人清晨傍晚跑步锻炼。江流踏入这片花圃后，专门向有林木的狭窄小路转，想必是想逼齐飞弃掉摩托。几个来回之间，江流的身形便隐没在弯折的小路之中看不清了。齐飞冷笑一下，想和江流开个玩笑。于是他调动指挥棒，让乾坤启动了花园的自动程序。

　　林间突然开始喷水。齐飞听到一声咒骂。

　　接着，齐飞看到江流从林子里冲了出来，衣服头发已经沾湿了些许，心底暗暗发笑。等喷洒农药的微型蜜蜂无人机飞出来的时候，齐飞的嘴角更是忍不住上扬。这些无人机平时兢兢业业护理园子，喷洒农药、监测数据、采集果实，可能从来也没想到有一天还能追逃犯。齐飞也不想让江流受伤，只是左右挥动着指挥棒，想让无人机喷江流一身农药。

　　江流被迫退到花园中央的小广场，在月光下站定。

齐飞看见，江流开始晃动双手，他左手戴着一条手链，右手上有三个金属质地的硬手环，有三根手指戴了戒指。白天初见的时候，齐飞还奇怪，一个大男人为什么戴这么多首饰，是多么纨绔才会这样，却没想到都是可穿戴设备。无论是设备的精细程度，还是隐藏度，都远比市面上能买到的可穿戴设备高出很多。此时，手链、手环和戒指同时发光，不同层次的蓝色在月光下流动。最奇特的是江流小臂上的文身也开始发光，白天齐飞没注意到这里，此时此刻，如藤条的蓝色文身，和叮叮当当晃动的蓝色手环，齐齐点亮，如同鬼魅。

江流双脚分开，站在小广场中央，双手向两边挥动，只见那一群向他飞过去、堪堪蜇到他的蜜蜂无人机，忽然掉转了方向，开始如没头苍蝇般乱转乱晃，不仅上下翻飞，而且相互撞，片刻工夫就乱作一团，跌落下来好几只。

齐飞皱眉，重新挥动指挥棒，继续让乾坤帮他调动部署。但出乎他意料的是，没有反应，不仅仅是无人机没有反应，他连熟悉的乾坤的应答都没有听见。按照往常，乾坤只要得到指令，都会答一声"是，主人"，而齐飞就可以在自己脑后连接的芯片中"听到"回答。

但此时，无声无息。

"是调频干扰！"齐飞不由得脱口而出。

深夜寂静中，任何声音都清晰，尤其是在齐飞和江流这样受过声音和耳力训练的高手之间，相互的话语听得一清二楚。

"你说对了！"江流说，"本不想打扰你跟你的AI宠物私聊，但没办法，你太淘气了，非要用这些小虫子缠着我，我也只好打断一会儿你们的卿卿我我。"

齐飞知道，自己算是遇到克星了。他以指挥棒调动乾坤，可以指挥一切乾坤控制的事物，大到电力部署，小到一扇门的开闭，只要是在云思控制下的设备，乾坤都能为他调动。相当于布下天罗地网，任谁都是插翅难飞。

然而其中确实有一环薄弱，那就是所有的信号沟通都是通过无线电波，如果干扰到无线电信号传输，确实就会使得功能失灵。所有使用无线电的军事系统都有这个软肋。为了防止这种可能性，平时无论是军事园区，还是整个军区高空卫星网，都布有反干扰系统，让敌人没有可乘之机。但是如此近身搏击，又是高强度无线电干扰源，调制射电频率，那就变得防无可防，会使得所有沟通信号无效，就好比让乾坤变聋、变哑、变瞎。很明显，江流的首饰能释放出很强的射电干扰。进园子的时候他查过江流的首饰，小臂的嵌入式芯片却没觉察，或许也有抗扫描的设计。

齐飞尝试调整信号模式，但仍然无效。乾坤没有回应，蜜蜂无人机不断掉在地上。

"干扰电磁波。好一招防守。"齐飞叹道。

"是啊。"江流一边继续晃动双手，一边笑道，"小可不才，攻击的本事都没有，也只有这点防守的雕虫小技了。"

"非攻。"齐飞点点头，"巨子的传承你倒是没忘。"

"齐所长，现在我能走了吗？"江流笑着说，"你没有别的小朋友追来了吧？"

"现在说这话，还为时尚早。"齐飞跳下车来，将摩托车的两个车把向两边掰开，"我的乌骓也想见识一下江巨子的本领。"

齐飞说着，抓着两个车把，轻易将摩托车分成了两半。如果不明就里的人从远处看，会以为齐飞力大无穷，能像撕一只鸡一样手撕一辆摩托车。但明眼人一眼就能看出来，这辆车本身就和齐飞融为一体，他手到之处，摩托车就像是自动归附到他身上。

摩托车的底座脱落，两个车把和延伸部件反向扣回，扣到齐飞小臂上，成为他小臂的盔甲和带刃武器，摩托向前和向后连接轮子的支架，自动弹出金属箍架，箍在齐飞小腿下，成为小腿的护甲和足底踩踏的前进动力轮。这两个轮子，加在飞行摩托上有些过于轻巧了，此时转化为齐飞双脚踩踏的动力轮，倒是恰到好处，既不显得笨重夸张，又不至于太稚拙，和他手臂与小腿上的护甲相得益彰，倒像是肢体的自然延伸。

当齐飞完成人机一体的转换，他的行动变得迅猛无比，他的头颈和躯干主要部分仍然是裸露的自然身，只有小臂和小腿的护甲变成了金属护体，乍看起来脆弱，但真正行动起来才看出好处。齐飞跃起和搏击的动作依然灵活迅猛，转身、弯腰和肢体快速出招都不受影响，扭转和伸缩的柔韧能保持，而只是在击打接触频繁的区域加上了机甲，可以随时射击，也有利刃可以近身搏击。

齐飞看看自己的双手，对江流说："用肌肉神经传导的电信号，你总不能干扰了吧。"

说着，他踩着的两只轮子开始自动行动，朝江流冲过去，无论江流前进、后退、起跳，还是转向，轮子都能自动识别，并且能计算出迎向江流的最佳路线，几乎将每个可能的角度封死。与此同时，双臂的护甲开始弹出和昨晚抓捕时一样的蛛丝识别器，识别器顶部的 AI 摄像头自动追捕目标，人造蛛丝强韧高弹性，弹出收回都十分迅猛。蛛丝识别器一直追索江流背影，如附骨之疽形影不离，江流几次闪过，刚回身，第二轮追击又汹涌而来。

在这个过程中，齐飞的躯体动作快如闪电，身体常常以匪夷所思的角度弯折转向。若是有旁观者，会说不清是他在带动护甲，还是护甲在带动他的行动。其实，这是他和护甲经过许多轮磨合达到的人机一体效果。他用脑电信号给到肌电信号掌控全局，而护甲和肌体之间形成肌肉记忆，可以自动行动，远比事事都由大脑计算再行动快捷准确得多。这里的计算，远比一般人想象的更复杂，是他和云思小组长期耕耘的结果。

就在这近身追捕的天罗地网中，江流渐渐进入齐飞的掌控范围。他左躲右闪，都逃不脱追踪车轮和蛛丝的 AI 追捕，江流不断纵向跳跃，在助力鞋的作用下，他可以跳得很高，但无论跳得多高，总有落下来的时刻，这种时刻就是蛛丝要结网的时刻。

有一个瞬间，江流忽然不见了，再出现时，他已经向园区的院墙边缘奔跑了四五步，齐飞一直提防江流躲入枝叶密集的林子，却没想到他主动向更空旷的区域逃走。谁都知道，所有的 AI 追捕都是在空旷的区域最有把握，在干扰纷杂的密林里会失去效果，机甲在密林里的攻击性也会大打折扣。但江流不向林间跑，反而向高墙边的空旷场地跑，未免太过托大，是将自己暴露在毫无保护的环境里。

多么傲慢！齐飞哼了一声，也不打算手下留情。

齐飞的车轮转得飞快，和江流的距离不远不近，双手弹出的四五条蛛丝直取他的后背。江流突然双脚一弹，直直朝高墙扑去，离得远了会以为他要撞墙自尽。但他踩到墙面之后立刻反弹回来，从相当高的角度，避开蛛丝，落到离齐飞很近的地方，还向齐飞眨了眨眼，然后脚蹬地，继续向墙面更高处弹跳。这样一个来回，让蛛丝先向前，再反向折回，确实有一点乱阵脚，加上江流脸上放松而轻佻的表情，让齐飞着实恼怒。

齐飞冷笑着看江流的动作，心里并不慌。他不怕江流再向墙面弹跳，墙面有八九米高，差不多有三层楼的高度，江流的鞋子虽有助力，但毕竟只是电磁助力，没有神奇的喷火功效，是怎么都跳不上去的。他毕竟是凡人，总会力竭，在这前无遮挡、后无退路的地方，AI 追捕的功效会放到最大，看他还往哪里跑。

江流又向墙面弹跳两次，落回来两次，齐飞挥动手臂，让蛛丝对着墙面全力出击。蛛丝识别了江流的行为模式，更改了策略，三根蛛丝先攻出，在江流弹回的时候，另外三根蛛丝继续弹出，刚好迎击江流。蛛丝随时进行贝叶斯学习，第一次不中，第二次会调整得更准。眼看江流逃无可逃，将被死死锁住。

就在这最后关键一刻，江流却做了一个出人意料的动作。他在地面滚地转身的时候，将身上的外套脱了下来，再起跳的时候，将外套掷向墙面，自己翻身朝齐飞纵身跃过来。齐飞这才发现，江流外套衣襟也有助力装置，即使无人穿着，在电磁助力的推动下，依然飞速飞向高墙，而 AI 蛛丝依然把外套识别为江流，第一波攻势紧紧跟随外套而去。电光石火间，江流的双脚向齐飞踢过来，齐飞本能抬手格挡，刚好和第二波蛛丝攻势同时，江流双脚轻盈踏在齐飞小臂蛛丝弹射的地方，没有任何伤人的力量，但是和弹射的时机完美契合。第二波蛛丝向外弹射的一瞬间，江流的助力鞋也点亮了。只听轻微的空气波动声过后，江流整个人已经飞在了空中。原来，他是把蛛丝弹射的力量当作了自己的助力。

蛛丝弹射器和江流的助力鞋二者力量合一，角度斜向上方，直对墙面，三者结合的效果就是，江流朝高墙顶部飞过去。八九米的高墙，就这样触手可及。上身攀住高墙边缘之后，江流一个老练的翻越，攀上了高墙顶端，稳稳站定。高墙上原本设置了电磁防护，无论是谁如果想攀墙而出，都会触发电击和电磁警报。可偏偏江流可以干扰电磁波，因而此时就像是小孩子站在滑梯上一样简单愉快。

江流站在月色里，轻悠悠如同纸鸢。他随意地笑着，仿佛跟友人对酒当歌。

"衣服送你了，我不要了。"江流居高临下说。

齐飞轻轻拍掌道："好一招金蝉脱壳、借力打力。"

"我生平不会那些厉害的攻击术，只会一点点防御，保全小命。"江流说。

"你别以为你这样就能逃掉了，"齐飞冷冷笑道，"今天只是试试手。你已经被乾坤锁定了，无论逃到天涯海角，乾坤都会安排，将你抓住。"

"哈哈，齐所长想多了，"江流轻笑道，"我才不会逃到天涯海角，我就住在齐所长边上，所谓灯下黑，最危险的地方，往往才是最安全的地方。"

齐飞知道，江流是在讽刺自己刚才的大意，不由得恼怒道："你不要太得意，下一次见，我定不会掉以轻心。"

"求之不得。"江流说，"我也好久没跟好朋友这样切磋技艺了。不过，齐所长，我跟你说句心里话，你知道 AI 最大的弱点是什么吗？"

"你想说什么就直说，我不打哑谜。"齐飞说。

江流微笑道："AI 最大的弱点，是太执着。佛家有'我执'和'法执'，什么是'我执'齐所长肯定懂，而所谓'法执'，就是 AI 的弱点了。"

他说着，向高墙外的旷野纵身跃下。在月光里，有剪影在齐飞瞳孔定格。

"我回去云帆那里睡觉啦！明天见！"这是江流留给齐飞的最后一句话。齐飞不知道他要怎样从八九米高的墙上跳下，但显然江流还有很多技能没有给他展示，也不必担心。

齐飞第一次对一个人产生如此大的好奇心，也第一次被勾起真正的取胜欲。

当晚，齐飞交代所有手下，有关拘押江流审讯，又让江流逃跑的全过程，如果上级领导不问，就不再汇报。毕竟将人抓来，又让人全身而退，费心建立的云思攻击系统一无所获，还有人在众目睽睽之下给江流泄露密码，这些说起来都是很不光彩的经历。少几个人知道，就少几分解释的麻烦。

助理问齐飞，该如何向袁将军汇报审讯结果，齐飞想了想："只说三句话：天赏大有来头，或许和暗网交易有关；天赏并非前三轮黑客袭击的策划者；组织里有天赏内应，无法查明是谁。"

助理犹豫了一下，问："齐所长，要汇报调查到的江流的背景吗？"齐飞攥着手里的笔，犹豫了片刻说："不说。"助理点点头，退了出去。

齐飞有一点烦乱，头脑中一直回想着"我执"和"法执"两个词。毫无疑问，江流的话触到了他心里某些敏感的地方。他一直小心翼翼计算着一切最大可能的成功，防范最有可能的风险。当所有一切都是按最大概率计算出的最优结果，难道真的有所谓"执着"的盲点吗？如果有，该如何面对所有铁血的规律？如果没有，该如何理解江流的逃脱？更强悍的算力，是一切的终极答案吗？齐飞知道自己不应该被江流一句话就扰乱心神，但毫无疑问，他触到他心里最不确定的，也是最脆弱的角落。

就在这时，乾坤的声音响起来。

本来在这深夜时分，齐飞没有期待任何工作信息，他原本想自斟自饮几杯红酒就睡下，却没想到乾坤在这时候还有工作信息提醒。

袁将军的脸出现在墙上，高清显示屏幕将他脸上的每一寸毛孔和皮肤都显示得纤毫毕现，可以看出他很疲惫。袁将军此时此刻在冲绳，太平洋联盟的高层闭门会议上，一定是经历了一整天疲惫的讨论，精疲力竭，再加上冲绳比西安早一小时，此时已经到了夜里两点多，更是进入了深夜困顿的时段，袁将军的脸上充满无力感。

"不好意思啊，"袁将军说，"一直没回你。我一直在开会。"

"没事没事。"齐飞说。

"我看到你的汇报了。是抓住天赏的头领了？"

"是……"齐飞犹豫了一下，"但没完全控制住。"

"逃了？"

"也不是，"齐飞说，"应该还在秦陵。他也是冲着秦陵信号来的。"

袁将军点点头："继续追。不管天赏是不是黑客行动的策划者，他们都是巨大的威胁。他们买卖情报，不分对象，现在在红海附近的恐怖组织圈子里影响最大，但大西洋联盟已经注意到他们了。如果能除去，是最好的。"

"是。"齐飞点点头。

"对了，还有一件事。"袁将军犹豫了片刻。

"您请吩咐。"齐飞说。

袁将军想了一下才说："这次我听墨尔本的人说，他们也注意到超低频信号异常，但是是在火星附近，你要留意一下是不是与秦陵的事情有关。"袁将军顿了一下说，"大西洋联盟似乎就是因此撤军的，说明他们也注意到了。你一定要把握时机。这次的性质还不太确定，是攻是守，我都要求我们占领先机。"

齐飞点点头："没问题，您交给我。"

袁将军挂电话之前，似乎又有些话想说，欲言又止，叹了口气。齐飞猜想他想转述白天开会的事宜，但思量再三，终究觉得不合时宜，就还是咽回肚子。袁将军最终叹了一句道："真是山雨欲来啊……"

"您的意思是？"齐飞不确定地问。

"攘外必先安内，古人诚不我欺。"袁将军说。

当晚，齐飞琢磨袁将军的话，琢磨了很久依然不得要领。他猜想最近战况升级，袁将军面对纷繁复杂的战局和多重外部威胁，感受到一种力不从心的无奈。齐飞觉得自己可以缓解这种忧虑。这个世界上，没有任何事情是乾坤不能计算的。如果暂时没有答案，一定是因为信息输入还不够多。只要掌握了更多信息，就可以掌控所有局面。齐飞相信这一点。

江流这家伙，毫无疑问，掌握联盟的信息比联盟掌握他的信息更多。所谓一明一暗，处暗处者始终占据更多优势。这个人是齐飞多年职业生涯中最大的麻烦，偏生他还找上门来招惹云帆。招惹谁不好，偏偏招惹云帆。齐飞气得牙痒痒却又无法做什么。江流就像是看准了这一点，故意跟他作对。

这一夜，齐飞睡得心乱如麻。

第二天上午，当齐飞再度踏入秦陵，第一眼看到的就是江流似笑非笑的表情。

"齐所长，你来啦！"江流过分热情地打招呼，"一夜不见，甚是想念啊！"

云帆和齐飞都白了江流一眼。任哪个正常人听来，这句话都颇不正常。

"江公子昨夜睡得可好？"齐飞冷笑道。

"很好很好，托齐所长的福，这十里八乡都很安静，我很久没有睡得这样好啦！"江流脸上洋溢着快乐，会让不知情的人以为他当真过上了农夫一样简单幸福的日子，"我在梦里都想着怎么帮帆帆分忧解难，因此一早醒来，就找帆帆聊新的想法啦。"

江流说着，又故意朝齐飞扬扬眉毛，说："我的新想法，帆帆可满意了。"

齐飞强忍着怒火，不动声色地说："哦，江公子又有什么新想法？"

"我的想法是，我们飞上天去找它们！"江流笑道，"不等它们下来，我们一定要主动出击。"

"不知是敌是友，不知是凶是福，这般冒险，岂非欠妥？"齐飞回应道。

"是福不是祸，是祸躲不过。"江流笑嘻嘻地说，"不去看看怎么知道？"

云帆这时候插嘴道："它们是友非敌。"

齐飞蹙眉说："你怎敢肯定？目前就连飞船的踪迹，都只是模糊猜测，尚未确实证明，更谈不上接触，你怎么就敢确定它们是友非敌？"

"因为历史上，它们始终是在帮我们。"云帆说。

"帮我们？"齐飞不解。

云帆轻轻抚过几案，看似木质的几案上，很快褪去了木纹，显露出一张卷轴图案，卷轴米黄色做旧，上面画着时间轴，配有密密麻麻的注释图片。

"你们看这时间轴，公元前26世纪，古埃及文明达到顶峰，建了胡夫金字塔；古希腊文明荷马时代，大约是公元前11世纪开始，这个时期有了奥林匹斯众神故事；再到玛雅，奇琴伊察——玛雅人的圣殿大约兴起在公元5世纪，这段时期标志着玛雅后期文明鼎盛期的开始。它们到来的时候，毫无疑问都启迪了某一个文明突飞猛进的发展。如果你不信他国证据，你看中国古代，良渚文明发源于公元前33世纪左右，炎黄帝时期是公元前26世纪，二里头青铜文明起始于公元前18世纪，从此中国进入金属技术时代；殷周交替是公元前11世纪，西周是中国礼制发源的时期；秦始皇建立秦朝是公元前 3 世纪。这几个时期是中国科技文化大跃进的时期，你看一下这些时间节点，难道没看出什么规律吗？"

齐飞思量了一下："差不多是……七八百年为一个周期？"

"没错！"云帆点点头，"不到八百年。每一次到来，都给中华文明带来了突发的进化过程，然后就有新时代产生。这里面科技进步的不连续性是显而易见的。这难道是巧合吗？不可能的。除了善意的、帮我们的外来文明，其他因素是解释不了这一切的。"

"所以……"齐飞心算着，"如果公元前 3 世纪，加 800 年是……"

"公元 5 世纪，玛雅。"云帆回答道，"然后是公元 13 世纪、公元 21 世纪……"

"所以你觉得，这次是……"齐飞轻声说。

"是的，是它们回来了。"云帆坚定地点点头，"它们是友非敌。"

齐飞看了一眼江流，意味深长又微妙的一眼。他清楚云帆在这件事情里的理想主义成分，没有谁比齐飞更知道云帆在过去这些年里承受过哪些压力，也没有谁比齐飞更懂得云帆此时多么需要一些事情来证明自己。这是她生命的精神力量。

但也很少有人比齐飞更懂得，越是在这种急迫心情的滤镜下，看事情越不能准确客观。云帆一心一意想要跟外星人建立友好联系，且不说这件事是否真实靠谱，即便是靠谱的，外星人能有多少友好的成分，齐飞是异常怀疑的。没有任何人有义务帮助其他人，人类所有的善心都基于种族繁衍的背后目的，宇宙里的不同种族毫无基因关联，怎么可能有善心善意的种族帮助另一颗星球上的文明进化？这是不可能的。黑暗森林的宇宙里，你死我活，抱着善意的想象，最终只能被屠戮得更加惨烈。如果让齐飞做决定，他宁可错杀一千，也不愿意被错杀；宁可对外星人抱着夸张的戒心，也不愿意因为傻乎乎的善意，让地球人整体蒙难。

齐飞不相信善意的接触，但是此时此刻他却没有多少选择。

齐飞用眼神示意江流，此事并非儿戏，不可轻举妄动，但江流却不理他。

"我相信你,"江流柔情地对云帆说,"我帮你上天跟它们联系。我家有航天飞机公司,我找一架航天飞机送你上去,跟它们联系。"

江流说完,还笑眯眯地看了看齐飞,把齐飞气得牙齿都咬碎了。

"此事并非儿戏,"齐飞沉声说,"事关万千人安危,要去我也得去。"他又看了看江流和云帆,加了句,"如果没有军方特批,你们是飞不过太空禁飞区的。"

云帆微笑了一下。这是齐飞记忆中,她十年里第一次朝他微笑,却是为了外星人才朝他微笑,这让他的心里狠狠地痛了一下。

"谢谢你。那我们就一起吧。"云帆说。

"不用劳烦齐所长,"江流像是故意挑衅一般,"我家也可以拿到大西洋联盟的特批。"

"你拿不到。"齐飞脱口而出,想了想又说,"云帆是太平洋联盟的人,她的身份过不了大西洋联盟的禁飞区。只能我去请示。"

"没问题,"江流依然笑眯眯地,"我也很想跟齐所长学习请教,这次正好有机会。"

一直到最后,齐飞都有点没搞清楚,自己是怎样就和江流与云帆一起踏上了秘密的征程。他只是觉得有种莫名的力量,让他想要阻止那两个人的行动,却又始终不断将他推向他们。在齐飞生活的环境里,大家理性严谨地讨论事情已经形成了本能,凡事都是大数据计算决定。他已经很久没遇见像江流和云帆这样肆意任性,又执着不悔的人了,似乎不知道如何应对。他只是凭本能知道,绝不能允许他们单独行动。

齐飞只觉得自己心里乱糟糟的,却不知道,云帆和江流心里,和他一样五味杂陈。

第四章　劫持

这次出门，齐飞叫了一辆无人驾驶军事越野车送他们。三个人对于如何坐争论了很久。云帆想坐前排，但齐飞和江流都拒绝和对方坐在一起。江流想和云帆坐后排，让齐飞坐前排，但齐飞不同意，说不派车送他们了。于是最后达成妥协，江流坐前排，云帆和齐飞坐后排。但两个人坐下之后各自靠着自己的车门，之间空出一道墙的距离。

这距离太过清晰可辨，江流明眼人，一眼就看出其中的端倪，故意笑道："我看后排座还有很大空间，要不然我去坐你俩中间？咱们方便聊天。"

云帆和齐飞同时拒绝，江流笑了，就这么歪着身子转向后方，一路有一搭没一搭跟云帆搭讪，依然是笑嘻嘻的浪荡模样。

"帆帆啊，咱们上天之后，先去一个漂亮的地方，"江流说，"是一般航天旅游都不去的，在月球侧面，有一个角度看地球特别漂亮。我陪你看地出。"

齐飞冷冰冰地说："我还是觉得，贸然上天不是一个好主意。万一敌人凶险，我们这是羊入虎口。还是先在地面做好侦测比较好。"

"在地面怎么做侦测？"江流冷笑道，"目前只有超低频电磁波被探测到了，其他波段几乎没有显示，可见是有极好的隐身技术了。超低频在地面上观测效果又很差，我们如果在这儿等着，那就跟瞎子差不多，人家到你面前你也未必知道。"

"可以在太空探测，但没必要我们自己冒险。可以先派无人探测器去侦测。"齐飞说，"你刚刚也说了，敌人隐在暗处，我们在明处。敌暗我明的时候，直接扑上去岂非炮灰？"

江流不屑地笑道："齐所长，你总是太高估机器的智慧。真和外星人正面相遇了，无人探测器知道要做什么吗？它们能判断形势吗？把机器扔过去才是炮灰。"

"我高估机器？江公子，那你就是高估自己。"齐飞反唇相讥道，"机器不知道要做什么，但至少不会为了追姑娘，做各种秀尾巴的傻事。"

江流也不恼，只笑道："齐所长嫌我做傻事，那就别一起走？让我和帆帆两个人上天，我求之不得。"

"云帆什么时候答应跟你一起走了？"齐飞分毫不让。

"好了，你们两个别闹了。"云帆实在听不下去，冷冷地说，但眼睛还是看着窗外，"我想上天去。"

江流得意地笑了，齐飞很不痛快，问云帆道："你知不知道这很危险？"

云帆很轻很轻地回答："我只是不想有任何错过它们的可能性。它们上一次到地球来，有可能就没降落。如果这一次再不降落，就这么飞走了，那我可没有再等八百年的命。"

"它们以前来，是降落的吗？"江流好奇地问。

"嗯，最早的时候会降落很久。"云帆说，"典籍中说的昆仑，就是降至地面的飞行器，高大如山，有通天的本领。这大概是公元前18世纪那次，蒙昧未开的早期文明时代。后续来到地球也有降落的记载，但越来越少。恐怕是文明开化之后不愿再被发现。"

"昆仑是外星飞船？这你是怎么知道的？"

"待会儿你见了我导师，可以直接问他。"云帆说。

江流笑笑："帆帆，到现在我都觉得外星人的说法匪夷所思。也就是你说出来我才信，若换一个人说出来，我估计早一巴掌打飞了。"

"你也可以一巴掌把我打飞。"云帆冷冷地回答，然后一直盯着窗外不说话了。

"帆帆，你别生气，"江流讨好道，"是我说错话了。我可不舍得打你可爱的脸蛋。你来打我一巴掌消消气吧。"

"傻子。"齐飞冷嘲热讽，"你什么都不懂。"

"你懂吗？"江流不甘示弱。

"比你懂。"齐飞说。

"好了，吵死了，"云帆打断他们道，"好歹也是两大情报组织头子，说出去吓死人的，怎么跟小孩子一样聒噪？就不能安静一会儿吗？"

她说完闭上了嘴，齐飞和江流也不说话了。三个人消停了片刻。

江流有点吃惊，他没想到云帆能看破他的身份。他平时最引以为傲的地方，就是天赏不像一般森严的组织，而是更松散、更隐秘、更鲜为人知。链上的所有数据，都是分布式存储；链上的所有信息，都是匿名交换；每一个赏人都知道规矩，绝对不打听其他人的身份。正是这种规矩才让天赏迅速扩张而又鲜为人知。能知道这个组织存在就不是一般人，能知道他的身份更是凤毛麟角。齐飞能查出来，江流并不惊奇，但是云帆又是从何而知的呢？江流发现，自己对这个女孩子是低估了。他看了齐飞一眼，感觉齐飞脸上也充满疑惑。

齐飞心里确实在疑惑。他和云帆差不多有十年没联系了。中间曾经见过，但谁都没说话。他甚至不知道云帆大学毕业后这几年都做了什么。虽然她工作的秦陵园区和他工作的军事禁区离得如此近，但他对她的生活一无所知。他试图在旧人的社交网络里看到云帆的近况，但是云帆就像在同学朋友间消失了一样，各种聚会的照片里，都没再见过她。这一次再见她，发现她的容貌和从前几乎没有变化，但气质似乎变了很多。十年前的云帆，只是轻柔美好，但此时的她多了几分冷冰冰的执着，就是有一种"我知道你们在说什么，但是我想做的事情我就是要做，我要做的事情谁也拦不住我"的冰冷质感，像一柄银光闪烁的细长利刃。这种感觉是齐飞不熟悉的，但又是他曾经在另一个人身上看见过的。那个人……齐飞有点害怕。齐飞不知道云帆是怎么知道自己身份的。齐飞的研究所对外公开的研究内容都是偏向硬件和软件开发，几乎没有谁知道他们还卷入情报网的工作。江流能查出来，齐飞并不惊奇，但是云帆又是从何而知的呢？齐飞发现，时隔多年，自己已然不了解云帆。

下车之前，云帆郑重其事地对他俩说："我不知道这次上天会发生什么，可能很凶险。我也没想好要怎么做。……我只是做好了付出一切代价的准备，也不想给自己留太多退路。你们都可以选择去或不去。如果是出于理性和安全的考虑，那最好别跟我一起。……不管你去不去，我都会去的。你们谁都别劝我，我会想尽办法。"

不知道为什么，江流和齐飞都有一种感觉：云帆最严肃的时刻，就是她最疯狂的时刻。就像……平静走向悬崖的感觉。他们都想拉住她，又觉得自己拉不住。

江流和齐飞跟着云帆进了云帆导师黄朗亦的办公室。黄教授已经七十几岁，到了退休的年纪，头发斑白，动作也有些迟缓，但是谈吐之间，思维意识都还是敏锐清晰的。进门之前，云帆叮嘱过他们，黄教授既是自己的导师，也是她父亲的导师，是极受人尊敬的业界前辈，说话不可造次。

黄教授显然知道云帆所为何来。云帆他们一落座，黄教授就站起身，说："你们稍等，我这就去后书房把东西拿过来。"

云帆说不急，先说说话再拿，黄教授才又坐回来，点了一支代烟，悠悠然跟云帆讲话。黄教授先是简单寒暄了一阵近况，说了说自己退休后做的课题，又问了问云帆的生活，然后很快步入了正题。黄教授有些忧虑地劝诫云帆，很多事情也要考虑周围环境，如果太执拗，与周围环境对抗，最后怕没有好结果。

"我知道您是说我爸爸。"云帆直白地回应道，"说实话，十年前我也确实是这个想法，但现在我恰好反过来。我是觉得，一个执拗的人，就是得执拗到底。我现在后悔的就是当初没有更坚决地陪我爸爸一起执拗，而是也劝他明哲保身。他后来自己心里就一直有两个声音，一个让自己坚持，一个让自己撤退。这两个声音打架久了，他就疯了。如果最初我能更坚定地站在他这一边，陪他一起坚持下去就好了。很多时候，只需要一个人陪着，就够了。"

黄教授轻吐了一口没有味道的烟圈，轻烟多多少少遮蔽了几个人脸上的表情，沉声说："你这么说，倒也没错。当初他在网上被攻击的时候，要是我站出来多支持他几句，说不定最后的结果也不一样。"

"您不一样。"云帆淡淡地说，"您身份不方便。我没有怪您的意思。"

黄教授叹了口气道："你爸爸……确实是我最有才华的学生。可惜了。"

江流忽然插嘴道："如果我没理解错，是云伯父当年的研究与众不同，被人攻击？"

黄教授点点头，云帆一言不发。

"我可不可以斗胆问一下，云伯父当年是哪些研究有争议？"江流问。

黄教授看了云帆一眼，见她没有反对，就站起身，从自己身后放满古籍和文物的书架上，取下来一只不大不小的青铜鼎模型。模型很精致，完全不像市面上一般见的仿制摆件鼎，看起来几乎是古代文物。精雕细刻的花纹一点都不马虎，磨损残破的时光痕迹也丝毫不敷衍，如果放在博物馆展柜里，一定会被认为就是真品。江流只是从黄教授相对比较轻易的姿态中，判断应该是赝品。黄教授似乎看出他的疑问，特地解释说这是 3D 打印的仿制品，因为品质要求高，扫描和打印的精细度就调至顶级，连每一处缺损都按真品复刻了。

"这是秦陵地宫外侧陪葬坑出土的一只青铜鼎，据测定是殷商中期所制，跟二里岗文化同期，可能是秦统一之后搜罗的铜鼎之一。"黄教授讲，"你仔细看它侧面的纹饰。"

江流俯身，相当贴近地查看铜鼎侧壁。这是一只长方形青铜鼎，侧壁上有上下两排纹饰，上一排如纤细饰带，有环绕的纹饰，底下一排更宽，有似鸟似兽的图样。

"做中国考古研究的都知道，在多数青铜器上，都有两种主要纹饰或者变体，一种是云雷纹，一种是饕餮纹。很长时间以来，人们都不知道这两种纹饰的含义，饕餮纹你可能在一些鼎上见过，一般认为是兽面，解读为部落图腾。但实际上，这两种纹饰都是晚期青铜器的纹饰了，它们都是从共同的早期纹饰进化来的。"黄教授沉声解释道。

他说着，将鼎举起来，离近了给江流展示道："你看这两排纹饰，像什么？"

江流仔细看过去，纹样繁复环绕，螺旋对称，若问像什么……真的不大好说。

黄教授也没有一直等着他，接下来拂动茶几，将它变成屏幕，对它说"找青铜纹饰库"，茶几上就显示出密密麻麻的一系列图片。黄教授选取了几张放大，让江流看其中的规律。

"这就是云逸——哦，云帆的父亲，做的青铜纹饰库序列，他梳理了七百多年的青铜器纹饰，按照制成年代和出土地域做了整个的源流脉络库。最早的大概是公元前 1700 多年的，晚一些的器物覆盖到公元前 1100 多年的。哦，对了，你们不做考古，对年代可能不敏感。我简单说一下，中国青铜器是在二里头时期横空出世，能发现的大型青铜器是在二里头三期，萌芽阶段可能是二里头一二期，也就是在公元前 1700 年前后。出现的时候已经比较成熟，最开始人们期望通过更多挖掘，找到青铜器起源和发展的脉络，但是 21 世纪持续几十年的发掘，还是没有找到明确的起源路径，只在二里头见到最早的复杂成熟的青铜器，可以说是横空出世。你看这几张图，可以看到上面纹饰的演进。"

江流一边看，一边问："早期的图样好像更简单、更明确？"

"是的。"黄教授点点头，"早期的图样很简单，就是围绕一个中心旋转的两条螺旋线。云逸认为，这个盘旋状的图样就是银河系旋臂。"

江流大为震动："你说什么？"

黄教授又重复一遍："云逸猜想，早期纹饰是从银河双旋臂的图样而来的。后世很多人说这是双龙，但其实不是，它就是双旋臂。越早期的纹饰越清楚。你看最早的这一片，这是二里头出土的年代最早的青铜器残片之一。它上面的盘旋纹样是后世云雷纹的基础，就还保留着非常清晰的一个核心、两条旋臂的造型，和银河系几乎一样。云逸整理的脉络很清楚，最早的青铜纹饰与良渚文化有关，应该是银河系的造像，后来不断延伸演化，才变成了云雷纹、饕餮纹，甚至变成了八卦。"

"所以他猜想，这也是外星人所为？"江流问，"他就是因为这个受到攻击的吗？"

"是。"黄教授点点头，"他猜想，外星人给原始先民看过银河系的照片或者什么显示，这种第一印象转化为最早的神秘崇拜。外星人传授了冶金和铸造技术，原始先民就在象征着外星神祇的祭祀礼器青铜上，刻下了神秘的双旋臂纹饰。青铜器的作用一直也很神秘，当时先民温饱尚不能解决，掌握了冶金技术之后，应该主要用来做农具、餐具、打猎的兵器，但商周先民却把绝大多数金属资源用来做礼器，而且是大型、重型礼器，这并不好解释。如果认为青铜器的产生本身就缘于外星文明影响，那么礼器和纹饰就都容易说得通了。"

江流点点头，但又皱眉道："我能理解，这确实解释得通。不过这只是一种个人猜想，若作为学术研究，怕还是证据不足吧？"

黄教授叹了口气："是这么回事，所以云逸的论文被人发到网上之后，引起广泛的嘲笑和攻击。对云逸人格和学术水平的攻击，甚至上升到对我们研究所和大学的攻击。云逸当时不只是做这一项研究，还做了不少其他研究，例如对昆仑的记载、河图洛书传说的由来、伏羲和嫦娥的真相考证，等等，都还是下了很多功夫，也不是空穴来风。但是民众没有耐心看过程，只看到结果就觉得匪夷所思，云逸的性子也太耿直，和人公开辩论，导致事情越来越严重，有人开始攻击学校，校方迫于压力就将云逸开除出了大学。……唉，这件事，一直到现在，也是我心里一个过不去的坎。我当时要是替他说几句话就好了。可是……"

"黄教授，别说了。"云帆突然打断道，"都是过去的事了，别说了。时间也不早了，我们还是拿了东西就早点走吧。"

黄教授点点头，站起身，推开一道通向里屋的小门，进屋摸索了一会儿。当他出来时，手上捧了一只八边形的黑匣子。他小心翼翼的样子给人一种捧着骨灰盒的感觉。江流心一惊，以为黄教授将云帆父亲的遗骨捧了出来，但离近了才发现不是骨灰盒，而是某种特殊的器物。黄教授将黑匣子放在茶几上，用一块眼镜布轻轻擦拭了一遍。黑匣子通体乌黑光滑，看不出材质，没有任何纹理或按钮，也没有开关结构，完全看不出是什么事物。

"放心，我一直好好存着的。"黄教授对云帆说。

"谢谢您。"云帆将黑匣子端到膝盖上，"这是我父亲生前留下的唯一一样东西了。如果不是您帮我收着，我是真的不知道放到哪里才安全。"

"我懂。"黄教授说，"你放心，我谁都没有告诉。"

云帆抬起头看着黄教授："真的谢谢您。"她的眼睛里有一层氤氲打转，但眼泪最终没有落下来。

最终，三个人起身告辞。云帆出门之前跟黄教授轻轻拥抱了一下："过去的事，您也别太挂怀了。我不怪您，我父亲也不怪您。您多保重身体。"

下楼的时候，云帆说要去原来的办公室再取一点遗留的东西，让江流和齐飞在楼下等。江流和齐飞站在校园里，看到来往的男孩女孩，仿佛时空错落，回到年轻的往昔。

"你今天格外沉默啊，不像平时的你。"江流对齐飞说。

"我平时也挺沉默的。"齐飞说。

江流笑了："你沉默？怼我的时候可没见你沉默。"

齐飞白他一眼："那是你不了解我。"

"说真的，"江流敛声正色道，"今天在云帆导师那里，说的事情是你不想聊的吧？"

齐飞没说话。

"云帆导师说的事情，你之前都知道？"

"嗯。"齐飞点点头。

"那是十年前？"江流想了想，"云帆差不多上高中的时候？"

"初三。"齐飞说。

"当时是怎么回事？你给我讲讲。"江流很好奇地追问，"云帆说了几次她后来后悔了，为什么？她做了什么？后来为什么后悔？"

"她什么都没做。"齐飞说，"做错事的也不是她。"

"那是谁？"

齐飞有点烦躁地瞪了他一眼："你这个人呢，又聪明又蠢。你聪明的地方是，看得出来我不想说话；蠢的地方是，明明看出来我不想说话，还这么唠唠叨叨地问。你知不知道，只有闲得没事干的碎嘴老太婆才这么爱打听别人的事。"

江流笑道："你歧视老太婆，你不尊重女性，我要控诉你。"

齐飞说："那就是碎嘴老大爷！反正我不想跟你说话，你哪儿凉快哪儿待着去。"

就在这时，齐飞的上衣口袋里响起了音乐声，齐飞把折叠机拿出来，展开成通话器。他看了一眼上面显示的名字，脸上闪过一丝尴尬，不想接听，就把折叠机又叠起来放回去。可折叠机又响了，他再挂了放回去，折叠机第三次锲而不舍地响起来。

就在齐飞犹豫着要不要接的时候，一个清亮甜美的女声在他们身后响起来："齐飞！"

他们回头看，是一个高挑的长发姑娘，穿着黑色高领半袖衫和包身短裙，面色温柔带笑，袅袅婷婷走过来。这个姑娘给江流留下的第一印象就是得体，每一步都稳重有风度，显然是受过很好的家教，举手投足都有分寸。

"白露。"齐飞低声打招呼。

"果然是你来了。"白露微微笑道,"我下午突然在校门口停车场看到你的越野车,猜想是你来了,但又不敢确信。我还特意打电话问了爸爸,他说你没有任务来我们学校,但我又问了你的车号,确认就是你的车,所以才给你打电话。虽然你没接,但我远远就听见铃声,顺着就找过来了。……这位是你朋友啊?"

"嗯,啊,是江流。"齐飞说,"从夏威夷来的。"

"哦,夏威夷好地方,到我们这里,气候不适应了吧?"白露令人舒心地微笑着。

"还行,还行。吃得好,美人也多。弥补了。"江流歪头笑了笑。

"你来得正好,"白露又对齐飞说,"晚上到我家吃饭吗?我妈妈终于从度假区回来了,带了好多云南松茸,晚上要在家里烧菜。你朋友也可以来。"

"哦,不用了,"齐飞推辞道,"我晚上还有工作。"

江流连忙摆摆手道:"没事没事,晚上没工作了,就算有事也有我盯着呢。你赶快去吧,去吧去吧。"

就在这时,云帆从楼里走出来,手里搬着一个纸箱子,纸箱子里有一些书和文件夹。她还没走到齐飞和江流身旁,就看见了白露。云帆停下来,离他们两三米距离,没有再上前。齐飞没看到云帆,直到江流上前接过云帆手里的箱子,齐飞才注意到。

有差不多五秒的时间,谁都没有说话。云帆注视着齐飞和白露,白露也好奇地看着云帆。她似乎不认识云帆,眼睛瞟了一下齐飞,想等齐飞介绍。可齐飞眼神看向一边,没有介绍的意思。但白露又注意到云帆不自然的回避,能感觉到这里面的蹊跷。谁都等待他人先开口,打破僵局。

"帆帆,咱俩走吧。"江流将整个局面看得清晰,开口道,"齐飞遇见朋友了,晚上不跟咱们一起吃了。"

云帆点点头,跟着江流就朝学校外面走。江流搬着纸箱子,云帆还特意伸手去帮忙托，从远处看上去，就像是云帆双手挽着江流的手臂一样。两个人径直向前走，谁也没回头看。但不用看也知道，身后的两个人动也没动，一直注视着他们。

"我是不是应该感谢白露，"江流意味深长地看着云帆的侧脸，"要不是她来了，估计你永远也不会挽我的胳膊。"

云帆咬着嘴唇瞪了他一眼，道："我是托着我的箱子，里面的书宝贵，我怕掉了。"

"你和齐飞没缘分，还是咱俩有缘分，"江流说得半是戏谑，半是正经，"说吧，今晚想吃什么，我请你。你别看我没来过西安，但我在这儿也是有场子的。"

云帆叫了车，先把黑匣子和纸箱子送回秦陵，然后又跟江流回到城里。她希望今天晚上就能定下来飞行上天的时间和具体流程。江流说，他需要找一个联络的地方，跟家里联系，于是云帆就跟着江流，来到城里，到他所谓的"我的场子"。

云帆到了地方，脸一红，几乎不想进去。原来是一家夜总会。江流跟她说，这是他家的子公司的子品牌，只是方便家族企业内的沟通，不会有什么问题，她才不情愿地跟进去。夜总会门口是云道，客人来了就先站上一朵"云"，落脚之处是一小块平台，上面环绕绵绵软软的烟雾，将人的脚罩住，即便是自己低头看，也会觉得站到了云里。云道运送客人进入不同通道，四周是光之隧道，有时候上升，有时候盘旋。这样每一个入场的客人都无法搞清自己到底走了怎样的一条路，也看不到其他客人。四周墙壁虚实结合，有时候像要一头撞墙，却穿"墙"进入另一条通路，有时候朝着前方一条走廊滑过去，走廊却突然变成了风景画，原来是 AR 显示。云帆不知道自己到了哪里。

"有点晕？"江流笑嘻嘻地解释道，"这样才安全。"

"什么安全？谁安全？"云帆问。

"你想呀。"江流神秘一笑。

云帆还想问，但忽然有一丝信息进入心里，恍然有所领悟。

云帆并不清楚江流家里的生意具体做哪些业务。但是她似乎有所耳闻，他家最早是币圈发家，而且不是靠炒币，而是在全球链上做一些数字货币的匿名交易起家。云帆忽然忆起前日里江流说起他触怒父亲的理由，是泄露了"铀交易"信息。于是她大致猜出来要隐藏的是什么了。她相信，一定不是普通核电站的原料进货信息。具体交易到哪里，用脚指头也能想出来。再加上江流在私家链上做起来的"天赏"，在短短几年里就迅速扩张为全世界最大的情报组织，必然不是靠一个在校博士生自己的天纵奇才，这里面用到的基础设施，八成源自家族长久暗网交易的积累。

江流带云帆到一个小房间里，房间上上下下都是镜子，看上去仿佛深陷时空深渊。江流划了划手，把四周的显示换成鸟语花香，只有一面成为通信屏。

很快，波叔的面孔出现在屏幕上。

"你个臭小子，你还敢联系我！"波叔见到江流，就气不打一处来，"你自己偷偷跑了，老爷差点把我扒皮抽筋，等我下次见着你，看我不把你扒皮抽筋！"

"您已经回到家啦？"江流笑嘻嘻地露出白牙。

"废话。我还能在西安等你一辈子吗？"波叔气呼呼地说，"有本事你就别回来，只要我逮住你，我就揍你屁股。"

"波叔，"江流嘴甜又贱兮兮地说，"很快就给您一个揍我的机会。您先揍我一顿，我再给您揉肩捏脚。只要您帮我安排一下，让银英公司给我派一架私人航天飞机上天，我立刻就跑到您面前，撅起屁股让您揍我。您一边揍，我还要一边说波叔好棒！波叔好帅！"

"你小子……"波叔听了这话更气了，"你倒是真会算啊！拿一顿揍，就想换一架航天飞机上天！也太便宜你了吧？更何况，这顿揍还是你前几天闯祸欠的，本来就该揍！合着你三言两语嘴上抹蜜，就换一架航天飞机?你怎么想得那么美呢?!"

"揍两顿也行。等我们从天上下来,您再揍我一顿。"

"没戏。航天飞机日程是银英公司排的,每季度定死,你爸要亲自审批的。"

"你说的那是商用,我说的是私人航天飞机。我知道,有四架。"江流挑挑眉毛,"我爸每次请贵客出去玩,是要坐的。有一年,我记得好像是圣诞节吧,那次请了英国首相一家,我姐也去了,不就坐了一架吗?还有两架高能的,去执行特殊任务的,最远能到火星附近。这几架不是商用,日程表都是临时的。"

"臭小子还挺清楚。"波叔冷笑道,"那你肯定知道,这几架私家航天飞机,想动用更得你爸同意了。"

"不一定……有临时调动政策的。战时从权,我知道的。偶尔有什么大咖大佬的活动,还是能安排的。"江流向波叔挤眉弄眼道,"波叔打听一下?你帮我这一次,下次回家,要杀要剐任你挑!我没一个不字。"

"我杀你有什么好处?不干。"

"那两瓶顶级威士忌呢?三瓶?"

"你以为我买不起啊?"波叔傲娇道。

"那我陪你滑雪一个月?"

"一个月?"

"一个月。我保证!"

波叔依然不情愿地半推半就道:"跟你这个臭小子混在一起,从来就没什么好事,每次都拖我下水,说得好听,最后还不是得我给你擦屁股。这次又是要泡哪个妞啊?"

他说完,看见江流挤眼睛的样子,才注意到小房间后面的角落里坐着的云帆,于是连忙改口道:"哦哦,我怎么忘了,你是在西安探讨学术呢。学术问题,学术问题。"

江流又跟波叔调侃打屁几句,让波叔有消息就跟他说,然后关掉了屏幕。他能看到云帆脸上多少有鄙薄的神色，大概是从波叔最后几句话里，猜到江流曾经多次为了追求女孩而让波叔帮忙。江流也没法向她解释，这些事情确实是他以前做过的。他不知道自己该不该解释。不解释不大好，解释似乎更不大好。

江流知道自己的私生活算不上检点。他从高中开始出国读书，在高中和大学，没少融入街头少年的夜店浪荡生活，每每和朋友出去喝酒，喝完酒和临时认识的女孩缠绵。交过几个女朋友，但都不超过三个月。女朋友和跳舞时认识的姑娘最大的区别在于，他还能记住女朋友的名字。这样的生活给他提供了暂时性的欢愉，让他不用去想那些不想面对的事情。他无法克制自己一切都要追根究底的苏格拉底式理性，又没法回答自己内心的诘问。每次当他自我感觉糟糕，在任何地方都找不到自我认同感，觉得一切都是虚无的时候，他就只能在酒醺和感官娱乐中获得片刻休憩，否则他会被自己无尽的追问累死。

但这些，又怎么能和云帆解释呢？

于是江流装作什么事都没有，开始安排工作。除了约一架航天飞机，他还得做很多别的部署。他先调出私链数据，做了一些联络和查询，把两个自动程序发出去，让它们帮他搜索一些东西。然后店长进来，跟他窃窃私语了一些事，又有两个姑娘进来，跟他接洽。两个姑娘穿着性感包身的裙子，进门之后一左一右坐在江流沙发椅两侧，低头听他布置任务。虽然没有任何越轨之举，但是场面怎么看都是香艳的。

等到江流把事情安排得差不多，再抬起头，却发现云帆不见了。

江流知道，云帆并不喜欢看到这些场面，一定是先行出去了。但是云帆并不熟悉这里，他不知道她能否找到正确的路。江流迅速跳起来，追出门去。云道很慢，他第一次嫌弃这种设计，恨不得自己跳下来走。夜总会里弯弯绕绕，除了大量像刚才那样的小房间，还有巨型全景 AR 夜空舞厅、浪涌歌厅、脑波幻境按摩厅等。江流自己都没去过这么多的不同场景。他只知道，这是战乱时代中他家最赚钱的产业之一。在科技隔离碎片化、工业破坏的年景,集团的年报利润有一半是靠全球遍布的夜总会产业撑起来的。他在这些灯红酒绿的房间中穿梭,找云帆的影子,也有一点绕晕了。

直到他出门来到马路上,才收到云帆的信息。

"来老城墙找我。长乐门。"信息很简短。

江流随便拦了一辆车就奔向老城墙。他隐隐感觉哪里不对,但是也来不及深究,只想让车子开快一点。半路堵车了,江流就下车,在街上奔跑。乱世萧条,四周的小店多半关着,有人在街上闲坐,衣衫破旧,百无聊赖。江流奔跑着,就像穿越不同世界。

一口气跑到老城墙下,江流在长乐门前平复气喘。他四下张望,没有看到云帆,却看到齐飞。他上前探问,才知道齐飞收到了一样的信息。

"坏了。"他和齐飞异口同声道。

云帆从江流家夜总会出来的时候,发现自己走错了门。这不是他们进去的那道门,云帆完全失去了方向感。她在夜总会里顺着云道向外走。每一次 AI 导航员让她选择的时候,她都选择出口的方向,于是,云道就兜兜转转把她送到了一个出口,但她却不知道是哪里。出门之后是一条小巷子,四周是仓库或者废弃物堆积的空场。她看这里没办法叫到出租车,就一直向外走,想走到最近的马路上。

转上马路之后,她想叫一辆车,但是折叠机信号一直时有时无,打电话打不通,有时候却能发出消息。折腾了好久,终于有一辆车停在面前,她上了车,感觉松了一口气。

云帆的头脑中,时不时闪过江流和齐飞的影子,接着又闪过他们身边其他女孩的影子。她不想想起他们,于是调息静气,克制自己的思绪,用她平时练瑜伽和冥想的方法,凝思安神,只专注自己的内心和理性思考的事情,不让纷乱的记忆扰动情绪。

就这样闭目调息十几分钟之后,云帆的思绪终于静下来,情绪也安稳了。在她头脑中，几乎已经没有了齐飞和江流的样貌，而是重新被数据和规划占据。她不能让自己情绪化，只有有条理的规划和不断完成的任务列表，才能让她心里安定下来。

这一路她都没有注意窗外。她上车的时候报了秦陵的地址，但是车子并没有驶向秦陵，而是兜兜转转朝着闹市区行进。如果是平时，谨慎如云帆，肯定早就发现了不对。但是今天她的心思纷扰，只屏气凝神做正念内观，完全没注意到窗外的风景，倒让车子的安排人轻易收获了意外的结果。

车门打开了，上来一位穿西装的年轻男人。

云帆还没来得及反应，年轻男人就伸手拍击了她的太阳穴。他手上或许有微缩型麻醉枪一类的东西，她完全没看清，就觉得太阳穴上一阵战栗，接下来就失去了意识。

"老城墙。长乐门。"年轻男人对车子说道。

他推了推云帆，又探了一下她的鼻息。车子启动了。男人脸上露出满意的笑。他期待着待会儿的会面，忍不住搓搓手指头。前几天，当他派出的跟踪江流和跟踪齐飞的探子，竟然出人意料地汇报了同一个人名和地点，他就已经想要见识一下这是一个什么样的女孩，拿着什么样的诱人的法宝。

长乐门，并不远。

第五章 四人

当江流和齐飞登上长乐门城墙，他们毫不费力就看见了云帆。

老城墙上游人稀稀落落。原本不是假期，又在战时萧条年景，有闲情逸致出来旅游的人比战前少了很多。有父母带着孩子在城头照相，还有三三两两的情侣散步或者骑车。老城墙依然保持着千年苍凉，再加上近年来维护修缮不及时，城楼更显悲怆。

此时已近黄昏，夕阳打在角楼上，天空湛蓝，有几丝云。

云帆被一个穿西装的男人搂着，坐在城楼观景台旁边的长椅上，云帆的头靠着男人的肩，闭着眼睛，在游人眼里像极了走累了休息的小情侣。但江流和齐飞立刻看出了其中的凶险，云帆的脸色太平静，一看就是失去意识的昏迷状态，而那个男人的手搂着云帆的腰，明眼人立刻能看出他是以什么东西控制着她。

这是不折不扣的劫持。

江流和齐飞互相看了一眼，开始小心翼翼地走向长椅。他俩不约而同开始手上的动作，一个转了转戒指，一个摸了摸眼镜腿，同时让 AI 摄像头帮他们搜索有关这个男人的一切。

年轻男人显然也看到他俩，脸上露出满意的笑容。

"江公子，齐所长，二位好呀。"年轻男人说着不太流利、有一点外国口音的中文，"我等你们好一会儿了，以为你们不会来了呢。"

江流和齐飞向他走近，年轻男人伸出右手，示意他们不要离得太近。年轻男人左手还是扣住云帆，甚至将她的身体朝自己拉得更近了一点。

江流和齐飞投鼠忌器，在他身前两三米处站定，不敢再靠近，与此同时仔细观察男人手里和身上是否隐藏有武器。

"赵一腾？"齐飞率先开口道，他的颅骨芯片源源不断输出这个年轻男人的基本资料，他一边听一边斟酌着要说的话，"西点军校优秀毕业生，国际新能源协会常务理事长，全球科技基金领界基金投资顾问，著名新闻撰稿人。原来是贵客啊，什么风把你吹来了？"

年轻男人微笑着点点头："既然你已经查得这么清楚了，应该也知道我其他的身份吧？"

"大西洋联盟 AIA 高级特工？"江流接口道。

赵一腾不否认："这个身份平时我是不会讲的，但我在二位面前没有秘密可言。"

江流听着耳骨夹给他念出的信息，知道赵一腾还有更多隐藏信息，也知道他是有备而来。他于是笑眯眯地问："那你也像我一样，是来旅行的吗？"

赵一腾"扑哧"一声笑了："是，没错，我也像江公子一样，是为了这个女孩来的。"

"你怎么认识云帆？"齐飞厉声问道。

"我本来不认识，"赵一腾笑笑说，"但是通过二位，我就认识了。我对二位倾慕已久，很想知道是怎样的姑娘，能让二位高手聚集到一起。"他一边说，一边观察两个人的反应，"我原本以为，二位会为了美女大打出手，却没想到二位如此和谐，配合默契。"

江流看了齐飞一眼，知道齐飞也跟他想到一处了。赵一腾的话说得再明白不过了，他是因为跟踪他们两个人才找到了云帆。什么人会跟踪他们两个人呢？什么人会知道他们两个人的身份并且关心他们的身份呢？用脚指头也能想出答案了。全球不过寥寥几人会做这样的事。他们在头脑中简单过了一下可能的选项，最后只剩下一个——量子雾。

"既然身份都挑明了，我们也就不打哑谜了吧。"齐飞说，"你想要什么？"

赵一腾悠悠然地笑道："我真的只想认识一下两位，对着这夕阳美景聊聊天，听听二位接下来的旅行计划是什么。"

"什么旅行计划？"齐飞试探着问。

"二位来找云帆，"赵一腾说，"难道不是要跟她一起去旅行吗？我只是很想知道，你们要去哪里。"

江流一点点接近他们："这个好说，我们找一家餐厅，坐下来慢慢聊可好？不过，今天云帆似乎很累了，让她先回去睡，明天中午我请赵首席吃饭，到那时聊如何？"

赵一腾注意到他的动作，瞳孔微微收缩，但依然不动声色道："江公子，你最好别过来。我跟你们约在这里，真的是出于友界，想跟二位谈一个交易。这个交易很简单：不管你们的计划是什么，让我加入你们的计划，咱们一起做。这样今晚云帆就还是回家住。如果二位不肯，那么对不起，我会自己问云帆。到时候也许云帆就跟我一个人去旅行了。"

这一次齐飞和江流不用再对眼神，也知道对方的选择。云帆想做的事情，本就事关重大，江流和齐飞相互还在博弈，大西洋联盟又是他们共同的对手，卷进来只会让事情变复杂，最后很可能变成混战。在更多人和势力卷入之前，干脆利落地解决掉是最好的。齐飞和江流是同样的心思，于是共同踏前一步，分别封住了从长椅站起来之后向左和向右的通路，他们判断赵一腾无路可退，只要共同出手，就可以控制他的动作，夺下云帆。

但就在他们离赵一腾的距离已不足一米时，出人意料的事情发生了，赵一腾所坐的长椅突然微微悬浮起来，沿着城墙的方向迅速滑开，速度之迅疾，让两个人措手不及。转眼之间，赵一腾带着云帆坐着长椅，已经到了十米开外的地方。

这时候，两个人才注意到，城墙边原本没有长椅，现在只有这一张。他们刚上城楼的时候被云帆吸引了注意，竟然没发现这么不寻常的事实。

江流看到长椅滑开之后留下的痕迹，头脑微一思量，立刻意识到这是虚拟轨道的印记，长椅快速喷射出金属轨道，同时启动磁悬浮，就可以变成超快移动工具。他没想到，现在大西洋联盟的高温磁悬浮技术有这么发达了。

"是磁悬浮。咱们以脚力追不上他。"江流对齐飞低低地说。

但赵一腾似乎也没打算立刻走远。看来他还是想从他们嘴里套话。

"二位别着急嘛，咱们有话好好说。"赵一腾提高声音说，引起了一些路人侧目，"你们只告诉我是或不是，就可以了。你们接下来要做的事情，和外太空有关吗？"

齐飞微微侧过头，低声对江流说："我负责阻止他，你见机救云帆。"

"你能阻止他？"江流嘴唇基本不动，只发出声音。

齐飞笑道："我的本事，还没让你看见呢。"说着，齐飞向前冲出一步，同时拿出自己的指挥棒挥动起来。

只见赵一腾本能地驱动长椅继续向后移动，但在赵一腾身后，一个巨大的铁架子如泰山压顶一般压下来。原来是古城墙内侧、城楼下方的演出舞台支撑铁架升了起来，向城墙倒下。这铁架平时只在城墙内升降，此时不知怎么竟向后弯折，擦着城楼一侧倒下来，轰然砸在了城墙上，不偏不倚，刚好挡住了赵一腾长椅的去路，若不是赵一腾及时刹车，几乎撞上。

江流在齐飞冲出去的一瞬就跟着他冲了出去，身体在齐飞右侧。齐飞展开的手臂遮掩了江流的行动，阻挡了赵一腾的视线。就在铁架倒下的一瞬，江流也冲到接近长椅的地方，向云帆伸出手，几乎就要触到云帆的身体。

但这时，赵一腾的动作也不慢，拉着云帆身体向一侧倒下，右手撑住长椅的右侧扶手，长椅右侧扶手塌陷下去，随之带来的是自动改装，长椅竟然迅速变成一辆便携式磁悬浮小车，没有轮子也没有发动机，但是能看出来底部装有强磁体动力装置。随着改装完毕，小车原地浮起来，又开始向地面上喷射金属涂料轨道，看不出是什么材质，但应当是导电性能极好的。改装后的小车更接近单人摩托大小，灵活转向性增强了很多，向齐飞和江流另一侧退出去，有很大空隙可以立即逃离。赵一腾仍用左手扣住云帆的腰，让云帆的头倒在自己颈窝里，右手不知道从哪里掏出一颗小圆球，圆球整体透明，中部有一圈不透明的"腰带"，很像是线圈，内部有闪烁微光的某些精密装置。

"这是一颗微核弹。"赵一腾说，"杀伤力不大，不会毁天灭地，但是把这座角楼炸塌，还是不成问题。"

江流和齐飞闻言定住，不敢造次上前。"你要干什么？"江流质问。

"我不要干什么，"赵一腾说，"我只是想最后再问一次，你们的行动，是不是太空行动？我最早注意到你们的动向，是江公子违规从 NASA 系统里下载了大量非公开数据。NASA 除了科研数据之外的大量观测数据都是高度机密的，是我做的量子加密系统。江公子竟然能绕开系统，侵入数据库下载，技术就很高了。你以为做得无声无息，却不知道，我做的系统，可以被攻破，但一定会留下可被追踪的痕迹。我反向追到了江公子的个人地址，没想到，却意外遇见了齐所长。而我看到，最近齐所长也人为增加了在轨卫星的变轨观测任务。我今天只想来交个朋友，问问两位发现了什么。咱们都是同行，大家明人不说暗话，谁都知道太空任务的重要意义，你们别说自己只是想看看星星追姑娘。这种话，骗得了外人，骗不了我。如果你们此时不想说，那我就把云帆先带走，今晚我陪她看星星，你们想通了可以到酒店来找我。"

他说着，把手臂伸直，手里的微核弹直直地迎向江流跟齐飞，摆出明显的威胁姿态。而他身下的磁悬浮小车，此时已微微向后飘动，显然是随时可以绝尘而去。

有那么一两秒，江流和齐飞谁都没动，在头脑中快速闪过各种应对方案。正在踌躇间，令人意外的事情发生了，云帆突然睁开眼，左手手腕向下砸赵一腾的左手腕，她手上的镯子不知道从哪里弹出一排尖刺，这一下狠狠扎下去，虽不致命，却也让人疼得不轻。赵一腾低哼了一声，左手本能地回撤，云帆趁这当口脱出身来，站起来伸出右脚，迅捷准确地连环踢，先用脚后跟踢了赵一腾胸口，然后借反弹顺势上前，脚尖把赵一腾右手的微核弹踢落在地。然后她三步并作两步向另一侧墙边跑去，喊道："跳！"

江流和齐飞顿时明白，跟上她跑过去，三人几乎都是跃过墙头，向下跳。跳下去的瞬间，江流感受到自己的疯狂，在完全不知道这个女孩子有什么打算的情况下，竟然义无反顾跟她从十几米高的城楼上跳下去，如果毫无防备，那他们三个人就坠落身亡了。

他不能保证云帆此举是不是自杀，可他就这么跟着她跳下去了。

跳出城墙的一瞬间，他们就看见了城墙下方飘过来的无人飞车。24个螺旋桨维持平衡的双人飞车，刚才大概是靠墙停留，隐藏在阴影里，此时向外自动飘出，角度和位置刚好和他们跳出来的方位一致。云帆和江流很容易就落到飞车身上，钻进车厢。齐飞的位置稍偏，但也抓住了飞车外棱。云帆和江流伸手一抓，就把他拽了进来。

"好险。"江流落座之后，感叹了一句。飞车只有双人位，三个人坐着很挤。

"你怎么知道有这玩意儿？"齐飞问云帆。

"我知道赵一腾手里的微核弹是不会引爆的，"云帆说，"就是吓唬人的东西，那个东西真实的作用就是掩人耳目，等他把它抛到地上，就会启动这辆飞车，赵一腾只要到设定好的地方跳下来，就能被它接住。"

"所以你才把微核弹踢到地上？"江流恍然大悟，"你早就醒了？"

"也不算。"云帆摇摇头，"我不知道你们什么时候来的，但是赵一腾第一次移动长椅的时候碰到了我，我就醒了。"

"那你是怎么知道……"江流想刨根问底。

"现在不是说这些的时候，"云帆说，"这车是赵一腾的，咱们得快点跳出去，要不然，他一个遥控就把咱们都运回去了。"

果然，飞车前行的速度变缓了，原本就不快，之后开始缓慢地向城楼开，他们回过头能看见赵一腾在城楼上的身影。齐飞见状连忙挥动指挥棒，只见旁边的一盏路灯忽然弯下腰来，弯到了他们能够到的高度，三个人也不迟疑，立刻攀缘住路灯滑到地上，向四周的闹市区里钻进去。

　　转入小巷的一瞬间，江流回头看，发现路灯已经恢复原状，城楼上的赵一腾也不见了。他轻轻出了口气。

　　"行啊，你的乾坤能控制的东西挺多啊。"江流说，"城市里的基础设施都是联网建的？整座城市都联网了？"

　　齐飞笑了："基建狂魔不是瞎吹的。"

　　"我们现在去哪儿？"云帆问。

　　齐飞想了想："现在回秦陵不稳妥，有可能会把赵一腾引过去。我有个朋友在附近开了一家小酒馆，我们先去那边待一阵子再走。"

　　于是江流和云帆跟着齐飞，在摩肩接踵的小巷子里穿来穿去。原本就是红灯笼满街的游客步行区，有很多人排队买吃的，齐飞又过于神出鬼没，云帆都差点把他跟丢了，想来没有哪个盯梢的能跟得上。七扭八转几条巷子，来到一个小酒馆门前，齐飞特意留意有没有微型跟踪飞行器，确认没有异状，才推门进去。

　　这是一家仿古小酒馆，有唐代建筑的屋檐和木框门，院子里有白石子沙地和青石板小路。屋门口立着两盏宫灯，橘色灯影温和，给人久违的安定感。

　　进屋之前，齐飞突然生硬地立住。后面的两个人差点撞到他，江流低声埋怨了一句。

　　齐飞回过身，有点僵硬地对云帆说："我得说一下，这个朋友你也认识。"

　　进屋之后，云帆一眼认出了常天。

　　常天先见到齐飞，并没有任何惊讶，显然齐飞是时常过来的熟客了。

常天亲切地招呼，还问齐飞是不是要去老位置。接下来他开始招呼后面的朋友，却在看见云帆的一刻呆住了。他的反应太突然，瞬间定住，以至于江流都能感觉到空气里的尴尬。

"云帆……真的是你吗？你怎么来了？"常天轻声问。

云帆低了低头："待会儿进去说吧。"

四个人坐到一个小包间里，有古式的矮几矮榻，端方清静，只是做了一些改良，坐起来更为舒适。包厢很小，矮几也不大，放满了盛小菜的碟盏，显得拥挤而温存。小菜并不稀奇，都是寻常菜色，但是摆盘很讲究。碟盏都用了唐三彩，形制精致而色调古朴。有生鱼片和生蚝，也有酸梅排骨和荔枝虾，将四海食物做了些奇妙的混搭。常天温了几壶自制白酒，也用古雅的三彩酒壶和酒盅盛了，一人一小壶，颇有暖意。

"你女朋友呢？"齐飞问常天。

"这几天回老家了，"常天说，"她妈妈最近身体不大好，她经常回去。"

"最近生意还行？"齐飞又问。

"凑合吧，比前几个月好多了。最近太平一点，人们又出来走动了。"常天耸耸肩道，"不过也就是维持着，生意算不上好。"

"你说你干吗退下来呢。"齐飞叹道，"前两天调整编制我还在想，要是你没退，这次也肯定是少校兼大队指挥员了。"

常天笑了下，很有平常心，低头拿起小酒盅喝了杯酒："不说我啦。你们好容易来一次，说我干什么。云帆，很久没见啦，你现在好不好？做什么呢？"

"我还是老样子。"云帆说。"老样子"三个字引起每个人短暂的思量，不知道她口中的老样子是哪个老样子。她还是把话题转回到常天身上："你参军了？"

常天点点头："嗯，当了几年飞行兵。"

"岂止是飞行兵，"齐飞替他补充道，"是飞行英雄。三年前有一次在南海附近交手，是常天领十人小队，硬杠了对方一艘航母上一个飞行中队，一直拉高俯冲压制对方起飞，愣是阻挠了一次对方计划中的进攻。还有在青海的一次防御，正面交火，弹无虚发，打下来两架格朗兹 K82，那是风头最劲的型号。本来大西洋联盟都快要换成全无人驾驶了，这一仗之后，又不敢了，这两年他们也是派王牌飞行员过来。"

"这么厉害！那你为什么退伍呢？"云帆问常天。

"累了。"常天说，"忽然某一天醒了，就有点害怕。想着还是自己开家小店，简简单单讨生活更适合我。我本来也不是做英雄的材料。"

"还不是你那个女朋友。"齐飞戏谑道，"老婆孩子热炕头。"

"不是倩倩的事，即使没有她，我也想退下来，"常天说，"只是刚巧遇上她。"

"你怕什么呢？"云帆问，"应该不是怕战斗。"

常天又给三个人的酒壶里都满上酒："我是怕一辈子都开不了这么一家小酒馆了。"

云帆和齐飞同时沉默了，似乎在琢磨常天的话是什么意思，有几分真几分假。

这时候，江流突然插嘴道："你是王牌战斗机飞行员，会不会开航天飞机？"他说完，见常天稍有点蒙，伸出手，自我介绍道，"江流，学天文的，从夏威夷过来，云帆的朋友。我最近有一件很重要的事情，想找一个可靠的航天飞机驾驶员。"

"那要看是什么型号……"常天说。

"太好了，"江流兴奋道，"也就是说，你会开一些型号的航天飞机咯？你会开什么型号？小型泽塔系列会不会？"

"是不是跟大型贝塔系列类似？"

"对，没错，就是简化升级版。"

"贝塔系列倒是开过两次，"常天说，"但是不太熟练。如果是阿尔法系列，就完全不会了。动力系统原理不一样，操控差很远。"

"没关系，没关系，太好了。"江流兴奋地搓手道，"怎么有这么幸运的事，我家正好是泽塔plus系列，跟贝塔系列一致。那咱们今晚就走吧，你跟我们走，帮我们开飞机。"

"什么？"另外三个人异口同声地说，脸上写满震惊，都是一脸看疯子的表情。

江流灌下一杯酒，说："你们想想，咱们现在如果想行动，肯定是不能拖的。赵一腾是怎么追到我们的？他自己也说得很清楚了，是根据我下载数据的记录和你调整在轨卫星追踪到的，既然他能追踪到，其他人时间长了也能发现。量子雾还只是大西洋联盟一个隐藏的情报网，调动不了官方军队，如果是AIA看出端倪，那问题更严重。AIA肯定会发现的。他们外太空的超低频观测本来就是全球领先的，现在还没发现异常，可能是因为没有重视太阳系扫描，也可能是因为月球背面的观测站前些日子位置不好。但是再过些天，肯定也能看到外来的飞船。到那时候，你觉得还能轮得着咱们几个去接触吗？"

"那可说不好，"齐飞哼了一声，"你说大西洋联盟技术强，我们难道就差吗？正面硬杠未必就输给他们。即便都发现了，全面竞争，也不一定谁占先机。"

"没脑子，"江流说，"真到了你们两边正面硬杠的时候，不是得开火吗？跟外星人多半也要开火。且不说外星人是不是战斗力超强，把咱们都灭了，即便是外星人不强，咱们灭了它们，云帆想办的事不是也办不成吗？云帆说了多次，它们每次都是秘密来的。如果真是正面战，那云帆想送的东西肯定送不到了。"

云帆抬起头，看向江流，江流的眼睛也在幽幽地看着云帆。云帆心里莫名一热。她其实没有明说自己是要送东西，但是江流猜到了，而且是切实考虑她的任务，想帮她。这是云帆从来没有遇到过的支持的力量。

云帆点点头："是的，我们不要引起战斗。它们没有恶意。最好是能私下接触。"

"再说，"江流继续对齐飞说，"如若外星人真如云帆所讲，能帮助地球人实现技术进步，你难道不希望太平洋联盟获得这份福利吗？没什么可失去的，却有可能获得巨大回报，这个赌的机会，你不想落到赵一腾手里吧？"

齐飞明显被说动了，但还是带着惯常的冷静说："那我今晚就打一份紧急报告，请上级批复。如果联盟支持，说不准可以派联盟的火箭或航天飞机。"

"用联盟的火箭？"江流嗤笑道，"你想一上天就被盯上，刚飞出去就被打下来吗？"

齐飞用怀疑的眼神死死地盯着江流的眼睛，试图从中找到陷阱的存在："你到底是为何这么热心做这件事情？"

"为了云帆，不行吗？"江流说。

"我想一下。"齐飞说。

"恐怕没时间了。"江流转了转左手手链，小臂上的文身又映出蓝光，投射到墙壁上，是地图，能看见很明显的红色光点在逼近，"是赵一腾。下午近身的时候，我给他衣服上洒了紫外荧光剂，能追踪到他的位置。他正在朝这里逼近，还有十多分钟就到了。"

"这人是谁？"常天问。

"是一个想把我们弄死的人，"江流说，"常老板，我劝你也尽快收拾一下跟我们走。等他来了，说不准把你的小酒馆炸了。"

常天腾地站起身来，将信将疑地看着齐飞。齐飞沉吟了一两秒，就点点头，对常天说："你跟我们走吧。你留下来不安全，万一被赵一腾作为人质，我们也没法行动了。"

齐飞最了解常天。这个家伙对生死不大在意，对荣耀与功绩也不大在意，但是对感情和关系十分在意。如果只是跟他说留下来有危险，他八成不会躲，会随遇而安。但他绝对是不肯连累其他人的，如果说他留下来是个拖累，他是无论如何都不会留的。他们认识二十多年了，齐飞太懂他。从小到大，他不得不经常用威胁的方法做一些对常天好的事情。

　　常天于是匆匆忙忙回房间拿了些必要的通信和安全工具，带他们到小酒馆后门。

　　"咱们最好分头行动。"江流说，"赵一腾能找到这里，就说明他不知道在谁身上也装了跟踪装置。我们现在也没时间查。"

　　就在这时，小酒馆的前院门果然响起了拍打声，最初只是礼貌的敲门，见许久没人理，变成了轰隆隆的拍击。

　　"不能让云帆单独走。"齐飞说。

　　"当然，我跟云帆一路，你俩一路。"江流说，"你定个会合地点，咱们各自收拾东西，到会合点见面。回去都得洗澡换衣服，去除掉被跟踪的物件，然后带点简单的行李就走。"

　　齐飞点了点头："那就晚上 11 点在云帆大学门口吧，今天下午去过的。现在是 8 点 30 分，还有两个半小时。"

　　前院的轰隆隆声越来越响，很快就听到门板裂开的声音。他们几乎能看见那扇门碎裂的样子。几个人迅速从小酒馆后门穿到小巷子里。这里比前门黑暗而寂静了很多。

　　江流点点头："我没问题。你们可别迟到了，如果迟到了，我就一个人带云帆走。"

　　齐飞狠狠瞪了他一眼说："本事不大，屁话不少。你也不许迟到。"

　　说着齐飞带上常天向前奔去。江流和云帆走了另一个方向。前门的轰击声依然在持续，门板倒塌的时候，激起了一声巨响。

　　当齐飞和常天坐在齐飞的军事越野车里，向齐飞家驶去的时候，常天幽幽地问："齐飞，你老实告诉我，你到底是怎么和云帆重逢的？"

　　齐飞大致描述了自己的任务。"只是因为秦陵和军事禁区太近了，如果有信号异常侵入，太危险了。"齐飞的语气严肃认真。

　　"那你为什么会一直监测秦陵？"常天问。

"因为……"齐飞一时语塞，"就是因为近啊。军事地位重要。"

"哦……"常天的语气意味深长，"你刚才对江流，为什么那么容易生气？"

"这小子还不令人生气吗？你看他傲慢又挑衅的样子，我最讨厌这种人。"

"你见过的傲慢挑衅的人还少吗？大学里也没见你搭理他们，更没见你生过气。"常天说，"我认识你多少年了，都不记得你什么时候生过气。"

齐飞听见这话，不知道为什么，感觉更生气。就是有一种闷气压在心里，发不出，又憋不回去的感觉。他强行压下去了，紧闭着嘴，一言不发，耳朵感觉有点发烫。

"江流对云帆……是真的吗？"常天又问。

齐飞更加不耐烦了："你能不能别老说他们俩。"

"齐飞啊，"常天说，"你跟我就别撑着了。你明明就很关心，也没什么丢脸的。"

齐飞哼了一声："他是不是真的，我怎么知道。"

"他俩怎么认识的？"

"谁知道，"齐飞说，"说是云帆去找江流问学术问题。但我觉得，更有可能是江流找上云帆，还不一定是抱着什么祸心。你知道吗，江流做了个情报网，这两年已经是世界最大的情报链了，好像全球有上千万线人，用私链交易情报。江流他家，早年是地下生意起家，说是做跨境贸易，但其实有好多地下交易和洗钱行为。从他爷爷那辈起就开始在公链上用电子货币做军火贸易和走私，还发币捞过不少钱。他爸爸把公司正规化，做了不少明面上的生意洗白，但家里一直到现在都有很多说不清道不明的大额资金往来，在全球金融监管体系里都是被重点监测的。之前有情报说咱们原来在东南亚的铀输运受阻，就是因为触到了江家暗处的势力。江流说话冠冕堂皇，还不知道他是为什么接近云帆，可能这次行动有一些咱们还不知道的目的。总之对这小子，不能只看表面。"

"你查了他很多事啊。"常天说,"那他也查你了吗?"

"嗯。"齐飞点点头。

"那他知道……你和云帆的事吗?"

"我怎么知道。"齐飞低低地咕哝了一句。

常天将车窗摇下来,任夜晚的风呼呼地灌进来,让人脸上清凉了一下,声音被风声淹没很多。"齐飞,你说真心话,你和云帆还有可能吗?"

齐飞似乎颠了一下,咳了几声说:"没可能。永远也没可能。"

"为什么?"常天问,"这话呢,前几年我是不问你的。可是刚才我看见了,你明明就……还放不下。"

"停。"齐飞厉声道,"这话再也不许说了,尤其是不许在我妈面前说。"

车子开始减速了。接近目的地,车上的提示音开始让他们准备好下车。

"快到我家了,"齐飞又缓缓地说,"待会儿到了我家,绝对不许说一句跟云帆有关的话,也不能说这次行动是去做什么,就说是机密就行了。"

"哦。"常天什么都懂了。

推开家门,齐飞讶异地看到,袁将军一家人都在自己家里。不仅袁白露和她妈妈在,就连袁老将军也在。几个人正围着餐桌吃饭,其乐融融。白露身上围着围裙,头发挽成马尾,站在桌边给几位老人盛汤,脸颊被蒸汽热得微红,显得十分甜美。听到门开的声音,几个人都回过头来,脸上的表情都有些复杂。

"阿姨好。"常天倒是第一个打破沉默的。

"哦,是阿天呀,"齐飞的母亲认出常天,站起来,"好久没见了。"

袁白露迅速给他们挪碗筷位置、拉椅子道:"这么快就回来啦?今天下午你说执行紧急军事任务,我以为又得到半夜呢,刚才就没给你打电话。"

"你怎么来了？"齐飞问白露。

"我今天不是叫你到我家吃松茸吗？"白露看了看自己的母亲，"我妈妈听说你执行任务去了，家里就只有伯母一个人，就非让我一起来了，说是大家一起吃热闹。偏巧我爸爸今天下午下飞机，问家里有没有晚饭，听说我们过来，就也一起来了。"

白露说得简简单单、轻轻巧巧，就像说的是寻常人家的寻常家宴，有着暖意十足的烟火气。倒是袁老将军微微皱了皱眉头，问："什么紧急军事任务？没听说啊。"

"啊，哦，我进屋跟您说可以吗？"齐飞到袁将军耳边压低了声音道，"大西洋联盟的一个高级特工，下午在城墙上肇事。"

袁将军听闻，擦擦嘴站起身说："屋里讲。"

齐飞的母亲给常天安排了位置坐下，饭局又继续。袁将军和齐飞来到小书房里，齐飞轻轻把门关上。

"您是提前回来了？"齐飞问。

"嗯，"袁将军说，"联盟总部有一些战略变化，要早点回来传达。"

"什么战略变化？"

"据说大西洋联盟那边，要把太平洋重点策略转向印度洋，重新控制阿拉伯海。"

"为什么？"齐飞讶异道，"难道还想去蹚红海联盟内讧的乱局吗？"

"那倒不是。"袁将军忧虑地摇摇头，"据说是马尔代夫那边一个独立的生物科技研究所有变异人技术的巨大突破，大西洋联盟打算把军队布过去。不过目前还不清楚具体情况，你也叫人打听打听。如果是真的，咱们的超级 AI 阵列得加快了。"

"是。"齐飞点点头，"情况是有点棘手。"

袁老将军没有深入这个话题，转而问："今天下午是怎么回事？"

齐飞简要描述了赵一腾找到他们的始末。袁老将军一直深深蹙眉，显然是没料到量子雾的情报追踪技术如此无孔不入，而创始人又如此胆大包天，肆无忌惮在公共区域露面搞事。他隐隐觉得哪里不对，但又说不上来。袁老将军从未如此忧虑。

生物技术的传闻、情报信息的泄露、黑客的攻击、海上交火的胶着、铀能源行动受阻、超级 AI 阵列研发的迟缓、太空控制逐渐失去阵地、新粒子武器研发的落后，所有这些都构成了前所未有的压力。当科技战在每一条战线上全面展开，他开始有一种失控的焦虑，不知道该把资源押注在哪里，又如何赌一个一击制胜的突破口。如果有时间，他是知道如何从容布局的，但是时间太少了。有时他们似乎占据了优势，但局势瞬息万变，出其不意的一招就有可能颠覆全局。

袁将军从军多年，第一次有一种无力感。他少年时就进入军队系统，性格坚毅耿直，九死一生爬上来，早就已经练就了不轻易波动的钢铁一样的意志。这么多年，遇到任何不利局面，他都有无坚不摧的忠诚和勇气，什么困难都能克服。但是最近这几年，科技战越打越胶着，越打越不在水面之上，而是水下冰山的比拼，不知道什么时候就冒出来一种不为人知的特殊科技，越来越让袁将军觉得困惑和有疲倦感。

他知道，他已经老了，接下来是年轻人的战场。于是他用厚重的双手握了握齐飞的上臂，给他传递自己的信任。

"齐飞啊，"袁将军叹道，"接下来看你的了。我全力支持你。"

"袁将军，江流提出，今夜就出发，尝试在太空里接触外星飞船，不知道是否可行？"齐飞问。

"为什么这么着急？"将军问。

齐飞简要讲述了一下江流提出的理由，尤其强调了一下云帆所说的外星人曾多次干预地球文明发展，传授了科技成果给古代文明。获得外星人干预的文明能迅速成为文明霸主，科技遥遥领先于其他国家，无论是古埃及，还是商周和秦帝国。

"此事当真？"袁将军问。

"唔……"齐飞思忖着怎样回答，"可以当真，也可以只作笑谈。"

"宁可信其有，也不可将机会旁落他人。"袁将军斩钉截铁地说，"只要有一丝可能性，就值得去赌一下。你和常天跟他们去。如果真有科技升级的机会，就引回来。一定要保密。这是千载难逢的机会，1% 的可能也要争取。我们军人，就是在不可能中追求可能。"

齐飞点点头。

"对了，"袁将军说，"别忘了适时做掉江家那小子。我也派人查了，这小子很危险。他策划过几次炸毁武器库的事情，而且还说不好他是哪一头的，行事飘忽，留下必有祸患。"

齐飞心里五味杂陈，但是点了点头，没有追问。

齐飞在房间里收拾东西，客厅里的家宴继续，欢声笑语。常天跟齐飞家本来就熟，好久没见，可以好好叙旧。白露母女和齐飞的母亲也有不少家常话好聊，笑语盈盈，齐飞母亲瘦削的脸上也露出久违的舒心笑容。袁将军疲倦一周的神经终于舒缓下来。

齐飞洗漱停当，收拾好东西，准备出门，告诉母亲自己要执行一个重要任务，不一定什么时候回来，叮嘱母亲吃药和体检的相关事宜。袁将军说时候不早了，他们一家也该走了，可以一起下楼。白露还在收拾桌子，齐飞就站在门口等袁将军一家。

等待的过程中，袁将军又想起什么，对齐飞说道："对了，你务必问问云帆，秦陵地下还有哪些超出人类理解范畴的科技。如果有，回来之后就考虑申请联盟中央批准，挖掘研究。在路上也了解一下云帆的黑匣子究竟是什么，她用来联络的科技是什么。"

袁将军的声音并不高，只是肩并肩对齐飞做叮嘱，但是在房间里就像一声警铃，尖锐地穿过空气，传到齐飞母亲的耳朵里。

"齐飞，袁将军刚才说什么？"齐飞母亲原本就瘦的脸显得异常惨白。

"没什么，我回来跟你说。"齐飞说着就开始穿鞋，示意常天尽快离开。

"齐飞，你给我说清楚！"母亲在齐飞身后叫道，声音因为提高而显得异常尖锐，"你要是不说清楚别想出门！什么云帆？哪个云帆？我不是跟你说过，一辈子也不许你跟她来往了吗？你不是答应我了吗？这又是怎么回事？……你别走啊！你给我回来！"

齐飞逃似的下楼，将母亲的尖叫留在身后空洞的深夜楼道里。齐飞知道袁将军能劝住母亲，也就不担心。但是母亲的责难仍然像小锥子一样扎在他的心上。

一直到当晚他们登上江流家的超导旅行车，齐飞都还是魂不守舍。超导旅行车从戈壁滩出发，一直穿越沙漠到达中亚的发射场。他们四个人从西安先坐了两小时军用侦察机到甘肃，再花三小时乘坐超导车到达中亚。几个人整夜都说话不多，每个人都心事重重。

戈壁滩的夜晚，夜空澄澈黑暗，一道璀璨的巨型银河横在每个人头顶。他们抬头望着，心中想起不同的星光。

几个人睡睡醒醒，到了黎明，终于看到了发射场的高塔。

第六章　启航

　　江流家的发射场，在中亚哈萨克斯坦巴尔喀什湖附近。从兰州乘坐"一带一路"超导列车，八百多公里时速，只要三个多小时就跨越两千多公里距离，到达发射场。齐飞曾经到过文昌、西昌、酒泉几个发射场，发现巴尔喀什湖的发射场距离城镇更近，发射场周围虽然没有什么大城市，但是配套旅游资源相当完善，挨着巴尔喀什湖建了几个度假村，都是低矮宽敞的新材料建筑，远远就能看得出酒店的野奢风格。齐飞能猜出，这里应该是名流贵胄喜欢的聚会之所，恐怕也是江家建立影响力的重要区域。

　　发射场离酒店还有一段距离，但发射场的接待厅已经做得非常舒适了。大厅里有餐厅、酒吧、模拟运动场、舞厅和赌场，地面是近年来最受追捧的高分子材料，脚感舒适而光滑，顶部悬挂巨型抽象主义雕塑，用聚合纤维做出霞光飞舞的效果，又莫名有种情欲缠绕感。墙上有几幅爆炸主题油画，角落里标注着艺术家名字和拍卖行成交价。清晨设施都还没开，空旷的厅堂里静静的，高高的穹顶透下晨光，仿佛只迎接他们四个人。

　　"这里装修得真好啊，"常天叹道，"我要是什么时候能开这么一家餐厅就好了。"

　　"你是真喜欢开饭馆，还是想挣钱啊？"江流笑道，"开这么个地儿可不挣钱，全都是败家玩意儿。你知道沙发那边那个看不出是什么东西的雕塑多少钱吗？够你酒馆开分店了。你要是想过安稳日子，就别搞这么多排面事。这些造出去的钱，靠饭馆可赚不回来。"

"那靠什么赚回来？"常天真诚地问。

江流嘴角露出一抹笑："你知不知道迪斯尼游乐园其实不赚钱？"

"真的？"常天很惊讶。

"嗯。"江流说，"迪斯尼电影是宣发，乐园是渠道，最终赚钱的是乐园里的商品销售。买卖，不外乎就是这几环：宣发、渠道、产品。资本嘛，总有一环能赚到钱就是了。"

常天若有所思："那你家这场子，赚的是太空旅游的钱啦？"

"也不是。"江流摇头。

"那是哪一环赚钱？"常天继续问。

"你猜。"江流笑得意味深长。

齐飞打断他们，严肃地说："时间不多，说正事吧。接下来做什么？"

"直接去飞机那儿。"江流指了指落地窗外远处停着的飞机，"我已经联系了我家管家，让他连夜赶过来，帮我们解锁。他之前比较难给我安排，是因为正常发射需要安排飞行员和地面遥感导航，就得我爸妈批准。但如果咱们自己开飞机，自己导航，那说走就走。"

"咱自己怎么导航？"齐飞问。

"齐所长，你那么大本事，不是还没让我看见呢吗？"江流晃晃手，也做出指挥棒似的动作，"这次正好给你一个大舞台表现一下。"

齐飞知道，江流是在说老城墙上的戏言，哼了一声说："这是江巨子的地盘，小可不才，不敢掠美。"

江流说："古人云，当仁不让。齐所长仁人志士，岂能谦让？"

齐飞伸手说："在以兼爱为己任的江巨子面前，谁敢称仁人志士？"

江流哈哈道："我嘛，乘桴浮于海罢了。不比齐所长。"

"你俩这是怎么了？"常天看呆了，转头问云帆，"他俩平时见面也是这么说话吗？"

云帆的眼睛一直看着前方不知道什么东西，并没有转过来，只淡淡地说："他俩都不想做导航而已。"

常天恍然大悟道："确实，不在地面导航，从空中计算方位，计算复杂很多，又有风险。如果我们不是在野外做特种突击，也还是要地面基站计算和导航才稳妥。这又是航天飞机，比普通飞机复杂得多了。航天飞机要先绕地轨道飞行才能脱离，导航非常麻烦。"

"是啊，"云帆说着自己向前走，"要是好事，你看他们会让吗。"

"帆帆，你去哪儿？"江流也顾不上和齐飞拌嘴了，连忙追上云帆。

"我听到一些声音。"云帆说。

"什么声音？"江流竖起耳朵听了听。

"我也不知道。"云帆说，她走到大厅一侧的立柱背后，侧耳倾听，微微皱起了眉头，"好像是这里附近。昨夜的某个时段。但我听得并不清楚。"

其他三个人看着她的样子，大为震惊。齐飞和常天相互看了一眼，在他们印象中，从来没有见过云帆这一面。江流凑到云帆身边，看看她，又看看四周，想要理解她的意思。但是他们并没有多少时间听云帆的解释，清晰的脚步声在他们身后响起来。其中最清晰的是一双细高跟鞋踏在地板上的声音。

他们回头，看到两男两女朝他们走过来。走在前面的中年男人身材不是很高，穿西装，梳背头，脸形瘦但额头略宽，看上去五官不算太舒展，有一点苦相，却有一种特别的严肃的威仪。在他身旁的中年女性头发一丝不苟梳到脑后，面如玉盘，妆容精致，看上去很亮眼，五官和江流长得很像，但面颊更精神饱满，保养得非常好，穿一条深蓝色包身连衣裙，领口和袖口有珍珠镶边。两个人的穿着并不夸张，但气场在十米开外就能感受到。

云帆听到身边的江流咕哝了一句："波叔，看我跟你算账。"

迎面走来的中年男女在他们面前站定。

"爸，妈。"江流不情愿地唤了声。

"哎哟，还认识我们哪，不胜荣幸。"江流的母亲满含讥讽地说。

"还行。您这两天新闻上得多，AI推给我了。"江流简直是火上浇油地回了一句。

江流的母亲眉毛一横："臭小子，你真跟我们断绝关系啊？你要是有本事，就别回来啊，就别用咱家的飞机，你自己爱上哪儿浪就上哪儿浪去。"

"行，我们走。"江流扭头就想走。

"回来！"江流的母亲喝道，"反了你了。看我们还治不了你！去，那边小会议室等我们，你爸有话跟你说。"

江流看看他父亲，又瞥了一眼齐飞和云帆，踌躇了一下，还是决定不硬杠，向小会议室走过去。"等多久啊？"他问母亲。

"我们马上就来。"江流母亲说，"跟你几个小朋友说几句话。"

江流满腹迟疑地进了旁边小会议室的门，进门之前还流连地看了几眼。见他把门关上，江流的父亲才开口。他特别向齐飞伸出手，低声说："江若钦，幸会。"

"江伯父好，"齐飞也伸出手握了一下，"齐飞。"

"我认识你，"江若钦说，"我有一次在北京宴请袁金甲将军，是你送他来的。"

"啊，哦，"齐飞愣了一下，"那次是您宴请啊，我都不知道。世界好小。"

"世界很小吗？"江若钦摊开手，"世界不小。只是有能力的人很少，总会走到一起。等你回去，还麻烦替我向袁将军问声好，告诉他，我江某人愿为袁将军效犬马之劳，期望能和袁将军持久相互扶持。"

齐飞琢磨了一下话里的话，不明就里，又想起前一日晚间袁将军给他的交代，心里有点莫名的焦虑。他知道不好再问，简单点了点头："我会带到。"

江流的母亲则向云帆伸出手说："你好，我叫佟月影，是江流的妈妈。"

云帆欠了欠身，但没和佟月影握手，只说："伯母好。"

佟月影也不介意，收回手说："我听杜亦波说，这次江流没回家，是去西安找你了。我之前还不明白，今天看了你的容貌气质，倒是有点理解了。确实是非常出众。"

云帆又微微躬身，但没说话。齐飞能感受到她的戒心。

"不过，有句话我得跟你说在前头，"佟月影盯着云帆说，"我家江流，不是什么好孩子，隔三岔五带女孩回家。刚开始呢，我还满心热情地做饭端水，跟女孩唠家常，结果没过几天又换一个女孩到家里。我又从头了解一遍。结果还没熟，又换一个。到后来，我连女孩名字都记不住。我跟你说这些没什么别的意思，就是作为过来人，还是会关心你，年轻不更事，遇到对自己好的人有想法也是正常的。但是女孩子要懂得保护自己，不是一门心思贴上就有幸福。我家江流是我没教育好，我也常常反省我自己。这次我还是全力支持你们做你们想做的事情，但这次回来之后，我就得让江流在家里闭门读几天圣贤书了。要不然这孩子太不成器了。到时候，如果你还愿意，我单独请你出去玩。"

云帆冰雪聪明，岂会听不出这番话里的意思，于是说："伯母多虑了，我这人平生立下两个原则：第一，绝不让两个男人为我争抢；第二，绝不和其他女孩争抢男人。这么多年，这两个原则我还没破过，未来也不会打破。所以我是不会和您一起出游的。我还有好多我自己的研究要忙。谢谢伯母好意提醒了。"

齐飞听了云帆这话，不由得在心里赞她不卑不亢的气度。但他又有一点苦涩，说不清楚的感觉。他知道常天正在盯着自己，故意转头看窗外，假装什么都没有听到。

佟月影点点头，就示意江若钦该去和儿子说话了。她周到而又不失距离地招待几个人，让身后的随行人员给他们安排咖啡、水果、麦片和西式煎蛋早餐。

一直到佟月影和江若钦消失在小会议室门后，云帆都还是静静地站着，一动不动，最后是常天把她拉到早餐桌旁，她才坐下，但仍然神思飘离。齐飞看到云帆这魂不守舍的样子，心里狠狠扎了几下。他低头吃早餐，一言不发。云帆一口都没有动，也是一言不发。

这是常天有史以来吃得最为无味的一顿饭。

江流在小会议室里，多少有一点惴惴不安。父母进门之后，有那么一两分钟，没说话，就盯着他看。他也不知道父母要说什么，心里排列组合了各种可能性，但始终没找到万全的策略。

"几天不见，你本事见长啊。"江若钦先开口道。

"是您教子有方。"江流随口胡扯道。

江若钦拍了一下桌子："我要是教子有方，就不会教出一个跟下三烂打交道的儿子！"

江流的脸色变了变："您说话注意点，您说谁是下三烂呢？"

"你以为我不知道你在东南亚干的事情？"江若钦说，"那是什么三教九流冲了车队？是不是当地的吸毒的和毒贩子联合起来干的啊？手段低劣，魑魅魍魉。当我知道是你在背后，我都不敢相信。咱家就算是没发达那阵子，你爷爷他也是跟黑白两道头面人物合作，这才有第一桶金。你倒是好，什么也不挑，来者不拒，也不管是来吸血的还是来败坏咱家名声的，是活着出气的你就全都笼络，都是什么妖魔鬼怪，到最后还掀了咱家自家的桌！我就问问你，你图什么？你图他们崇拜你、供着你，还是图他们给你带来的那点蝇头小利？我就不明白了，家里还有哪点对你不够好，让你出去还要作妖！"

"爸，"江流也正色道，"你这么说，我可也要理论理论了。咱家原来有一些东西是不卖给恐怖组织的，你知道我说的是什么。怎么到你手里，就什么人都不论呢？给钱就卖呢？"

江若钦脸色不变说："我谈的交易是和阿富汗王子，光明正大的。背后有什么势力组织我又不知道。"

"你不知道？"江流问，"那个什么什么阿卜杜拉王子，是怎么成为储君的，你不知道？你养的那么多情报人员都是废物吗？你难道不知道那些铀到了这些人手里会变成什么东西？2054年的耶路撒冷哭夜你当没发生过？如果我们没劫下来，将来有一天把五百万人炸了，你良心不会痛吗？"

"你懂什么？"江若钦说，"生意人，讲的是交易之道，交易就是一手交钱一手交货，做到了这点，诚实无欺，就是人间正道了。你永远管不了你责任之外的事情。你记着这点。做到诚信交易，我良心痛什么？"

"自欺欺人。"江流说。

佟月影连忙拉住父子两个人道："好了，好了，别说了。过去的事都过去了，不是什么大不了的事。"她忽然变得有点柔情，拉住江流的手说："Eric呀，你也好久没回家了，好多事情，有新的变化，你也不知道。其实你当时把铀截下来销了，也是个好事，对你爸爸后面的事业有好处，所以你爸爸也没有真的生你的气。他就是觉得你太自作主张了，对身边的人也不筛选，怕你被人坑害。"

江流哼了一声："谁能坑害我，我倒是敬他三分。"

"你今年圣诞节，回家过吧？"佟月影岔开话题。

"不知道。"江流说。

"你姐姐想你了呢，"佟月影摸摸江流的头发，"你好久没见她了吧？"

江流歪头躲了一下："妈，这会儿还有别的事吗？要是没别的事，我还有事。"

"其实是有事跟你商量的，"佟月影坐到江流对面说，"你们这次想干什么，我都知道了。你不让你波叔跟我们说，但你也知道，波叔那个人，脸上藏不住事。我们呢，倒是不反对，就是跟你商量一下后续。"

"什么后续？"江流有点提防。

佟月影似乎想开始讲故事："Eric，你也知道，咱们家这些年，一直不容易，每每在各国的监管政策缝隙里讨生活。其实你爷爷跟你爸爸没别的心思，也就是希望能给区块链系统一个光明正大的地位，这也算是理想……"

"妈，"江流打断母亲，"能说正事吗？"

"好，那我简略点。"佟月影正色道，"你爷爷的名声毁誉参半，你爸爸这些年辛苦经营，总算是靠多国的跨境链商，把生意的成色正了过来，咱们家的位置也才勉强站住。现在你爸担心你们几个稳不住这个家业，就想再往上走一步，帮你们再开拓一点未来。"

"你们想做什么就做什么，不用管我，儿孙自有儿孙福。"江流微微皱眉。

"你说话总是这么冲，"佟月影似乎有点难过，"我们是真心想让你们几个孩子过得好。你总也不回家，我现在都不知道你在想什么。但是有哪个当妈的不是一心想着孩子好。"

江流没说话，似乎也被母亲的态度柔化了，有点歉疚。

"这次呢，你爸爸想到联合国总部发展。"佟月影又说，"日内瓦那边现在比较没落，大西洋联盟和太平洋联盟都不大理睬日内瓦，他们夹在中间越来越没有话语权。机构整体很官僚，讨论个事情效率特别低，官员整体又傲慢，长期躺在老祖宗的功德簿上不思进取，喝酒聊天晒太阳，现在世界上已经没有多少国家真的听他们的了。所以现在是一个机构改革建立威信的好时机。你爸爸在世贸组织做总干事已经有一段时间了，也让咱们家的事业得到了理事们认可。现在他想提议改革总部的决策机制，甚至是安理会的决策机制。"

江流有点疑惑："这跟我有关系吗？"

佟月影顿了两秒，看看江若钦，说："要不然还是你说吧。"

江若钦坐着，一只手在桌面上轻敲："我其实呢，也就是一直在思考区块链的影响力。你知道，虽然最近十年区块链交易已经超越了传统互联网交易，但大家还是把它当作贸易和金融工具，它真正的影响力还没完全发挥出来。我一直认为，区块链真正的作用是民主，是民意的显性化，去中心化，谁也左右不了的。我想用区块链取代现在联合国的决策机制。这种意愿，应该跟你做天赏有类似之处吧。"

江流倒吸了一口气，虽然他知道，天赏的事情瞒得了谁，也瞒不了父亲，毕竟是借用了家里的技术和设备，但没想到父亲会在此时提出来。

"所以你爸爸想着，如果你们二人能够父子同心，用区块链做一番大事业，定是美谈。"佟月影说，"你的天赏若能辅佐到这项对人类有益的改革，也不枉你花心思维护。"

江流这一下才彻底明白，刚才这一番兜兜转转的话是什么意思。原来是让他带着天赏，帮父亲在接下来的政治之路上攀爬。绝了，区块链上，人数就是资源，天赏有这么多活人，江流竟没想到他的无心之举有一天还能有这等功效。

"你现在不嫌三教九流魑魅魍魉了？"江流笑道。

"若能参与到全世界的民主决策过程，本身对这些底层的人也有好处。"佟月影说。

"什么底层的人？"江流说，"那谁又是顶层的人呢？"

"Eric，你别着急，"佟月影见江流站起身，连忙轻轻拍了拍他的肩膀，让他稳下来，"其实你爸爸也是好意，他愿意给你们几个派航天飞机，还可以让地面站给你们导航护航，只要你玩一趟回来之后，把心收收，能真心帮你爸爸，帮咱们家好好做事。"

江流沉吟了三秒。他有点心酸，刚才有那么片刻时光，他真的开始反省自己对家人态度糟糕、行为疏离，也没有花心思去关心他们，但此时此刻，他只觉得一切都很好笑。他自己很好笑，父母也很好笑。明明两句话就能说明白的事情：给你一个交易，我帮你，你回头也得帮我，接受不接受？但偏偏就要花上这么一大堆时间，绕来绕去，顾左右而言他，恩威并济，软硬兼施，惺惺作态，就好像是在深刻地沟通情感。原来还是老样子，一切都是虚无的。江流站在原地，似乎之前二十年的不真实感又一次叠加在身上。

江流知道父亲一直是规避风险、步步为营的人，不像祖父那般冒进，父亲更多的是喜欢数字，喜欢每个地方都纳入数字化框架里，极端厌恶风险，最大的乐趣就是看每一个数字增长。他曾经雇用了一批高学历、数学好的人，帮他用二次三次曲线对冲交易中的不确定性，即使在血雨腥风中波动的币圈交易里，他也以追求低收益的低风险模型而闻名于世。他不求暴富，只求每一步都是对的。江流从小就知道，是可以跟父亲做交易的。父亲不会浪费时间做任何非理性的事情，因此，从他见到父亲的一刹那，就应该猜到父亲花时间飞到这个中亚小镇，绝不只是为了见他一面叙叙旧。

而母亲呢，母亲永远能把话说得滴水不漏，面面俱到，因此母亲的话总是非常难以理解，需要小心翼翼从一百句话里找出一句核心。几家子公司在母亲指尖转来转去，她也管得周到。她是目的感很强的人，很会用的一招就是用话语把路堵死，先说若同意自己有怎样的好处，再说若不同意自己有怎样的恶果，最后还不忘了美化一下自己，说自己是多么为对方着想。结果底下人不知怎么就晕晕乎乎全都按她的意思办了。江流每次在自家客厅里看母亲招待宾客，都觉得空无得要命，四周的华服美酒和桌椅摆设全不见了，只留下空旷的大厅，只留下那一百句寒暄中间唯一一句有用的话，让对方服务于自己目的的话。

江流猜想，自己若再不回答，母亲就该开始说"若不同意——"的话了。

果不其然，佟月影说："咱家这航天飞机呢，平时私人业务也多，最近其实有人想约，我本来想直接订出去的，但你爸爸听说你想借，就压住了，说再跟你聊聊。若你还犹豫，待会儿就来一位阿联酋王子，说不准直接就订走了。"

"我不犹豫，没什么好犹豫的。"江流说，"没问题，成交。我借飞机上天，回来之后借天赏之人辅助我爸。"

"其实这也不能说是交易。"佟月影又开始柔化，"只是父子同心的双赢结局。本来就是一家人，相亲相爱才是一家人。"

"也别抱太大希望，"江流说，"三教九流还是三教九流，不受控制。"

"当然，知道，不是给你压力。借这个机会，可能天赏上的人，素质也能提高几层。这也是做功德。"佟月影拍拍江流的肩膀，"快去吧，你那几个小朋友还等着你呢。"

江流看着母亲，不知道她是不是真的忘了几天前还在跟他说着"若跟不三不四的人交往就打断腿"，这会儿想到了有用的地方，就变成了做功德。

是世间之事皆如此，还是自己太傻想不开？

当江流出门的时候，江若钦叫住他，加了句："太平洋联盟那小子，可能心有异鬼，对你可能有所不利。你小心点，万一有异常，你不能太心慈手软。妇人之仁总归会害了自己。"

江流张了张嘴，想说什么，最终还是没有说。

由于江若钦指派了最优质的地面导航和指挥员班子，航天飞机发射到入轨阶段是不需要手动驾驶的。航道设定、空中变轨和二度变轨，以及初次加速，都由地面安排完成，几个人只需要当甩手掌柜就可以了。真正的挑战发生在脱离地球轨道之后，由于目前探测到的飞船位置是在地球和火星之间，快要接近地球了，因此预测的飞行时间大约是四天，第一第二天不需要手动操控，第三第四天需要自行探测，调整飞行。

这就意味着，四个人登机之后，会有两天完全无事的时间。

泽塔 plus 航天飞机是新型号，动力加速很快，只要不到十分钟就能上到同步轨道高度，在变轨之后就可以在航天飞机上自由活动了。虽然是微重力，但是航天飞机内的磁场和配重设备，让人行动起来基本上和在地面上差别不大。

江流做的第一件事，就是打开橱柜和冰箱找酒喝。航天飞机是为富豪全家度假准备的，有足够他们四个人吃一个月的给养，大多数是半成品，按小包装真空保存，只要在特定容器内加热，就可以填饱肚子。但在有条件的情况下，也可以用电磁设备自主烹调。于是江流就让常天帮他们做饭。

"本来以为拐来一个飞行员，"江流笑道，"没想到多拐来一个厨子，真是赚到了。你不是喜欢开餐厅吗？飞机上练练手，下了飞机，我跟你合伙开。"

"我先去看看有什么，"常天说，"说不准没有我能做的。你们也别太抱希望。"他去厨房鼓捣了一会儿，就举着双手回来了。"原来还有这样的好东西！"常天的脸上很兴奋。

他们一看，原来是冷冻的雪花和牛和真空封装的鹅肝，厨师发现好食材，就如练武之人找到趁手兵器一般高兴。这种喜悦也感染到其他三个人，将本来僵硬的空气慢慢软化一些，面色也放松了一点。

齐飞开口向常天道："我是真没想到你愿意来。昨晚我也想过，让你干脆回家算了。"

"咱们这么多年兄弟，"常天说，"你难得开口求我办事，这面子还能不给？"

齐飞笑道："我面子这么大？那我当初让你别退伍，你怎么不听我的？"

常天说："这又不一样了。这一次，我看得出来是你自己想做的事，你是在意的。劝我别退伍只是你的工作。工作又不是你想做的。"

"瞎说，"齐飞反驳道，"我很热爱工作好不好！"

"得了吧，"常天笑道，"咱俩认识这么多年了，什么事是你想干的我还看不出来吗？你以为自己一脸严肃就是表情管理做得好，其实你一脸严肃的时候，就是你最不想干的时候。你喜欢你的乾坤，但是你讨厌评职称，也讨厌做所长。我说的没错吧？我只不过是提前做了你也想做的事，要不你怎么总往我那儿跑？"

"别瞎联想！有免费饭吃，免费酒喝，为什么不蹭？"齐飞反驳道。

齐飞不想承认，常天说的是对的。他需要让自己反复相信，自己无比热爱目前的工作，不仅是其中技术化的部分，而且是这个岗位和其他所有。他需要这种确信感，才能让他日常工作的时候心无旁骛、步调稳妥。他和常天不一样。

"好了，我去做饭了，一会儿就好。"常天回到厨房去了。

江流自斟自饮一瓶威士忌，问齐飞喝不喝，齐飞说度数太高不安全。他找了一瓶勃艮第红酒倒上了。江流想招呼云帆喝一杯，云帆只是自顾自在窗边看书喝茶。

"对了，帆帆，"江流像是没话找话，又像是突然意识到某个重要问题，翻身坐直了问，"你刚才没来得及说完。你早上在柱子那里，听见什么了？"

云帆手里的书并没有放下，只是轻声说："我听到昨晚那里有人说话，好像是什么地方水下发现了了不得的东西。但是信息不太完整。"

江流和齐飞大为震惊："你怎么能听见昨晚的话？"

云帆这才把书扣过来，放在膝盖上，然后摸了摸自己脖子上的颈链，说："我戴上这个，就能听得到之前人们说过的话，差不多24小时之内的都可以。"

江流这才注意到，云帆脖子上的颈链材料似乎颇不寻常。这是一条黑色波浪状颈链，贴合脖子，刚巧在锁骨上缘。他刚来的那天看到了，但只是觉得很美，颈链很美，云帆脖子很美，颈链和脖子的搭配也很美。只顾着看美，就没多想颈链材料的问题。但现在看起来，材料的质感确实很不寻常，说不上是什么做的，既不是一般的布料或皮革，也不像是金属，更像是云帆搬的那个黑匣子一样的材料，有一定硬度，但因为薄，就很贴合。联想到黑匣子，江流似乎顿悟了什么。

"这是秦陵里的物件？"他惊讶地问。

云帆点点头："是。是我爷爷特别留下来的三样东西之一。"

"还有两样是什么？"江流问。

"一个是八边形黑匣子，你们见过了。"云帆说，"还有一样东西，过两天你们会见到。"

"帆帆学会卖关子了，"江流笑道，"那这条颈链是怎么回事？"

云帆摸着颈链，轻轻摇了摇头道："具体是什么原理，我也不知道了。就像是秦陵里的中微子探测器，具体是怎么探测的，我说不上。这条颈链也一样。我不知道它是拿什么做的，但我知道它能捕捉到空气里留下的话语。人的话语是会有余音的，在空气里也有，围绕着人也有。太久远的声音没有，但是当天和前一天说过的话还是能听见的。"

"等一下，"齐飞插嘴道，"这说不通啊。声音是会消散的，不可能在空气里弥漫一天。怎么想都是不可能的。"

"我都说了我不知道是什么原理，"云帆说，"但我真的能听见。要不然，我怎么能知道赵一腾的飞车藏在哪里呢？我是醒来之后，就闭着眼听了赵一腾当天说的所有话。他曾经用语音给手里的球和飞车发出指令。"

"哦，怪不得……"江流想起前两天的疑惑，"那天晚上，你是在我回去之后，听到了我和齐所长在办公室里的对话，才知道……"

"嗯，"云帆承认道，"我是从你身上听见那些对话的。就像我现在能听见你白天和你爸妈说过的话，也能听见昨晚齐飞见袁将军时说过的话。"

"不要说！"江流和齐飞同时阻止道。

两个人相互看了一眼，这一眼含意丰富。首先他们都知道对方刚结束一场重要的对话，其次他们都知道对方的对话里有不能让自己知晓的部分，第三是云帆什么都听到了，但似乎什么都不在意。最后一点让两个人最为惊异。

"这到底是什么东西呢？"齐飞还是觉得疑惑。

"我能看一下吗？"江流问云帆。

云帆大大方方从脖子上取下来，递给江流。江流和齐飞轮流看了，但还是看不出门道。颈链通体乌黑，没有拼接或雕刻的痕迹，像是一体化成型，用手摸了质感也说不清材料是什么。他们把颈链还给云帆，云帆没有立刻戴上，拿在手里看了看。

"以前我爸爸一直是随身带着的，直到他死的时候，才留给我。"云帆轻轻说，"如果他能早点给我，我就立刻会理解他了。当你戴上它，真的不一样的。"

云帆每一次谈到父亲，江流都不知道该如何回应。他原本不是一个会安慰人的人，对他自己而言，无论任何烦恼困境，都需要用某种外化的方式来化解——运动、喝酒、跳舞、周游世界，但云帆不是。她就是那么静静地坐着，把所有烦恼困境往自己身体里塞，无底洞一般，似乎塞进去了就不存在似的。而她的安静有一种能量，像是能镇住所有妖魔鬼怪的符，让表面上看起来一切安好。可是不知道为什么，江流觉得她的状态有一种危险的成分。

江流手搭在云帆肩上，轻轻按了按："别想了。你父亲被网络上的疯子攻击，也不是你的错，不用自责。"

"是我的错。"云帆说，"我高中的时候，有很长时间搬出去住了。如果那段时间我在我父亲身边，他可能最后不至于如此。"

这时候，常天端来了饭菜，热气腾腾的雪花和牛牛排、鹅肝和蘑菇，配卷圈意大利面。无论搭配威士忌还是红酒，都恰到好处。他将盘子放在餐桌上，摆好刀叉，满脸喜悦。但这个时候他注意到三个人的气氛似乎有点不对，云帆有明显沉郁的感觉。

"常天，"云帆站起来，"我能不能端到我房间里吃？"

"一起吃吧，一起吃多有氛围。"常天说。

"我有点不舒服，还是想自己回去吃。"云帆端起盘子，"你们吃吧。"

"我来吧。"齐飞突然站起来，接过云帆的盘子，"我帮你端到房间。"

江流见状，就端起自己的盘子，说："帆帆，你不舒服，可以找我说说话，我陪你吃。"

齐飞恼道："就你有嘴吗？看不出来云帆根本不想跟你说话吗？"

"很多事情，说出来也就好了。"江流说，"憋在心里容易钻牛角尖，找个人敞开心扉，其实也就没事了。帆帆，我陪你。"

"轮得着你陪吗？"齐飞说，"我去就行了。"

"你们两个都省省吧。"云帆又把盘子从齐飞手上拿回来，"我谁也不需要。"

云帆向前走了两步，又回头说："今天早上我对江伯母说，我不会让两个男人为我争夺，也不会跟其他女人争夺男人。这句话不是假的，这就是我的原则。你俩一个有很多女朋友，一个有未婚妻，就不用在我面前这样了。你们各有各的使命，各为其主，有什么算盘，别人不知道，我还不知道吗？你俩自己斗自己的，别拿我当幌子。"

说完，云帆就走回自己的卧室去了。另外三个人看着云帆的背影，五味杂陈。

齐飞也端起自己的盘子，说回房间吃，头也不回就走了。

常天有点失落。他准备一桌菜，原本是期待热热络络的四人宴席，却没料到，还没开餐，两个人就消失了，气氛也变得低沉。

江流看出来常天的低落，拍拍他说："没事，我陪你吃。反正就咱俩，去前面观景台吃。我看你很投缘，你得陪我喝两杯。"

常天于是又开心了，欢欢喜喜端着盘子和酒杯，跟着江流来到航天飞机前舱的观景台。航天飞机里分成几个区域，中间是开放式的客厅和餐厅，后舱是两排卧室，总共六间，前舱是驾驶室、控制室、书房和小会议室。在前舱最前面，是一个小观景台，能容纳三到四个人。

坐在全透明的玻璃球罩里，外面的景色一览无余。此时他们已经进入了绕地飞行的轨道，一面能看见云雾缭绕的巨大地球，另一面是灿烂星河，坐下来分外舒畅，任谁都有一丝震撼的情绪。常天和江流都不是第一次坐航天飞机，但看到这样的壮阔景象，仍然心里波动起伏。

当他俩坐下来，倒了酒，碰了杯，一边吃一边喝的时候，江流主动打开话匣子。

"你跟齐飞认识很久了？"江流问。

"嗯，二十五年了。"常天说，"当时我两岁，齐飞三岁，我们天天在小区楼下一起玩。后来在一个幼儿园，一个小学，一个初中，一个高中。虽然他比我高一个年级，但我们天天放学后混在一起。家也一直挨着。"

"那云帆呢？"江流小心翼翼地问。

"云帆……"常天想了一下，"她是九岁搬到我们小区的，当时我十一岁，齐飞十二岁。她妈妈跟我爸爸和齐飞的爸爸在一家公司，他们公司的人，很多都买我们小区的房子。云帆也在我们小学上学，原来在学校就碰见过，搬到一个小区就很熟了。我们学校是小学初中连读，在初中毕业之前，我们仨经常一起放学回家。"

"那云帆和齐飞……？"

"互为初恋啊。"常天轻轻巧巧就说出来了，"这还看不出来吗？这俩人现在见了面，都把'尴尬'两个大字写在脸上。要不是初恋，老同学之间怎么可能这么尴尬。云帆小时候很漂亮，十来岁的时候就看得出来是校花坯子了，齐飞帅，学习又好，一直是校草。这样两个人，走在学校里都是养眼的，谁见了都说好配。"

江流想到过这样的回答，但听起来心里还是觉得不是滋味，于是接着问："那后来呢？后来为什么分了？"

"这就说来话长了。"常天跟江流碰了碰杯，"你今晚没事？没事我就跟你唠唠。"

第七章　和解

　　江流来精神了，鼓动常天道："说说，说说，你要是说这个，我可就不困了。"

　　常天又起一块牛肉说："这件事情的始末我都知道，但是有很多问题，我也不明白，只能先把我知道的跟你讲了。他俩最开始怎么在一起的呢？我也忘了，大概就是云帆初一、齐飞高一的时候，因为高中和初中不在一个地方了，每天就不能一起放学了。某天下午齐飞还是回到初中门口等云帆，这种情况下，不是小区顺路的关系，而是他们之间肯定有什么关系。他俩在一起的时候，经常也不避我，拉拉手，吃根冰棍，一起做功课，不外乎也就是这些事，但感情很好就是了，几乎没有闹矛盾的时候。"

　　说到这里，常天喝了口酒润嗓子，又把酒杯放下，双手撑在身后，仰头看着头顶银河："你知道后来我为什么大学报了心理学吗？我就是想知道，是不是所有美好的感觉都是脆弱的，因为美好就是某种脆弱的代名词。人心里觉得美好，可能就是一种自体的投射，带着太多不切实际的幻想，所以最后肯定会失落。现在再回想起来，当时他们还是很美好的。"

　　"那为什么会分呢？"江流说。

　　"因为命运吧。"常天说，"我一直都找不到除了命运以外其他的解释。"

　　"你别云山雾罩的行吗？"江流奚落道，"说正经的。"

　　常天又叉了口牛肉吃："最主要的原因是父母的恩怨。你没见过云帆的妈妈，跟她长得几乎一模一样，眼睛比她的还大一点，属于浓艳型的。云帆她爸长相也就是平平，云帆能长得这么好看，90% 是遗传了她妈。她妈妈当时是大波浪卷发，很成熟的味道，嘴唇总是涂着口红，在我们小区里走过，属于谁都要多看两眼的。而且她看起来很年轻，云帆上初中的时候，她妈看上去也就三十几岁。最夸张的是，当时甚至有高中生在路边吹她妈妈口哨。这种情况下，齐飞他爸受到吸引也不足为奇。"

"什么什么？"江流腾一下坐直了，"你说齐飞他爸爸和云帆她妈妈……？"

"是啊，要不然还有什么事能拆散他俩？"常天耸耸肩，"我不是说了吗，云帆她妈妈，跟我爸爸和齐飞的爸爸，在同一家公司，齐飞的爸爸本来就是上级领导，相互之间都认识。云帆和齐飞走得这么近，两家人也不避讳，经常往来的。结果，那段时间就出了云帆她爸的事，一下子什么都乱了。"

"就是云帆她爸被学校开除的事？"江流终于把事情连起来了。

"嗯，"常天点点头，"其实在那之前，云帆她妈妈就劝她爸爸好多次，不要搞那些没法证明的研究了，做点实际的。她妈妈是心气很高的那种人，原来可能是在大学里被云帆爸爸的才华吸引，或者什么别的缘故，早早就跟她爸爸好了，本来很期望他的才华能一展宏图的，结果现实中很失望。我们在云帆家里的时候，也听过几次她妈妈数落她爸爸。云帆妈妈说自己费力给家里挣钱，还给云帆她爸爸走关系，上上下下打点好领导同事，就是希望云帆爸爸有点顾家的上进心，早点评职称拿头衔，不要总想那些有的没的，先把家照顾好再说别的。她妈有时候委屈得哭，也不避讳我们都在。当时云帆就特别尴尬。后来云帆爸爸跟网上的人论战，云帆妈妈也是拼命反对，当她爸爸被大学开除，她妈妈差不多就崩溃了。"

"所以就找齐飞的爸爸诉苦去了？"江流似乎一下子明白了。

"差不多吧。"常天说，"具体是怎么发生的我也不知道了。就知道那段时间——大概是云帆初三、齐飞高三的时候——一片大乱，先是云帆家里乱起来，然后是齐飞爸爸和云帆妈妈一起失踪，失踪了三天之后，在一辆被炸的车子里发现了他们，齐飞爸爸死了，云帆妈妈没死，受伤了，被医院救回来了。后来她妈妈再也没回我们本地，不知道去哪儿了。当这个消息传来，齐飞的妈妈差点就疯了。你想啊，本来圆圆满满一个家，突然老公就死了，还是失踪了三天之后，跟别的女人在一辆车里。这任谁能受得了？他妈妈跳着脚骂，在小区里让齐飞跪下发毒誓，说这辈子都不再和云帆有任何瓜葛。当时一大圈人围着看。你想啊，这以后齐飞和云帆还能在一起吗？肯定就散了啊。齐飞大学也没考好，本来他的成绩考到北京没问题，但只上了二志愿，本地学校。后来两个人应该就完全没联系了。"

江流听着，没有再问，默默思量着。

"十年了啊。"常天感叹道，"到现在刚好十年了。时间过得真快。"

"这么看来，"江流对常天举起杯，"好多事情，也是没有办法的事。"

常天跟他碰了杯，说："所以我才说命运。我在大学的时候，还努力分析所有人和事，希望把一切分析清楚，但后来我放弃。分析不清楚。这个世界上的事，就是这么没办法。"

江流在手上倒了一把干果，递给常天一些，问："你说你是学心理的？那怎么做飞行员了？"

常天笑了，说："也是阴错阳差。大学的时候，因为战事升级，军队就到各个学校征召飞行员。当时第一项测试就是心理稳定性和专注力。我原来练过一阵子正念，心理稳定性和专注力是我最擅长的，结果莫名其妙就在地面测试里得了个第一名。虽然后来的空中身体测试一般，但还是被选进去了。那时候缺人，不允许轻易退出，我就被招进飞行中队，一飞就是五年，前些日子才刚刚退出来。"

"要说你也挺勇的，"江流说，"大好前途，退得这么坚决，为什么？遇到了霸凌？"

常天温和地摇摇头："倒也没有那么严重。只是我自己严重地不适应……说这个可能有点虚，但我就是找不到自己。每天执行任务的时候，都觉得那不是我。我是能完成好任务，但是越到后期，我就越多次分成两个我，一个我在开飞机，另一个我在天空里飘浮着，看底下那个我，满脑子胡思乱想。这样时间久了，我觉得我不行，再做下去就会彻底分裂成俩人了。你可能理解不了，但这是我当时特别真实的感觉。"

"我完全理解。"江流抓起一把干果说，"我原来也有挺长时间有这种感觉。就是觉得什么都触动不了神经，干的事情都是外层皮自动做的，内里的神经完全不动，就像不是自己似的。也是分成两个人，一个说话，一个看着。为了能让自己有点感觉，我就一直给自己加刺激，喝酒越来越烈，音乐也得开到最大声，可是很多时候还是没有用。人对刺激是会习惯的，一旦习惯了，又没有心动的感觉了。无论发生什么都感觉和自己没关系。"

常天又给江流倒了酒："那后来呢? 怎么解决的?"

"后来?"江流笑笑说，"也不算解决了吧。现在也这样。只不过后来又有好多更严重的问题，显得这件事也没那么严重了。"

"什么严重的问题?"常天小心地问。

"哈哈，就是一些严肃的问题，"江流说，"例如松鼠有几颗牙，海豚会不会做梦，土拨鼠用什么姿势做爱之类的吧。"

常天跟着他打哈哈，然后侧过身子打量江流："你应该是那种从小一帆风顺长大的人吧? 家里有势又有钱，你自己要才有才，要貌有貌，你还有什么烦恼呢?"

"我有什么才?"江流自嘲道，"你知道为了我上哈佛，我爸给哈佛捐了多少钱吗? 我上了哈佛觉得自己就像个白痴一样。人家其他考进来的人，根本看不起我们这些人。"

"你现在不是挺厉害的吗?"常天说。

"我厉害吗?"江流说，"我觉得我也就是擅长在陌生人面前装装样子而已。我上大学的时候，最大的发现就是自己的智商永远都追不上我们班上最厉害的那些天才，所以为了不让他们小瞧我，我就发明了一大堆掩饰自己智力不行的手段，每个使出来都显得自己挺厉害的，就这样才把大学混过来。后来我就发现这些招挺好使，绝大多数人一看你的亮相厉害，就被你唬住了，于是行走江湖一路平蹚，全都是看皮相的。"

常天扑哧笑了，呵呵笑了半天说："没看出来，你还挺坦率。"

江流一本正经跟常天说："哎，我跟你说，你可不许告诉齐飞。我还要跟他比试呢。"

常天更是笑得直不起腰："好，好，我不告诉他。你俩一样死要面子，就这点也能比试比试。"

江流最后跟常天碰了个杯道："杯中酒，喝完睡觉去吧。谢谢你跟我说这么多哈。"

"其实我看得出来，你是个性情中人，就不想拐弯抹角磨叽。"常天跟齐飞碰了碰杯，"你也早点睡吧。"

江流和常天结伴回卧室。两个人都在自己的房间里透过舷窗看星海，看了很久才睡着，并不知道当晚有多少失眠的人。

第二天一早——其实在航天飞机上，昼夜已经和地面不一样了，他们只是还按照地面上24小时的节律计时——是齐飞先起来，而且是被自己的警报器惊醒的。齐飞每天晚上，都让乾坤在自己睡眠的时候守候着，一旦探测到大西洋联盟的任何特征信号，就立即发警报。这是齐飞在多年侦测工作中提炼的秘诀，大西洋联盟无论是侦测、战机还是导弹，都有特征波谱，藏在一系列射电信号中，就像是指纹，只要能识别这些特征波谱，就可以快速反应。在地面上的时候，一旦识别出特征波谱，乾坤就会自动启动反导系统，在几十秒时间里启动快速扫描雷达，然后最快在一两分钟之内就能调动反导系统。这样的AI侦测帮助西北军区避免了多次致命打击。

此时此刻，乾坤又在齐飞耳边启动警报。齐飞一骨碌坐起来。

他还穿着连体睡衣——航天飞机上的标配——就奔到前舱的指挥室，发现在航天飞机的后面不远处果然闪烁着一个追击物。他调动定向观测雷达和摄像头，快速拍摄和识别，很快得到了判定结果——是智能制导炮弹。暂时还判断不出炮弹型号，但是可以判断出炮弹距离飞机只有四千多公里，而且时速比他们的飞机快四千公里，也就是说，一个小时就将追上他们。齐飞迅速按动了指挥室里所有能找到的警报按钮，顿时，前舱、客厅和卧室里都响起了雷鸣般的警报声。

"喂，我告诉你，"江流从卧室里揉着眼睛出来，嘟嘟囔囔说，"如果你是开玩笑，看我后面不掐死你。"

"轮不到你掐死我，"齐飞说，"我们还有 50 分钟就要被导弹炸死了。"

"什么？"江流一下子来了精神，"我看看。"

云帆和常天也在他俩身后凑了过来，除了云帆换上了自己的运动服，其他几个人都穿着睡衣，但这时候谁也顾不上管其他人的服装了。他们凑在指挥室的检测屏幕前，看着清晰的图像信号一寸一寸逼近自己。

"你确定是导弹吗？"江流问，"难道不会是某种卫星或者通信器？"

"你拿脚指头想想会不会。"齐飞白了他一眼，"卫星有跑这么快的吗？你家的航天飞机已经够快了，三万六千公里每小时，这个东西至少得有四万公里每小时，什么卫星这么急火火地追咱们？根本不可能。这只能是最先进的空天导弹，从月球基地上发射的。"

"那是大西洋联盟发现咱们了？"江流思忖道，"是二次变轨的时候误入了封锁区？"

"更有可能是赵一腾那个家伙跟 AIA 汇报了，"齐飞说，"不过这个时候没空追溯原委了，咱们得快点拦截或回避，要不然很快就被炸飞了。"

云帆蹙着眉头问："太空里不是没有大气吗？导弹也能爆炸吗？"

"能。"齐飞说，"现在的导弹基本上都携带空气，跟燃料混合就能爆炸，而且杀伤力还不小，太空里没有蘑菇云，但是弹片的冲击速度更快，相当于利剑出鞘。"

"那现在怎么办？"云帆问。

"你家的飞机上，有反导系统或者反击导弹吗？"常天问，"如果有这些，我能操控和瞄准。"

"你见哪家的旅游飞机上带这些东西的？"江流说，"我家这些飞机，平时就到大气层边缘转转，最多在同步轨道上转几圈，从来不到封锁区，也碰不上这些事。"

"那现在是不能硬杠了，"常天说，"除了躲，没别的法子了。"

"你觉得靠飞行技术躲得过吗？"江流问。

常天还没答，齐飞就替他答道："没戏。从监测的动线轨迹看，这家伙至少在飞行途中经过了四次快速的平滑变轨，肯定不是一开始发射就设定好的，而是半途中根据探测的位置不断自动调整轨道的，说明这家伙的AI识别不仅准确，而且反馈顺滑敏捷，现在离得近了，肯定是死死咬住咱们，想靠动作位置摆脱是不太可能的。"

江流略微沉吟了一下："那咱俩联手试试？你敢吗？"

"怎么联手？"齐飞问。他看着江流的眼睛，很认真。

"我可以干预对方的电磁波信号，能不能搭载你的乾坤过去，干扰它的AI识别系统？"江流说，"就是不知道对方的抗干扰系统有多强。"

"可以试试。"齐飞点头道。

两个人在操控台前筹备了一阵。江流将自己的手链通过蓝牙和操控台设备相连，用通信放大器调试并放大自己手链上发出的调频干扰波。他的小臂又显出蓝光。每次做干扰，他都需要用自身的神经系统进行加强，因为干扰调频的本质是快速反应，根据侵入电磁信号的特征不断寻找可被调制侵入的突破口，而他训练了很多次，设备的自动反应还是没有他的神经反应快速灵敏，于是他从三年前就开始试验自己的神经系统和设备的协调，到现在已经非常连贯，敏锐一致。

齐飞首先用了两三分钟时间，让乾坤和航天飞机上的系统兼容。每一个 AI 系统背后的底层算法都不一样，不同的系统通常难以兼容。但在某些紧急情况下，还是可以用临时屏蔽算法绕开被搭载系统的底层逻辑，只在表层拿到控制权。

当齐飞和江流完成系统性连接和适配，小屏幕上显示，导弹还有 46 分钟到达飞机处。他们不再耽搁，立刻向导弹的方向发射出搭载乾坤指令的电磁信号，尝试与导弹的电磁系统正面对峙。信号刚相遇，齐飞就感受到强大的阻抗，江流不断调整适配的频段，想尝试找到可以被攻破的电磁波段，但齐飞感觉到的阻抗，并不随着波段变化而变化，而像是专门针对 AI 设计的阻抗。只要探测到自动侵入的算法，就用反击的算法锁死。这大概是做了特殊的反反导设计才会如此。齐飞尝试了一阵，考虑到时间和成功概率，主动放弃了。

"换策略，"齐飞沉声说，"没时间了。"

"抗干扰的能力这么强，"江流皱眉道，"这到底是什么型号的空天导弹？我怎么从来都没收录过它的信息？"

"大概是新的秘密武器吧，"齐飞说，"我们也没收录。"

"现在有点不好办了。"江流说。

"还有多长时间？"齐飞问。

"31 分钟。"江流看了一眼监测预告。

"时间不多了啊。"齐飞轻声说。他和江流的脸上，都异常严肃，他俩从来没有同时这么严肃过。齐飞忽然想起来一件事："你听说过数字孪生吗？"

江流一点就明白了："……你是说制造幻象？"

"是，"齐飞说，"我迅速让乾坤生成咱们的数字孪生信号，你想办法投射到它的探测器前面，信号要比我们的真实信号更强。做得到吗？"

"来吧！"江流卷起袖子，轻舔了一下下唇。他也好久没有做过这么刺激的任务了。

齐飞二话不说，挥动指挥棒，让乾坤根据导弹距离、速度，航天飞机大小、形状、角度计算出了导弹的观测图像，并进行了完全复制，只是角度稍微偏了 10 度。江流以最快的速度将这个数字孪生信号投射出去，就在导弹巡航监测信号前方，最初是和他们真实的航天飞机信号重叠，接着不断拉远距离，偏离角度，但是尽力让信号强度超出真实信号。这并不容易。不仅要在光学波段超出，也要在相应的红外和射电波段超出，否则导弹 AI 系统定会识破。江流唤常天帮忙，将信号发射强度推到最大极限，而自己在不断调整每个波段信号配比。在僵持了十来分钟之后，他们终于看到导弹的方向出现了明显的偏离，导向孪生信号方向。

还有五分钟的时候，导弹偏离的角度终于超出了航天飞机全机身的范围。

只剩一分钟的时候，导弹终于擦着航天飞机机身飞过去了。只偏 3 度多一点。他们感受到被导弹击碎的空间石子碎屑打到航天飞机机身引起的动荡。

江流和齐飞都松了一口气，靠在操纵台上休息。

还没来得及放松，常天突然又惊叫起来："哦，我的天哪！"

"又怎么了？"齐飞真的累了。

常天指着屏幕里出现的一块巨大的陨石。这次不是追击，而是迎头而来。这块陨石可能得有十米的直径。这样大的陨石，以他们四万多公里的时速迎面撞上去，威力怕是也跟导弹差不多了。常天慌忙拉动航天飞机的操纵杆，向右打满，又快速按了好几个操控按钮，先减缓缓了速度，又让机头下压，最后划出一道大弧线，从陨石的右下方将将穿过。

"我的天！"常天最后叹道，"航天飞机真重啊！这一早晨使的力气，比我当兵几年都多。而且吓死了。"

"先别放松太早，"齐飞提醒道，"这段陨石多，而且不确定还有没有别的追击导弹，再坚持一会儿。"

果然，在他们接下来的一段航路中，又躲避了三块较大的陨石，逃开了两枚追击导弹。这段时间里，齐飞不断让乾坤自我迭代算法，直到把自动躲避陨石的算法和生成孪生信号的算法都写进了飞机的系统，确保测试无忧，又观察到已经彻底脱离了地球空天区，进入了一片相对宁静空旷的星际空间，飞机的惯性导航系统稳定自动运行了，他才给其他人打了个 OK 的手势。

这时所有人才感觉出精疲力竭。他们凌晨被惊醒，又经过了几个小时高体力强度和精神强度的奋战，此时每个人都觉得需要再睡一觉。四个人同时回到卧室，一睡又是几小时。再起来的时候，已经是钟表上的第二天傍晚了，方才全都觉得饥饿。

这一天的晚餐格外丰盛。常天用冻着的牛腩、胡萝卜和西红柿酱炖了一锅西红柿牛腩，据说还借鉴了东欧的古拉什做法，然后煎了海鲈鱼，蒸了冷冻的虾饺。整个机舱的厨房都没法用明火，电磁炉的温度也不高，多数食材是冷冻的半成品，因此很难做各种刺身或爆炒，只能用炖煮和小火慢煎的方式烹饪。也幸亏常天中西式厨艺都精通，才能在这狭窄的小空间做出地上的美味。常天一会儿在桌边吃，一会儿回厨房忙碌。

所有人都有种劫后余生的快感，就连云帆都开心轻快一些了，也留在餐厅吃饭，而且破天荒地跟他们一起喝了点酒。虽然只是一点点红酒，也算是破例了。

江流和齐飞聊着白天遇到的导弹，用了怎样的技术，这次攻击意味着什么。说着说着，他们就说到各自熟悉的技术领域。

"你是从什么时候开始训练乾坤的？"江流问齐飞。

"那很早了。大三吧，就是我刚到所里实习的那个暑假，得到一个政治任务，要测试用超级 AI 自动调配军事物资。当时城市的智慧大脑基建已经完成了，城市里的电力和交通早已经由 AI 控制了，但是调配军事物资的算法还是多有不同，因为不是稳定状态，而是要在各种变化形势中不断学习判断军事形势，再安排军事物资调动。前一步判断是最难的，所以当时我们花了很多力气让 AI 学习在复杂和不确定的情形下做出判断。"

"后来成功了吗？"江流问。

"我们一直在改进贝叶斯算法。"齐飞说着哼了一声，"不过结果嘛，我就不能跟你说了。江巨子，你想要军事机密，换个高明点的法子，少套路我。"

江流笑道："好好，不套路你。那我今天就跟你空对空地讨论一点学理问题。我一直想问你们这些做 AI 的，你们是真的相信有了数据和算法，就能算出来一切吗？"

"是。"齐飞说，"给我足够的算力，我能算出整个宇宙史。"

"但是世界并不是确定的。"

"不存在真的不确定性。"齐飞说，"即便是量子力学，薛定谔方程也是确定的。不测量，就都是确定的。"

"最近这几年混沌模拟做得很多。模拟已经证明了，世界本质上就是混沌的、不确定的。你无法预测未来。"江流说。

"那还是因为初始条件信息不够，算力不够。"齐飞说，"不是本质上不行。"

"那人心呢？人心你怎么算？"

"人心就是行为数据。数据足够多，人心也能算。"

江流挑挑眉毛，没有说出自己的意见，继续问道："那当你计算整个社会运行的时候，你是准备像调配电力和物资一样，让 AI 调配人吗？"

"调配倒也说不上，只是最优算法而已。"齐飞说，"江巨子出门难道不坐无人车和无人飞机？这些不都是在最优算法下的自动运行吗？难道不是好事吗？"

"人和车一样吗？"江流说，"如果社会上、经济里，每个人想做的事情都不同，又该如何算出最优算法呢？即使算出来了，就能以此控制人了吗？"

齐飞说："说控制人，总好像是欺压，我宁可说是凝聚人心。我听过一句话:'故义以分则和,和则一,一则多力,多力则强……群而无分则争,争则乱,乱则离,离则弱。'如果能人心合一,力出一孔,必定是最强的,集中力量才能成事。"

"荀子。"江流笑道,"好引用!不愧是齐所长!但我也听过一句话:'今此何为人上而不能治其下?为人下而不能事其上?则是上下相贼也。何故以然?则义不同也。'说的是,如果上意不合下意,那么下面的人也不会听上意。"

齐飞点头道:"江巨子还是以墨家为怀。但墨家也讲'尚同',不是吗?"

"墨家讲的'尚同',"江流说,"并非最优算法,而是讲上意应同民意。"

"那江巨子有什么好方法测算民意?"

"每人行本意,自是民意。"江流说,"古人没有办法沟通,才需要天选代理人做王者。现在在链上,人人平等,公开透明,所有人都做了选择之后,自有公意。去中心化的世界,反而有新的秩序。"

齐飞笑了一下说:"我已经猜到江巨子必然认为区块链是更优的秩序,但你可曾想过,一人一票的民主,也曾把苏格拉底处死?链上的 51% 岂非也有这种效果?"

"我恰恰认为,"江流说,"是雅典城邦的封闭独断才有这样的悲剧。今日的链是自由的、全球的、不分地域的,因此不会有谁没有生存空间。"

"看来江巨子是打定主意要证明链之优越?回去之后还要请教一番。"

"不敢不敢,还请超级 AI 不吝赐教。"江流拱手道。

齐飞越说越觉得有意思。他原本面色严肃僵硬,但越说越放松下来,说到后面觉得两人这样的对话很是畅快,把他自己平时一个人琢磨的事情都找人说了,而且争执也能对得上,如果有时间,可以一直争下去,知音难觅,如酒正酣。

江流也没料到齐飞会说这么多。他最近每天看齐飞冷冷不屑的脸,只有一种一争高下的心情,但此时争来争去,却聊得越来越深。酒也喝了不少,连江流都有点醉了,他怕自己再聊下去,会说一些类似于"天下英雄唯孤与使君二人"之类的话。

就在这时，江流瞥见云帆的脸特别红，脑袋晃晃悠悠的，想来是不胜酒力，一杯就醉，担心她状况不好，连忙搂住她的肩膀，问："帆帆，你没事吧? 要不要回房间休息?"

谁想到，云帆晃悠悠地，轻笑了一声说："你们说的我都听见了。我只是觉得，不可以心外求仁，不可外心以求义。不管什么秩序，最后都还是得回到人心里找答案。"

江流笑道："哟，没想到我们帆帆还是阳明心学的追随者，失敬了。"

"'无善无恶心之体，有善有恶意之动。'"云帆的小脸红通通的，轻轻摇着，像唱歌一般，"人心最是难测，又岂是算得出的。"

江流知道她是在回齐飞刚才的话，于是特意道："人心难测，人心也易变。有些心里的事呢，还是可以放下的。放下了，就没有了。"

云帆瞪着他，眼睛亮亮的，郑重其事地说："不能放下。自己做错的事，永远都不能放。放下了就是罪过。"

"没有，没有，不是你的错。"江流轻声说，"不是你的错。"

"是我的错，是我的错。"云帆似乎有点着急了，"真的是我的错。如果你说不是我的错，那我就不存在了。"

"好好，我们不说了。"江流扶云帆起来，"你有点醉了，我扶你回去吧。"

这时，常天刚端着甜品过来，是烤制的舒芙蕾。拿半成品直接在烤箱里加工的，倒也有着香浓的黄油味。常天特别加了一些水果块和莓果酱，摆盘也很讲究。

"唉，云帆，你要回去了吗? "常天有点失望道，"不尝尝我做的舒芙蕾了吗? 要不然我们一起去前舱看星星吧。昨晚我们去看过，很漂亮。"

云帆点点头，脸上的酒醉红显得很妩媚。于是江流扶着云帆，常天端着甜品，齐飞拿着酒杯，一起到了前舱观景台。观景台本不宽敞，四个人都坐下，就有一点挤。齐飞坐高处，其他三个人坐在下面半圈。云帆开始唱歌，有一段时间，谁都没有再说话，只是静静听着她唱歌。云帆的声音轻柔，有一点点哑音，在星空底下有着低吟浅唱的温柔。

酒喝得很快，刚打开的一瓶红酒，几个人各自倒了些就又没了，所有人的脑袋都晕了，但这种时候，恰恰是最想再喝一点的时候。于是江流和常天又去厨房里找酒。只听"啊"的一声，江流轻呼道，"你手上流血了，别动别动，我来"，想来是常天一不小心把手划伤了。前舱的小空间里，一时只剩下齐飞和云帆两个人。

"你还好吗？"齐飞突然开口道。

"你不是看见了吗？"云帆张开手，笑了一下，"这不是挺好吗？"

"我是想问，你之前这些年，都还好吗？"齐飞问。

"好不好？"云帆说，"不记得了。"

"我其实一直有句话想跟你说，但是一直没机会。"齐飞说，"你知道，我妈妈她……"

"我知道，我知道，"云帆打断他道，"我知道是你妈妈的意思。你放心，我这辈子都不会让她再看见我的。"

齐飞一愣，听得出这话里的凄然。他突然不知道该怎么接下去了。"我……我只是不想对你有所歉疚。"

"歉疚……"云帆轻轻说，"你想说的是歉疚吗？"

"不是，我的意思是……"齐飞说，"我去上大学的时候，放进箱子里的第一件东西，就是你送给我的音乐手环。里面你说的话，我听了一遍又一遍，在大学里一直都听。真的，我这辈子都好遗憾。"

云帆仰着头看着齐飞，眼泪流了下来。"算了，"她说，"如果你想说的就是歉疚和遗憾，那就什么都不用说了。这些年我过得很好，你也不用记挂。这次行动之后，我会消失，你把我忘了就好。"

说着，云帆站起来，想回房间去。齐飞伸手拉住她的手。有那么一秒，两个人静止僵持着。

这时，他们听见江流和常天的脚步声。云帆立时挣脱开齐飞的手，低头抹泪就往外面走，刚好和拿着酒瓶的江流和常天相遇，她从狭窄的通道侧着身子擦着他们过去，虽然低着头，但也能看见她眼睛底下没擦干净的眼泪。云帆扭头向自己房间走去。

江流见状，把酒瓶塞到常天怀里，就跟着云帆走了。

江流在走廊里追上云帆，卧室门外的走廊，也有一面舷窗对着星海。

江流把云帆肩膀扳过来，擦了一下她脸上的泪痕，说："常天都告诉我了。"

云帆没说话。

江流又接着说："你为什么一直在说是你的错，是你的错呢？明明不是你的错。你的执念究竟是什么呢？"

云帆还是没说话。江流说："你不想说也没关系，等你哪天准备好，也许可以说出来。"

云帆的眼泪又流出来了："你别对我这么好。我没法给，我给不起。"

"我知道，没事，没事。"江流轻轻搂住云帆，云帆靠着他的肩膀，默默地哭了。她很小心，几乎一点声音都没有，眼泪也只是无声无息地落到江流肩膀上，他能感觉到一丝热。过了好一会儿，云帆直起身来，轻轻擦了擦眼泪，说了声"对不起"，就进房间了。

云帆进屋后，江流站在走廊上，从舷窗望着星海，默默站了好一会儿。

在前舱的观景台上，齐飞和常天手撑着栏杆，肩并肩站着向外看。

"昨晚你跟那小子聊了好久？"齐飞问常天。

"你听见了？"常天也不惊讶。

"没听见内容，就听见叽叽咕咕，吵得人睡不着。"齐飞问，"你都说什么了？"

"什么都说了。"常天微微笑笑，也不避讳。

"傻子，"齐飞恼道，"你为什么跟这小子说这么多？"

常天意味深长地笑笑说："你不是也跟他说很多吗？我都没见你跟谁

聊过这么多。"

"我们说的是学术。"齐飞说。

"唉，我说，"常天问，"你其实是喜欢纯学术的，为什么不退一步，做纯学术呢? 那些架构森严的东西，又不是你喜欢的。你这个人，其实也不大懂应酬。我见过你跟将军们吃饭，真是木头疙瘩一样，人情往来什么都不做。"

"你又不懂，"齐飞摇摇头，"人又不能只做自己喜欢的事。"

"为什么不能? "常天问。

"你不明白。"齐飞说，"我需要那种……那种力量感。"

常天没说话。

"我能战胜我自己。"齐飞说，"我需要战胜我自己。"

两人良久无言。

舷窗之外，地球和月亮都变成了远远的小球，月亮掩住一部分地球，共同洁白明亮。

第八章　钥匙

下一个清早，最早醒来的是常天。当其他人出房间的时候，常天不仅已经把早餐摆在了桌子上，而且已经在指挥室里忙碌了。江流和齐飞顾不上吃早饭，赶到指挥室。此时的飞机是惯性导航，按照超低频信号指示的位置，一直自动调整位置，常天需要监测，但手动干预并不多。按理说是比较轻松的驾驶环境，可常天此时对着屏幕皱着眉。

江流和齐飞都还有一点宿醉的头晕，两个人对视了一眼，想起前一天晚上每个人都喝醉了，情绪肆意流淌，此时都略有尴尬。齐飞恢复了平时不苟言笑的脸。

"发现什么了？"江流问常天。

"很奇怪，"常天说，"超低频的信号有，但其他波段还是什么都没有。理论上讲，到了这个距离，应该是完全能看到其他波段了。"

"电磁隐身做得好，也不奇怪吧。"江流说。

"怎么能做得这么好呢？"常天说，"一般的电磁隐身，不外乎就是吸收电磁波，雷达信号就不反射了，但是这能在信号强度上看见一个坑，可是这次没有。我扫描前方目标区，多个波段信号都是平滑的，看不到物体。"

江流想了想说："应该是有很好的'背景辐射模拟算法'，实时模拟。"

"什么意思？"常天对这个技术不大熟悉。

"就是把背景里的辐射显示出来。"江流指指自己，"你现在看我，我是不透明的，所以你看不见我背后的景物对不对？但如果我有个探测器，能探测我背后的光，然后在我正面的衣服上显示出来，跟背后的景物一模一样，你是不是就好像一眼看到我身后? 我不就透明了吗? 这个想法很早以前就有人提过，它们的飞船如果全隐身，应该是用了这个方式。没想到能做得这么好。"

"那怎么办? "常天问，"如果一直看不到，我操控导航可能会有点问题。"

江流搓搓手："没问题，等我吃点饭就让它显形。"

吃早饭的时候，云帆又回归安静，一言不发，就像是昨晚那段时光不存在，完全翻篇。她今天穿了一件黑色连体衣，梳着高马尾，不像平时的长裙散发柔美，而是显示出干练的矫健。江流问她为什么换衣服，她也不说话。

"你的话是总量守恒吗? "江流逗她，"一个晚上说多了，下面一个礼拜就没有量了。"

云帆还是不理他，见他提起前一晚，甚至将嘴闭得更紧了。

"待会儿我去施法术，"江流继续说，"让你等待的飞船显形。你猜猜是什么形状的? "

云帆抬起头来看着他，但没说话。

"你上次说古代的昆仑就是外星飞船，那是一座山的形状吗? 会像一座山那么大吗? "江流对云帆的沉默不以为意，继续逗她说话。

"可能会吧。"云帆说，"但昆仑也不一定就是山。古人只说了昆仑，是后人附会昆仑是一座山。"

"那当时的神话传说，什么西王母、伏羲，都是外星人吗? "

"可能是，也可能不是。"云帆说，"也有可能是跟外星人接触过的地球人。远古一部分地球人有可能在外星人的帮助下变得更强大，因此被同胞称为神，类似于西王母、伏羲。"

"帆帆，我劝你还是考虑一下另一种可能性，"齐飞犹豫了片刻，还是插嘴道，"你一直在说外星人帮助地球人，但在我看来，所有的推测，都没有足够的证据。我知道你不爱听我说这些话，但是我们做任何事都还是要严谨考虑。现在你不知道它们是敌意还是善意，就需要做两手准备。我们得开始设想预案了，它们是敌意如何，是善意又如何。"

"总得去看看才能知道。"云帆说。

齐飞想了一下："我们最好不要所有人一起过去，先派两个人去试探一下，另外两个人可以观察，还可以接应。"

"不用。"云帆说，"你们都不用动，我自己去就行。"

所有人都震惊了一下。"帆帆，"江流说，"你这说的是什么话！我们三个大男人，即使再笨也不能让一个姑娘自己去。"

"我是说真的。"云帆又重复了一遍，"我自己去就行。我在地面上就曾找体能中心训练过模拟太空行走，至少练过五百遍了。等到了跟前，你们把我送出去就行，我知道怎么过去，怎么打开飞船舱门。"

齐飞拒绝道："别胡闹了，你能做的事，难道我们不能做吗？我去。"

"你们真的不会做。"云帆说，"我带来的黑匣子，是钥匙。你们不会用。"

这次三个男人真的呆住了。他们没想到云帆这样决绝，叫他们一起来，竟然只是送她，最终的行动打算自己一个人去。这是怎样的疯和傻。他们相互看了一眼。

"不行，"江流说，"还是太危险了。你知道这意味着什么吗？"

云帆黑黝黝的眼睛依次看过他们三个人的脸，安静而又决绝地说："这一次来，我就没打算活着回去。我能完成自己的任务就好，死不死都无所谓。"

齐飞皱眉道："我不允许。要去我们四个人就一起去。"

"不确定善恶，不确定生死，我不能让你们陪我疯。"云帆笑了一下，"你们以为我昨晚为什么喝酒？我已经给自己送行过了。你们能送我来，还能陪我喝酒，我已经很高兴了。"

"不行——"江流说。

常天轻声拦下来道："我们还是先看看外星飞船的真容，再做决定吧。"

接下来的一段时间，常天能感受到江流和齐飞的焦虑。他俩都不说话了，既不斗嘴，也不讨论问题，只是在操作台和屏幕前做动作，眼睛死死盯着屏幕和窗外。

想要让外星飞船显形，既不是靠简单的电磁信号干扰，也不是靠简单的信号数据处理计算，而是要紧密地结合起来，先在所有观测中识别细微的"边缘效应"——隐身信号的边缘和真实画面之间会有细微畸变，然后反向计算，干涉掉对方用来伪装的假信号。

这个工作说起来原理不难，真正操作的时候，江流和齐飞搭档合作找了很久。超低频的信号在前方三十万公里附近，刚好是一光秒距离，大约七个小时的飞行距离，这个距离理论上讲已经离目标不远了，任何观测都应该非常清晰可辨。但即便是在这样近距离观察中，要想寻找光学波段的特殊畸变数据都很困难，一无所获。他们是换到了红外才找到突破口。

红外数据表面上仍然一片祥和，但随着距离接近，信号畸变的轮廓被乾坤识别到了，先是一两处信号的不连续，紧接着是连成一条线的信号畸变。江流和齐飞兴奋了，抓住细节，开始同时以不同方式启动计算。很快，表面的伪装数据算出来了，并从观测到的总信号中减去，背后的真实信号赫然显出。

并不是一座山，而是一艘很长很长的曲线飞船！

江流和齐飞记住了轮廓的详细坐标，切换回光学信号，再次进行反向的去伪装计算，这一次，整艘飞船的光学轮廓显现出来了。

毫无疑问，是一艘飞船！云帆是对的。

江流亢奋起来，他伸出手，启动干预信号，让航天飞机发射出最高强度的电磁干扰信号，把飞船外表上的伪装电磁波彻底清除，就像是用布擦玻璃。这一下，飞船的所有轮廓和细节都在屏幕里清晰呈现了，从船头到船身，再到飞船伸出的机械臂，都在屏幕里一览无余。

它竟是一条龙！

江流和齐飞倒吸了一口凉气。整艘飞船看上去太像是壁画里的一条龙了，船头像龙头，船身像龙身，船尾像龙尾。整艘船是青灰色金属质地，大开大合的机械部件。从机械结构看，并不出奇，甚至有点粗糙，并不像他们想象中的高科技飞船。但是整艘飞船非常灵活自如地向前漫游，看上去简单悠闲，实际却目的明确。飞船的船头无论怎样摆荡，始终朝向地球，跟与地球连线的方向角度，摆动不超过 2 度，显然是一艘目标明确、控制良好的飞船了。

四个人静静地注视着这艘巨大的龙船，从屏幕坐标测量，飞船有 16 米高，也就是差不多 5 层楼高，1600 多米长，如果盘起来，大小差不多是 16 个足球场。尽管在无限空旷的宇宙里没有参照物，但他们都本能地在头脑中想了一下，心下大为震惊。整条龙看起来庄严、安静，在黑暗的星空里有一种别样的肃穆氛围。背景里有小小的火星，如明灯照亮。有一瞬间，他们望着那艘龙船，有一种遥望圣殿般的感受。但谁也没说话。

"要启动通信吗？"过了好一会儿，齐飞问。

"可以试试。"江流说。

"不用了。"云帆站在他们身后说，"我这边已经接收到通信信号了。"

江流和齐飞回过头，看见云帆手里捧着那只八角形黑匣子，依然是乌黑锃亮没有缝隙，但是中间已经明显可见一点红光在闪烁。不知道是什么物质在闪烁，但可以肯定的是前几天都没有闪烁，直到逼近飞船才开始有红光。

"那接下来呢？"江流问。

"接下来，就等靠近船身的时候，看船身上哪个入口闪烁着红光，就把这个黑匣子对接过去就可以了，一般是龙嘴附近。对接之后，需要有一些操作，然后门就可以开了。"

"什么操作你告诉我，待会儿我替你去。"齐飞说。

"河图洛书和八卦，"云帆说，"这是开门的密码，还需要空间旋转做确认。你们不行，你们没有练习过。"

"那我们一起走。你操作，我们保护你。"齐飞说。

"开了门以后呢？"江流问，"从你得到的信息里，知不知道接下来会发生什么？"

"不知道。"云帆摇摇头，"我爸爸只跟我说过：开门之后要向前行，跟随内心的直觉。这句话也是他从爷爷那儿听来，原封不动告诉我的，他也没有明了其中的含意。"

"那我们稍微研究一下吧。"齐飞对江流说，他俩对视了一眼，相互都明白。

与龙船对接有三种结果：第一种是对接不成功，也没有办法开门；第二种是对接成功，开门进入，而且遇见友好的外星人；第三种是对接成功，开门进入，遇见不友好的外星人。

最理想的当然是第二种结果，但不得不防备第一和第三两种情况的发生。他们花了一个小时，最终定下来三套行动策略。

首先是开门的时候在航天飞机和龙船之间，建立弱连接。如果没有连接，万一有危险，回不到航天飞机上。太强的连接也不安全，如果有陷阱，航天飞机没法迅速逃离。最终确定以齐飞随身携带的强力蛛丝连成束，一端连在航天飞机上，一端连接在几个人身上。飞机和龙船保持十米左右的安全距离，常天守在航天飞机上机动，其他三个人靠太空行走去龙船开门。一旦成功，常天再跟过去。他们把飞机上的助力鞋改装了，外挂到宇航服上，这样如果有任何问题，可以在半空中启动助力鞋，靠电磁辐射提供的反作用力，半空借力，回到航天飞机上。

其次，他们在身上都带了一些防身武器。他们知道外星人的科技水平整体高于地球，而且不知道飞船里有多少人，自己几个人，战斗力完全不够，因此不期望硬碰硬，更多是考虑如何脱身并防身。他们身上带了几种敏感的探测仪，力争第一时间觉察到对方存在；有两样能产生障眼法的护身器具，一旦有风险，可以第一时间让自己规避，还有护体的防护外罩；另外就是匕首和双节棍、几枚小型炸弹，有传统高浓缩炸药弹，也有应激激光炸弹。但由于都是随身工具，防御力和攻击力都有限。他们的行动策略是，一旦开门成功，齐飞和江流走在前面，云帆在中间，常天始终在最后策应。

装备安排妥当之后，几个人演练了几次空中行走和进入船舱之后的队形和配合。他们都知道此时此刻需要的是协作，因此都不多话，很快就完成了演练。

这个时候，距离龙船已经很近了，除了屏幕上的影像越来越清晰，他们已经可以在前方视线中用肉眼看见它的存在了。到了这个时候，每个人心里都有一种紧张感，越接近目标，越沉默无言。就像绷紧的弓，处在张力的顶点。

"我再问你们一遍，真的要去吗？"这次是云帆打破了沉默，"其实你们没有义务的。我只是求你们帮我找到它，并送我一程，其实你们谁都不必去的。"

"废什么话，"江流依然笑道，"走到电影院门口了，告诉我说不用看电影了，回家吧，你以为就很爽吗？"

"这又不是看电影。"云帆说，"你们之前都说过凶险。"

"说凶险你还来！"齐飞瞪她一眼，"说你也不听劝！现在也不许劝我们。"

"我不一样，我有使命的。"云帆说，"而且……而且我三年前就立了遗嘱的。你们家里都还有人等你回去呢，你们要不要现在给家里人通个话啊？万一……"

"万一什么，不许瞎说啊。"江流戳了戳云帆的额头，"我没什么人想通话，死了就死了，也没什么人在意，无所谓的。"他转向齐飞和常天，问他们："你们要打电话吗？"

"打什么打，婆婆妈妈的。"齐飞不屑地撇撇嘴，又指指前方，"专注啦。"

龙船在他们视线里不断扩大。航天飞机前侧舷窗是270度超宽视野，浩渺太空一览无余，而越来越近的龙船宛若沉睡的巨兽，带着古老而又神秘的气息。龙嘴正对航天飞机的方向，能看清楚它的结构，其实就是整艘龙船一侧的出入口，真正的门在龙口内咽喉部位，外面一部分廊道，或许是为了方便停留和行动。

他们在心里默数着时间，静静戴上氧气面罩、耳机和头盔。

出舱行动开始了。

航天飞机悬停，以惯性陀螺和360度喷气锚作为姿态控制装置，然后抛出蛛丝，固定住航天飞机一侧和几个人的腰带。

江流先纵跃而出，以前进的惯性向飞船入口飘过去，总共十米左右距离，很快就到了。他抓住入口一侧的栏杆，转身回头，伸手接住跟上来的云帆和齐飞。

三个人都抓住栏杆稳住姿态。他们都是第一次进行真正的太空行走。真正的宇航员为了实现太空行走，要在地面上和水下进行多次模拟练习。他们都没有接受过正规训练，但云帆在一个体能中心模拟试练场练过，江流和齐飞原本就有常规的身体训练，因此虽然不适应，但还是凭借良好的身体素质，很快找到了平衡。三个人在龙口门廊处稳定住身体，以缓慢的速度向入口处飘过去。

到了龙船入口，他们一眼就看到门上的八边形凹槽，大小形态和云帆身上带着的黑匣子完全对得上。江流和齐飞一人从一边稳住云帆的身体，她在前方，把腰带上绑定的黑匣子取下来，轻轻嵌入到八边形凹槽里。

严丝合缝。

黑匣子中间的红点持续闪动，越闪越快，很快就变成了一片向外扩散的红光的涟漪。待稳定下来，又变成了密密麻麻的红点阵列，大约是20×20的方阵。

云帆轻轻数着红点，嘴唇轻碰，似乎在算。她很快按下中间组成十字的五个红点，然后在顶部一排按了九个红点，左侧三个，右侧七个，底部一个。黑匣子表层快速弹动，出现大量蓝点。这次云帆按下了左上角四个、右上角两个、左下角八个、右下角六个蓝点。

这个时候，黑匣子的表面开始旋转，带动与之连接的凹槽旋转，进而带动舱门旋转。当厚重古朴的金属舱门转起来时，四周整个空间都有震动感。震动感从江流和齐飞握住栏杆的双手传到他们身上，让他们产生难以名状的震撼。转动迅速停下，舱门打开了一层。黑匣子的表层裂开，但里面仍然是一个八角形黑匣子。第二层黑匣子继续出现红点和蓝点，云帆又输入不一样的图形，舱门再度旋转，黑匣子第二层裂开，第二层舱门又打开。

当黑匣子的第三层露出来的时候，江流倒吸了一口气。中央是阴阳图案，八边形四周是三圈可转动的细环，有露出也有遮挡，刚好构成八卦。

齐飞在耳机里问："这里需要找对八卦？"

云帆点点头："是。前两层密码是洛书河图。"

"有意思。"江流说，"不大好记吧？"

"也没有。其实洛书是最早的数独，小孩子都会。"云帆笑笑。

"现在该用八卦哪一卦？"齐飞问。

"中间的阴阳，是转动开门的扳手，"云帆说，"总共要转两周，每一周要输入一次密码，就是很简单的先天八卦和后天八卦。"

她开始拨动转盘，把合适的八卦阵摆出来，然后双手开始转动中央的阴阳转盘，最开始转盘不动，她疑惑自己的八卦密码输错了，又查了一下，再加了力，这才将阴阳转盘移动了一点点。原来是内层门锁闭得很紧，需要很大力气转动。江流和齐飞帮她，才将转盘成功旋转360度。第二层依此照做，输入了后天八卦，然后转动阴阳盘。

带着咯噔咯噔的节奏，第三层舱门终于打开了。首先映入眼帘的是一个筒形空间，空无一物，空间不大，内层仍有门的阻隔。

齐飞进入筒形空间，摸了一下四壁，看到没有危险，向常天挥挥手。常天会意，立刻也从航天飞机上跃过来，同时将几个人的蛛丝从航天飞机上解下带过来，准备好入舱。

此时，黑匣子的三层外壳均已卸去，中央内核显露出来，是一个黑色圆柱体，小巧玲珑，通体光滑，旋转，随着第三层舱门向两边退去，这个黑色圆柱体就悬浮在失重的空间中央。云帆伸手去抓取，但就在她刚刚触到圆柱体的同时，他们发现，身边的空间开始整体移动！云帆晃了一下，黑色圆柱体顺着她的手指尖向外滑动，她连忙上前去抓。可是她忘了这是在外太空，她无处借力，够了两下没抓到，黑色圆柱体眼看着飘远了，云帆就蹬了一下筒形空间的地板，向外飘着去追。

她太心急，没有注意到他们所在的整个空间都在移动，而且逐渐加快。当她注意到时，已经晚了，他们身处的圆筒形空间开始向右侧快速而剧烈地滑动，齐飞和江流在筒形空间内，被裹挟一起移动，可是云帆的身体已经向龙口移动了一段距离，在这样的快速移动过程中，一下子就被甩出了龙口。

"云帆！"三个人异口同声喊道。

江流率先蹬地跃向出口。他蹬地很有力，又有助力鞋，身体向外冲的速度很快，但到了龙口外才发现，由于刚才龙头甩的一下过于迅猛，云帆整个人被甩出去，已经在空中很远的地方。江流微微回头，才发现之所以龙头向外甩，是因为另一端的龙尾正在缓缓绕圈过来，大概是要围成一个闭环，龙头和龙尾相接。

齐飞和常天也赶到龙口附近。

"齐飞，"江流说，"我去追云帆，你拉住我的蛛丝，做得到吗？"

"没问题。"齐飞说。

"我和云帆，都交给你了。"江流说，"别松手。"

"交给我吧。"齐飞说。

江流启动了电磁助力鞋，向前冲过去追云帆。云帆一直在尝试调整自己的身体姿态，试图减缓自己的速度。她靠惯性速度向前，江流助力鞋推动加速，没过多久就抓住了云帆。但这一抓一拽，虽然把云帆拽了回来，却产生了意想不到的旋转，由于缺少阻力，两个人开始一直转。用来营救的蛛丝就缠绕在两个人身上，把他们绕在了一起。江流的助力鞋依然开着，但是他们在旋转中很难对准方向，助力鞋将他们推向各个方向，放大了轨迹的乱。这样蛛丝的长度和承压都到了极限。

"不行，"齐飞说，"这样下去，连接处会崩，我也抓不住。我得在蛛丝达到张力极限前去阻止，你等我们。"

常天本来想说一句"再考虑一下"的话，但齐飞没等他说话就跳了出去。常天接过蛛丝，尝试固定到龙船相对靠内侧的位置。

这时候，龙尾不断从远处合拢过来，龙头一侧也不断向龙尾靠拢，两端共同的移动让相对距离越来越短，入口快要合拢了。

齐飞以助力鞋推动，飞到江流和云帆身边，不敢贸然去抓他们，以防自己也陷入旋转，于是转到他们远离龙船的一侧，伸出一只手。江流会意，于是立即以一只手抱住云帆的腰，另一只手跟齐飞的手对了一掌，这一掌立刻让两个人的旋转慢下来，而齐飞顺势转了一周，所幸齐飞是一个人，旋转之后靠出色的个人身体素质和助力鞋稳下来，卸去一周的旋转角动量，然后又和江流以同样的方法对了一掌，齐飞又转了一周。这样，三个人基本停转，江流也调整好助力鞋的角度，三个人相互扶着重新向龙船飞过去。

舱口快要合拢了，常天拼命向他们招手。

江流和齐飞将助力鞋功率开到最大，全力向龙头和龙尾之间的缝隙冲过去。

五米，四米，三米，两米，一米。

他们终于触到了龙口侧壁，伸手用力一拉，借助惯性冲入龙口，撞了常天一下，几个人在龙口内狼狈地停下来，都靠到侧壁上喘着气休息。

此时他们看到龙尾已经逼近了龙口。

龙尾和龙头有几分相似，但是不像龙头大开大合，整个龙尾是收敛的，封闭的尾部窄口，四周有支棱开的机械构造，对接的时候龙尾刚好嵌入龙口，两端的机械结构完美契合，只见一连串咔啦咔啦的自动锁闭动作之后，龙头和龙尾彻底合拢在一起，不留一丝缝隙，舱外的最后一抹宇宙星光被最后一块机械板的紧扣锁在记忆里。

他们被锁死在龙船里。

四个人惊魂未定。所有这一切，都发生在短短几分钟里，让人来不及仔细想清楚。刚刚还担忧无法及时回到龙船上，此时又担忧永远被困在龙船上。他们在万籁俱寂、空无一物的筒形空间内靠壁休息，相互对视了一下，谁都没有掩饰眼睛里的忧虑和惊惶。但谁都知道，此时没有任何别的办法，只能继续向龙船内探路。当只剩下一个选项，即使不是什么好选项，也总好过没有选项。

"接下来该怎么走？"齐飞问云帆。

云帆把她刚才拼死救回来的黑色圆柱体拿出来，说："这是最后一枚钥匙。"

他们同时望向筒形空间内侧，可以见到一扇锁闭的门，但是相距大约十米，看不清细节。于是几个人便不再迟疑，立时爬起身，调整了一下助力鞋角度，向内部飘过去。筒形飞船舱直径大约十几米，他们飘在半空中央。

内侧门是完整的一块平板，看不出材质，门上果然有一个圆柱形深凹槽，这次不再有密码的考验，云帆将黑色圆柱体放过去，很快圆柱体中间闪烁起熟悉的红光，约莫五下闪烁之后，圆柱体周围的门板突然亮起蓝光，从圆柱体所在的中心朝四周如涟漪般扩散。蓝光在门上勾勒出复杂细密的纹路，显然是电路或者某种其他更高级的能量通路，但不知为什么，几个人的心里同时响起一样的声音：天啊，这也太像古代器物纹路了。这些蓝色电路采用复杂盘旋的直角图案，一层一层在绕转中扩散，迅速扩散到飞船壁，飞船壁上也开始亮起蓝色电路。

紧接着，他们发现周围的空间开始转动。最先注意到的信号是内舱门仿佛后退了几分，他们怀疑自己的感觉，又看周围，确实感觉到整个船舱在向一个方向前行。转动非常缓慢，又看不到窗外参照物，如果是在地球，他们站在船舱地上就会被整体带动，不会有任何感觉。然而这是在太空里，有短暂的一段时间，他们仍停留在原地，清晰地看到船舱向前行进。

这时候，常天"啊"了一声。其他人看向他，常天低头看着自己身上携带的一枚仪表盘，他的宇航服属于后勤保障类宇航服，身上的各项测量装置最为齐备。他指向的是气压表盘，此时，所有人都能看到表盘上的指针在剧烈晃动。外太空中不会有空气，能引起气压指针晃动，只能说明一件事：舱室里有气体产生。

随着飞船转动和气体产生，前面镶嵌着黑色圆柱体的内舱门缓缓向地面降去。他们看到前方呈现出的黝黑漫长的甬道。内舱门降落的过程并非沉入地下，而是一排一排铺开，向前搭出一条可以走的平路。中间镶嵌着黑色圆柱体的核心部分变成一座祭坛一样的小塔，立在路中央。

齐飞看了江流一眼："看来可以下地走了。"

"嗯，旋转重力，"江流点点头，看着手上的重力陀螺位置仪说，"这边是旋转的中心，那就往反面落。不知道现在转速够不够。"

"试试呗。"齐飞率先调整助力鞋方向，向江流指向的筒壁落下去。

齐飞落到筒壁上，人就开始跟随船舱一起转动。齐飞尝试着向前行走，发现可以走动，又跳了跳，跳起来还是可以落到筒壁上。于是招呼其他人道："重力感小了点，可能像月球，但还行，比飘着好多了。"

常天见云帆还不是很明了，对她解释道："这是用圆环转动造成的离心力，模拟重力的效果。我们按离心力的方向站到筒壁上，就可以了。"

说完，他和江流一起，拉着云帆落到舱壁上。云帆试了试，果然可以跳，也可以走。

"待会儿估计转速还会增加，重力感会更强。"齐飞说。

"气压怎么样了？"江流问常天。

"快到一半大气压值了，"常天说，"但是氧气含量比地球大气高……大约50%是氧气。其余的气体，有惰性气体也有少量二氧化碳。"

"那就可以了呀。"江流说，"一半的一半，跟地球大气氧气含量一样了。看来可以把这劳什子摘了。"他指了指自己的头盔和面罩。

"先别急，咱们先试试。"齐飞说，"贸然摘面罩要死人的。"

江流想了想："你身上有能打火的家伙吗？"

常天一拍腿："还真有！我带了电子微火石，野外科考神器。"

"试试，试试。"江流兴奋地怂恿道。

常天拿出一枚骰子大小的小球体，擦了擦，果然点燃了明亮的火焰。几人欢呼一下。

为了双保险，江流让其他人先不动，自己摘下宇航服手套感受一下，果然有空气风感，他把面罩打开一个缝隙，呼吸了一口，然后向其他人竖起大拇指："没问题了！"

几个人摘了头盔，脱下厚重的航天服外套，顿时感觉舒畅轻松了不少。此时的重力感觉差不多有地球的一半，行动更是轻快敏捷。江流尝试跳了跳，在空中做了几个翻转动作，落地的时候兴奋得舔舔舌头。就连云帆，卸下了外套，一袭紧身黑衣，都显得很矫健。

"看来你说得对，这艘飞船对地球人挺友好的，还给咱们安排这么舒服的接待。"常天对云帆说。

但云帆没有回复他。她走到黑色圆柱体镶嵌的小塔处，仔细查看。"你们看，这个塔基是什么？"

其他人走到她身旁，低头查看。最初云帆把黑色圆柱体嵌入凹槽的时候，四周是舱门，看不出内在结构，此时舱门沉降变为地面，将中间凹槽的内部结构露出来，变成顶着圆柱体的塔基，形貌一览无余。他们发现，凹槽塔基的材质像是某种石材，光滑清透，边角温润，四周有细密刻花。他们都觉得很眼熟，但一时都忘了在哪儿看过。

"这是玉琮啊。"云帆说，"良渚发现过的。"

"什么？"其他三个人惊呆了。

"天圆地方，工艺细密，四周有兽面纹，是玉琮没错了。"云帆伸手触摸了一下塔基，"你们摸摸这质地，如此光洁温润，除了玉，还能是什么呢？"

"怎么会是玉呢？"齐飞皱起眉。

常天说："也许这艘龙船接触过良渚文明，所以留下了一些部件在那边？"

"不是，我不是问它跟良渚的关系。"齐飞沉吟道。

"我知道，你是想问玉为什么能导电，是吧？"江流看了看齐飞，蹲下来仔细审视玉琮，也伸手触摸了一下外侧的纹路，"我觉得和中间这个圆柱体有关。"

齐飞也单膝蹲下来："什么意思？"

"我记得玉是混合物，"江流说，"好像是单斜晶系，其中有钙镁离子，因此理论上讲是可以有电效应的。但是一般晶体里的离子都被势阱约束，很难脱离，所以通常石头不导电，但如果有一定条件……"

齐飞若有所思道："你是说势阱隧穿？中间这个装置，就是打穿通道的？"

"有可能。"江流说，"只不过到底是什么装置，就真不知道了。这个黑匣子我在地上就研究过，完整一体，严丝合缝，结果竟然里三层外三层有这么复杂的结构。真不懂了。"

云帆看着小塔，幽幽地说："当时很多人看见玉琮的形状，都猜想是天圆地方，没想到却是开门的零件。我猜飞船里应该还有不少地方有这个零件或连接。"

"如果这些外星人真的跟古人有这么深的联系，他们的目的究竟是什么呢？为什么来，又为什么走？为什么留下这些零件？"齐飞越想越觉得疑云重重，"还有，它们现在在哪儿？为什么不出来见面，而要这么神秘呢？"

江流说："这只是入口，也许在里面。毕竟给了氧气，应该不至于有害死我们的心。"

齐飞点头道："话是这么说，但我还是搞不懂，外星人究竟有什么目的？为什么要偷偷摸摸来帮助地球人？难道宇宙里真的存在做好事不留名的雷锋吗？我不信。"

"不管怎样，"云帆说，"我们只有见到它们才能知道答案。向前走吧。"

"你的浓缩弹和激光弹都还在身上吧？"齐飞问江流。

江流点点头："在。放心。"

"嗯，"齐飞说，"如果是陷阱，宁可鱼死网破，也不能被捉住。"

就在这时，常天又是"啊"的一声。"小心！"他大呼一声，向云帆扑过去。其他两个人闻声，本能地向周围跳开。

"砰！"

一块石头从他们头顶落到地上。如果几个人没有及时躲开，就被砸成肉酱了。

他们都坐在地上，看着这猝不及防从天而降的巨石，惊魂未定，许久没有出声。

向飞船内部望去，黑黝黝的隧道里，不知道还有什么。

第九章 解码

几个人险些被石头砸中，坐在地上平复了一会儿情绪。情绪平复，但疑虑仍存。

"还要往前走吗？"云帆问。

"你的任务完成了吗？"江流问，"你的任务难道就是进来看看？"

"……没完成。"云帆低头承认道。

"那就继续走啊。你怎么现在开始犹豫了？之前的决心呢？"

云帆叹了口气："说真的，之前我头脑里想的一直是我自己一个人。现在有你们几个，我就没那么大决心了。我怕连累你们。"

"傻子，"江流说，"就这一件小事，反反复复唠唠叨叨说了几遍了？我最烦别人唠叨了。这是最后一遍，后面不许说了。"

"那万一……它们不友好……"云帆说。

"我们都成年了，你以为你说什么我们就信什么？"江流笑道，"我们心里有数。"

齐飞站起身来："现在哪怕不想走也不行。后面舱门是出不去了，如果不往前走，早晚要困死在这儿。咱们小心点就是了。"

"大不了死在一处。"江流说，"有我陪你们死，你们不亏吧？"

齐飞白了他一眼，站起来："咱俩要不要先查查，这里面的技术到底用了什么。"

"嗯。"江流拍了拍舱壁，"这飞船舱壁看上去空无一物，但里面肯定运行了程序。"

"你能透视扫描一下吗?"齐飞问。

"可以。"江流摸了一下小腿上绑的护具袋子,从里面掏出几个小东西,托在掌心,"让小家伙们飞起来扫一下就行。"

其他人看了一眼他的掌心,是六只小甲虫。他说着,向前踏了一步,腾空高高跃起,向左右上方甩出两只小甲虫,小甲虫飞在半空嗡嗡盘旋。然后他又如法炮制,在前后左右船舱下面的缝隙处各飞了一只小甲虫。

"目前是普通的 X 射线,先用 X 射线扫一下试试,如果不行还可以调高频。"江流说。

六只小甲虫组成了一个完整的扫描舱,接着,江流调整自己的手链,将图像投影出来,刚好投影在船舱内壁。小甲虫的扫描直接绘制出舱壁内的构造。

当图像显示出来,几个人隐隐吃惊。在看似空无一物的光滑内壁背后,是密密麻麻盘旋的纹路,纹路之细密,如同放大了千万倍的电子电路芯片,也很像是青铜器上的螺旋纹样。内壁里也有几个黑色圆柱节点,但普通的 X 射线无法穿透扫描这几个黑色节点的内部构造。

"看来飞船远比我们看到的复杂。"齐飞说。

"你有可能连接到它内部吗?"江流问。

"我试试。"齐飞沉吟了一下,"但机器语言不同,都不确定它们是不是二进制,可能会比较难。"

"我先试试找下信号的接入口。"江流用手抵住飞船壁,小臂上的蓝光亮起来,他试图探查到船舱内壁电流的运转方向,但出乎意料的是,整个船舱内壁的电路似乎是静息的,是关闭的,只有他的探测信号所到的地方才能引起一阵电信号的涟漪,转瞬即逝。

"飞船电路似乎没有启动。"江流皱眉道。

"奇怪了。"齐飞也很讶异,"那刚才所有的动作都是怎么来的呢?"

"不知道。"江流说,"也许只是应激。"

"先不管那么多了,往前走吧。"齐飞点点头。

江流将几只小甲虫撤回来，正在往袋子里收，齐飞却说："我们向前走的路上，能不能让这几个小家伙一直跟着飞，跟着扫描？"

"扫描是没问题，"江流说，"但不一定找得到很好的地方投影结果。"

"我戴了隐形，"齐飞指指自己的眼睛，"你如果不介意，可以投到我的隐形上，我来给大家带路。"

江流知道，齐飞说的是智能隐形眼镜，可以通过脑芯片连接机器，将信号投影在眼镜上，肉眼就可以看到叠加的现实与投影信号。"我当然不介意，"江流笑道，"但这就需要把你的脑芯片先连到我的计算中枢里，你不介意就行。"

两个人相互对视了一下，其中的含意很明确。让一个人的外接设备连入自己的计算中枢，一方面的风险是计算中枢里的数据被窃取，另一方面的风险是通过脑芯片伤害对方神经。江流的计算中枢是他右手手腕里内嵌的一块皮下芯片，他的外接设备都是通过肌电或者蓝牙跟中枢连接。计算中枢里有江流所有的随身信息，也是他释放指令的控制器核心。做了这么久情报工作，计算设备的连接意味着什么，他俩比谁都清楚。侵入与反噬，他们都见过太多次。

"我不介意。"齐飞说。

"你不怕我害你吗？"江流笑吟吟地问。

"你会吗？"齐飞反问道。

江流微笑着伸出小臂，说："来吧。"

这一次，江流小臂上的蓝光有一点闪烁，齐飞握住江流的手腕，脑芯片进行自动匹配。齐飞平时有外接手臂和小腿机甲的训练，脑芯片和手脚之间的肌电连接是得到充分强化的。信号搜索很快就成功了，齐飞的视野里，出现了江流小甲虫扫描的透视图像，叠加在正常的视线信号之上，伴随着一些数据信息。

齐飞对江流比了个手势，示意 OK，可以走了。

"先等一下。"常天阻止他们，"往前走的时候，还是穿上防护服吧。

以前我们飞野外，都需要随身带这个，万一只身行动，还是有很好的保护作用。"

他从大腿侧袋里拿出斗篷抖开来，极薄的斗篷，四件都能塞到一个小侧袋里。

"这个首先有很好的电磁屏蔽效果，不会被辐射伤害，"常天说，"而且脖子这一圈有自动探测，万一有异物袭来，能让这里面的光电纤维充电，把斗篷支棱起来，有一定强度和抗冲击性，虽然挡不住致命打击，但是对小的袭击多少是个保护。在野外防石头、弹片和游击队攻击是很有用的。"

于是几个人都系上斗篷。他们脱了宇航服之后，本来就穿的是深色的紧身衣，手腕、小腿和腰部又分别有束带，以便携带各种小工具，已经很像是古代杀手刺客，此时把斗篷一披，看起来就更像是游侠或忍者。

收拾停当之后，他们开始向飞船内部走。

说来也奇特，飞船内壁电路虽然始终处于静息状态，但他们一路走，就一路有侧壁上的灯点燃，给他们照亮前方大约二十米的路。几个人都惊讶于船舱的自动化程度和静息的状态。他们走了一两百米，船舱里还是空空荡荡的。他们的对话都发出悠远的回音。

齐飞一边关注着自己隐形眼镜里的图像，一边问江流道："你为什么不植入脑芯片呢？你的计算中枢如果能和脑芯片连起来，行动力量岂不是大增？"

"我？"江流摇摇头，"不想大脑被侵入。"

"不能叫被侵入，"齐飞说，"是增强。你不能把机器看作对手，机器是灵兽。"

"想念你的乾坤了吧？"江流说。

齐飞没有否认："要是乾坤在，在这里肯定能算出很多结果。"

江流笑笑："所以说任何事总是各有利弊。乾坤虽然强，但是要那么大的服务器和量子计算中心，你根本带不出来，远到一定距离就连不上了。我这个小家伙虽然算得弱了点，但随时随地跟着我，做不了大脑增强，但总是能用的工具。我这个人，孤独浪荡惯了，在哪儿都停不下来，所以跟什么固定计算设备都连不上。"

"所以你宁可不要强大？"齐飞问。

"宁可不要强大。"江流说。

"我想起来我爸爸说过一句话，"云帆忽然插嘴道，"其实社会进化跟生命体进化很像。地球上最早的生命体都是单细胞生命，后来变成了复杂生命体。其实对一个复杂生命体而言，里面的每一个细胞还是有着完整的生命功能，说是一个小生命也不为过，但是每一个细胞都放弃了作为一个独立生命的1，千万个小细胞汇总成生命体一个大1。这里都是有取有舍吧。"

"是。"齐飞说，"变成一个大生命体，接受中央神经系统调控，失去的是细胞的自由，获得的是生命的强大。"

"但是生命体和计算机还是不一样。"云帆又说，"计算机的电子属于完全受控状态，若中央处理器不发出指令，即使通着电，电子也什么都不会做。但是生命体里的每一个细胞，都还保留着自己作为生命的功能，例如植物人，大脑完全失去功能，可身上的每一个器官细胞都还是可以自动运行。这就是说，生命体里面的细胞，很大程度上是自治的。大脑平时不是控制，而是调节。如果一个社会运行，能达到生命体的自治程度，那就是非常理想的了。这是自由和控制的平衡。这样的社会才不会轻易垮掉。"

"有这样的社会吗？"齐飞问。

"我一直都在研究，还说不好。"云帆说，"我就是很想知道从古至今文明进化的规律。到底是什么样的文明能从众多文明中脱颖而出，进化成更高级的文明。"

"你是真的相信，"江流问，"是外星人帮助了人类的技术进步和文明进化吗？"

"是的。"云帆说，"你也都看到了，外星人肯定是来过地球，跟古人有过交流的。无论是河图洛书的密码，还是良渚的玉琮，现在都得到证明了。你们还是不信吗？"

"不是不信它们来过——这点现在我们都信了。"江流看了一眼齐飞，"但是它们是不是帮助过人类技术发展，我也还是怀疑的。我同意齐飞说的，外星人怎么会无缘无故帮我们呢？它们凭什么帮我们？"

"为什么不行呢？"云帆反问。

齐飞说："任何一个生物种族，为了自身的利益或者延续，才是合情合理的。不远万里跑到地球来帮助地球人，既不抢夺资源，也不灭掉地球人，这不合逻辑。"

"我们凭什么把地球人的动物逻辑，套到外星人身上呢？"云帆说，"我们不认识它们，不知道它们的文明是不是有完全不一样的逻辑法则。地球人进化成文明人才五千年，怎么能代表宇宙里其他所有文明呢？"

江流想了想："那就要看，是不是相信有一套宇宙所有生命共同遵循的法则了。"

"如果有，会是什么呢？"云帆问。

"我还没完全想好。"江流承认道。

"竞争。"齐飞说，"宇宙是胜利者书写的历史。"

"可是只有竞争是带不来进化的。"云帆说，"你们研究过人类的原始部落吗？即使到了20世纪，在非洲和澳大利亚都有不少原始部落，还像几千年前的人类一样过着渔猎采摘的生活。他们跟周围部落的竞争都很激烈，部落之间几乎常年处于战斗状态，但是打了成千上万年，也没发展出任何现代高级文明的文化和技术。"

齐飞摇摇头："那是竞争还不够激烈。这些地方和亚欧大陆的竞争程度没法比。你看看中国炎黄到商周那时候的竞争，从成千上万个部落打到几百个国家，再从几百个国家打到五霸七雄，最后一个国家竞争胜利。这种程度的竞争才能催生技术升级。美索不达米亚那边也是，从古巴比伦开始，就没几个帝国能长盛不衰，总是此起彼伏。波斯雅典争霸，希腊罗马才能崛起。这种竞争密度，非洲和澳大利亚那边没法比。"

"这我倒也不完全同意。"江流说，"实际上，哪怕是在欧亚大陆上，真正的文明进化，也都是零星发生的。绝大多数农业和工业进步，都是在一地发生，然后扩散到世界各地的。每个技术突破都是单点突破，不是必然发生。文字总共就发明出来两次，金属冶炼可能也就发明出来一次，后来都是扩散的。说明这种进步就像进化一样，很可能只是偶然突变。如果说竞争就会有进步，那欧洲中世纪的文明就不会一直停滞一千年了。"

"但结束中世纪的，"齐飞说，"恰恰就是欧洲国家的铁血竞争。要不是竞争航海寻宝，以及竞争瓜分世界，哪儿来的工业繁荣呢？"

就在这时，云帆突然停下来，脸上露出警惕的表情。"我又听见声音了。"她轻声说，并做出让其他人安静的手势。

出乎齐飞和江流意料的是，这一次，他们也都听见了声音。

从远方传来，幽幽渺渺，若有若无，是人说话的声音，有男人也有女人，声音低而缓，像是在诵读什么经文。在空旷幽深的飞船走廊里，让人觉得神秘莫测。四个人都停下脚步，齐飞、常天、江流相互看了看，都确认其他人也听见了。他们的心提了起来。

"你们也能听见？"云帆惊讶道，"我每次听见声音，就是这种感觉。"

他们非常小心地向声音传来的方向挪动步子，一边挪步，一边仔细聆听空气中的声音，离得近了渐渐能听出来，很像是人类的语言。有一些听不懂，但是感觉和今天欧洲的语言很像；另一些更为陌生，呜呜噜噜像梵语。最后，几个人都从混杂的低声吟诵中听见了中文！他们起初还不敢相信，但仔细分辨了一会儿，中文越来越清晰，而且是他们都熟悉的句子。

"道冲而用之或不盈，渊兮似万物之宗……"

云帆忍不住呢喃地接道："挫其锐，解其纷，和其光，同其尘。湛兮似或存，吾不知谁之子，象帝之先。"

就在这时，船舱似乎是识别了这句话，前方空间突然亮了起来。不是舱壁上孤灯的微亮，而是整个船舱都亮了，能看见大量事物，没有人，穹顶上亮着连成星座的星辰日月。

他们向前走了几步，将那些出现的事物看清了些。很奇特，这里像是一座古代宫廷大殿，中间是有云纹刻花的黑色地板，两侧是高耸粗大的玄色木柱，柱础是秦代特有的简朴厚重的整石样式，木柱顶端与方形栋梁相连，栋梁之间有雕刻的凤鸟图案，两侧排满宫灯和雕塑，雕塑多为奇兽，能认得出传说中青龙、白虎、玄武、朱雀的大致轮廓，但又有极多奇异翎羽翻飞，与常规姿态不同。整座殿堂以黑色为主，雕塑的材质也是玄铁，只在角落用金色装点，虽然没有人，但依然有令人敬畏的肃穆之感。齐飞皱眉摇摇头，示意扫描并没有异常。

随着行进的深入，他们能听见的声音越来越多了。这一次没有听不懂的外国言语了，能识别出来的皆是诸子百家的经典诵读。声音越来越明朗，越来越清晰，如鼓乐和声环绕身边。他们大为惊骇。云帆偶尔会跟随默诵。

"天命之谓性，率性之谓道，修道之谓教。道也者，不可须臾离也，可离非道也。……知天之所为，知人之所为者，至矣！……明君之所以立功名者四：一曰天时，二曰人心，三曰技能，四曰势位。"

前面有一小段阶梯，但阶梯之前有一只青铜鼎挡路。几个人上前查看，发现鼎身上刻有九个篆字。云帆尝试着分辨了一下，又在记忆比对中猜了猜，轻轻念出来：

"惟皇上帝，降衷于下民。"

这九个字念出之后，青铜鼎无声无息向左侧滑去，露出小阶梯通路。他们一边登上去，一边在心里疑惑和思忖。刚刚一路走来，平安但又不平安。之前的声音和文字，都像是密码，通过就放行，但他们不知道如果不通过会怎样。而且这到底是什么地方，为何会有如此多的古代经典和古文，而外星人又为何会用古代经典作为前行的障碍测试？所有这些，不仅齐飞和江流想不明白，连云帆也想不明白。

就在他们登上小阶梯的一刹那，阶梯上就开始了一阵轰隆隆的骚动。阶梯上是一个很大的圆形平台，十几米直径，有九座巨兽雕塑围在四周，每头巨兽身前都有一只青铜鼎，中间是一座巨型凤鸟雕塑。再看向远处，在巨兽雕塑背后，矗立着十二座巨大的金色人形雕塑，面向一座高台，高台上似乎是一个孤独高耸的王座。

"十二金人？"齐飞和江流齐呼一声。

"这里到底是什么地方？"江流问云帆。

云帆脸上也十分迷惑，说："我也不知道了。进来之后的事情，我爸爸语焉不详。可能他也不知道了。但是，从所有这一切布置，还有这十二金人，我猜测……"

云帆停了片刻，其他三人都看着她。

"……这里是阿房宫。"云帆说。

"什么？"齐飞惊讶道，"阿房宫不是被项羽一把火烧掉了吗？"

"这个早辟谣了。"云帆摇摇头道，"考古学家发现阿房宫遗址之后就知道，那里从没有发生过大火，没有一点燃烧的痕迹。实际上，考古学家认为阿房宫从来就没有建好，只打了地基，主体建筑都没有建。如果你今天去阿房宫遗址，只看得到地基，完全没有建筑痕迹。但如果真是这样，那为什么会传说阿房宫美轮美奂？史书上都说得言之凿凿，说雕梁画栋，说气势雄伟，就好像有人真的看见了一样。"

"所以你猜想……"齐飞沉吟道，"当时是这艘船停留在阿房宫遗址，被人看到了？"

云帆点点头："也许当时就是在建造这艘船。或者，也许这艘船没有出现，但是秦始皇造出了这个内殿构造，后来又用什么方式搬了进来。如果是这样，能解释好多问题，例如，史传禹传九鼎，下落不明，秦始皇收天下金铸造十二金人，后来都到哪里去了，没有人说得清，要是都带到了这里，那就都解释得通了。"

"但是为什么……会建到这里呢？"江流皱眉沉吟道，"这太奇怪了。"

"我知道为什么。"云帆说着，从腰带的侧袋里掏出一枚黑色的多面体，从外观判断，大约是正二十面体，通体漆黑光滑，和云帆脖子上的颈链以及她携带的八面体钥匙异曲同工，"这是我这次要送的东西，也许它的归宿就在这里了。"

说着，云帆右手托着这枚黑色多面体，开始一步一步往台阶上走，似乎托举着圣物的神女要上祭坛一般肃穆。她的神情严肃，眼睛远远望着高台上的王座，似乎一眼都不去看神兽，也不被其他任何事物分散心神。

但不知为什么，江流觉得这个画面有哪里不对。云帆的神情不对，周围的景物事物不对，此时此刻诡异的氛围也不对。但他呼唤云帆的名字，云帆已然充耳不闻。而他回头看周围，发现常天和齐飞的神色里也有异常。齐飞的眼睛也一直望向高台上的王座，目不转睛地直视，带着一种热望。江流反复确认了一下，齐飞并非注视着云帆的背影，而是直勾勾地盯着王座，看了一会儿也开始沿着台阶向上走。而常天的眼睛里则有一种迷惑的神色，但是那种迷惑又不是清醒而批判的迷惑，而是一种沉迷而不自知的迷惑。常天的眼睛，没有盯着高处王座，反而死死盯着齐飞的背影。

江流心里的疑云越来越重，但是他没有太多时间思虑，因为云帆已经走上了几级台阶，很快就要登上怪兽林立的高台了。江流三步并作两步，来到云帆身边，拉住她的左臂，轻声说："慢一点，我觉得这里不对。"

云帆回过头，诡异地甜美一笑，说："没有什么不对的。我小时候就看到《山海经》记载：'地之所载，六合之间，四海之内，照之以日月，经之以星辰，纪之以四时，要之以太岁，神灵所生，其物异形，或夭或寿，唯圣人能通其道。'说的一定就是这里了。"

"云帆，"江流还是坚持道，"你再好好想想，整艘飞船完全没有人，只有空空一座殿堂，说是外星人的飞船，但外星人在哪里？只有这些空空的事物，太像是陷阱了。我拜托你，再好好考虑一下行吗？"

但云帆还是不理他，脸上挂着奥菲利亚临死时的虚假甜笑，一步一步向上走。当她的脚刚一踏上高台，高台便开始旋转了。云帆一步没走稳，脚随着高台转了，可是身子因惯性还没跟过去，于是跌倒在地。江流和常天都奔过去要去扶她，但最先扶住云帆的却是齐飞。原因并不是齐飞的反应更快，而是他也同样心不在焉，也在踏上高台那一瞬间被带动得摔倒。江流和常天奔过去，蹲在地上扶住他俩。四个人都蹲坐在高台上，看着脚下的地面开始旋转。

旋转了片刻，高台停下来，但是并没有完全静止，四周的巨兽开始向中间逼近。江流和常天吓了一跳。但定睛一看，倒不是所有巨兽都同时压过来，而是有某一只快速逼近中间，再回撤到自己的基座上，然后再有另一只巨兽逼近。江流试了试，靠近一只逼近的巨兽，快速跳起，试探着踢了巨兽的额头一下，丝毫没能阻止巨兽的前进。江流固然留力，没有尽全力，但仅从这一下的接触，就知道巨兽是用真的巨石造成，也许是花岗岩或大理石，气势压顶，人力并无对抗余地，若被碾压则成肉酱。云帆和齐飞的眼神仍然有些迷离而执着，江流只好联合常天护着他俩，在巨兽进犯的时候左躲右闪。

高台一会儿旋转，一会儿静止，似乎反复无常。巨兽进犯的速度还隐隐有加快之势。但两轮之后，常天忽然说："我看青铜鼎上有符号，似乎应该和巨兽对应起来。"

江流低头一看，果然发现鼎上有一圈九个不同符号，他再抬头看了一眼九只异兽，心下突然明白了。他拼命拍打齐飞的脸颊，让齐飞的目光对着自己，叫着他的名字，同时右手腕蓝光开始越来越盛，在向齐飞的隐形眼镜中输入刺激信号。

终于，齐飞如梦初醒地看看周围问："怎么回事？刚才出什么事了？"

江流道："没时间解释了。我现在要在我的常识数据库里查一点东西，但这里没地方投，只能由你的眼镜显示了。你一边看我找到的素材，一边把鼎上相同的符号和相同的石头兽找出来。"

齐飞还有点恍惚，不是特别理解，但是看得出江流脸上的急迫，于是点点头。江流调出世界文化常识数据库，这是他周游世界时会提前看看的人文地理资料库，也是他跟世界各地赏人沟通之前会查阅的文化资料库。

在这里，他查"龙生九子"，出现的图像和眼前的巨兽一模一样。

此后，江流和齐飞配合，在转盘转动到鼎上符号和巨兽匹配的时候，喊停，高台就真停，而一旦匹配，巨兽也就不再前行进犯了。就这样，他们慢慢安全了。直到所有巨兽和鼎上符号都匹配起来，九只巨兽彻底安静臣服，而地上的符号开始发出金色光芒，逐渐连成一圈，到了后来宛若环绕他们旋转的莲座。

只听"咔嗒"一声，随着金光环绕，中间基座上的凤鸟开始脱离底座，高飞起来。依旧是金属质地、勾连细密的机械飞鸟，与在秦陵和云帆一起看到的类似，但是这一只大得多，复杂精细得多，飞到天空时遮天蔽日，姿态俊美无瑕，让人看起来觉得神圣极了。

看着这黑色的金属巨鸟，江流突然想到一句话：

"天命玄鸟，降而生商。"

江流越想越觉得心惊：这艘船的主人是谁？难道真的是传说中的上古之神？

但他依然来不及多想，因为当高台完全安稳下来，云帆就重新站起身来，继续托着手中的多面体朝更远更高处的王座走去，眼睛里还是迷离的神色。江流继续追上她，想要让云帆也清醒过来。

但云帆已然听不见江流的呼唤。她换成了双手捧着那枚黑黑的多面体，远看过去就像是手捧圣火的祭司。她的高马尾在刚才躲避巨兽的过程中散开了，此时长发披散下来，更有古时月桂少女般的神秘庄严。不知为什么，江流和齐飞看到云帆的样子，都有点不敢上前。此时齐飞的神色已经一切如常，依然是严肃而有轻微的焦灼。他俩只好一左一右跟着云帆，随时提防四周出现的危险。

"云帆是怎么回事？"江流问齐飞，"刚才你是怎么回事？"

齐飞赧然了一下说："刚才，我感觉到一丝可以接触到数据的气口，就扎了进去。真的有大量信息信号可以让我触到，有一个缝隙我不想放弃，就一直想追。后面慢慢就忘记了，不知道自己是怎么到这儿的。但我可以确定的是，刚才我连接这艘飞船的内部系统一瞬间，并且做了些计算，我看到这艘飞船的行进路线图了。"

"真的？你用脑芯片算的？那现在记忆还存在你大脑里吗？路线图什么样？"江流迫不及待地问。

齐飞点点头："嗯，还记得。飞船不是连成一个环了吗？龙头和龙尾嵌合连接到一起，但连接处却并没有打通。我们需要从龙头开始走一圈，走到龙尾处，那里有一条通道，顺着圆环直径的方向通向圆环中心。圆环中心不知道有什么，在我探测到的数据里是一个亮点。我只知道那里是唯一一个有开放出入口的地方，其他地方都是封闭的。"

"好，"江流说，"就去那儿。"

就在这时，云帆已经走到了顶部王座旁，其他三个人迅速围拢到云帆身旁。王座孤零零矗立在整个通道大厅的顶端，在它身后是一道高耸的乌金屏风，屏风上绘制着青黑色山水，显得磅礴肃杀。从王座回望刚才来时的路，只见漫长而宽阔的大殿通路，看上去都像是小径，俯瞰巨石怪兽和凤鸟，也只像是珍奇宠物。

万事万物，都宛若脚下尘烟。

而在王座正中央，有一个多面体形状的凹槽，再一次，形状和云帆所带的多面体一致。不用想，也知道将多面体嵌入进去一定是完全贴合的。

在云帆放下去那一刹那之前，江流的不祥预感又出现了。他想阻止云帆，但已经晚了。云帆纤细轻盈的手指已经让黑色多面体滑下去，滚动半圈就落入了多面体凹槽，完美嵌合，震荡了两下就贴住了。

就在这时，几乎是毫无悬念地，黑色多面体变得精光四射，王座也开始亮起盈盈光亮，然后王座开始晃动，向后面屏风处滑去。就在几个人还没来得及看清楚的一瞬间，王座突然沿乌金屏风向下坠落而去。云帆轻呼了一声，也追上前去看。

而就在这电光石火间，四个人感觉到他们所在的地面在剧烈震荡摇晃，就像是要地震了一般，接下来整片地面都裂开，向下沉降，而他们没来得及惊呼就跟着地面一起向下坠。所幸坠落并没有持续很久，约莫一两秒之后就感觉触到地面，而地面是一路石头，坡度向下，他们触到地面之后又都向下滚落，每个人都磕碰得浑身疼痛。

这样的滚落终于停下来。几个人跌跌撞撞爬起来，惊魂未定，满腹狐疑，但还没来得及休整，常天就叫了声："小心！"

他们连忙回头，看到从刚刚几个人滑落的石头坡上，又冲下来一块巨石。齐飞扑倒云帆，江流和常天向两侧跃过。他们将将躲过巨石，身边带起一阵尘烟。

向前方看，又是一片昏暗迷雾，偶尔似乎有点点亮光，但瞬间熄灭，仿佛故意撩逗人的塞壬歌声，带着诱惑，又带着危险的气息。这时候的云帆仿佛如梦初醒一般，脸上充满惊惶，似乎也不记得自己刚才经历了什么。

就在这时，从石头坡上，从头顶，从四周，都开始有碎石滑落，江流和齐飞跳起身来，并肩格挡。齐飞用出了散打，江流是灵活的泰拳，拳打脚踢，辗转腾挪，飞身跃起，又取出格斗双节棍和指挥棒，砰然相击，这才将周围的碎石都挡开。

云帆和常天也尽力躲闪，用防护斗篷护住身体。但无奈碎石飞来得越来越多，每个人都觉得格挡得有一些吃力了。几个人都暗暗叫苦，又对前方未知的黑暗心生怯意。越是恐惧，身边的乱石飞来得就越多。

而随着落下的乱石越积越多，渐渐地，几个人之间开始被碎石堆出隔离墙。起初他们还没有察觉，只是尽力挥动武器保护自己，但是忽然之间，就发现其他人似乎被石头挡住了，他们每个人进入石头墙的一道缝隙，相互之间看不到彼此。而与此同时，他们每个人都听到前方响起自己熟悉的声音。

"帆帆，是你吗？"云帆突然听到爸爸的声音。她吓得浑身哆嗦了一下，向前方隐约的人影走去。

而江流宛若在梦里一般，又听见了那个甜美的声音："大哥哥，那我在这儿等你哦。"

第十章　穿透

云帆听到爸爸声音的时候，汗毛都竖起来了。

她仔细分辨，想听清楚那是不是爸爸。于是她不自觉地向前走，越走越觉得似曾相识。前方好像是怪石嶙峋，很不容易找到出去的路。她很小心地看脚下，每每提起脚尖，从两块石头之间充满沙子的细缝中穿过，这个场景，像极了童年时一个公园里的人造景观。

她还记得有一次她在那个公园里走丢了，四面八方都是人，她向左向右看都看不到爸爸妈妈，吓哭了，也不敢走，就坐在一个喷泉边上哭。四周慢慢围拢了不少人，有人给她糖，有人想用小熊逗她玩，但是她都不要，她就是四下看着，想找爸爸妈妈，其他什么都不要。她不知道自己是不是被爸爸妈妈扔掉了，以后都回不了家了。这么想着，眼泪就止不住，她一直哇哇大哭，身边人都换了两三拨，她还是止不住。直到最后她妈妈奔过来的时候，她的脸上、胳膊上、头发上和裙子上，都抹了眼泪鼻涕。她搂住妈妈的脖子，颤抖着，一身委屈想要发泄，想打人，可是她哭得太累了，连打人的力气都没有了。

那是她五岁还是六岁的事了。

云帆向前走着，穿过乱石堆，进入小时候自己家的客厅。墙壁上播放着电影，是美女和英雄的动作大片，但是没有人在看。整面墙壁的360度虚拟现实轰隆隆的爆炸效果，太逼真，以至于房间里都仿佛充满尘烟。可是没有人在看。

父母坐在餐桌旁，母亲一直哭泣，父亲一直沉默。

"妈妈，好了吗？"云帆走过去问。

"乖，你先去客厅看一会儿动画片行吗？"妈妈一边哭一边说，"让我们再说一会儿。"

"那你什么时候能来陪我？我害怕。"云帆对妈妈说。

"你先离开这儿。"爸爸说。爸爸的口气粗暴，云帆好像从来没听过爸爸口气这样粗暴。她忍不住也咧嘴哭了。

"我不走……妈妈我怕……"云帆眼泪汪汪地看着妈妈。

"帆帆，就一会儿，你等我跟爸爸把话说完。"妈妈却不看她。

"你们为什么吵架？"云帆问，"是因为我走丢了吗？对不起，我不是故意的。"

妈妈走过来搂住她，抱着她哭，母女两个人哭得越来越厉害。"不是因为你，帆帆，不是因为你。不是你的错。"

接下来的两个小时，云帆即使走出了餐厅，但也在餐厅外的墙角边坐着，她断断续续地听见了很多话，但又好像什么都没听懂。她听见妈妈说爸爸："你究竟什么时候才能花些心思在家里？""我一个人太累了，我顾不过来。""我见不到帆帆的时候，我要崩溃了！""什么时候我才能得到你哪怕一点点支持？""你每天都半夜才回来，你认识孩子长什么样吗？""你要是忙，能带钱回来也行啊，挣钱也靠我。""你别魔怔了行吗？到底什么时候咱们才能过得像一个正常人家？"……云帆抱住头，不知道为什么，妈妈的话有这么强的墙壁穿透力，声音不大，但是连电视里的炮火都盖不住。云帆一边低头一边哭，她觉得是自己连累了爸爸妈妈。如果她在小公园里再乖一点，跟紧妈妈，而不是去看棉花糖，爸爸妈妈就不会吵了。她恨自己为什么那么没有定力，棉花糖有什么好看的，她为什么不跟紧妈妈。

云帆几乎没怎么听见爸爸的回应，只是偶尔有几句疲惫不堪的话语夹杂在充满怨意的哭泣中："你到底要我做什么呀？！""我周末都已经做饭刷碗了。""我就是最近等一个重要的结果，非常重要。""你说了好多次。""我觉得我已经努力了。"……抵抗得无力,有一种想逃而又无处可逃的不堪忍受,又有一种想要在自己身前筑起一道墙的漠然。

云帆觉得头很疼,眼前的事物似乎旋转起来,转啊转啊转,转得她目眩神迷。她只能死死攥着玩具小熊。她很想喊叫,却不知为什么喊不出来。她闭上眼睛,身体似乎也跟着身边的物体旋转。

转啊转。

等她再次睁开眼睛的时候,她大声喘气。

她面前是爸爸的床。爸爸躺着的时候,显得瘦骨嶙峋,被子盖在身上。爸爸只有四十九岁,看上去像七十九岁一样。为什么会这样?爸爸是什么时候瘦下去的?是因为吃抗抑郁的药吗?还是因为酗酒?她向爸爸走去,爸爸仍然在睡,没有发现她。爸爸睡得很沉,但是皱着眉,像是在梦里都没法和这个世界和解。

云帆轻轻跪下去,在床边握住爸爸的手。她摸着那双手,身体止不住地发抖,心脏也开始痉挛。回忆的塞子被猛然拔掉。从高中毕业之后,她好像只回家过一两次,那一两次也肯定没有拉过爸爸的手,这么算下来,有差不多七百天没有接触过爸爸了。她不知道爸爸的手怎么会变得如此嶙峋。小时候虽然爸爸很少带她玩,但偶尔几次带她出去的时候,她还能记得爸爸的手臂很有力量。即便是高中时离家,爸爸也还是有血有肉的,不像现在,皮包着骨头,颜色蜡黄,气若游丝。

云帆的眼泪扑簌簌掉下来,掉到爸爸手上。她看见爸爸的手抽动了一下。她慌忙擦干净爸爸手上滴落的眼泪,手忙脚乱中,自己的手开始颤抖起来,抖得止不住。她想到自己中学时对爸爸妈妈说过的狠话,她说自己的一生都被他们毁了,说他们自私,不考虑她的感受。她还能清晰记得自己曾经离家出走,立志和家庭切断联系的决绝心情,可此时此刻看到爸爸,她心如刀绞。她上大学后听说了爸爸的躁郁症,但她本能地想拒绝接受。她不愿意承认一切和自己有关系,她拖了七百天才回家。

"爸爸,"云帆的脸伏在爸爸的手臂上,"对不起……"

这个时候，爸爸睁开眼，缓缓地侧过头，哑着声音——能听出来很久都没有和人说话了——说："帆帆，我活不久了……"他又咳起来，喘着气，好半天才费力地说："我不要你说对不起，我希望……你能帮我。"

江流听到小女孩声音的时候，身体的第一反应是想逃跑，向前跑了几步，但不知道为什么，却莫名其妙向声音的来源走了几步。

他又一次走进那片被战火烧成废墟的难民区。

他身边有熊熊燃烧的火焰，那是最新型号的超I型银鹰系列微核弹引起的燃烧。虽然是微核弹，已经用了最低控制剂量的铀，但仍然能引起所到之处房屋的炸裂。炸裂引起燃烧，火焰四处蔓延。虽然说这次攻击在AI精确制导的控制下，精准命中目标，摧毁军事建筑，对民用建筑没有打击。但是这个地方太穷了，所有建筑的消防安全等级都不到位，穷人难民往往只搭了一个简易的窝棚建筑，紧挨着军事基地四周。这种情况下，稍微一丁点火星和弹片，都能引起一个窝棚燃烧，再蔓延到其他窝棚，最终导致连片的家破人亡。只是这些，都不会出现在战斗捷报新闻中。

至于为什么这些民房窝棚要建在军事基地附近，不外乎有两个原因——他们迷信军事基地还能给自己最后的庇护，以及军事基地的军官是仅有的能消费餐饮和小商品的人，这些穷苦的居民，也只靠这一点遗漏的油水过活。

江流向前走，忍受着身边烧焦的人肉的味道。他心里还完全没准备好接受这一切。江流只是假期来做社会实践的，他还记得自己是为什么选中中东区域做社会实践。他想显得自己勇敢，想在开学的时候跟班里的同学轻描淡写地秀一下：我暑假里去了战事最胶着的地区，我只身一人穿越无人区，我骑了战地自导航摩托，我做了全网直播的战地报道，我帮助了战争区域的难民。所有这一切，都能在履历上添上浓墨重彩的一笔。将来无论到哪里求职，都可以对面试官讲一讲当年的艰难和博爱——在沙漠里，我保护着当地居民，给他们找水，克服艰险穿越危难区。这些经历一定会让面试官印象深刻。江流几乎被自己伟大的社会责任感感动了。

可是他并没有准备好，面对真正穿越这一切时的无力感。

他像一只无依无靠的蚂蚱一样，在轰炸来袭的时候慌乱地蹦来蹦去，他不知道要往哪儿逃，周围的所有人似乎都见惯了生死，在满脸满身泥巴的情况下淡定入场——或者说麻木如常，拎着几个包袱就踏上下一个定居点的寻觅之路。没有人有工夫理他，他并不知道食物和饮水从何而来，他走投无路时还需要难民接济一口水。他从自我想象的英雄，变成了需要被人拯救的孤魂野鬼。

"大哥哥！"

江流在燃烧的石块之间，突然听见一个小女孩的声音。江流身体打了个激灵，四下寻觅，向前走了两三步，又反复辨认，才在几块大石头背后，看见一个五六岁大的小女孩。小女孩背后是燃烧的窝棚，身边一个人都没有。她脸黑黑的，头发蓬松混乱，一些泥巴糊在身上，可能许久没有人给她洗澡了，穿着当地部族的衣服，但已经撕扯都是碎条条。

"大哥哥，"小女孩在嘴边举着一个翻译器，"你能听见我说话吗？"

"可以，我可以。"江流连忙说。翻译器看上去还比较高级，不知道她是从哪里捡到的，还是有哪个军官施舍给她。

"大哥哥，我饿，"小女孩说，"你能给我一些面包吗？"

江流第一次觉得如此不好意思。"对不起啊，"江流说，"我身上也没有面包。但我有钱，我给你一点钱行吗？"

小女孩点点头。

江流翻遍了自己身上的每一个衣兜，凑出来一些当地货币给小女孩。他已经很少用货币消费了，在任何地方都习惯于虹膜扫描直接付款。在他生活的环境里，货币已经百分百电子化，如果不是到这儿，他都没见过实体的钱。他在当地取了一些，但没取多少，此时此刻只剩下一些零零星星的碎钱了。他想问小女孩能不能通过电子账户转账，但看着她粘着泥巴的小脸，这句话怎么都问不出口。

江流把身上找到的钱都给了小女孩。小女孩看看，说："谢谢大哥哥。还能给点钱吗？我妈妈快死了，也没有饭吃。"

江流身上完全没钱了，但他不想拒绝小女孩，他说："我现在身上没钱了，但我可以取，你等等我，我今天去隔壁镇子上取钱，你明天还在这里等我好吗？我给你拿来。"

小女孩点点头。江流又把自己在当地的通信号码写给她，告诉她，第二天如果找不到他，可以打这个号码跟他联络。

"大哥哥，那我在这儿等你哦。"小女孩说。

此时已近黄昏，江流找了一辆地效飞行摩托，赶去二百多公里以外的镇上，好不容易找到一家还在营业的金融门店，取了一些当地货币，然后住了一晚，第二天一早就向那个村子赶回去。但小女孩已经不在前一天的地方了。江流在附近找来找去，还是没找到她。

当天下午，江流接到了小女孩的电话。

"大哥哥，你能到这附近来吗？"小女孩报了一个仓库的名称，"我在这儿等你。你能带7000乌拉尔吗？我妈妈病了。"

江流突然警醒起来。小女孩报的仓库的名字，是当地一个黑帮占据的地方。他突然想到也许小女孩已经被黑帮控制了，如果他过去，很可能会被黑帮绑架，找他家里勒索绑票费。也许前一天下午小女孩的出现就是有预谋的，也许她就是被人指使出现在他面前，向他要钱，也许她都没有生病饿肚子的妈妈。如果他去仓库，凶多吉少。

那一天下午，是他人生中最纠结的几个小时。他在黄沙漫天中走过来，走过去，用脚无意识地踢石头，手在裤子里攥成拳头。他眼前浮现着那个小女孩瘦而脏的小脸，微微扬起的大眼睛，粘着泥巴的细细的手臂。可是他又能清晰地想到在她背后的利益链，他对抗不过黑帮。他手上没有厉害的武器，又只是一个人，他下学期还需要回到学校上课呢！刚刚有诺奖获得者天文学家接受他来实验室做项目，圣诞节的时候他还约了朋友们去滑雪，他毕业之后还有周游世界的计划。他不能死在这样一个鸟不拉屎的战场废墟里。

他在黄昏前还是到了那个仓库附近，但只是远远地徘徊了一下，就又扭头走了。

后来，过了几天，他从另一个城市回来，赶往机场的途中，又经过这个必经的村子，在村口右侧的小路旁，见到几具荒弃的尸体，其中压着一个小女孩的尸体，远看过去，非常像等他的那个小女孩。太像了，从身形到仰着的脸形，都很像。但江流始终没敢走过去确认。他的脚就像是绑了千斤石块，一步都挪不动。

他逃也似的离开了，从此再也没去过那个中东国家。

"大哥哥，那我在这儿等你哦。"

江流又进入了那个燃烧着火光的村落，左手边是两栋空着的土坯房，房顶的茅草在熊熊燃烧，右侧是一个曾经的集市，都是卖货的小推车和撤不走的堆积货物。人都跑得或者死得差不多了。江流一个人如孤魂野鬼般游荡，一路走，一路惊心动魄。那个声音像在四面八方萦绕，他想逃离，可是怎么都无法逃离。

如果那一天，我去见了她。

如果那一天，我没有逃跑。

江流无法驱散这样的念头，他开始奔跑，他四下里寻找，怎么都找不到那个声音的来源。他四处乱窜，像疯了一样跑，却怎么也见不到人影，也摆脱不了那片火海和那个声音。

他只有一直奔跑，一直逃。

齐飞走入一片熟悉的训练场。

这里他好久没来了。他听见教官叫他的名字，他循声赶过去。是他第二任教官，最器重他的赵教官，也是对他最狠、最让他吃苦的一个。

"齐飞，过来，"赵教官说，"举这个杠铃，一组二十个，做三组。然后去那边练腹肌，做完再回来做三组。"

齐飞看着杠铃，这个配重超过了他之前练习的上限。他有一点为难。

赵教官一只厚厚的手掌拍上齐飞的肩膀："小子，你上肢力量不行，得额外加强训练。什么时候你这里、这里、这里，都给我练厚了，练结实了，我再放过你。"

齐飞弯下腰，尝试着用双手抓紧杠铃，但还是有一点心生退意。

"小子，"赵教官说，"你是不是觉得，这都什么年头了，还用这么土的办法练肌肉？我告诉你，我不管你有多聪明，有多少高科技，人的身体，该怎么长还怎么长，该怎么练还得怎么练！谁他妈信誓旦旦告诉我以后都用机器人了？都用人造肌肉了？我告诉你，我不信！人的力量，就是练出来的。我练的不光是你胳膊上的铁，还有你心里的铁。你别以为自己是高才生就能豁免，今天就是天王老子来了，也得把这几组杠铃给我抬了！"

齐飞吸了一口气，屏住呼吸，用尽力气，竟然真的将杠铃举到胸前。教官示意他到这个高度就可以了，放下再举。齐飞坚持做了五六个，就觉得胳膊已经微微发抖，坚持不下去了。赵教官拍拍手掌，表示鼓励，但不让他停下来，只允许他喘息一下再继续练。举到十二个时齐飞已经觉得大脑缺氧了，后面几个反而稍微好了一点，似乎是麻木了，但大脑越来越沉，最后两个举完眼前一黑，险些栽倒。

赵教官伸手扶了他一把，竖了个大拇指说"有种"，但毫不停留，把他推到一旁的支架边，说："休息一分钟，喝口水，然后腹肌三组。"

那一天，齐飞经历了地狱般的一下午，他有几次都练到觉得自己要背过气去了，但不知怎么又都挺过来了。有两次，他因为肢体没力气，向前跑的时候摔倒了，在沙砾跑道上手和膝盖都磨破了。赵教官说，"很好，小意思，男人的伤应该越来越多"，然后踢了他屁股一下，让他再继续。

"最后做两组协调性训练。"赵教官说，"你协调性不好，总是同手同脚，将来没法练打，得多练练才行。"

这是齐飞做了军事定向生之后的第一次正式训练。在此之前，他们只有一些简单试训，不比一般大学生校园体训强度大。但是这次训练，让他像正式新兵一样接受了下马威洗礼，宣告了他从此以后的生活性质。齐飞几乎一句话都没有说，从头坚持到底。后来，赵教官说就是这第一次训练，让他对齐飞留下了良好的第一印象。这孩子有股子狠劲儿，赵教官总是对人说。

齐飞又看见终点线在眼前，又经历那梦魇一般的最后冲刺，胸口已经沉得像千斤石头，喉头只有甜丝丝的血腥味。冲过终点线，眼前一黑，整个世界都消失了。

在黑暗中，他看见父亲的脸，仓皇、浮肿、悲伤。

齐飞睁开眼，坐起身，大口大口喘气。

他在研究生的宿舍里，军事化训练已经整整三年了。这三年里，他有了一种难以言传的别样感受：那是身体对于意志力的臣服。

在第一天魔鬼训练之后，他的身体就轻飘飘的，仿佛不是自己的，但是意志力却从未如此清晰地贴近自己。他能清醒地觉察到自己每一时刻的意识。在后来的训练中，他更坚决地探索这种体验，每一次在练习的时候，自己告知自己接下来的动作，有意识集中意志力，让意志力控制身体，甚至偶尔压制身体。他发现，这非常好用。

我要你如何你便如何，我不要你如何你便不能。

他头脑的意志力这样对身体说。

久而久之，他发现身体变得非常服从意志力的指挥，不仅在所有高强度训练中更灵活，而且身体的耐受力更强，痛觉和欲望都更低了，感受淡弱了，在各种似乎难以坚持的困境里，只要意志力一直对身体说"坚持到底"，身体就能毫无感觉地一直坚持下去。

就这样，他熬过了多次对新人来说致命的考验，也变得越来越自律，甚至越来越自虐。由于身体的感受性变弱了，越来越灵活地听从调遣，就连饮食和睡眠都变得服从指挥，他开始寻找更具有挑战性的自我修炼，甚至是自我折磨，只想看自己的意志力和身体境界能到达哪里。他每天坚持雷打不动的体能训练，做更长距离的越野跑，尝试极限运动和不眠不休。每每身体到了极限边缘又挺过一个境界，他就会有一种痛苦中的快感。这种快感是征服的快感。直到他有了这种快感，他才能理解征服自己是世界上最高境界的快感，远比自己的命令被人遵从更有乐趣。他在战胜自己的过程中战胜世界。

他多年不让自己有情绪波动，身体也不允许。

爸，你为什么不能这样呢？你为什么不能像我一样学会克制呢？

齐飞无数次在深夜里一边做俯卧撑一边这样对父亲默默地说。父亲已经过世五年多了，他还是忘不了他浮肿颓唐的死后面容。他还记得自己在灵堂里见到父亲的最后一面。父亲在水晶棺里，被炸弹弹片伤到以至于有一点歪斜的面孔躺在虚假的花朵里，像没做好的蜡像。他似乎已经记不清父亲英武高大的样子了。他恍惚记得自己小时候跟着父亲出去玩，父亲在夕阳里的身影像他见过的神像一样。那个时候父亲还那么高，硬挺的鼻子，四方形的下巴，浓密的头发，都是他心目中最完美的样子。可是那个样子到哪里去了呢？齐飞在灵堂里看着棺材中父亲的遗容，只觉得软弱无力，似乎一点都找不到记忆中的那个父亲。

是记忆神化了现实，还是现实丑化了记忆？

他还记得自己在灵堂里哭，跪在棺材边上。他心里一多半是悲伤和不舍，但也有一丝丝清晰的怨恨。爸，为什么，你为什么输给欲望？

齐飞一次次从深夜醒来，总是回到令他头晕目眩的高三夏天。那一年他母亲的尖叫始终萦绕在他耳边，经久不息，而他的高考也如预料中的那样糟糕。面对机器人考官冰冷的问题，他完全没办法集中注意力。而他考完试也不愿意回家。母亲花大价钱请人用父亲的大脑扫描，生成了父亲的数字人格，每天坐在家里跟墙上的数字人对话。他看不了那个场面。

那段时间他常常深夜去跑步，也就是在深夜跑道上遇见了袁老将军。

"齐飞，以后有一天你会明白。"袁老将军后来对他说，"所有一切都是历练。"

袁老将军对齐飞有一种莫名的亲近，提携很多，齐飞起初还不明白是为什么。

"这个世界上，没有任何事情是白费的。"袁老将军抽着烟，坐在看台上沉声对齐飞说，"你经历这些事，都是为了告诉你一个道理：软弱是一种罪行。任何时候，事情只分对不对，没有什么美不美，好不好。好多的恻隐之心都是伪善，打着善的名义做错的事情，这是软弱，最终只能让所有人受罪。还不如趁早狠心。你要记住，永远做对的事情，哪怕冰冷，也是最大的善。"

齐飞在黑夜里默默听着，没有说话。身边的老人有一种莫名的安全感。

"不要恻隐，只要胜利。"袁将军说，"军令如山，软弱是罪。"

黑夜起了大雾。雾气弥漫中，看不清路。齐飞仿佛又一次在夜色中奔跑，找不到方向。没有方向。大雾弥漫，如狂奔浪涌的呼吸，心在血流奔涌的河流里上下浮沉。究竟哪里痛？为什么已经征服了全世界，却还是征服不了那一点痛？黑夜像要把人吸入无底洞，看不清前方的路。雾越来越大。黑夜迷茫。黑夜沉醉。黑夜冰冷。黑夜狂怒。

军令如山，软弱是罪。

军令如山，软弱是罪！

当常天从大雾中逃出的时候，他身上仿佛还钉着那些指指戳戳的话语。

"逃兵！"

"懦夫！"

"叛徒！"

"一定有阴谋！"

当他执意选择退伍的时候，这些明里暗里的话语就如影随形，跟随在他身后。有时候他想逃跑，逃到没有人的地方一个人看会儿书，可是那些话跟着他跑，即使在没人的地方也会围绕着他的脑袋盘旋，让他头痛欲裂。

这两年战事正酣，能在战场上捐躯是每一个战士的光荣，但是常天选择了不同的道路。没有一个人相信他只是想开家小酒馆，有人骂他是胆小鬼和懦夫，有人怀疑他背后勾结其他势力组织。越是这样，常天越知道自己做不了这一行。他知道自己几斤几两，知道自己是谁，知道自己的软弱，也知道自己能做什么。如果是懦夫，他宁愿这一次做懦夫。如果是勇敢，他愿意这辈子勇敢一次。

可是他摆脱不了那些萦绕在耳边和脑袋边上的声音。他跑啊跑，可还是跑不过它们。他向它们求饶，但它们还是不放过他。

"懦夫！"

"逃兵！"

常天抱着头漫无目的地奔跑，身边的大雾时有时无。他似乎从雾里出来，又钻回雾里。他看不到方向，只是不断在惊惶中逃跑。

就在这时，他听到一声清亮而熟悉的声音。

"常天！是你吗，常天？"是云帆的声音，"是我啊，云帆。常天？你回答我一声。"

常天仍然在原地捂着脑袋转圈，他听见了云帆的喊声，可是似乎意识还没有完全回神。直到云帆的双手握住他的肩膀，常天的双手才放下来，眼睛慢慢从涣散的状态收回，看清云帆。

"云帆……"常天喃喃地说，"刚才是怎么了？"

"我也不知道。"云帆说，"好像是进入幻境了。"

"幻境？"常天眯着眼睛回忆，若有所思，然后问云帆，"你看见什么了？"

云帆深深吸了一口气说："看见小时候，还有爸爸妈妈。你呢？"

"我？我看见退伍前那段时间的人了。"常天似乎提起自己看到的环境，仍然有点痛苦，又用掌根按压太阳穴。云帆扶他原地坐下。

两个人肩并肩坐下，都长长地深呼吸了几次，看看彼此，又看看船舱。此时他们都已经完全清醒了，身边的浓雾也散去，周围的船舱又回到安静而冰冷的状态。他们四下打量着，来时的阿房宫似乎已经很远，他们大约前进了不少路，绕过了飞船至少四分之一圆弧，完全看不到来时路，向前也依然望不到尽头。

这段船舱变回空寂的状态，既没有中间宫殿的浓墨重彩，又没有刚刚经历的幻境迷茫，干净青黑色的船舱，只有地上闪烁着一些蓝色灯光，其余空无一物。

"你看见齐飞他们了吗？"常天问云帆。

云帆摇摇头："我跑了好久，只看到你。"

"要往前走吗？"常天指指前方，"还是在这里等等？"

"在这里等等吧。我们也都休整一下。"云帆说。

常天点点头："你要不然给我讲讲你刚才看到的事情？"

云帆犹豫了一下，也不打算隐瞒，就一五一十讲了，从自己五六岁走丢，旁观父母吵架，再到后来看到父亲突然衰老时的心疼与后悔，再闪回到高中时自己离家出走，在磁悬浮高架桥底下的群租房里住着，不肯回家，再到陪父亲走过的最后一段时间，跟随父亲一直背诵各种口诀和信号，看着父亲在自己怀抱里撒手人寰。

云帆说着，静静地哭了。常天让云帆靠在自己的肩膀上，拍着她的后背，让她默默哭。他并不知道云帆初中毕业以后的事情，原本就有大量疑问，这次补足了很多块拼图。

"我注意到，"常天说，"在你长大后的记忆里，再也没有你母亲的存在。她后来呢？"

"我不知道，"云帆说，"大概去很远的地方了吧。她那些年从来没回家，也没和我联系过。"

"她后来一次都没回来过吗？"常天问。

"只回来过一次。"云帆说，"我爸爸临死时，她回来了。我不知道她是怎么知道的，也许爸爸给她发消息了。她给我爸爸送葬了。"

"但是你在幻象里没见到这一幕？"

云帆低了低头："没有。我也不知道为什么。"

常天想了想，问云帆："你刚才说你曾经离家出走，是什么时候？"

"高一。"云帆说，"刚上高一。"

"也就是你母亲……刚出事不久？"

"嗯。"云帆点点头，"那件事之后我就中考了。然后暑假过了我就搬出去了。"

"而你刚才说，你母亲那些年都没回来过，"常天想了想问，"也就是说，那几年时间里你父亲是一个人在家，后来才患上精神疾患？所以，你是觉得你离开家是父亲患病的主要原因，所以你才会一直说是你的错，是你的错。"常天在内心中推测，更深的潜意识是，云帆把自己和母亲当作一个整体了，因为无法原谅母亲，也就无法原谅自己。但这话他没说出口。

云帆眼神看着前方，有一点空洞和茫然，想了想说："我只是……我只是很想记住爸爸。我需要记得是我的错，这样我才不会忘了爸爸最后交代我的事情。我就怕如果我原谅自己，那么也许有一天我的记忆就淡忘了，我就把爸爸交代我的事情也淡忘了，如果真的发生了，我爸爸的死就完全没有意义了。他的一生也就没有意义了。所以……我不能忘了我的错，我不能忘，这是我现在唯一能让自己活下去的理由。"

"我懂了，"常天轻轻说，"你完成你爸爸给你的任务，不仅仅是继承，也是赎罪。"

云帆又哭了："真的是我的错……那时候所有人都抛弃我爸爸，如果我还在……哪怕有一个人在他身边……"

"没关系的，没关系啦。"常天拍着云帆的后背，让她慢慢流泪，哭了好一会儿。

等云帆稍稍平静下来一点，常天故意逗她道："你看，聊聊就好点吧？虽然江流和齐飞都爱你，但他俩都不如我能陪你。"

云帆不好意思了，破涕为笑，擦了擦眼睛，平静了一下说："你是更能陪我。不过，他俩也并不爱我。"

"这怎么说？"常天笑道，"每天为你大打出手你看不见吗？"

"你不要以为两个男人争风吃醋就是爱一个女人。"云帆摇摇头说，"他们只是出于好胜心，跟我没关系的。……你有没有发现，江流这个人，其实跟谁都很遥远。"

常天微微一震，他确实有这个感觉，没想到云帆会说出来。

"你看江流，什么好听的话都能说，"云帆说，"这种情况只有一种可能：他在随随便便从自己的词汇库里选择，什么是最优解就说什么。这跟 AI 对话是一个原理。只有完全无心之人才能如此。可是一个大活人怎么会无心呢？那只能说明，他自己把心缩在一个很小很小的范围，小到几乎所有人都接触不到，以至于平时跟一般人接触的时候，只用到外层伪装的欢声笑语就够了。"

"想不到，你看得还挺透。"常天赞道。

云帆继续说："我还记得我上大三的时候，为了跟得上我爸爸给我讲的外星人故事，强行逼着自己去学理科课。其实我一直学文科，理科怎么学得懂啊，我上课就总幻想。记得最清楚的就是一堂物理课，老师提到原子模型，说原子中间的原子核特别特别小，周围都是空旷的真空，电子就像云雾一样在周边环绕。我见到江流的时候，他给我的感觉就是原子。他的心就是原子核，谁也触不到，外层的甜言蜜语就像是真空里的电子。"

"嗯，"常天点头道，"我和江流接触不多，但他确实像是防御着什么，但时间太短，我也说不好他在防御什么。"

"至于齐飞，"云帆咬了咬嘴唇说，"其实他早就翻篇儿了。"

常天听到云帆说这句话，不知道为什么，心里有一种顶到嗓子眼的针刺一般的感觉。他不是不知道云帆说得有道理，但是他听见她这么说，还是有点难过。"齐飞的问题不太一样，他……有一点反向形成。"常天说，"他大学之后性情和高中时有了极大逆转。其实还是有问题没解决。"

"你跟他一直有很多接触？你们不是没上同一所大学吗？"云帆问。

常天说："其实我一直都在关注他。哪怕有一阵子没联系，我也看了他好多消息。"

"为什么？"

"你猜。"常天笑道。

云帆"哦——"了一声，仿佛发现了什么不得了的秘密，一下子就懂了。然后她仔仔细细在头脑中把记忆过了一遍，才重重点头道："所以你当时——怪不得，好多事这样就解释得通了。"

"嗯。"常天点头说，"但我学了心理之后，对自己的诊断多了好多。现在已经基本上不受情绪影响了。"

云帆又轻轻拍了拍常天的肩膀，就仿佛将他刚才对自己的安抚，又还了回去。"对了，我刚才见到你的时候，你说你看到了退伍时有人叫你懦夫的场景。当时有那么多人叫你懦夫，你为什么坚决退伍呢？"

"我有感觉的。"常天说，"我这辈子也有我的使命，但肯定不是开飞机。"

"我敢说也不是开酒馆。"云帆说。

常天点点头："我现在还看不清，但我有感觉。我的直觉总是很准的。我只能跟人心里柔软的部分打交道。我想我会知道的。"

"嗯，"云帆说，"谢谢你。"

"也谢谢你。"常天说。

他俩望向身后，又望向前方。身后是黑漆漆的一团，什么都看不见。前方有微茫细碎的光亮，似乎指引向某个出口。这个时候，常天注意到，地上的蓝光其实有精细的线条。

"你看地上的蓝光，"常天对云帆说，"似乎是指引。"

云帆分辨了一下："嗯，有箭头。"

"也许他俩已经到前头去了吧。"常天说，"要不然咱们也走？"

云帆点点头。于是他俩站起身，相互搀扶着向微茫的光亮走去。

第十一章　死生

云帆和常天顺着地上亮着的蓝光向前走。两个人从刚才的迷雾里出来，都还有些眩晕，因此常天扶着云帆的手臂，两个人彼此相互支撑。

路渐渐变得好走。周围开始亮起温柔和煦的光，整个船舱都在发光，但并不刺眼，反而有一种温暖治愈的功效。船舱里出现了柔和的白沙砾，踩上去脚感软绵绵的，四周有微风。

走了约莫五十米，又稍稍转了一点点角度，云帆忽然看到船舱壁上开始有图案产生。她起初以为是自己眼花了，因为图案产生了又消失，转瞬即逝。渐渐地，新的图案开始出现，越来越多，逐渐固化下来，船舱壁的颜色也渐渐转暖，仿佛有了大地黄色的包容厚重。船舱四壁出现的图案，和四万年前人类的岩壁图案一模一样。

他们一步步前行，就像是穿过一条人类壁画历史的长廊。从四万年前红色水牛图案开始，到山洞岩壁上疯狂舞动的舞者，再到古埃及圣殿上僵直身体、具有奇特配饰的圣徒，再到伏羲和女娲充满禁忌感的神秘画像，再到古希腊神庙上的宙斯和奥林匹斯众神，再到犹太教《圣经》里大卫王和扫罗王的故事画面，再到玛雅人充满了符号的玉米神和太阳神的壁龛，再到中世纪僵硬的神像和天使。他们一步步辨认，一个一个讨论。云帆偶尔评论一两个神的故事，但无法确认为何所有这些壁画会出现在这里。它们似乎是应他们的感召而出现，按历史顺序，也按他们行走的船舱顺序，走到哪里，哪里就出现神像壁画，伴着空气中变化的光影和隐约飘浮在半空的音乐。

那音乐说不上调子，只是轻盈缥缈，若有若无。

最后半圈绕过，他们发现前方地面上的光增强了，越向前走光越强，他们对视了一下，不知道是喜还是忧。他们迫不及待继续前行，地面上越来越强盛的光芒像诱人的温柔怀抱，一点点引导前行，一点点包围他们。

光越来越强，组成一条筒形通道。他们进入光的通道，赫然发现前方已经到了路的尽头。常天和云帆同时意识到，他们已经转过了整个龙身，来到了龙尾封住的一端。这时候光的方向向头顶转折，他们抬头，发现有一道阶梯通向头顶看不见的地方。站在船舱底部，顺着光的通路，沿着阶梯望向光芒的尽头，他们第一次明白仰望天国的感觉。云帆也第一次知道她看到的那些宗教描述和想象是从何而来。

"那是什么地方？"云帆问。

"应该是圆心。"常天说。他在云帆手掌心画了一个大圆，表示绕成一圈的龙船，然后从圆周上一点向圆心画了一条半径，示意这条上升的光通路，就是圆的半径。他又解释说："龙船是用离心力产生重力，所以我们刚才踩踏的地板方向，就是沿着圆半径向外的方向，因此圆心在我们头顶。"

"所以……"云帆想了想，"我们是从龙头走向龙尾，绕了一圈，最后要到圆心去吗？"

"目前看来应该是的。"常天看看头顶，又看看云帆，"敢吗？"

"来都来了。"云帆说，"江流那句话怎么说的来着？都到电影院门口了，难道这时候要回家吗？"

"嗯，"常天试了试光路中阶梯的强度，"那你在我身后，如果我有异常，你就快跑。"

两个人开始一上一下，攀登那散发无尽光芒、宛若天国之门的阶梯。

军令如山，软弱是罪！

军令如山，软弱是罪！！

齐飞从迷雾中带着狠意冲出来。他身体里像是蕴藏着一团说不清道不明的火气，很需要从什么地方发泄出来，他需要从前练拳击和散打时的对打机器人，用软体海绵和沙包包裹周身的对打机器人。那是些灵活性不够，但是抗击打能力超强的机器人，他的所有怨怒和委屈都可以在它们身上发泄出来。那时候，他用它们一练就是三四个小时。

齐飞对AI感兴趣，也是从对战机器人开始的。对战机器人设定了一系列程序，能识别攻击者的动作，从程序库的套路里选取最合适的回击动作。跟攻击者的每一次对打，机器人也在积累数据，不断修正和优化自己的反应策略。有的时候，机器人进步的速度是惊人的，甚至比齐飞自己的策略进步还快，让他对机器学习产生深深的着迷。那段时间，他每天就和机器人泡在一起，上午研究算法，下午对战练拳术，晚上洗了澡还要看机器人的书两三小时才睡觉。他觉得自己这辈子不需要女人，不需要伴侣，有他自己和自己对话，有AI乾坤，他的生活已经足够自给自足了。

一拳，两拳……

一脚，两脚……

他狂奔，在原地绕圈，在空气里挥舞拳脚。

就在这个时候，他看见了江流。

江流从大雾中不知道什么地方冒了出来，险些被齐飞空舞的拳风击中，向后跳了一步。两个人都愣了一下。齐飞定睛看清楚是江流之后，二话不说，上前向江流打出两拳。

"别忘了适时做掉江家那小子。"齐飞的耳边开始回响袁将军的话。

江流被齐飞的攻击吓了一跳，本能抬手格挡，并继续向后腾跃，躲开攻击。他震惊之余，仔细观察着齐飞的眼睛。江流看见齐飞眼睛里写满了杀气，是严肃认真地把自己当作攻击的敌人。江流大为惊骇，想起了临行时父亲说的那句话。

"太平洋联盟那小子，可能心有异鬼……你不能太心慈手软。"父亲的话在回荡。

江流的心里一时悲凉。他一向对父亲的疑神疑鬼不以为然，觉得父亲太多疑，把谁都想成坏人和敌人，是一种以谨慎为名的愚蠢。这世界上怎会人人都想害人，如若当真如此，这样的世界，岂非没有活下去的意思。可是此时此刻，他看见齐飞充满狠意的脸，只觉得"原来终究是父亲对了"。想到这一点江流心中无比压抑，有一种说不出的怒火中烧，想要呕吐，又想要把一切都毁灭。

江流也向齐飞攻出致命的一脚。

齐飞侧身，躲过这一脚，从腰带里抽出指挥棒一抖，棒里弹出一节精光四射的匕首刀刃，立时成为近身格斗兵器。江流见状向旁一倒，将小腿上一段看似装饰品的合金链子解下来，尖端带刺，原来也是攻击的武器。

两人以匕首和合金链过了几招。短兵相接，并不恋战，微试探又快速分开。就在这时，突然从船舱墙壁里射出三支利箭，向两个人的方向直直地射过来，江流的角度偏斜，微一侧身就让过去，三支利箭正对着齐飞的脸和胸膛飞过去。

齐飞的反应也真是快速，身体正仰着向后倒过去，半躺到地上，手臂在身后撑住身体，让三支利箭从身体上方将将飞过，插入对面的船舱壁。不知怎的，利箭插入船舱壁之后，又悄然消失不见，就像融入了舱壁。

两个人充满狐疑和警觉地看着四周，又充满狐疑和警觉地看着对方。齐飞没看清楚刚才的三支利箭是从哪里射出来的，他怀疑是江流使了暗器伤人，这让他看着江流的眼光带上了几分凶狠。江流的面庞也是前所未有的冰冷生硬，就像是戴上了杀人的面具，丝毫看不到他平素的嬉笑表情。

"比狠吗？"江流说，"你以为我没杀过人？"

"江巨子什么事没干过，十指沾满鲜血我也信。你以为，这样我就怕了？"齐飞说。

他们两个人的身体还没动，突然从船舱天花板上又射下两支长矛，同时刺向两个人。他们各自侧身向两旁转身，堪堪躲过，惊惧地看着船舱顶部。还没容得他们思量，地面又撕开了裂隙，弹出一排带刺的铁棒，一根一根快速弹出，逼得他俩向后退去。

此后，各种各样的冷兵器，如同机关启动一般，不断从船舱四面弹出，他们一边抵挡，一边不断和对方争斗，想把对方推到机关兵器前受死。墙里并没有任何电磁科技或热兵器，全是古制金属刀枪剑戟，猝不及防，从意想不到的角度射出，刀刀致命。他们心下大为惊骇，不知道这船舱机关何以如此巧妙灵活。

渐渐地，刀枪机关弹出的速度越来越快，越来越密集，江流和齐飞左支右绌，都感觉有点吃力。两个人拳打脚踢，抵抗攻击，又要提防对方的暗害，整个人生中都未曾有如此凶险的对战。有一两次有刀锋擦过面颊，莹亮的刀锋在脸上映出冷光。

有一个瞬间，江流刚将一柄飞过来的长柄锤挡开，被震得连连后退，小臂剧痛，只好用另一只手握住揉捏。而就在这时，齐飞的长腿踢过来，直击江流面部。江流已然来不及格挡，只好低头躲过，顺势转了半圈，肘击齐飞肋骨。齐飞踢腿刚刚落地，姿态不稳，江流从低处肘击，几乎避无可避，齐飞于是抱着玉石俱焚的态度下压，硬抗这一击，但也要以居高临下的姿态刺出匕首直抵江流后背。江流自然不肯两败俱伤，肘击触到齐飞的一刻，便借接触反弹之力向侧面一滚，躲开齐飞的匕首，单膝跪在地上。齐飞匕首扎向地面。

"为什么？"江流问齐飞。

"没有为什么。"齐飞说，"是敌非友，势不两立。"

"何为敌？何为友？"江流向后一跃，脱离开齐飞。

"不同盟为敌，同盟为友。"齐飞冷冷地说。

齐飞说完这句，直接向前攻去。江流立刻甩出链子，齐飞用匕首格挡，引得链子缠绕在匕首刀刃上，齐飞手上加力，想要将江流的链子拽走，而江流亦想用同样的方式，用合金链把齐飞的匕首卷落。二人发力，僵持了片刻。就在此时，头顶突然落下一块巨石，向两个人头顶砸来，两人武器分不开，只好齐齐脱手。齐飞生生顿住脚步，江流向后躲避，巨石砸在两个人中间，将两个人的武器砸落，轰然落在地面上，也不知道这样的巨石之前藏在船舱的什么位置。

两个人被这突如其来的巨石砸得有点蒙。江流看向巨石对面的齐飞，眼前突然出现幻象。齐飞仿佛他曾经见过的、站在武器库前面把守的武士，身着机甲，全副武装。

那个时候天赏的队伍从几个方向潜伏而来，江流在树后看着。那个武士只有孤身一人，一直捧着机关枪左右巡视，起初他的头盔没有合拢，江流能清晰辨别他的面容。当武器库的摄像头识别出不断靠近的天赏队伍，立刻飞出一大片蜜蜂状的微型无人机上前攻击，喷射出毒气。天赏队伍有备而来，立刻向四面八方逃去，分散了无人机。就在这时，又有两名赏人一左一右上前攻击守卫，守卫身上的机甲立刻合拢，左右手的护甲也换成了高火力机关枪，向两名赏人突突喷火。赏人同样不恋战，早有准备，且战且退，守卫不知不觉就被他们带离自己的岗位十几米。这就给了江流一个接近武器库的契机。大约只有几秒钟机会，但足够了。江流把刚刚扫描的守卫的面孔生成了数字伪装，附在自己的面罩外，向武器库的面孔识别器出示了一下，伪装的脸识别通过，武器库大门应声而开。当守卫发现的时候，已然来不及，他大步奔回来，但还是没能阻止两个灵活的赏人钻进武器库，点燃了它。

江流带着所有赏人撤退，看见身后橙红色的火光在林子里升腾而起。

那一瞬间，江流看着晚霞般的天空，心中有一种别样的快感。即使是到了战争科技发达的21世纪后半叶，全世界也有大量武器是藏在这些非正规的武器库，特点是装备小型化，科技含量远高于看守者和使用者的理解范畴。这些非正规的武器库，拥有者和看管者往往是各式各样的组织，有各地黑帮势力和恐怖组织，有民兵游击队，有小国政府背后的支持军，当然也有反政府军，有全球毒枭豢养的护卫队，也有大量战争贩子——把武器当作洗发水一样跨国交易的职业经理人。这些战争贩子背后是产业资本。产业资本投身于武器研发，但大国正规军的正面交火远远消化不了整个行业兆元级别的产能，于是产业资本默许武器的全球化交易，而更高科技的尖端武器，又在这样庞大而繁荣的交易市场里酝酿出来。于是，实验性小型化武器就铺满全球。而职业经理人带着产品经理思维，要求不断改进武器的用户体验，无论武器内部是多么复杂的爆炸装置或电磁控制器，真正的操作按钮只有简单的一个。经理人的要求是：我只要求，没上过学的人，拿来这个炸弹也能一键发射，下沉市场才是大市场。武装势力有侵略需求，平民有防身需求，任何人都需要傻瓜式的操作。于是这些武器也变成了傻瓜式的武器。

当产品越做越傻瓜，而产品的科技原理越来越复杂，结果就导致普通民众理解产品原理的能力越来越差，到后来普通人都不再需要学习了，直接买来高科技武器，就能把自己想要炸死的人炸死。一个小学都没上过的人，也能用量子霍尔效应导出的武器杀人。这个世界，什么时候荒谬成这样？

每次江流带赏人炸毁一座武器库，他就有一种特殊的快感。不仅仅因为他保护了那些受到武器库威胁的平民，更因为他阻挠了武器全球交易网的狂欢盛宴。他的爷爷曾经是这张庞大交易网中的一员，而他的爸爸，成功将自己洗清上岸，方式是发行了一种稳定全球电子货币币值的对冲工具——让动辄血洗投资者的币圈交易变得稳定。看上去变成了人畜无害的高科技金融贸易公司，但实际上，让所有这些军火交易买卖——无论用谁家发的币——都能保持交易价值的稳定。一下子让自己从玩家变庄家，人类早就证明，庄家通吃。

江流爸爸聪明的地方在于，和各大国政府首脑都建立良好关系，让爷爷那段只在地下交易中发横财的不光彩历史彻底掩埋。看似花了很多无用的钱，但其实他比谁都明白：只有大国军备竞赛，才是黑帮刀头舔血交易的源头。把握住了财源，也就把握住了财富密码。

每次江流带着赏人完成行动之后，总会到赏人家里吃顿饭。他总会给赏人留一顿饭钱，当然远多于这顿饭实际的价值。

他不会让赏人知道自己是谁，因为他不想让他们知道，他在赎罪。

此时此刻，江流隔着石头看着齐飞，似乎又看到了那个守着武器库的武士。他在守护着一些连自己都未必看得清的危险事物，而他能做的，就是坚守到底。曾经在来时某一个瞬间，江流以为自己跟齐飞能聊到一些共通的东西，齐飞的身上，有一种纯粹的对技术本身的思量。江流很少遇到和自己针锋相对却又相互能听懂的聪明人。但此时此刻，齐飞回到了那个石头一般的冰冷状态，他们就像是隔在两个世界。

"来吧！"江流说，"道不同，不相为谋。"

而齐飞此时此刻看着江流，就像看到爸爸死去那天，天空中飞行员的脸。

齐飞还记得那一天的天气，初夏闷热，空气里憋着很多天未落的雨，湿漉漉沉甸甸，用将来未来的沉重压死人。他刚刚考完高考第一次模拟，回到家，刚进楼门，就听见妈妈的大声惊号。妈妈历来嗓音高，每次和爸爸吵架都能吵得全楼可闻。这一天更是惊心动魄，像要把全部内脏都号出来，在楼下就把人吓得心惊胆战。

齐飞预想了所有坏结果，当他上楼，听说是他爸爸出了车祸，不知道为什么，他的心里竟然觉得还不是最坏的，或许是因为他妈妈的哀号让他做了更坏的心理打算。

这种略显平静的表现让他妈妈觉得不可思议，他妈妈像疯了一样跟报信的人哭诉，然后就要立刻订机票赶往出事地点——"要见他最后一面……还有那个女人。"他妈妈说。

齐飞就这样一直看着妈妈发疯、癫狂、悲伤、愤怒，而他自己好像缩到了自己的保护壳里，有好长一段时间什么都感受不到。他麻木地坐着,有一点茫然,隐隐约约觉得此后人生都不同了,但又失去了思考能力,想不明白未来会有什么不同。看到爸爸房间里仍然没洗的衬衫,他意识到爸爸去了,再也不会回来穿了,这才感觉到一丝钻心的刺痛。

这一天真正的情绪反应迟来了几个小时,在晚间资讯照常响起来的时候,一个大桥名字吸引了他的注意力,是爸爸出车祸的大桥。他不自觉提起了耳朵,听到大桥被轰炸的消息。于是他三步并作两步奔到客厅里。当时妈妈已经走了,空旷安静的房子里,只有一面墙上的巨幕播放着灾难新闻,显得阴森可怖。大桥被轰炸,从中间垮塌的部分熊熊燃烧,一排遇难车辆从桥上被掀翻或是坠入江水。齐飞就像看童年时看的动作电影。新闻里接着讲到炸桥的始末。这座桥连接着一座军工重镇和出海港口,是大量军事物资输运的必经之地,炸桥之后,影响重大。新闻里显示着大西洋联盟的轰炸机矩阵扬长而去,有空中扫描雷达追踪到它们的尾部痕迹,数据系统追查出飞行中队编码,是一位飞行员率领十架无人机的队伍。新闻将飞行员照片和信息打在大屏幕上,齐飞看到飞行员的脸和照片里那一抹桀骜不驯的笑容。虽然这张照片只是情报系统里的照片,不是这一天的抓拍照,但齐飞还是觉得,这一抹傲气的笑容,就是在庆祝大桥炸毁,嘲笑桥上死去的人。

那一瞬间,齐飞的情绪全都爆发出来了。他觉得他所有没有感受到的悲伤和愤怒,都在看到那张脸的一刹那涌上心头,他把拳头握得咔咔响,想把心里最狠的话和最粗暴的行动都甩给这个人。可是他从小就是好孩子、好学生,他连一句狠话和粗话都说不出来。那个时刻他更愤怒了,对轰炸机愤怒,也对自己愤怒。

后来,当他妈妈把所有的愤怒都聚焦到"那个女人"和云帆身上的时候,齐飞的愤怒,全都给了大西洋联盟。

此时此刻,不知道为什么,他看着江流,觉得江流的一抹不羁笑容像极了那个飞行员。让你的傲气沉入海底吧,他想。

"奉陪到底。"齐飞对江流举起手,"别以为没人能胜过你。"

两个人同时跳起来，跃过船舱底部的巨石，向对方击打过去。这一次两个人的兵器不在，变成空手相搏。齐飞的袖口中弹出机甲手套，扣在手掌上，和肌肉连接，五指上机甲锋利，皆有利刃，随着手臂和手掌动作，还能变化为防御或攻击的不同构造。而江流手腕上的手链直接弹出无数尖刺，向对方攻击的时候划过咽喉，拳拳致命。两个人的武器都不仅仅是佩戴在身上，而是都连接到肌肉里，通过肌电联通而使动作更为连贯自如。

　　两个人短兵相接，肉搏到近身的程度。利刃和尖刺都向着对方咽喉和心胸等要害地方，彼此杀招，毫不留情。齐飞的搏斗技术是在军队里学的，基本路数是散打，但是有很多近身攻击的特别招数改进。江流一直跟着家里的安保队长学习泰拳，又在云游四方的时候自学了一些招式。两个人都很久没有遇到如此势均力敌的对手了。

　　说来也奇怪，两人对峙的时候，飞船船舱也安静下来，当两人开始对战，从飞船船舱的四壁又开始飞出各式各样的冷兵器，刀枪剑戟斧钺钩叉，似乎专门在他们难以抵挡的时机，暗箭齐发。江流和齐飞不得不以对抗兵器为主，相互攻击为辅，但两个人又时刻在对抗中让对方身处险境，无数次在利刃边缘滑过，生死一线间。江流瞅准一个空隙，佯装攻向齐飞，其实在地上滑了两步，跃起向前大步奔去。

　　齐飞恍惚了一下就开始追。两个人一逃，一追。四处墙壁里又不断有冷箭射出。

　　江流跳跃、腾挪，躲过地上突然弹起的尖刺，在头顶落下一串矛尖的时候向侧面歪倒，生生躲过。齐飞的追击境况也没有好到哪儿去。他一边注意江流的动向，一边又要左右躲避船舱弹出的障碍锤击。

　　"齐所长，为何如此不留情面？"江流在一步跳跃之后，回头向齐飞喊道，"即便不是同盟，又为何要招招致命？"

　　齐飞脚步并不停留，只说："宁可错杀，不可滥放。"

　　"果然是法家霸道。为何不追求王道？仁者无敌。"江流挡开一柄横刺过来的长枪。

"巧舌如簧!"齐飞击落七八只八角钉,"古之太平盛世,没有一个是实行王道的结果。三代禅让就不存在。有一代铁血征服,才有十代太平盛世。"

"齐所长好功夫!"江流跃上一块刚刚落下的石头顶端,"身手不凡又能引经据典,着实是人才。只是这般人才,若最后落得战争机器的下场,岂不可惜?"

齐飞转起身子向江流弹去:"可不可惜,与你无关!"

"你愿用杀戮换太平盛世?"江流跃下后退道。

"唯有胜利,才可换太平盛世。"齐飞继续追过去。

江流且说且退,就在这时,意想不到的事情发生了,地面突然裂开一道巨大的缝隙,有两排尖利的"铁齿铜牙"在裂隙之间不断开合,就像在地上打开了怪物的巨嘴,等待吞噬。"铁齿铜牙"闭合的时候,铿锵有力,似有火花四溢,仿佛恶魔,只等猎物落入口中嚼碎。江流是在退行过程中遭遇裂隙,虽然已经凭借快速的反应刹住脚步,但是身体因为惯性还是向巨口倒下去,按照趋势,马上就要落入钢牙巨口,被咬烂嚼碎。

江流凭本能开始双臂挣扎,刚好抓住追上来的齐飞。齐飞的手臂也本能地一抓,刚好抓住江流的小臂,就这么把仰面倒下的江流抓住了。

此时江流的身体已经快要倒下去,失去了平衡,只有齐飞的一只手臂抓住他。如果此时齐飞松开手,江流百分百会向身后倒下去,被钢牙嚼碎。两个人都被这局面惊呆了。齐飞不是故意营救江流,只是此时拉住了他,一时之间不知该不该放手。

江流看着齐飞,没有说话。他并不想求饶或者威逼利诱。不知道为什么,他知道齐飞不会在意他说的任何话,他甚至不想露出哀求的神色,因为他知道对齐飞来说那没用。他似乎能够穿透齐飞的眼睛了解到他此时此刻的心情和反应。生就生,死就死。他们都一样看不起求饶和虚伪。

江流在那一瞬间是恐惧的。他第一次如此接近死亡，说不恐惧是假的。他想到自己若是死了，留在天赏链里的大量隐秘资料，还没有告诉过任何人，有一点后悔。他又想到夏威夷古老荒废的凯克天文台，在那上面看到的橙紫色晚霞，如此隐秘而又如此孤独。那是他每次悲伤不能自已的时候，一个人端着酒瓶去喝酒的地方，也许再也看不见了。

　　他静静看着齐飞，心在深渊里坠落。

　　齐飞看着江流，江流的眼睛里并没有哀求和狡黠，只是平静和哀伤。那眼睛让齐飞想起有一次他们在长白山后山练习打猎，他打到的一只梅花鹿。那只梅花鹿在临死时的眼睛就是这样，黑黑的，深邃的，悲伤的。

　　齐飞的心里微微难过了一下。就那么细微地刺痛了一下，就如涟漪扩散开来。他想起在航天飞机上喝酒的那个晚上，江流微醺的时候，跟他碰杯说很久没有遇到能说得上话的人了。他想起江流每次戏谑逗趣的笑脸，想起他们一起并肩和赵一腾战斗，解救云帆，想起他们在进入龙船之前跌落真空的危险。在所有那些时候，他们还并不是敌人。

　　江流的脸就在眼前，像那只受伤的鹿。

　　打猎的那一次，齐飞让那只鹿逃了。

　　齐飞想让自己狠一下，袁老将军交代的任务就完成了。可是不知为什么他下不了狠心。他越是焦灼，就越知道自己是没法撒手的。他似乎看到了很多张江流的脸在面前晃，有各种各样的笑容，而中央的脸是现在的，平静而哀伤的脸。齐飞的心太乱了，他不想再犹豫了，手上发了力，把江流拉了起来。

　　江流站起身，长出了一口气。两个人还立足未稳，江流突然把齐飞向另一个方向扑倒，几乎就在同时，一柄巨锤从齐飞身后的船舱飞出，滑过齐飞刚刚站立的地方，落入对面船舱。只差几厘米齐飞就被巨锤击中后心。

　　两个人都仰脸躺在地上，有一点虚脱。经历了这一天漫长的搏斗和生死边缘的反复游走，他们都有一点筋疲力尽了。

"我们扯平了。"齐飞对江流说，"我就不说谢了。"

江流笑了："扯平了。但我还想说句谢谢。"

"算了吧。"齐飞说。

"你说这是什么鬼地方？"江流躺在地上，看着四周诡异的船舱，"为什么会有这么多暗箭机关？"

"不知道。"齐飞叹了口气，"这么危险的环境，也不知道云帆和常天怎么样了。"

"你还能记得起他们？"江流说，"有你跟我斗的工夫，他们早被砍死无数遍了。咱俩早就应该去救他们。"

齐飞沉默了一两秒："……我也不知道刚才是怎么了。我好像有点魔怔。"

"算了，快走吧。"江流坐起身，拉了一把齐飞。齐飞坐起来，两个人的手在那一瞬间握了又放开，他们明白，这就代表休战了。

两个人都站起来，揉揉手腕向前走，并随时保持着警惕的姿势，等待随时来袭的兵器。可奇特的是，此后一直都不再有兵器弹出了，也没有地面的裂隙或掉落的巨石，只剩下空旷静谧的船舱，黑暗而看不见尽头，但沉默如谜。

"这就算闯过来了？"江流有点狐疑地问齐飞。

"不知道，"齐飞说，"还是小心点没坏处。"

"你觉不觉得这里很诡异？"江流说，"我刚才还看见幻象了。"

"你也看见了？"齐飞略略惊讶，"你看见什么了？"

江流讲了自己遇见的战火中的小女孩、自己的失约和最终见到的尸体。他并没想到自己能这么平静地讲出来，虽然最后一瞬间还是有一点哽咽，但最终还是说出来了。这件事他从来没有和任何人讲过，无论是他的家人还是朋友。

"其实你做的没问题，"齐飞说，"在这种地头蛇盘踞的地方，你赤手空拳是不应该去硬碰硬。很多穷苦地方的黑帮都绑架很多小孩，让他们从小就去骗人勒索。这种事情虽然难受，但你也没办法。"

"可我过不去我心里这道坎，"江流说，"我总是想，如果当时我过去了……可能一切都不一样了。"

"你去不了，你要是去了，被关起来的就是你了。"齐飞理性地说。

"你知道吗，"江流说，"我原来读过一部小说，说在一座美丽城市里，人人生活幸福。这座城市幸福的秘密就在于有一个房子的地下室里，有一个被关起来的孩子。每个大人都带着自己家的小孩去这座地下室参观，指着地下室的孩子说，因为某种契约，这个孩子只要被关着，我们的城市就能美丽幸福。于是每一个人参观之后都走了，这个地下室里的孩子日复一日哀求和哭泣，求人们放了他，但没有人放他。这座城市一直美丽幸福。有很多人心里受不了，就逃离了这座城市，再也没回来。"

"……这种故事太压抑了，"齐飞沉默了几秒之后说，"我从小到大就受不了看这么压抑的故事。"

"我原来读了这个故事也很压抑，"江流回忆道，"我难受得呕吐。我就总问自己，如果是我，有没有勇气去救那个地下室里的孩子。我原来总觉得，我是有勇气的。可是这一次后，我发现我不行。我在战场遇见的那个小女孩就是地下室里的孩子，她在向我求救，求我救她。可是我还是为了我的幸福生活逃了。我和故事里那些怯懦自私的人一样。"

齐飞摇摇头说："不能逞匹夫之勇。你救不了你救不了的人。"

江流继续回忆，声音在空旷的船舱里微微有回响："这件事对我最大的冲击在于，我对自己的认知发生了变化。小的时候，我就觉得我家那些聚会特别虚伪。我妈妈跟她的朋友们见了面总要说'哎呀你又年轻了''哎呀你又漂亮了''哎呀你穿得太贵气了'，相互吹捧彩虹屁，其实背地里谁也瞧不上谁，互相斤斤计较得要命，嘴上还总说人生最大的意义就是爱。当时我就觉得烦死了，能不能让我滚远点。我一直想寻找一点真正实实在在的东西，能摸在手里就感受到的真实。我想做点……让我觉得有那么一点价值的事。我从小到大什么都得来得太容易了，这种时候人就会觉得那些轻轻松松就能得来的东西没什么意义。我就在全世界寻找真正更实在、更有意义的东西。我那时候还觉得自己跟别人挺不一样，我一个人去山地里探险，徒步走沙漠，去战地考察帮助难民，反正自我感觉良好，就觉得自己跟佛陀差不多了。可这一次经历，给我的感觉像撕了一道口子，永远也缝不上。我发现我根本放弃不了我日常的那些生活，放不下我自己的世界。我能看到很多人的苦难，可是我根本没法真的留在那里陪他们渡过苦难。我做不到奋不顾身。我发现我也跟我从小鄙视的那些阔太太没什么区别，也很虚伪。"

齐飞一直默默地听着，直到江流讲完，依然沉默了片刻，最后才说："我懂你的意思。但你能这么想，已经不虚伪了。"

"不说我了吧。"江流说，"那你刚才又看见了什么？"

齐飞犹豫了片刻，还是如实回答道："我好像重新经历了一次军队里的训练。"

他大致讲了自己在大学里作为军事定向生经历的严格特训。那个时候他们要学很多门课程，又要和士兵一样训练，每天从早晨六点到晚上十二点基本都在学习和训练，非常严格自律，甚至有一点自虐。

"你到底是为什么，非要加入军队不可呢？"江流问。

齐飞叹了口气，讲到父亲的死和对大西洋联盟的仇恨，又讲到对自己从小软弱无力的鄙视，希望能有更强的意志力，用意志力超越身体的局限。

"说实话，"江流听完说，"我觉得你其实想恨的是你爸，但是你又不敢恨他，所以故意拿自己撒气。"

齐飞沉默良久，说："……我也问过自己。但后来我发现，其实我是不想恨他。"

"为什么？"江流问。

齐飞不说话。

"因为云帆的妈妈？"江流试探着猜道，"……哦，我懂了。因为你其实理解你爸。"

齐飞还是没说话，但也没有否认，相当于默认了这个答案。

两个人于是都安静下来，心里默默回想着很多心事，肩并肩在这个黑暗而仿佛永无尽头的空旷船舱里走着。他们从来没有在这么神秘莫测的地方行走过，但也从未曾如此踏实。

第十二章　信息

当江流和齐飞到达壁画通道，他们看到了云帆和常天所看到的历史画面。

"这些你懂吗？"齐飞问江流。

"略微懂一点，"江流说，"不算精通。"

"为什么会有这些图像呢？"齐飞疑惑地看着，"你说外星人难道真的干预了历史？"

"不好说，"江流迟疑着，"这艘飞船还不够诡异吗？什么事都别太早下结论。咱们还是先看看吧。"

两个人于是开始谨慎审视墙上的壁画。埃及神话两个人都不太熟悉，但是认出了古巴比伦的空中花园，古希腊神话中，他们认识赫拉克勒斯、宙斯、阿波罗和普罗米修斯，犹太神话能看出伊甸园的故事、大洪水的故事，中国神话中，除了女娲，就是大量《山海经》中的怪物。当这些不同种族和神话故事中的神汇集到一起，在混乱中又有一种莫名的和谐。

从画面笔法上看，基本上都是直接复刻了各个民族神庙里的绘制，从颜色选取到线条，都有各民族特有的风格。看上去像是有人精细扫描了所有这些图像，再用先进的呈现手段在船舱里放映出来。最晚的图像是玛雅文化，大约是公元 500 年前后。

"你发现没有，这些有神话流传的文明，现在也就是犹太文明和中国文明还在延续着，其他古文明都断了。"齐飞说。

"那得看怎么定义断了，"江流说，"埃及跟希腊，今天也都还在。"

"但是已经不是当初的古埃及文明和古希腊文明了。"齐飞摇摇头，"后来的地中海一带都被宗教化了，希腊罗马进入犹太－基督教文化时期，埃及又被伊斯兰教同化，语言、文化、信仰、政治制度都跟过去的古文明没什么关系了。"

"但这里还是面临定义问题，"江流想了想，"我倒不是反驳你，只是从严谨的角度讲，怎么来定义文明，如果按照文化和信仰定义，那犹太文明今天是不是算覆盖全球? 虽然基督教跟犹太教不一样，但《旧约》的神话还是都信的。要是按政治制度定义，那古代文明应该算是全覆灭了，因为今天制度全都不一样了。"

"确实不好定义，"齐飞说，"其他古文明的各种元素就散落了。有的是国家制度没了，有的是国家还有，文化信仰没了。只有中国文明，应该算是一直延续吧，无论是神话传说、语言文字、文化传统、政治国界都一直延续。"

"应该也不算了吧? "江流说，"现代国家制度，怎么都跟古代差别极大了。儒家礼法也都没有再持续，只能说是还在纪念古文明。"

"其实我不这么觉得，"齐飞说，"你不能看表面的差异。中国有很多东西是持久绵延的，首先是民众对于'中国'的根深蒂固的认知，西方对民族国家的认知都是 18 世纪以后的事了。其次是中央和地方的层级管理和文官选拔，能形成稳定的国家框架。再有就是价值观层面，家国情怀和仁义礼智信的价值观，现在也还是文化的骨架。"

"那只是少数人，像你这样的。"江流歪过头，看了齐飞一眼，"但是像你这样有情怀的人有多少呢? 普通人早就跟传统撕裂了。"

齐飞说："其实从古至今一直都在传承。像欧阳修传承韩愈、柳宗元的文统道统，又传给苏轼和其他后辈，这样的传承其实一直绵延不绝。古代的时候，历朝历代读书人都是少数人，可是历朝历代都是这些少数人决定了文化根基。"

"其实我很好奇，"江流问，"你会觉得自己是承先辈之道统吗? 你明明接受的是当代的制度价值观。"

"会啊。"齐飞说，"当代科技和制度只是更先进了，但是经典讨论的是永恒的问题。"

"连儒家的也算吗？你说唐宋八大家的道统，但他们其实都很'儒学'。但我看你可不像。"江流又打量齐飞道。

齐飞说："三纲五常、天地君亲师那一套，我是不认的。但儒家也有些值得琢磨的东西，比如'明知不可为而为之'，比如'君子慎独'，都讲的是个人品性。这些还是好的。"

"嗯，这还能理解。"江流点点头。

"那你呢？"齐飞问，"就只是承墨家之传？"

"兼爱、非攻是的，"江流说，"但其他也不是。你看我像是能艰苦朴素吃糠咽菜的人吗？我只是对'游侠'这件事感兴趣。不隶属于谁，也不觊觎王位，就是一个人游荡着，看哪里有人间惨剧，就去管管，替天行道。"

齐飞沉默了片刻说："你觉得你能代表天道吗？"

江流笑了一下："我是不能。但你又能吗？政府又能吗？谁能呢？"

两人在船舱里慢慢走着，在惨烈厮杀和九死一生之后这样平静聊天，都感觉有点不真实。想到只差一秒就要死在对方手下，现在却这样安静地跟对方聊自己内心深处的信仰，都觉得恍如隔世，又有点讽刺。褪去杀意之后，看周围的船舱也没那么可怕了。墙上的古文明壁画发出暖黄色沉稳的光芒，给整个船舱带来一种温润之感。

走到前方，路突然堵上了。有一扇门挡在面前，中间是一个很大的太极图，四周有八卦。他们伸手推了推，纹丝不动，又找了找门上的机关，也没有发现。

"云帆不在，这怎么过？"江流喃喃道。

"云帆和常天，应该是已经过去了吧？"齐飞问。

"嗯，肯定是，"江流说，"我被你拦住之前，本来是追着云帆的，我亲眼看着她向前跑了，刚要上前，就被你拦住了。后来没听见她的声音，应该是已经过去了。"

齐飞点点头："那这里……咱们怎么过呢? 你记得云帆之前是怎么输密码的吗? "

"不记得。"江流摇头，"不过我看这里也不像是要输密码的样子，而且咱们也没有云帆拿的黑匣子。还是找找有什么机关吧。"

江流伸手推了推太极图四周的八卦，并不能转动，又摸索太极图的圆周，也没有感觉到能扳动的开关或者移动的缝隙。伸手加力推动，纹丝不动。又调动手腕上的芯片发射出电磁刺激，但没有得到任何可检测的回应。

齐飞也上手摸索门板，想找到里面的机关。有那么一瞬间，门板似乎微微动了。两个人都意识到了，立刻将注意力集中到齐飞刚刚触动的区域，仔细观察是不是有什么没被注意的机关。但似乎又什么都没有发现，门板光滑而没有一丝缝隙，八卦图案似乎都是辐射显示，无论按压哪里，都没有反应。

直到某一个时刻，两个人的手分别无意中按到太极图的阴阳两侧，门突然又开始动了，太极图旋转起来。他们下意识弹开手，旋转又停了一下。两个人对视了一下，然后同时把手按上太极图，一人按一侧，果然，太极图中间出现一个洞，开始转，并带动整个门板旋转，中间的洞越转越大。当转过180度，两个人需要调换位置，江流低头，从齐飞手臂下钻过，再转过180度，又需要错身交换一次位置。交换空间的空隙很窄，两个人需要动作完全协调。这样三四轮之后，门板旋转开的大小已经可以让两个人通过了。

他们停下来，观察了片刻，确认门板不会合拢之后，一前一后通过了门板。

"这是什么诡异的关卡。"江流抱怨道。

齐飞拍拍手："一路不都是这样吗? "

话毕，他们才注意到身前令人惊异的白色光芒。和一路上黑暗而阴森的船舱完全不同，这里的光芒温柔和煦，恰到好处，不刺眼也不惨淡，就像一个人在早春明媚的清晨感受到的那种轻柔舒缓的阳光。白光像温柔的怀抱，吸引他们向前。

然后，他们就看到了和云帆与常天所见一模一样的天梯——竖直向头顶延伸，看不清楚通向哪里，全程被白光笼罩的梯子。江流与齐飞对视了一眼，就也做出和云帆他们一模一样的决定：上去看看。

攀爬全程用的时间比齐飞和江流预想的更久。

他们也推测出来，这里是从龙船的圆周通向圆心的路径，心算了一下，大约有五百多米距离，而且离圆心越近，重力会越小，到后来会完全失重。两个人感觉，以自己的脚力，在这样的条件下攀爬，五百多米最多也就需要半个小时。但真正的过程却颇为不易。起初是像爬梯子一样迈一步走一步，后来当重力不断变得微弱，台阶之间的距离也变远，他们需要蹬一步，飘一段，落稳下一步，再向前蹬。并不算多累，但是一直在失重飘浮中，不容易平衡。

最终还是到达了圆心。两人先后进入圆心的球形舱室，眼前的景象让他们大为震撼。

这是一个约莫五十米直径的球形舱室，类似一个普通的游泳馆大小，整个空间白光萦绕，空旷圣洁，仰望头顶的球心，有天国的感觉。但最为震撼的并不是球舱本身，而是从圆周的方向向球心伸出的八棵金属"树"：大概是固定球舱并稳定旋转的作用，八条半径在球心处连接在一起，每一条金属半径上都有弯曲延伸的"叶片"，连接有多个大小不一的金属球体，看上去就像是八棵有果实的"神树"。齐飞和江流都觉得这"神树"似曾相识，但又想不起是在哪里见过。

当他们蹬踏着"神树"的"叶片"进一步向球心靠近的时候，江流回头看了一眼他们出来的小门，赫然发现了一件令他更为吃惊的事情：

在他们刚刚出来的小门两侧，有两座金属像，长脸、粗眉、巨鼻、纵目——他立刻想起来为什么金属"神树"会让他们觉得似曾相识——和这金属像一样，都太像三星堆器物了。

江流拉了拉齐飞的袖子，让齐飞向后看，齐飞也露出了和他一样震惊的表情。

这里是哪里? 为什么会有神树? 为什么会有三星堆青铜像?

他们越来越靠近球心，这段距离不算长，很快就到了。他们看到八棵金属神树终端汇集到一起，圈成一个直径三四米的小环形区域，白光最盛。

而云帆和常天就在这个白光盈满的小环形中间飘浮着，宛如两个天使。

云帆和常天看到他俩，常天温和地笑道："你们怎么才来? 好慢哦。"

"你们来了很久了? "江流惊讶道，"你们一路没有遇到危险吗? "

"什么危险? "云帆说，"我们就遇到一段幻象区。"

"幻象区? "齐飞说，"你是说，能看到回忆的那一段是吧? 我们也遇到了。但后来还有一大段很危险的区域，有各种刀枪剑戟。我们费了好大劲才通过，还一直奇怪明明你们在前面，怎么没有听见你们的动静。你们难道没遇到? "

云帆和常天同时摇了摇头。他俩对视了一下，若有所思。常天对云帆说："会不会又是秦始皇的考验呢? "

云帆点了点头道："是有这种可能。可是前面的考验，是咱们四个人都遇到的，为什么这一段考验，只有他俩遇到，咱俩没遇到呢? "

"会不会是你送出了秦始皇的信物，因此不被考验? "常天猜测道。

云帆还没来得及说话，江流耐不住性子，插嘴道："你们从头说，什么秦始皇的考验? 什么信物? "

云帆点点头："是该解释一下。我们到这里有一会儿工夫了，基本上已经打听清楚了。我们最初遇到的几重关卡，都是这艘飞船和秦始皇设定的考验。"

江流又打断她，心里怦怦跳了几下："等一下，你们跟谁打听清楚了？"

云帆用手指指头顶，说："待一会儿你就能听到它的声音了。当你问问题，它就会回答。"

"是谁？"齐飞皱起眉头，抬头向上看，显得非常警醒。

齐飞和江流心里不约而同想到了"上帝"这个词，但是作为无神论者，他俩怎么都不愿说出这个词。

"其实我们也不知道，"常天说，"但是它真的是知无不言，态度也很好……唉，我看你们还是先听云帆讲一下吧，都讲完再问。"

见齐飞和江流点点头，云帆开口说："刚才我们来了，也是充满疑惑。后来天上突然出现了一个声音，我们也吓了一跳。但这个声音温和、友好，还主动给我们解释了很多东西。我们问什么它就答什么。它说，之所以最初开门的时候要信物和密码，就是要确认，来的人是传承过去往事、按约定来的人，而不是被某些力量偶然发现。如果是某些力量偶然发现这艘船，那么大概率是破坏性力量。过了开门这一关之后，后面几关其实是探测来的人是谁。刚开始我们不是听到各种语言吗？那就是要了解，来的人说的是哪一种语言，我们听到中文就有了回应，后续的测试就是按照中文来访者来设置。"

"等等，"齐飞插嘴道，"如果我们说的不是中文，难道后面的景象还不一样？"

"是的。"常天说，"至少那个声音是这么说的。"

云帆接着说道："当确认了我们能听懂中文，又能认出中文字，那么我们大概率是秦始皇委托的信使了。但是飞船还需要验证这一点，以免是有的人误打误撞获得了信物，但实际上并不是来完成使命。因此又有了阿房宫的测试。这一环也是当年秦始皇坚持要加上的一环，他需要确认，来的人确实是为了完成他的委托，而不是心有歹念。"

"这一环的测试是什么？"江流问，"我记得当时有经典诵读，还有龙生九子的名字，还有……哦！我知道了，是那个王座吗？”

“对的，”云帆说，“整个阿房宫都是某种幻象——你先别问我是什么幻象，我也不懂，中间那个王座就是为测试来访者而设。只有当来访者真正携带了秦始皇留下的多面体，而且真心实意愿意交托到合适的地方，也就是那个王座上，这个幻象关卡才算通过。后面就是对来访者个人特质的测试了。”

“你是说……后来的记忆幻象，是测试？”齐飞问。

“是的，”云帆点点头，“真正能进到这个中央球舱的人，需要满足某种特质，因此飞船后面的幻象阵列就是测试这些特质。具体需要满足什么特质，我们也不清楚。我刚才问，它还没来得及说。总而言之，我们能来到这里，就已经是通过了所有测试环节了。”

“还得等等，我们还得从头捋捋，”江流说，“你刚才说，整艘龙船每个环节都是测试，那到底测试的目的是什么呢？是为了筛选什么人？还是要测试来访者对秦始皇的忠诚度？秦始皇到底留下了什么任务？秦始皇的任务又和每个人的记忆幻象有什么关系？这里面的逻辑都不清楚啊。”

“秦始皇的任务我最清楚，”云帆说，“我待会儿一定会讲的。不过有关记忆幻象，我也还有问题想问，刚才你们来的时候，我们正好问到这一块。先让我把这部分问完好吗？后面我们详细说秦始皇的部分，我比你们更关心。”

齐飞和江流点点头。于是云帆仰起头，朝着天空中大声问道：“你好！你还在吗？”

空中果然传来一个和煦舒服的声音：“我在。”

“我们还能请教你问题吗？”云帆问。

“可以。”空中的声音说。

“那我还想继续问幻象的问题。”云帆问，“刚才船舱里我们看见的一切都是头脑幻象吗？但为什么还有真实的触感呢？我是实实在在拉住了我父亲的手，我的眼泪还掉落在他手上，这也都是幻象吗？另外，你如果说我自己的记忆是幻象我也能接受，类似于做梦，但是我们四个人都看得见的那些物体，那些铜鼎和神兽，也都是幻象吗？"

"不完全是幻象，可以说是投影。"空中的声音说。

"什么意思？"

"在你们人类的语言里，幻象是指一个人自己眼前出现了不存在的事物，一般是错觉。但投影是真实存在的辐射信号进入人的眼睛，类似于海市蜃楼或者电影。虽然电影中的事物不存在，但是辐射信号是真实的，因此所有人都能看得见。"

当空中的声音说出"你们人类的语言"这几个字的时候，几个人非常敏感地捕捉到了，大为震撼，相互交换了眼神，但没有说话。能说出这几个字，就意味着它不是上帝——它是人类以外的族裔。

云帆继续问道："也就是说，刚才我们看到的景象，类似电影？但为什么看到的楼梯还能走上去呢？我理解的海市蜃楼的信号还只是看见的图像，不能触碰的。"

"你的理解太狭窄了。"声音说，"任何感受都是电磁信号。不管是触摸的触感，还是能经受人体重量的托举力，本质上都是电磁力带来的压力信号。地球人目前的感官信号都容易模拟。"

"你是说类似于全息电影吗？"齐飞问。

"可以这么说。不过你们人类的全息电影做得太简陋了。"声音说。

"难道刚才的刀剑巨石也是投影信号？"齐飞追问道，"但是真的有伤人效果。我手臂这里被刀刃伤到一次，隔着衣服也划破了皮肤。"

"模拟信号只要是准确的，相互作用强度就是准确的。"空中的声音解释道，"伤人杀人，不过是刀锋的薄厚、材料强度、速度、电磁相互作用模拟准确，效果是一样的。"

"用电影比拟可能不太准确，"江流说道，"我理解它的意思，更像是一个全息的游戏世界。如果是在一个游戏世界里，五感信号生成全都是准确的，那么一切真实世界效果都是可以模拟出来的，包括杀人效果。"

"所以，这是一个提前编写好的模拟游戏，就是为了测试我们？"齐飞皱眉问道。

"不，如果比作一个游戏，游戏是你们编写的。"声音说。

"什么意思？"

"秦宫大殿之前的部分，是系统设置的测试内容。"声音讲述道，"是嬴政坚持要做的。后面的部分，是你们自己编写的内容。是你们头脑中的意识生成了一切。"

"我们的头脑意识？"齐飞问，"这是什么意思？是怎么做到的？"

"信息子。"声音说，"你们头脑中思维和情感意识活动的一切，都会记录到信息子里。船舱里预先设定好信息子翻译程序，会捕捉信息，按你们的思维和情感意识生成幻境。"

"等一下，信息子是什么？"江流问。

头顶的声音略微迟疑了一下，说："这是我用尽量贴近你们人类的语言，创造的一个词。在你们人类目前的认知范围里，还不清楚它的存在，所以我没办法用你们的词语讲。你们总喜欢把一切存在物，都称作'某某子'，所以我只好取名信息子。但是它和你们理解的物质粒子是不一样的。信息子是纯的信息载体，不存在你们认为的外观和实体。信息子就是记录纯粹的信息，包括结构信息和变化信息。它是抽象存在，但它是物质的基础。"

江流若有所思地说："我好像有点明白了。如果沿用刚才游戏的比喻，信息子可以类比程序员写的程序？程序是一种抽象的信息语言，归根结底是数字信号，但是程序能产生游戏世界看见的一切。反过来，游戏世界的一切变化，也都能对应到程序里数字信号的变化。是这个意思吗？"

"对，你的类比不错。"声音似乎很满意。

"所以你是说……"江流继续问，"我们的真实世界，也是用这种数字信号编写出来的？我们看到的物质背后，其实是有这个信息子作为数字载体？"

"对，可以这么理解。"

"那谁是世界的程序员？"江流问，"难道我们真的生活在一个被人编写出来的宇宙吗？"

"没有人编写宇宙的程序，"声音坚定地说，"每一个宇宙都是自组织的数字信息。宇宙演化就是数字信息自组织的演化史，有无穷多种。这不是谁编写的，而是无穷多个宇宙自己演化出来的。但是越高级的文明，越能反向干预信息子。如果用你刚才的类比，也就是说，高级的文明，相当于游戏里可以反推游戏程序，并且修改游戏程序的角色。即使游戏程序是宇宙演化自己写出来的，但是高级文明可以探知并且改写这些程序。"

"这太牛了。"江流叹道，"说实话，类似的想法我原来有过。就在我感觉最虚无的那段时间里，我就总想：世界是不是假的、不存在的、被人编写的一个程序。我们作为游戏世界里不重要的NPC[1]，还自以为是地悲欢离合，实际上背后早都被更高级的程序员编写好了。我当时脑子里胡思乱想的就是这些事，没想到，真有生命能改写宇宙程序，太牛了。"

"对宇宙信息的干预，程度差别很大。"声音说，"最低程度是能够感知探测到信息子，也就是说，不只是能观察到可见的物质，而且能明确地感知探测到背后的数字信息，相当于直接读到源代码。其次是能够捕捉已有的信息子，理解其信息，再重新转化为物质的形式，相当于能把程序代码再做二次呈现。再高级一些，是可以收集存储信息子，经过一定变换，释放出更多能量，改变物质。再高级一些，是可以利用信息子纠缠来跨越宇宙。再高级一些，是可以直接改变自己宇宙或其他宇宙的信息子，相当于有了改变宇宙代码的能力。而更有甚者，是可以将自己和宇宙的信息编写相统一，也就是你刚才说的游戏里的角色和程序员合

1　NPC：Non-Player Character 的缩写，意为非玩家角色。

而为一了，那样可以创造新宇宙。"

"哇哦。"江流说，"想象不出来那是什么状态。"

"我完全听不懂，你能给我重新翻译一遍吗？"云帆问江流。

"稍等，晚一点我肯定会的。"江流对云帆说，"但我现在还想继续问。"他又抬起头，向头顶的声音发问道："那我能不能再问一下，像人类文明，现在已经明确找到物质和辐射满足的方程，是不是就算探知了物质背后的信息子？"

"还算不上。"空中的声音说，"你们现在能推算出数学公式，已经很好很接近了，但还算不上感知和探测，更谈不上操控。"

"等一下……"江流心里一动，敏感地想到，"人类还探测不到的……你是说暗物质和暗能量？"

"嗯，在你们的语汇里，可以这么说。"声音说，"把你们的词汇跟我们的词汇对应起来不太容易，有一些概念能对应，有一些很难，我尽量用你们的词汇沟通。暗物质和暗能量，这两个词太笼统了，把人类探测不到的所有东西都包括进去了。实际上这是好几种效应。"

"我的天，越说越大了，"江流咽了咽口水，"等我理一理思绪，要是把暗物质、暗能量都囊括进来解释，那就要修改整个宇宙学和粒子物理了。等一下等一下，我思绪有点乱。"

江流的心里难掩兴奋之情。人类卡在物理学和宇宙学的基础认知上，已经有几十年了。最近几十年人类的太空探索热情都在于开发太阳系，已经把月球、火星和小行星带抢占了，而且把太空当作了军事竞争的主战场。所以，虽然太空领域的科研经费指数上涨，但是 90% 都给到了太阳系内探索开发和军事太空应用，宇宙学和基础物理学探索项目进展一直很缓慢。虽然 2065 年引力波探测出了重大结果，但其他方面的重要进展都很少。

江流当初选择了宇宙学专业，一方面是因为研究宇宙有意思，另一方面也是因为冷门。他就是想选一个最小最冷僻的专业，这样可以完全不受父母的任何控制。学宇宙学也可以到全世界各地观测游荡，远离家庭，深入各种风景绝美的高山无人区，不像哥哥姐姐，在学校期间就被父母安排到朋友公司实习。哥哥姐姐觉得是美事，江流避之唯恐不及。

久而久之，江流早就习惯了一个人晃荡。在晃荡的过程中，他也推导过自己的宇宙统一理论，能把粒子物理、弦理论、量子力学和广义相对论全都统一起来的理论，但是一直不算成功，他也就没有认真。暗物质和暗能量的观测在 20 世纪上半叶很火热，有几个大项目，但是始终没有确凿结果，久而久之，批经费就很困难，已经几十年没什么进展了。江流曾经想让父亲资助一个研究项目，被父亲一顿狠批，不了了之了。

如今，他站在巨大的秘密宝库门前，心里激动得一片空白，不知道要从何说起了。

这时候齐飞开始问问题："你说刚才我们见到幻象，是我们头脑意识生成出来的? 能再说得详细一点吗?"

头顶的声音还是不疾不徐地说："其实任何智慧生命体的意识发生器——你们人类是大脑，其他生命有别的形式的意识发生器——都是跟信息子直接发生交互的器官。你们都知道大脑意识有脑电波辐射，但其实脑电和脑磁辐射只是大脑对外的信号交互中很小的一部分，最主要的部分是大脑和信息子的直接交互。你们的所有意识信号，不管是理智思维还是记忆、情感、情绪的意识活动，都会生成信息，留下信息子的痕迹。"

"稍等，"齐飞的语调谨慎，显得很理性，"让我梳理一下，你刚才说，信息子类似程序，是生成这个宇宙物质世界背后的基础。但是你又说，人的大脑产生的意识活动可以直接改变信息子，那岂不是说，人的大脑产生的意识活动可以改变世界? 这太唯心了。"

"这不好解释，"头顶的声音说，"你看到的世界，本来就是你的意识世界。"

"不对，这太难接受了。"齐飞说，"我们还是先不谈这个，直接说飞船里的事吧。我需要一些时间消化一下。你说飞船里的幻象是怎么生成的？"

"这很简单啊，飞船里有直接探测信息子并转化的装置。你们的头脑意识生成新信息，飞船里的读取设备读到这些信息，就用实物投影转化出来。刚才就是有一些信息加强的诱导，例如你们是不是情绪会比较强烈，比平时更强烈？还有你们压制的情绪涌出来？这是信息加强的结果。但总体而言，还是你们自己的意识活动产生了周围的事物。"

"那我们刚才……"齐飞顿了一下，"那些刀光剑影……"

"是的，是你们自己敌意的投影。"

头顶的声音说得很平淡，但齐飞心里翻江倒海地震动起来。他们刚才九死一生，经历了那么多痛苦搏斗才闯过的刀剑阵，只是意识的投射？他接受不了："为什么要这样？"

"只是测试而已。"声音说，"说实话，你们是为数不多能闯过幻象阵列的生物物种之一。这艘船接待过三个星球的生物了，你们是唯一一个闯过的物种。"

"如果闯不过，就死在这船里？"

"是死在彼此的敌意里。"头顶的声音说得很轻巧。

"为什么要这么做？你们到底是谁？"齐飞吼道，"为什么要这样要我们？"

"不是我要你们啊。"声音说，"这只是提前让你们体验一下文明升级的结果。你们的文明还处在早期物质阶段，再想升级，一定会进入意识信息直接沟通的阶段。到了下一个阶段，所有敌意都能转化为实际的杀伤。我们这里就只是预演一下。通不过这个测试的物种，升级之后就仿佛生活在炼狱。"

"你再说清楚点，什么文明升级？"齐飞的情绪又开始焦躁不安起来。

"齐飞，你先少安毋躁，"常天注意到齐飞的情绪波动，蹬了一下身后的金属，向齐飞飘过来，轻轻按住他的肩膀，"你应该庆幸，我们代表人类通过了幻象阵列，我们没有死在彼此的意念里，这是值得庆祝的。你先别急，别想太多，平缓下来慢慢想。你先告诉我，你和江流刚才到底经历了什么？"

齐飞看了江流一眼，发现江流也恰好在看着自己。他俩明显没有任何意愿把刚才的过程再讲一遍，但毫无疑问，他们都懂了刚才那一段的生死意味，不只是对于他们两个人自己。这是他们完全没有想到的。一个眼神交流，他们就明白对方也懂了。

若非最后一刻的恻隐，现在又会如何？

齐飞和江流心里各自翻涌起伏杂乱的念头，难以平静。

这时，云帆开口问道："我想知道，你说的文明升级是什么意思？前面一直在说测试，但始终没说这是什么测试，是为了什么任务做测试，是谁来测试。但我现在似乎有点明白了，所有的测试，是不是都是'文明升级'的测试？如果通过测试，你就可以帮助我们做'文明升级'的操作？之前地球人类文明的几次升级，是不是也是你们做的？那我们现在都已经穿过了幻象阵列，是不是达到了升级的条件？可以帮人类再次完成文明升级吗？"

头顶的声音沉默了片刻，说："你们每个人问的问题，都太麻烦了。今天它们还都不在，只有我一个人值班，我还是下来跟你们说吧。"

四个人听了这话，都震动得无以复加。他们盯着头顶，心提到了嗓子眼儿，不知道"下来"是什么意思，也不知道谁会下来，下来之后的后果是什么。他们的眼睛都不敢眨，紧紧盯着球舱顶端柔和光芒的中心。

可这个时候，从他们身后传来了声音。

第十三章 文明

当四个人从背后听见声音，每个人的第一反应都是毛骨悚然。

江流第一个回头看，他直接倒吸了一口冷气。其他几个人也迅速回头，向江流看过去的方向看去，他们也发出源自内心的惊呼。

球舱壁上固定的一个三星堆金属人正在朝他们飘来，大眼纵目，青铜身影。

所有人都下意识想向后退。但是在失重环境中，无处借力，于是他们只是做出身体后退的姿态，却无法真正后退。

而那个金属人，宛如神仙一般，无须借力就可以越飘越近。

他们看着它一直飘到身前。身体仍然僵硬，两只巨大的眼睛囧囧无神。离得近了，落定不动了，它说："我还是这样跟你们说话吧。"

声音和刚才头顶的声音一模一样。

他们听到这个声音，更为惊骇，一个人怎么会瞬间传输而至？又怎么会有三星堆的雕塑模样？当它越靠越近，他们一时拿不定主意是该动手抗击还是想办法逃跑。

"你是……？"云帆开口问道。

"我叫忽迪鲁拉迪亚德洛特齐鲁赛迪阿斯琪琪希罗尼达凡奥－李－阿罗司空。"

"呃……"云帆问，"我能叫你忽忽吗？"

"可以，随便你。"金属人说。

云帆指指头顶："你是怎么从那上面飘下来的？"

金属人说："这个说来话长。"

"你是这艘龙船的主人吗？"齐飞问。

"我可不算，"金属人说，"我就是来完成任务的。说实话，你们问我的很多问题，我也都不知道。今天我们组长又不在，组里最会说话的人也不在，就我一个值班的，什么都答不出。你们地球人太啰唆了，我也遇见过几个星球的人了，就你们问题最多。今天只有我在，只能跟你们随意聊聊天，我答不上来的问题，改天带你们问我组长去。"

四个人惊得面面相觑，云帆又试探着问："那刚才，头顶上的天神对答，也是你……？"

"嗯，"金属人忽忽说，"装天神太难了，说话得一本正经，我要是这么会说话，我也能当组长了。跟你们说一会儿还行，再说多了我就要露馅了。"

"那你是谁？"江流问。

"我是一个很普通的巡查员，负责你们宇宙里的六个文明巡查，你们银河系里有两个，其他星系还有四个。"忽忽说。

"巡查员是什么？"齐飞皱起眉头。

"很简单，就是巡查员啊。"忽忽说，"就是一个一个文明，巡查啊。"

"巡查什么呢？"

"巡查看看你们发展得怎么样。"

"然后呢？要干什么？"

"也不要干什么啊。"忽忽说，"发展得不好的，帮一把；发展得好的，观察一下。"

"为什么？"齐飞依然表情紧张，"你们为什么要这么做？"

"也没有为什么啊。就是，联盟也需要新鲜血液，看看你们够不够格啊。"忽忽说。

"什么联盟？"齐飞问。

"协作文明联盟。"忽忽说，"抵抗吞噬文明的。"

"协作文明是什么？吞噬文明又是什么？"

"哎呀，你们麻烦死了，"忽忽抬手挥一挥，表明自己的不耐烦，"还是听我从头说吧。等我说完，你们看看哪儿不明白再问。"

忽忽说完，动手挥了挥，转了个圈，整个球舱空间就变成了星空状态，而且不是通常的黑暗星空，而是繁盛拥挤、布满了光点、色彩炫目华丽的宇宙。宇宙星空和光点围绕在他们身边，往头上脚下看过去，全是光点，而且仔细一看就会发现，空间中还有无数透明薄膜，就好像是为了将整个宇宙隔开的安全设计。薄膜很难辨别，在空间中折叠弯曲成奇特造型。无论是薄膜，还是光点，都在剧烈移动变化。

"这是宇宙全息模拟？"江流问，"每一个光点是一个星系吗？"

"不是，"忽忽说，"每一个光点是一个宇宙。"

"什么？一个宇宙？"江流吓了一跳，"你怎么定义一个宇宙？"

"宇宙还不好定义吗？"忽忽似乎觉得这个问题很傻，"一个拓扑独立的四维时空，就是一个宇宙。"

"那……有这么多宇宙吗？"江流惊讶道。

"是啊，"忽忽说，"有四种生成多重宇宙的机制，每一种都能生成无穷多个宇宙，当然就多了。不过宇宙也是每时每刻都在消失的。宇宙湮灭比你们见过的物质湮灭都快多了。"

"我的天，"江流说，"那我们的宇宙……？"

"喏，在这儿，"忽忽用手指向一个小小的角落，它的金属手指上发出蓝光，"不过我可跟你们说，这只是一个拓扑图，不是三维图。目前你们看到的维度是拓扑意义上的抽象维度，只展示联通状态的。你们的宇宙只能表现为一个点，显不出内部结构。你们的宇宙也很孤立，目前还没被戳很多洞。"

"戳很多洞是什么意思？"江流又问。

"就像我这样的，我不就是戳洞来找你们的吗？"忽忽说，"所有的宇宙都处于高维折叠状态，都能找到合适的接触点，在这个点上做纠缠，打开洞的可能性是最大的。……我说啊，你们能不能别总问问问，等我说完再问。我本来就学得不好，不怎么清楚，你们总是问，问得我都乱了。"

于是其他几个人不说话了，等着忽忽讲。

忽忽又挥手，把整个光点星空搅动起来，想说什么，半天又停下："宇宙最早的起源是……呃……我突然没法说了，这个生成所有宇宙的东西，你们的语言里没有对应词语。"

"叫元宇宙？"江流试探着问。

"有点像。"忽忽苦恼地说，"但它还不是一个宇宙，而是一个抽象概念，我们组长当时跟你们人类说的时候，叫什么来着……"

"混沌？"云帆问，"太初？道？"

"对！道。"忽忽说，"也不知道我们组长是怎么编出来的。总而言之，道能生成宇宙，生成无穷多宇宙，具体怎么生成的我也不是很清楚，以后你们可以去问我们组长。这些就是一个背景。后来在这些宇宙里，就有复杂结构生成，然后有智慧文明生成，这些智慧演化，再反过来影响宇宙，甚至影响道。这就是宇宙里发生的基本的事情。

"在这种情况下呢，那些最早生成的智慧，进化的次数也是最多的。它们已经经历过对信息子的感知和利用阶段，到后来就能用信息子操纵万物，再后来可以信息化存在，就是智慧可以不依赖于身体，到了纯粹精神能量阶段，到了这个阶段啊，文明就和宇宙合一了，这是最早的吞噬文明的由来。

"但是最早的吞噬文明呢，可能扩张发展得过快，到了后来突然爆裂成为无数个小宇宙，你们的宇宙就是在这场爆裂中生成的，你们叫作宇宙大爆炸。后来呢，又有很多个文明渴望发展成第一代吞噬文明那样，但是再也没有进化到那个程度的文明了。后来的文明面临的宇宙太大了，很难吞噬，文明也更多了，就开始各种结盟，抵抗吞噬。

"结盟的时候，会和盟友发生信息子纠缠，精神能量互通，这种情况下，就得对盟友的攻击性进行前期考察。如果盟友文明里自带的攻击性太强，一旦信息子纠缠，就等于自杀，所以任何文明都不敢轻易跟其他文明结盟。这也就导致每个协作文明都很矛盾，既想寻找盟友，又怕被盟友反噬。"

听到这里，江流和齐飞都听明白了。忽忽所在的文明希望找一些新的盟友，就派了小队依次巡查新兴起的文明，一边扶持这些新文明，一边又谨慎考察，但凡有潜力的文明都要帮扶，但是攻击性太强的文明又不能纳入联盟。可谓是既想扶持，又怕养虎为患，所以虽然技术远高于这些新文明，但是小小心心、畏首畏尾了。

"为什么要这么费劲呢？"齐飞不解道，"按理说一个很高水平的文明，自己发展就好，为什么要这么费力地帮一些低水平文明？把低水平文明灭掉不好吗？我不理解。"

"唉，你不知道文明进化的方式啊？"忽忽说，"那我们还是坐下来聊一会儿吧。"

忽忽说着，又绕着圈挥了挥手，整个球舱里的宇宙光点全都不见了。球舱转起来，似乎生成很强的磁场。几个人感觉到被周围的金属神树吸引，不由得向离自己最近的神树飘去，被神树的叶片"粘"了过去，直接坐到一圈树叶上，在他们中央的小空间内，出现一块看似坚实的空地，忽忽飘了过去，就像是"站在"这块空地上。虽然他们知道在完全失重的环境里这也只是幻象，但是忽忽仍然很像是站在中央的演讲舞台上接受每个观众的喝彩。

忽忽在自己身前画了一个圆圈，这个圆圈上，立起来一道光屏，就像是围在它身边一圈的黑板，它像是一个讲解的小老师。

"你们觉得，文明进化的主要原因是什么？"忽忽问。

几个人相互看了看，都觉得忽忽站在中央提问的样子一本正经，傻得可爱。

"你是在考我们吗？"云帆问。

"对，我是在考你们。"忽忽说。

"你还是自己答吧，"云帆吐了吐舌头，说，"我可不想当小学生了。"

忽忽摇摇手，坚持道："我想听听你们说。"

江流想了想，尝试着揣测忽忽的意思道："科技进步？探索世界的好奇？一个文明越是能发现宇宙内在的奥秘，越能进化。"

"你呢？你说。"忽忽指指齐飞。

齐飞哑然失笑道："你一定要这么像一个小老师吗？"但忽忽完全没有理他。齐飞说："还是竞争吧。实际上，很多文明本来并不是科技领先，更未涉及发现宇宙奥秘，就是想战胜周边部落。在这个过程中，因为强有力的竞争和危机感，结果科技进步，发现奥秘。"

"你们人类有几次大的文明进步？"忽忽又问，真的像是回到了小学。

这次是云帆认认真真回答道："人类从原始采集狩猎，到建立农业社会，是一次大的飞跃；又从原始农业社会，发展到建立文明国家，也是一次大的飞跃；近代科技工业革命，是一次飞跃。"

当云帆说着，忽忽面前围绕一圈的光屏上就出现了相应的人类图像。她说到哪个阶段，图像就换到哪个阶段。

"嗯，这个差不多。"忽忽说，"其实还得加上一次：你们人类这个物种，七万年前取代了其他人种，成为地球上唯一幸存的人种，也是唯一的智慧生物。你们觉得这几次文明进化是为什么？"

"每一次都不太一样。"云帆说，"智人取代尼安德特人和直立人，具体是为什么还不是太清楚，可能是智人产生了语言。农业社会的飞跃发展，肯定是得益于农业技术提升，农业技术诞生很可能有偶然因素，地球上目前也只有美索不达米亚和中国独立发展了农耕。国家诞生的原因确实是有争议的，有人说是因为军事，有人说是因为祭祀，总而言之是人类组织水平大大提升了。近代科技革命产生的原因也是多重的，很复杂，有人本主义思想的推动，也有当时的贸易和资本推动，当然也有大航海财富积累的原因。"

"都是表象。"忽忽说。

齐飞生气道："你有话快说。你凭什么让我们像小学生考试一样？"

忽忽用它两只毫无神情的金属大眼睛瞪了齐飞两眼，然后说："笨死了，这么明显的规律都看不出来。这里面唯一重要的是信息交互的层次啊。"

"什么？"几个人听了，都有一点不明所以。

"智人获胜，确实是因为有语言。"忽忽解释道，它身前的光屏上出现演示图像，"如果没有语言，信息交互靠身体动作和激素分泌。语言是声速传播，比身体激素传播快很多，频率更是高很多，表达的内容丰富程度是身体动作的很多倍。估算下来，语言信息交互比身体信息交互提升至少六个数量级，按照你们的计数法，差不多一百万倍吧。这样就轻易取胜了。

"农耕社会，重要的不是农耕，而是定居。先定居下来的民族社会稳定了，人口增加，语言交互的信息数量级又上了一个台阶。打猎的原始人差不多是只身或者几人小队出行，没多少语言，部落里面日常用语言沟通的人很少。但是定居社会就不一样了，日常语言沟通的信息量级大约又提升两个数量级，一百倍吧，也是轻易就成为文明王者了。

"国家诞生的事情，回头我给你们讲，这个事情我最清楚。你们注意一点，就是文字，要是没有文字，诞生不了稳定国家，因为法律法规没法固定。有了文字，比日常语言又多了空间和时间维度。文字信息与口头语言相比，能远距离传输，空间上提高了两个维度，而且能跨越时间，能使历史信息留存，又多了一个维度，这就又是三个数量级的提升，一千倍吧。在我们的文明等级排行上，到了这一步，才进入我们的 0 级排行序列。

"你们说的下一个——科技革命，你们看的都是表象，什么人本思想、财富积累、全球贸易，在你们人类历史早期也都有，罗马帝国什么都不差。你们上一轮科技革命的唯一真正原因是数学语言的使用。有个叫牛顿的人写了本《自然哲学的数学原理》，还有他之前那几个先驱所做的数学贡献，这才是你们现在一切文明的基础。因为数学信息的抽象程度就高多了，可以突破狭隘的地域语言限制，也不受日常词汇约束，整个人类终于能用同一种语言沟通了，而且还是比较接近宇宙本源的信息方式。数学把你们的信息交互水平至少提升了三个数量级，一千倍吧。"

"等一下，"江流说，"你说数学重要我很同意，但是数学语言只有很小一部分人能使用。到现在真正的数学语言体系全世界也就1%的人能看懂。这和之前的自然语言进化完全不一样，不能把全世界文明的信息交互水平都提升三个数量级。"

忽忽摆摆手，不屑一顾地说："你误解了信息交互水平。我说的是有效信息交互，也就是携带重要内容的信息交互，以及文明的新信息产生。举个例子，如果一台计算机，每纳秒都固定给另一台计算机发一个'1'，另一台计算机每纳秒都给第一台计算机发一个'0'，你如果计数，看上去它们之间'101010'传输，每秒钟有2亿次信息传输，是不是海量信息交互？实际上有效信息是0，因为永远是重复信息，没有任何有意义的新信息产生。一个文明，有意的信息不需要全体人产生，一小部分群体产生一个文明95%的有效信息交互，这是很正常的。你们的计算机其实也是数学语言交互，你们不能只看电子载体的表象，要看实质。"

"所以……"云帆问，"那下一个文明提升等级是什么呢？"

"我本来不应该告诉你们，"忽忽说，"这就像一个故事刚看了第一集就告诉后面的内容，你们叫……叫什么来着？"

"剧透。"云帆说。

"对，剧透。"忽忽点点头，"其实我不应该剧透，每个文明都应该自己发展，看看能否摸索到下一级的进化路径。但是我这个人最容易心软，也最藏不住话。当初嬴政问我的时候我就给他讲了，现在你问我，我也藏不住，就给你剧透吧。"

云帆心里想，"其实是因为你这个戏精太享受给别人传授知识的自豪感吧"，但是她没有说出来，只是看着忽忽，重重地点了点头。

忽忽于是说："告诉你们信息子的原理，你们应该很容易想到吧。下一层次的信息交互就是大脑信息网直接的信息沟通了。其实你们算是挺不错的物种，智慧器官大脑的基础构造很好，大脑信息网络的算法模式发展得也不错，但是你们离大脑信息沟通还远。

"你们现在的模式是：大脑信息网络并行多处理器算得的信息，需要用语言生成装置，转化为声带发生装置的单一信息序列，也就是用嘴说话。有些人这两个转换装置还不太好，大脑里的信息没法完全用声波转换传输，相比大脑的信息生产，交互效率可能连 1% 都不到，更不用说用你们更难掌握的文字和数学信息交互了。如果大脑信息能进行实时多模块交互，你们文明的信息交互等级又能上一个台阶。

"而到了这个阶段，整个文明的脑域沟通都建立了，想要再达到复杂度的提升，就很难了。也就是说，一个文明此时就很难借助自身的信息交流而进化了，必须寻找其他信息文明，相互纠缠，结成信息联盟而进化。

"你们文明离可以跟我们交互还差得有点远，你们连自己星球上的脑域信息交互都还没做到，高阶门槛都还没迈进去。"

云帆问："怎么才能够进化到下一个文明等级呢？大脑直接进行信息交互是什么样的呢？"

"你们知道是什么样啊。"忽忽说。

云帆皱眉道："我们不知道啊。"

忽忽用金属胳膊叉腰，又跺跺自己的金属脚，说："怎么不知道，刚才不是给你们看了吗？你们还质问我来着。"

"……你是说……刚才的幻象？"云帆恍然大悟，连接起来了。

"是啊，"忽忽说，"要不然我费这么大劲做什么！你们人类的大脑，不过是一团蛋白质、脂肪和电离子信号的集合，这能发生什么交互？什么也发生不了。你们想用脑电波、脑磁波，方向是没错，但是脑电波、脑磁波记录不了什么大脑信息，真正的大脑信息交互就需要信息子。而一旦大脑能感知到信息子，发生的事情就会跟刚才你们见到的一样。"

云帆还没说什么，但江流和齐天不约而同相互看了一眼。没有人比他俩内心更五味杂陈。如果大脑的信息交互就和刚才的船舱互搏一样，那当真是凶险至极。

"大脑能直接感知信息子吗？"云帆问。

"当然能。"忽忽说，"其实你们的大脑现在就在和信息子交互，由信息子记录信息。但问题在于你们不知道，不能感受到。这就好比……就好比……一个生物能感知电磁波。对，这么类比你们就懂了。你们地球上的原始动物其实身体也和光子有交互，但不能感知电磁波，就是不能感光。后来生物高级了，能感光了，再后来发展出了专门的感光器官，就是眼睛。有了眼睛，动物就能看见世界了。对信息子的感知也是一样。能感知信息子，就能'看见'另一个世界了。"

"那就会随时随地像之前在飞船里看到幻象那样吗？"云帆喃喃地说，"感觉很神奇，但也有点可怕。"

"是啊，是可怕的，"忽忽说，"一个人就会突然之间感知到自己的一切——愿意想起的，不愿意想起的，压在大脑深处从来不肯面对的。因为都有信息子的记录，所以一旦能感知到信息子，就什么都能看见。所以做这一步进化之前最好能接受自己。跟其他人也是，对别人有什么想法，对方都能直接感受到。"

云帆沉默了，低头像是在思量什么。

齐飞开口道："所以……刚才说了半天测试测试，是你们安排的，测试我们能不能进行文明升级是吗？"

"是的呀。如果不测试，万一联通了信息子，是惨剧怎么办？"忽忽说。

"你见过类似的惨剧？"齐飞问。

"见过，太多了，"忽忽说，"宇宙里好多文明，都是死在意识联通之后的恶意里。因为这个级别的信息交互，是之前语言文字交互的好多倍。语言交互，本质上是声波的互动。声波是线性的，信息量很少，也非常容易操纵。文字图片交互是看，是电磁波互动，虽然这样的信息量是变成二维的，但信息一来一回强烈依赖于文字和图片的生产，也很慢。而大脑活动通过信息子来交互就完全不一样了，大脑是网络算法，直接联通就会使信息量爆棚。低层次文明根本学不会操纵，也就不能伪装，于是三两下就开始相互伤害。

"在这次来看你们之前，银河系另一个文明就这样把自己整死了。其实它们发展得更快，有一些突破比较幸运地发生了，就赶在你们前面达到临界点，我们就帮它们做了升级。但是这一下子就发生惨剧了。我们都没来得及走远，它们就快要自我毁灭了。我们又折回去，强行将两种智慧体思维隔离，这才勉强保留下来一些。"

"你们在银河系里还照看另一个文明？"云帆问。

"是啊，银河系里就你们两个。"忽忽说，"别的星系还有一些，我们轮流看着。"

"银河系里的另一个文明在哪儿？"江流问道。

忽忽摊开手道："这还不好算吗! 按你们的年份算，我 700 多年到你们这里一次，另外一个星球肯定离你们 300 多光年远啊，确切地说，是330 光年之外。"

"所以……"云帆想了想，"你们间隔这么久才来地球一次，完全是因为要照看银河系里另外一个文明星球？"

"是啊，要不然还能为什么？"忽忽说。

"那你们自己的星球在哪里呢？"云帆突然有一点激动，"你们平时只生活在这艘船上? 这艘船就在银河系里两点一线来回跑?"

"我们自己的星球？"忽忽的声音显得有点讶异，"哦，对了，我都忘了介绍自己。哈，组长不在，我就是有点混乱哈。我们的星球不在你们的宇宙里，不在银河系，也不在你们宇宙的任何星系里，我们在另一个宇宙。按照我们的编号系统，我们的宇宙是 0 号宇宙，你们的宇宙是多采妮奥鲁斯塔法蒂蒂特序列 706 号宇宙，其他还有很多序列和群组。我们巡查员，一般是一个组负责八个宇宙，大约能找到四五十个智慧文明。

"其实一个宇宙内的文明通常是没法互通的，因为在同一个宇宙内，任何信号传输都得在这个宇宙内部，受物质场传输速度的限制，你们这里就是光速限制。这种速度太太太太慢啦，宇宙那么大，两个文明通常找不到对方。这就好比在一张巨大的纸上画两个点，一只小虫子只能靠双脚爬，想从一个点爬到另一个点，它大概率找不到，而且可能爬一辈子也没爬到。真正能互相接触的文明都是靠宇宙间联通。就像是两张很大的纸，不在纸内爬，而是让它们靠近并把两张纸打通。我到你们这里很方便，但是在你们宇宙里让飞船从一颗星球到另一颗星球，就得好几百年。"

"怪不得！"江流叹道，"人们讨论了很久为什么找不到外星人，但都没结论。有光速的限制，我们的宇宙确实太大了。原来是要跨宇宙联通。那跨宇宙联通怎么做呢？"

"用纠缠啊。"忽忽说，"这里面有一个什么什么原理。背后的原理我一直不大懂，你们下次可以问我们组长。但是我可以操作设备，也会自己传输。我这不就传输过来找你们了吗？"

"对，我刚才就想问，你是怎么来的。"云帆指指头顶，"那上面有什么？"

"那上面什么都没有，"忽忽摆摆手，"其实我也没有真的过来，我还在我们工作站里呢。我就是把自己的意识通过纠缠传过来了，又用了'驭物'的方式，驱动这个身体而已。我的身体是没法传过来的，我们宇宙的宇宙参数跟你们的都不一样，我要是把身体传过来，凶多吉少。把意识传过来还是容易的，附着在一些物体表面操控也不难。"

"那你这个身体……"云帆指指面前像三星堆文物一般的金属人，问，"是从哪儿来的呢？"

"是你们先人帮我们造的啊。"忽忽说，"我们本体过不来，只能让你们帮我们造副体。作为回报，这里面的技术也是扩散开了的。"

"哦……原来是这样。"齐飞恍然大悟道，"原来是我们帮你们造可驭之物，你们帮我们提升技术。这就说得通了。我就说嘛，不会有单方面好心好意帮我们的异文明，那太奇怪。现在这样我是能理解的。"

"这个世界上，所有的好关系都是双向有益的，单方向的关系不能持久。"忽忽说，"你们的文明能有所精进，是你们文明持久不息努力的结果。不是因为我们帮了你们，你们才进步，而是因为你们进步，我们才帮你们。"

众人正在思索这句话的含意，忽忽突然想起了什么，抬手招呼道："对啦，我在这里说你们可能也不大明白，我带你们去看一些有意思的。"

它手一挥，向众人刚刚爬上来时经过的小门指过去，接下来又在每个人身后轻轻推了一把。说来也奇怪，它用的力气并不算大，但是每个人都有了恰到好处的方向和初速度，按惯性就可以准确地飘到小门处。这种无形中的精准，让江流和齐飞都暗暗心惊。

忽忽也跟着他们几个人到了小门口。它抬起手转了转，来时他们攀爬的竖直梯子，变成了斜向下并有一定螺旋弧度的滑梯，梯子的台阶向斜上方回收，恰好合拢，成为光滑的斜面，上面依然笼罩着他们来时所见的温柔和煦的白光，不知道是哪一种辐射。他们觉得有点好笑，本来是惊险刺激的旅程，见到了忽忽之后，变成了在一团柔柔白云里的滑滑梯体验。滑下去的时候，能感觉白光的作用不仅仅是照亮，还有缓冲和匀速的作用，让他们舒舒服服平平和和滑到了地面。

滑到地面的时候，常天和云帆先到了，就先站了起来。江流是第三个，滑下来之后似乎还在回味，坐在滑梯上不肯起身，齐飞就从后面撞到了江流身上。

"喂！你没滑过滑梯吗？"齐飞怒道，"不知道滑下去要及时站起来吗？"

"我小时候滑滑梯，就喜欢坐在底下挡着，把后面一串人都挡住。他们就在我身后推推搡搡。"江流回忆道，脸上有一丝惆怅。

"你都多大的人了，还干小孩子的事情！"齐飞瞪眼道。

"五岁以后，我妈妈就不让我滑了。"江流说，"她总嫌我衣服脏。我好多次坐在车里，看别的小孩在公园泥地里滚，我羡慕死了。我已经二十年没滑过滑梯了，原来这么好玩。"他回头看齐飞，"咱俩再爬上去滑一次怎么样？"

"别丢脸了，"齐飞说，"滑个滑梯还这么美。你这是丢地球人的脸，你知不知道！"

"走吧，这么高的滑梯，回头就没有了。"江流一边说，一边推齐飞，怂恿他上去。

"要命。"齐飞站起身，"但是现在也上不去了啊。"

"我能送你们上去。"忽忽说，"你们站好。"

于是江流和齐飞站在滑梯上，忽忽挥了挥手，滑梯就开始向上运行，宛若自动扶梯。而白光始终围绕在他们脚边，成为稳定的力量。两个人又升上去几百米，再次滑下来。这一次依然是江流在前面，滑到最后不肯起来。

"我跟你说，"齐飞连忙呵斥道，"你要是再敢滑一遍，我还跟你挥刀子。忘了刚才吗？我差一点就把你捅死。"

"也不知道谁差点被我砸死。"江流笑道。

"要不再来？"齐飞说。

"你这才是丢地球人的脸呢。"江流说。

云帆和常天互相看了一眼，尴尬地对忽忽说："不好意思，让你见笑了。"

"没事没事，"忽忽开心地左右摇脑袋，"我喜欢有人陪我玩。你们不知道，嬴政比他俩还皮。"

"嬴政？"云帆惊讶道。

"是啊，"忽忽叹息了一声，"我们刚认识他的时候，他才十四岁，刚当上王不久。等我们走的时候，他都五十一岁了。那段时间说实话挺开心的。我们巡查组里，其他人都比我年龄大，所有人都训我，没人陪我玩。前几次到地球，见的都是一些老家伙，像什么阿伽门农、摩西之类的，难得见一个小孩，我可高兴了。嬴政也最爱跟我说话。"

"等等，"云帆插嘴道，"你们那一次在地球，待了三十多年？"

"是啊。这艘龙船后面的主体部分，都是当时嬴政找人帮我们建的，所以待的时间久。前几次来，你们文明技术还太原始，我们教也教不会，所以每次都只做一小部分，没法建造龙船主体。后来这次，把主体都按设计图建好了。我们确实感谢嬴政。"

"那你现在多少岁了？"云帆问，"你如果前几次都到地球来了，那至少几千岁了？"

忽忽摇摇头，在想这个问题应该怎样回答，想了想说："时间不是这么换算的。我应该怎么跟你说呢？"

江流插嘴对云帆说："你就想想游戏。你是一个游戏玩家，在游戏里都经历好几辈子了，生老病死。人家是程序员，就算是看了游戏里好多世代，人家程序员的生命也没过多久。"

忽忽想了想，说："有点像，但还不太一样。就是不同系统的时间是相对的，不能换算。你们就按他说的这么理解吧。"

就在这时，从船舱深处跑过来一个方脸俊秀的少年，约莫十四五岁的样子，穿着丝滑的黑色斜襟袍子，袍子上有饕餮纹刺绣，头上梳的是战国时秦国特有的偏发髻。少年见到忽忽就冲上来，朝着它胸口打了两拳道："大忽啦，你跑哪儿去了？我找你半天了。"

云帆他们四个人惊呆了。他们本能地意识到，这是看到少年嬴政了。他们看到忽忽的金属脸上也有一丝平和温柔之气，知道他们这是进入忽忽的记忆场景了。

"我……我去很远的地方了。"忽忽对少年嬴政说。

"那你也不带我！"少年嬴政说，"我不是早就跟你说了吗，你接下来不管去哪儿，都要带上我一起去。"

"我带你，"忽忽说，"接下来我保证去哪儿都带你一起去。"

"我这几天特别担心你们走了就一去不回了。"少年嬴政说，"我发现我都没有办法联络你。你给我一个传信的方法好不好？"

忽忽点点头："好，待会儿我就教你。"

少年嬴政问："有一天你会不会彻底离开，一去不回了呢？"

"不会的，"忽忽说，"我们隔一段时间就会回来一次。"

"可是那个时候我就死了呀。"嬴政说，"孟子说五百年有圣人出，可我等不了五百年啊。你们能不能永远都别走？"

忽忽很温和地摸摸嬴政的脑袋，说："我们现在不走。等我们走的时候，我们可以带你一起走，如果你到时候还愿意跟我们一起走的话。如果你到时候不想和我们一起走，我就会教你怎么长生不老，让你可以一直等到我们下一次来。"

"真的吗？真的吗？"嬴政跳着脚蹦起来，"我可以学会长生不老吗？"

忽忽点点头："可以的，我答应你。"

少年嬴政挥动着双手，快快乐乐向船舱深处跑远了，消失不见了。

忽忽开始向船舱内部前行，它青铜金属的身躯有那么一点笨拙不协调，但是异常沉静而坚决。在它走过的地方，光开始亮起来，周围出现影影绰绰的事物，宛若千百人喧哗。

云帆他们四个人知道，此时最好能跟上忽忽的脚步，可以看见它记忆中人类历史的画面。在地球上，有些曾经存在过的事物消失了，虽然有一些遗迹文物可被挖掘，但是鲜活的记忆永远都不存在了。那些遗迹文物意味着什么，跟谁有关，当初曾发生什么样的事情，谁都说不清。他们对地球人类的了解，还远没有外星人清楚。忽忽它们的巡查队记录了人类历史数万年的点点滴滴，可以随时重现还原，而人类自身，记忆总是短暂的，连一代人都熬不过，常常是二三十年之前的事情就被人淡忘，宛若只有七秒记忆的金鱼。这样永远忘记过去的物种，又怎样在宇宙的永恒长河里生存呢？

当他们跟着忽忽向船舱里走，曾经遇见的刀枪剑戟、斧钺钩叉自然全都不见了，四个人成长的画面也不再出现，周围只有从前的历史场景，黄土弥漫，有推木车的人在辛苦劳作。忽忽的视角是在一座高高的神坛上，有女人提着水壶和祭品，登上神坛。接着又出现了大量金属兽类，奇形怪状，有的有九条尾巴，有的有三头六臂，就好像《山海经》中的神兽全都奔了出来。忽忽转头向他们解释道，在地球人刚刚学习金属冶炼的时期，还无法自己建模，于是它们就用了空气打印技术，把忽忽星球上生成的神兽设计，在空气里用冶炼的金属作为原料打印了出来。

在那些幻影和异象中，每个人都感受到一种庄严的肃穆感。这是千万年历史演进画面的缩影，一切的努力，所有的曾经，都化为了烟尘往昔。每一个人的生命如此短暂，每个朝代和每个文明的寿命，比起漫漫宇宙长河也算不上什么。而每一个人的面孔，在他的短暂生命中，都和今人的面孔一样，写着执着、希望、苦痛和妄念。

人就是这样穿越时间的。

走到一个地方，忽忽突然转身，像是刚刚想起了什么，摸了摸头说："你们是不是带着嬴政的任务呢？"

云帆点点头："对，我带着呢。"

"那我应该带你们到我们星球上，嬴政的任务只能到那边才能解。"忽忽打量他们说，"你们想不想跟我去一下呀？到我的星球。"

四个人听到这句话，心全都突突狂跳。忽忽的金属大眼睛一眨不眨地凝视着每个人，咧开很大的嘴巴总像是带着笑意。吉凶未卜、祸福未知，周围的船舱依然透露着神秘气息。四个人看着忽忽，又彼此相望，但谁也没说话。

第十四章　跃迁

"你们想不想跟我去一下呀？到我的星球。"忽忽再次问他们。

"当然想。"云帆首先回答，"我就是在等这一天。"

"怎么去呢？"齐飞问。

"就像我这样。"忽忽说，"我怎么来的，你们就可以怎么去。"

"我们也可以意识跃迁吗？"齐飞有一点惊讶，"不需要……嗯，什么大脑升级之类的吗？"

"需要，但是很方便，我就能做。"忽忽说，"我之前也做过好几次了。"

"这么容易吗？我以为这是很大的跃升。"齐飞依然想搞清楚原理。他不是不相信忽忽，只是觉得一件事情自己不想透，就难以接受。

"这件事啊，有好多个层次，"忽忽伸手指了指自己的金属脑袋，又指了指周围空间，"意识跃迁只是最低层次，这个我能帮你们做，再高层次的我就不懂了。到了我们工作站，你们还是直接问我们组长比较好。我现在就要知道，谁去？"

"我去。"云帆说。

"我去。"江流说。

"我去。"齐飞说。

"等一下，"常天问，"我想问问，如果我们进行的是意识跃迁，那我们的身体呢？身体还会留在这里吧？"

"是的。"忽忽说，"身体在补给舱里休眠，不过不会休眠很长时间，由于时间不通约，所以不会等长度对应，只要能拓扑对应——哦，按你们的话说，就是先后顺序不错乱——就没问题。回来的时候，身体只经历了一小段时间。"

"但是，在这个过程中，是不是需要有人照顾一下身体存放的仪器设备？"常天问，"万一中途身体补给舱出了问题，怎么办？"

"也不一定需要，"忽忽说，"反正出了问题你们也不会修。"

"啊？"几个人同时紧张起来。

"不过有个人照顾一下，还是有好处，"忽忽说，"身体设备本身就有应急修复方案，有三套，有自修复方案、船舱修复方案，还有万一遇到极端风险情况的抢救方案。若有一个人留下来看护一下也还是有好处，尤其是应对极端风险情况。"

"那我留下来吧，替你们照看身体设备。"常天对其他三个人说，"不过，去那儿你们就得自己管自己了，别打起来，别把人弄丢了，对陌生人别总耍贫嘴。"

其他三个人相互看了一眼，点点头。这幼儿园老师般的叮咛竟也无法反驳。

忽忽带着几个人沿着船舱他们来的路又走了一段，抬起手，触碰一面船舱壁，船舱壁上一道门赫然打开，向后退去。他们赫然发现，原来船舱壁上布满暗门，这也是一条可以通向中间圆心的通路。整艘龙船连成圆环之后，大概有多条辐条连到圆心，每一条都对应一道门。进了暗门之后，他们发现这一个通道内有多个沉睡舱依次排列。

忽忽带他们一路上升，在又一次接近中央球舱的时候停下来，打开几个沉睡舱的小门，示意他们躺进去。

"就连这些也是秦代修建的吗？"云帆讶异道。

"舱室外壳是嬴政帮我们修的，舱室里的微观电路当然是我们安排的。"忽忽解释道，"我们一般情况是这样：在星球上建造一样东西的时候，会请当地人建立工作坊，我们操纵信息子，进行全息显示。这样就能把任何部件的生产过程展现出来，工人参照去做就行了。包括零部件的设计和生产方法，都有全息展示。我们可以提供能量助力，让窑炉和炼炉能量级别翻几倍，这样一般冶金的质量都能提升。大工程建造我们也给能量助力，不需要很多人。船舱里的电磁电路，当然是我们自己排布的。其实这也不难，用信息子调制磁场，用高精度磁场控制电子电路，想要的功能就都能实现了。信息子和亮物质的交互作用其实一直都存在，做一个镜像输出，就可以捕捉人的思维意识并且做反向呈现了。这些都不是什么难事。"

"对了，我一直想问，"江流说，"你们的飞船是如何驱动的？能达到接近光速的速度。"

"哦，这个啊，用正反物质湮灭咯，"忽忽说，"这是最简单的法子了，因为不用带燃料。飞船一边飞，一边吸纳银河系里的法坤普桑粒子——哦，对了，你们还没发现这种粒子，它是一种很重、反应截面中等的超对称粒子，是你们还没发现的十五种暗物质粒子之一。其实你们对暗物质、暗能量的命名太笼统了，好像这就是两种东西，实际上，这里面你们还有至少三十几种主要粒子和过程没发现。——扯远了，法坤普桑粒子密度很低，但是自己就是自己的反粒子，只要收集起来，有合适的强磁场约束，就能发生湮灭，产生出能量。法坤普桑粒子湮灭的能效还是很高的。"

"怪不得！白矮星磁场的作用原来是这个。"江流点点头，露出敬佩的眼光。

"唉，不过啊，这些都是近距离飞行才能用，"忽忽说，"像你们两个星球，330光年，很近，就能用一艘飞船两边跑，飞船上的设备什么的，两边都能用。但是想飞出银河系又不行了，其他星系的文明，距离你们大概200多万光年，这种飞船就算用光速，也得飞200多万年。我们是受得了，但是飞船自身的物质受不了，还没飞出银河系就损坏得差不多了。只能再让每个星系或者每颗星球的当地人造其他副体。"

"那你们为什么一定要造副体呢？"江流问，"听起来很麻烦，直接用信息子超距交流不行吗？"

"没法交流啊。"忽忽说，"我们能用信息子交流，你们不行啊。"

"呃……"江流有点尴尬，"我是说，我看你们能远距离操控很多东西，什么都能自己操控，那为什么非要让人建造副本身体和飞船呢？"

忽忽想了想该怎么回答，说："这里面有两个原因，我一个一个说。首先呢，从能量上，如果我们只是显示图像和提供能量助力，让你们建造，消耗我们的精神能量是比较少的。我们若真的隔着宇宙控制你们的物质移山填海，不是不行，但要消耗太多精神能量。第二个原因呢，我觉得你们还是没完全理解，我们为什么要做这些事。我们跑到你们宇宙来，既不想要你们的物质，你们宇宙的物质对我们有什么用呢？也不是只想传给你们一些高科技，给你们高科技对你们有什么实质作用呢？我们要做的事情，是让你们文明的大脑智力进化，这样你们将来才能发展成信息文明，跟我们有信息上的纠缠互动和共同进化，所以得让你们学才行。在这个前提下，有实体的身躯和设备还是重要的，面对面交流，像这样，对你们还是重要的。"

云帆"扑哧"一声笑了："原来你们是来做教育的。怪不得你说话总像个小老师，'这个问题你来回答'。"

"别笑，"忽忽叉着腰说，"这都是很好的讲解。你们也就是遇见了我，要是我们组长，肯定没我有耐心。"

齐飞忽然想到一个问题："你今天说了无数次你们组长，为什么这次它没来呢？这一次你们巡查组只有你一个人在值班？"

"是啊，"忽忽叹了口气，"最近这段时间它们都顾不上我这里了。我们星球也有危机。想想以前每次巡查多热闹啊，最多的一次巡查组有三四十个人一起呢，副体穿越也有二三十人一起，在地球上待好久。最近两次就我一个人了，能做的事也不多了。"

"你说人最多的时候，是哪一次啊？"云帆问。

"你们公元前11世纪那次，来的人是最多的。"忽忽说，"那可真是热热闹闹的好日子。当时不仅是我们组的，隔壁组的人也来凑热闹，我们住在地球几座高山上，两个组在地球上还竞争打赌玩闹。后来过了好久，希腊人都还给我们写诗，纪念当时的时光。你们也有人写故事，但是你们的故事和希腊人的故事差得有点远。"

"你是说《荷马史诗》和《封神演义》吗？"云帆问。

"对，都是讲我们那时候的故事。"忽忽的金属嘴巴似乎也露出了微笑。

"宙斯、普罗米修斯和哪吒这些，是你们的故事？"江流问。

"算是吧。"忽忽说，"你们的命名系统有点乱。"

"那公元前 18 世纪呢？"云帆继续追问道，"大洪水的传说跟你们有关吗？"

"是我们的错。"忽忽说，"当时想在青藏高原那边做一个半永久的基地，我们远程操控建设，但是我师兄调能量密度没调好，直接导致能量过高，融化了两座高峰的冰川，在中东和中国造成了洪水。我们组长气死了，罚我师兄禁闭，我师兄想补救，就自己偷偷跑出来，以副体到地球上想办法。它用了一个有瑕疵的危险程序，能让地表附近一定范围内的信息子自复制，短时间内生成大量信息子聚集，带动周围亮物质聚集，起到快速移山填海的效果。它想用这样的方式镇压洪水。可是信息子是不可能这样自复制的，这是以消耗大量精神能量为代价的饮鸩止渴的做法，因为这个做法，差点把我们宇宙和你们宇宙之间的连接洞都搞坍塌了，精神能量的紊乱让空间曲率都扭曲了。结果我们星球上的长官震怒了，让我师兄受罚，我们组长只好把它送回到封闭疗养空间去了。后来地球上的洪水我还参与了疏通。唉，那一次啊，真是后怕。后来我们就出台了'不允许在巡查的星球上自行建设，只能与巡查星球沟通合作'这样的命令了。"

"哦……所以你师兄是鲧，盗了息壤，而你是禹？"云帆问。

"你们的名字太乱了，"忽忽说，"我每次到地球，都被安上不同的名字。还是不要给我乱起名字了。事情是我做的，但我还是叫忽忽好了。"

"那么，按时间算，中国最早的青铜器铸造作坊，在二里头，也是那一次你们干预的结果吧？"云帆问。

"嗯，当时是第一次和你们尝试合作工作坊。"忽忽说，"后来没想到能延续一两千年。即使换了执政者，工作坊的秘密也传承了。"

"嗯，"云帆点点头，"当时夏商周都有技术和礼制秘密，天下人都听说过，谁拿到了这套秘密，就能成为天下王者，所谓九鼎传承。秘密保护得很好。"

"是。"忽忽点点头，"嬴政的父亲，就是这么知道我们，联系上我们的。"

"对了，"云帆又想起一件事，"你们每一次都会有实体飞船和副体降落到地球上吗？"

"也不一定，要看情况。"忽忽说。

云帆说："我一直想问你，你们在1300年前后也来了是吗？以前每一次都还挺清晰的，埃及金字塔、中国青铜器、秦陵、玛雅金字塔，都是挺强的物质证据；一些神话和历史故事可以当作口头传承证据。但是从玛雅之后，好像就没有什么痕迹了。"

"不就是因为只剩我一个人了吗？"忽忽叹气道，"我一个人还能做什么呢？"

"所以你上次就完全没降落？"云帆问。

"也不是，我还是用了一个小球舱落下去了。"忽忽说，"我找了中亚沙漠一个人比较少的地方落下去了。副体是一个金属雕像，在刚才的球舱里你也能看见。后来我就遇到了马可·波罗，他正好从中国回意大利。一路上跟他聊天还挺开心的。我就跟他说，要他一定争取把散落到东方的数学书籍带回到欧洲，这件事影响很大。本来古希腊已经要做出突破了，结果重要典籍全都被抛弃了，散落到亚洲，如果不能重新捡起来，人类文明就发展不好。他答应我尽量多帮忙找找。后来我到了意大利，还见到了但丁，他也挺有意思的。我跟他说了好多，把我知道的都说了，比跟你说的还多。他这个人知识不如你们几个丰富，问的问题不多，但是想象力真是丰富，经常是我说一句，他就想象出十句诗歌，现场就唱。"

"原来是这样！"云帆长出了一口气，似乎心里一直以来堵着的疑难都疏通了，"怪不得学者对于文艺复兴的源头众说纷纭，关于夏代起源也是吵得不可开交。这些事情我隐隐约约也能猜到，但还是要听你说出来才懂。"

忽忽说："其实这次来，我是最没把握的一次。因为你们的文明，已经从崇拜期走到了膨胀期，这时候是最难交流的。"

"什么叫崇拜期和膨胀期？"云帆问。

"崇拜期就是一个文明幻想着有一种更高的力量，主宰着自己，希望获得外力的支援。"忽忽说，"一般都是文明早期，面对大自然天气都觉得神秘难解，任何神秘的力量都崇拜，遇到更高层次的文明，也会愿意接受指引和帮助。但是这种状态毕竟只是蒙昧状态。文明要发展，智力会越来越复杂，也越来越能驾驭自然万物。在刚刚能驾驭亮物质的时候，是最容易陷入膨胀期的，因为目力所及的一切都能为己所用了，就会觉得唯我独尊，什么劝诫都听不进去了。这种情况下，最大的问题还不是科技水平上的，而是心态上的。在膨胀期的特点是，所有人都只总结成功经验，既不看重过往历史，也不敬畏未知的未来，只享受自我的光荣。这种情况下，即使获得了技术支援，也是没办法进化的。"

"那如果我们没来找你，你本打算怎么办呢？"云帆又问。

忽忽想了想又说："这次来之前，我没想好要不要降落，因为你们文明发展到这个时期，我再简单说几句劝导的话，是不会有任何人奉若神明去听的。你们一定想看我拿出一些厉害的武器，希望我能直接授予你们一些武器。可那样智能是没法进化的。如果我不做，说不准还会把我大卸八块。但是大卸八块之后发现只是地球上制造的普通金属人，又会嗤之以鼻。"

"你这么一说，我觉得是这样的。"齐飞点头承认道。

"所以到了这个阶段是最不好办的，要看你们自己的造化了。"忽忽说。

"那你们费这么大力气培养文明结盟，岂不是很不划算？"齐飞说，"照你说的，大量文明都会死于自我争斗或者陷入停滞，你们费心培养，自己又能得到什么呢？"

"你们地球人也有风险投资，"忽忽说，"道理是一样的。可能能进化出来的文明很少，但只要有一个，就对我们帮助很大。到目前为止我们联盟有 831 个不同宇宙的文明，每一个模式都是不同的，信息纠缠产生了巨大的精神能量。其中有很多都是巡查组培养出来的。"

"已经这么多了啊！"齐飞叹道。

"我们还是去看看吧。"江流说，"咱们在这里一直问，不如去实地看一下。"

"我也这么想，"云帆说，"我的使命还没完成呢。"

忽忽点点头，又向沉睡舱示意了一下："那你们躺下吧。"

"那秦始皇让我带的信息？"云帆在躺下前问。

"你放心，"忽忽拍拍她，"自从你把正二十面体放到他的基座卡槽里，他的信息就已经传回去了。你只需要到那里亲自替他解封就是。"

听到这里，云帆点点头，安心躺下了。江流和齐飞也分别躺入一个睡眠舱，他们多少都有一点紧张，不知道接下来会面对什么样的事情。

"我先跟你们说一下哈，"忽忽站在舱门外说，"中间的连接和传输过程比较简单，你们可能最不适应的是到达之后的'驭物'环节，也就是靠自己的意识指挥一个不属于自己的躯体，最初会觉得什么都不是自己的，很难做到，但是过一会儿习惯了就好了。"

"待会儿我们要驭什么物？"江流问。

"等一下你们就知道了。"忽忽说，"跟我现在的身体差不多吧。"

就这样，三个人闭上了眼睛。他们能感觉到一种气体一般的光雾开始在周围萦绕，即使将眼睛睁开也什么都看不见，进而困意袭来，只想沉沉睡去。在睡去之前，他们能感觉周围的沉睡舱材料向自己贴合过来，触感竟似乎是柔和的，像无声的夜。

接下来的一段过程既快又慢。他们似乎进入了梦境，但又不是常规意义上的梦境，他们感觉周围的一切都不真实，像在梦里，但是自己清楚地知道一切都不是梦。那种感觉他们从未体验过，因此难以用语言描述。就是万事万物解离，自己也彻底解离，完全不再有"我"，哪怕连梦境中作为一个角色的"我"都没有了，只剩下与万物没有边界的意识碎片，飘浮、颠覆、破碎，然而又清醒。什么都连缀不起来了，自我的整体感似乎瓦解了。但是又能清楚意识到自己还在思考，说明一个连贯的自我意识还存在。这种感觉太奇怪了。

他们看见很多很多片段：一些以为自己已经遗忘的人脸，一些幼年上学时伤过自己的话，一些不愿意想起来的争吵片段，一些恐惧的角落，一些说不清道不明的东西，一些时光碎片。他们像是陷入了永远无法走出的记忆汪洋，被同时涌现的信息淹没、撕碎。

这个过程像是永无止境，又像是瞬间就结束了。

当三个人再次清醒过来的时候，他们先是看到巨大宏伟的建筑顶部。那是一座锥形建筑，圆形底面，斜斜的曲面墙壁，八道金色光柱伸向顶端，顶端是看不清细节的巨大光球。整座建筑或许有数百米高，因此看不清顶部，应该至少有地球上一两百层建筑的高度，但整体是完整的一座殿堂。

他们躺在自己的位置上，先被这样宏伟的气势所震撼，过了好一阵，才想起关注自身所处的位置，以及——身体。

江流先反应过来，尝试着抬动手臂。他像在地球上那样，大脑想了想要"抬"，但是，最初两次尝试，都没感受到任何实际的身体动作。后来他改换了策略，先放弃了抬的动作，而是尝试着先去感觉自己的身躯，尽可能觉察触觉是否还在。几次尝试之后，他忽然感觉到指尖和手臂的触觉了。这时候，他试着动了动手指尖，能动了，甚至接触到了他所躺的平面。这时候再想抬手，他发现真的可以抬起来了。

他把手抬到眼前，看了一眼几乎想扔掉。

那不是一只手，而是一只铁爪子。

他吓了一跳，立刻着急想坐起来，看看自己的全身。他又依照刚才的步骤，先努力感受身体每个部位，当有了触觉感受之后开始移动。好不容易能移动腿脚之后，他开始动身体，这是最困难的。不知为什么，这具身体感觉比他地球上的肉身沉重很多，即使四肢都已经能活动，想要撑起身体坐起来都很困难。

最终，江流好不容易侧过身子，找了一个可以发力的姿势，靠手臂——不，靠爪子——撑住身边一部分台面，才将上身完全直立起来。

这时，他看见了齐飞，或者说——应该是齐飞。

好家伙! 齐飞变成了一只龙。

是一只钢铁龙，或者不知道什么金属材料打造的龙，但不像地球上的恐龙，也不像龙船那种长长的龙，而是一只龙形兽，似曾相识。它有着龙头脑袋、尖锐的长角、头后的尖利刺，身上有鳞片和翅膀，尾巴粗壮。整体是由一种深蓝色发荧光的金属材料打造，鳞片和关节细致。江流于是有一点担心自己的驭物状态。他向另一侧转过头，云帆——如果是云帆的话——还没醒来，她看上去变成了一只金凤凰，也是金属质地，背后有翅膀，只是面孔并不是一只鸟，更像是一头小鹿，脚也是类似鹿脚那样可以奔跑的样子。

江流迅速伸出爪子，帮助齐天和云帆也都坐起来。

齐飞和云帆看到彼此的样子，也大惊失色。

"我是什么样子? "江流问。

他发现自己仍然可以发声，很正常的发声过程，只是说出来的声音和自己感觉到的发声有微弱延迟，细听起来和自己平时的声音还有细微差别。可见是经过了精细运算模拟之后的发声，应该是金属兽自带翻译和发声装置。

齐飞和云帆互相看了看，云帆先开口道："你和他……不好意思，我适应一下……咳咳，你和他看上去差不多。但是你的身体，是白色的，似乎更短一点，头顶的尖刺和尾巴上的尖刺，是浅蓝色的，比他的浅。"

"明白了。"江流点点头，"不过我们是在哪里呢？"

就在这时，从他们身后传来一个熟悉的声音："你们醒啦？还好吧？"

他们回头，看见一只麒麟奔进来。是真正的麒麟，肉身——或者说是类有机物质组成的——麒麟，虽然身体表面有坚硬的鳞片，但还是能看出来鳞片下面灵活而有弹性的有机体，和他们三个人的金属身体完全不同。这只麒麟是紫红色身躯、紫红色鳞片，但是背部的背甲和头顶的角有金色的尖端边缘，闪闪发光，十分好看。麒麟四肢和颈后戴有钢铁护甲，从他们身后奔过来，眼睛里的神色很喜悦，在他们身边绕了三圈才停下来。

"是我啊，"是忽忽的声音，"不认识我啦？"

"原来……你是……一只麒麟。"云帆说。

"嗯，"忽忽说，"我在地球上的时候，曾经把我的照片显示出来，给地球人看。没想到你们记了这么多年。"

江流点点头："怪不得孔子说麒麟天降圣人出，原来是照片。"

"你们适应得不错嘛，"忽忽说，"有些物种跃迁过来就适应不了。"

"这里来过很多物种吗？"云帆问。

"嗯，我们是联盟五大总基地之一，"忽忽说，"也是协作联盟中最早一批创立的文明。所以后来很多新晋文明都是经过我们这里建立了联盟身份。"

"那我们现在呢？要去哪儿？"江流问。

"你们跟我来，我带你们去见组长。"忽忽说，"我已经跟它说过了。它其实很喜欢地球。除了上一次和这一次，以前每次它都去了，而且主要的工作都是它安排的。你们还有什么想问的，都可以问组长。我们组长可厉害了。"

"喂，"江流说，"见你们组长之前，我还得找你理论理论。我们来以前，你不是说我们要驾驭的身体，跟你三星堆那个青铜人差不多吗？怎么变成龙了？"

"这不就是……差不多嘛……"忽忽说，它想了一下又补充道，"我说的差不多，就是拓扑意义上的差不多，你懂吧？只要有一个头、一个躯体、两只眼睛、一张嘴、四肢，以及一套智慧中央控制系统——大脑，这就是差不多啊。所谓拓扑相同，就意味着能把你们大脑和神经控制的每一点，都映射投影到新的身体上，这就够了啊。怕就怕你有六条手臂，有五个感光器眼睛，或者身体里除了消化道还有其他从上到下打通的管子，这样就没法映射了。这你们懂吧？"

"理论上是懂了，"江流坦诚道，"但还是气你不早点说。"

齐飞一边从坐着的台子上下来，一边问忽忽："你们是怎么选择跨越宇宙之后所驭之物的？难道随便什么东西都可以用意识驾驭吗？"

"当然不是。"忽忽说，"能驾驭之物，必须事先准备好，做预处理。要在物体表面加上一层超薄碳纤维膜，以信息子驾驭电磁场，电磁场控制碳纤维膜，就像是物质表面的一层神经系统。我们这都是文明的驭物。有一种最野蛮的驭物，是直接驾驭对方文明大脑……"

就在这时，忽忽还没说完，锥形大厅一侧的巨型大门就打开了，一股气流从门口涌入，走进来一只体形更为庞大的麒麟，从面部看来更年长更沧桑，身上的硬质护甲也更有气势，头顶戴着坚硬的头盔，头盔后部有长长的变色尖刺，或许是某种攻击设备或通信设备。

它进入大厅里，直接来到忽忽跟前，它和忽忽头上的角都亮了起来，从忽忽的身体动作看得出来它开始变得紧张。

当忽忽和年长麒麟沟通结束之后，它转向江流他们说："这就是我们组长，特艾略迪达特鲁艾斯卢克来钦艾米霍起乌斯林林特·米艾儿·杨斯乌提组长，是我们李鲁霍曼星球最高荣誉勋章获得者，三级指挥将领，林特霍伊埃尔兰达斯朴图特乌埃提学院高级导师。"

"特……特组长好。"云帆伸出翅膀，向年长麒麟说道。

"认识你们很高兴。"特组长发出浑厚有力的声音说，"我已经听说了你们的事情，地球其实是我最喜欢的星球之一，本来这次应该带你们好好参观一下的。但是今天没有太多时间带你们参观了，我们已经进入了0级战备状态，随时可能面临大战。如果能侥幸逃过一劫，下一次一定请你们来好好游览一番。"

即便特组长的声音已经尽量维持平和稳定，但还是能听得出来它话语里的严肃和紧张。很奇怪的是，跨越不同宇宙、身处不同星球、外观完全不一样、靠翻译器听懂彼此语言的两个物种，却能毫不费力感受到对方话语里的情绪状态。特组长的忧心忡忡通过每一个空气分子传递过来，让三个人心里都沉甸甸的，不太好受。

"请问您，今天您的星球遭遇到什么威胁？"齐飞主动问道，"有什么我们能做的吗？"

特组长摇摇头："吞噬文明来袭，你们能做的几乎没有。它们文明等级比我们还要高，我们硬拼不过，只能尽自己的努力。"

"文明等级指的是什么？文明等级高，为什么还会吞噬？"江流问。

"没时间解释了，你们请跟我这边走，"特组长头上的角指向另一侧的一道门，"我现在带云帆女士完成她接受的嘱托，然后你们还是早点返回地球为好。……等一下，"特组长站定脚步，回头问，"返回地球……你们有可能帮我们带一点东西回到地球吗？"

"当然可以，您尽管提。"齐飞说。

"太好了，那还有希望。"特组长说，"事不宜迟，还请你们多协助了。大恩不言谢。"

"哪里的话，"齐飞说，"你们星球在过去历史上帮助我们这么多次，我们也总该尽绵薄之力。"

特组长点点头，示意他们跟随它走。江流和云帆于是都从刚刚坐着的平台上下来，和齐飞一起，迈着还不太适应的、属于神兽的蹒跚步子，跟上特组长的步伐。

特组长带着忽忽和他们三个，走过一段走廊，拐过两个弯，穿过一道门，来到一片开阔的玻璃穹顶下的花园。整片花园里绿草如茵、树影婆娑，十分美好，约莫有两个足球场大，中间有十几朵红色的花朵，看上去有点像玫瑰，但是花瓣比玫瑰小，更柔弱透明，也没有刺。每朵花之间都空出很大距离。

特组长抬起前爪挥了挥，有一朵红花从绿草中飞出来，径直飞到它身旁。这朵花的花瓣和枝叶都略显透明，能看到其中液体和气泡的流动，而它的根系完全发着青蓝光，没有带一丁点泥土。

"这片实验田，我经营很久了，"特组长说，"好不容易获得这款怜惜花，我不愿意让它就此灭绝。你们能不能带一株到地球？如果这次大劫难我们挺过去了，就还麻烦你们帮我带回来。如果这次我们躲不过去，就麻烦你们在地球替我好好照看它。"

"这朵花有什么特别的吗？"齐飞问。

"当然有。"特组长说，"其实基本上每一颗行星首先利用的能源都是其恒星的。只有在星际旅行和宇宙间航行的时候才会利用其他星球的能量。所以我们需要看一个文明对恒星能源的利用效率，来判断它到达初级文明的第几层。你们在地球上用到的能源几乎都是太阳能。除了核能占极小一部分，剩下的主要部分都是靠光合作用固定的恒星能量。你们日常靠植物的光合作用生成食品，这些食品供给动物和人类进行能量扩散，人类吃饱了饭，可以进行大量活动。燃烧煤炭和石油，使用的则是光合作用固定的二次能量。烧煤生成电，整体上并没有新的能量产生，只是把一部分太阳能靠植物转化为煤炭，又转化为电能。所以光合作用效率，是你们这颗星球文明最核心的能源利用效率。

"你们在探索风能、水能这些能源利用，固然没错，但是其他大多数文明都采取了提升光合作用效率的方式，来整体提升星球能效。你们的光合作用就是使用了叶绿素一个中心，这是一次突变的偶然结果，后续一切能量过程都是叶绿素利用的延伸。我这朵怜惜花的能量效率，是你们地球叶绿素能效的一万倍以上。

"这也就意味着，如果怜惜花里面的能量中心分子在你们地球上普及，你们日常生活的绝大多数能量问题都能解决。而且更重要的是，怜惜花的根能长得非常长，我当时培育它，是希望它的根系能贯穿我们星球地表之下的每一寸，它的根具有独特的信息记录功能，可以在离开原初环境之后，依然复刻我们星球原初环境的所有信息。

"这样，万一我们需要在别的地方重新建立家园，"特组长说话的声音变得有些惆怅，"它可以带着原始家园的所有地表信息，而且提供最初的给养。"

"我懂了。"齐飞伸手接过这朵长得有点像玫瑰的怜惜花，"您放心吧，我们一定保护好它，待到危机过去，早日完璧归赵。"

"不过，"江流问道，"我们刚才听说，所有的跃迁都只能是意识跃迁，不可能以真实实体跨越宇宙，那我们怎么把这朵花携带回去呢？"

听到这话，忽忽连忙插嘴道："不是只有意识跃迁，也可以有实体跃迁。我之前说的，意识跃迁是最低层次的跃迁，但也可以有更高的层次，打开宇宙虫洞。"

"那要怎么做呢？"江流问。

江流觉得有一点受骗上当，如果早说可以本体跃迁，他们又何苦变成龙的样子呢？

"需要精神能量超强的个体。"忽忽说。

然后忽忽转向特组长，等着它的补充，特组长点点头，说："宇宙跃迁，建立的原理是纠缠等于虫洞，这一点你们星球上也有独立的科学家发现了。"

"我们星球也有人发现？"江流惊讶道，"我学了这么多年，怎么没有听说过？"

"是你们太阳历2010年代两个科学家提出的，后来到了2030年代，因为缺乏观测证据，逐渐被人淡忘了。现在偶尔还有人讲，我说的'纠缠'和'虫洞'两个词，都是你们科学术语体系里的词，你仔细想一下，你们是有这方面理论的。"特组长说得坚决有力。

"哦……我想起来了，"江流说，"我应该是在文献库里看过。是'ER=EPR'那个理论吗？也就是EPR佯谬提出的纠缠作用，等于爱因斯坦 - 罗森桥？"

"对，是这个。"特组长说，"我有关注你们的学术动向。这个理论是最接近真相的一个。纠缠，就是远距离联通。只不过，你是没办法让两个宇宙之间的亮物质发生纠缠的，亮物质本身就是被宇宙隔离的。

"只有信息子能跨宇宙纠缠，打开虫洞。但是通常情况下，远程信息纠缠也只能跨宇宙传递信息，不能传递物质，例如你们的大脑信息可以被传递到我们宇宙，但是身体过不来。只有一种情况是特殊的，就是产生信息纠缠的装置本身接近宇宙虫洞连接点。这种情况下，纠缠将无限模糊两个宇宙之间的分界，产生一瞬间的真实虫洞，让纠缠装置跨越宇宙。

"只不过有一条难以突破的法则：以精神能量驱动的仪器装置，打开的虫洞大小没办法让自身穿越。这就好比你们的永动机难以实现法则，你不可能用电驱动，造出更多电。只有智慧生命体的大脑是精神能量源源不断的生产者——这也是为什么我们把信息子的能量叫精神能量，因为生命意识是它最大的生产者——所以只有精神能量强的个体，靠个人精神意识产生的纠缠，能把自己传过去。"

就在几个人听得似懂非懂，正在努力消化的槽懂中，特组长说出最后的结论：

"我想把阿罗司空，"它指指忽忽，"和这朵花送到你们宇宙去。你们能照顾它们一下吗？"

"什么？"忽忽大惊失色道。

特组长说："最后的时刻要来了，我总要保存一些希望。"

第十五章　使命

"组长，"忽忽说，"我不走，我要和你并肩作战。"

"这是命令，不许反驳。"特组长说，"你这是保存我们星球文明的火光，意义重大。"

忽忽犹豫了一下，松动了："那什么时候走？"

"应该最多还有 8 个朱诺时，攻击就要到达了，"特组长说，"我们先带云帆完成使命，然后你准备一下，立刻就走。"

"收到！"忽忽站直了身体，头上的角出现了红光。

特组长转身对云帆几个人示意道："我们这边走吧。"

特组长继续带几个人从穿顶花园出来，沿一道长廊向建筑的另外一侧走去。沿途，他们看到更多匆匆忙忙的李鲁霍曼星人——或者说麒麟——在紧张奔忙，进进出出。多数都戴了坚硬的盔甲，头后和背甲附近有尖刺，不知道是要准备近身战斗还是防护。

李鲁霍曼星的建筑有相当整齐的设计风格，是各种不同类型的几何体——圆柱体、圆锥体、四棱锥、五棱台，各式各样。外墙一般都很平整，有和青铜器类似的花纹。建筑一侧延伸出与它们身上的盔甲尖刺类似的尖刺状结构，不知道是出于审美还是功能要求。在建筑与建筑之间，全都有长廊相连，非常像龙船的结构造型。整体看上去浑然一体。

向前走的过程中，齐飞走到特组长身边，问出一个他一直感兴趣的问题："这段时间听信息子和精神能量，觉得很有意思，那么人工智能信息是不是也能生成精神能量呢？"

"你指的是计算机产生的智能对吧？"特组长回答道，"可以。"

"那能不能让计算机成为最主要的精神能量生产者呢？"

"哦，那不行。"特组长摇摇头。

"为什么呢？"齐飞讶异。

"因为计算机智能是二次智能啊。"特组长说，"还是像之前说的，太阳能转化为生物能，再转化为煤炭石油化学能，再挖出来转化成电能，最后发的电不会比最初的太阳能还多。这是物质的能量转化。你用人类大脑生成的思想，转化为计算机算法，再把人类数据输进去，作为信息物料，最后加工变为输出，不管中间怎么算，最后的输出不会比你们最初大脑里的信息更多。"

齐飞想了想，反驳道："但是最近这几年 AI 确实生成了不少人类没有输入的结论。"

"那你想想，你们铺进去多少新算法，多少新数据，这些算法和数据不是人类大脑产生的吗？最后计算机只是输出了一个你没见过的新结果，但是智能总量并不比你们输入进去的更多。你们给的算法、图像、文字、语音输入，全都是人类大脑精神能量的输入。"特组长叹了口气道，"我看到你们执迷地想要用自己写的算法，生成一个比自己更智能的存在，就像看之前执迷想找永动机的人一样。"

"那大脑为什么能源源不断生成新的信息和精神能量呢？"齐飞困惑道。

"因为大脑是宇宙自然生成的，是自组织的。"特组长说，"这说来就话长了。可惜今天没时间了，不能跟你展开讲，如果这次我们大难不死，下次见面我跟你细聊。"

特组长停下不说了，因为他们已经来到一扇高高的大门前。特组长的双角变了变颜色，大门就缓缓向后打开。大门是非常高大厚重的金属门，门板厚度接近一米，想必是带有某种保护的作用。金属门上有雕花，方形向内旋转的主要纹路，曲线缭绕的次级细节纹路，都可以看出地球上一些纹饰的些许影子。金属门向后打开无声无息，丝滑流畅，露出宏阔而清冷的内部殿堂。

殿堂是钟形，有完全中心对称的地面花纹。四周的墙壁上，是暗蓝色的宇宙星空背景，有一个一个亮起的光点和光点之间的连线，很像是地球上的星座图。但江流和齐飞都想起忽忽给他们看过的多重宇宙全息图，知道这里的光点必然也代表一个宇宙，于是猜想之间的连线表明了宇宙之间的联通关系。

几个人走进殿堂，氛围一下子肃静了，连空气都仿佛变得冰冷。他们仰头，望向上百米高的穹顶，穹顶的几缕天光映照在四周宇宙背景的墙壁上，他们又一次被深深震撼。

"这里是联盟会堂。"特组长说，"所有 831 个不同文明，都在墙上有所体现。"

江流、齐飞、云帆一直举目看着，谁都没有说话。

"每一个文明新加入联盟时，都会在这里举行纪念仪式，将代表文明的宇宙之光刻上。退出联盟的时候，墙上的光点也会相应消失。"特组长继续解释道，"一旦开启文明之间信息纠缠通道，日常交流都会直接以纠缠的方式进行。但这里还是会进行联盟重大事项的宣布，以及其他重要纪念仪式活动。"

说着，它站到大厅中央，向圆心——所有圆圈形图案汇集的中心——伸出前爪轻轻点了点，圆心地面旋转上升，立起一座小小的塔形雕塑，大约有半人高，半米左右直径，四周绘制了和墙面一模一样的宇宙连线图，十分精巧。

特组长示意云帆道："来吧，就在这里。"

云帆轻轻上前，问："那……那些信息？"

"已经传来了，"特组长说，"但还需要你来开启。这是嬴政自己的意思。"

云帆点点头，上前，将翅膀覆盖到小塔上方。她此时的形象十分特别，像一只金凤凰，有着优美的身形和长长的翎毛，但又由于是金属构件组成的身体，加之异常严肃神圣的姿态，又有某种令人敬畏的硬朗。江流和齐飞想象不出，如果是云帆的本体站在这里会是什么效果，也许这只凤凰副体恰好是执行这次任务最好的化身。

只听云帆的声音轻轻念出："朕亡，亦将身化龙魂，佑我华夏永世不衰。"

这句话音量不大，但是一字一顿、字字清晰，在安静得无一丝声响的大厅里，仿佛清灵弹奏的乐器，声音直升云端，回音缭绕，颇有震撼的味道。

这句话说完，小塔雕塑上方开始亮起光芒，一圈，又一圈，从中央如水波纹荡漾开来，光芒竖直向上，组成一环一环的光的基座。接着，在这光的基座中央，出现了一个人影。在强烈的光线里，最初并不明显，后来人影越升越高，升到三四十米高，像一尊巨大的佛像，这才能将人影完完整整看清楚。

是秦始皇没错了。

虽然云帆、江流、齐飞没有一个人见过秦始皇，但不知道为什么，一旦看清这个人影，他们就知道一定是秦始皇。人影没有戴皇冠，也没有穿龙袍，只穿着一件很朴素的黑色长袍，边上绣着金色的水纹。头顶高高地梳了发髻，唇上有些许胡须。脸型是瘦长的，但不是那种皮包骨的精瘦，而是如刀斫斧凿般有棱角。单眼皮的眼睛细长但目光锐利。

这时，只见特组长走了几步，来到中心圆圈区域外，一道光从屋顶的某个角落打下来，打在特组长身上，接着，在圆圈中心区域里，秦始皇正对面，出现了特组长的全息影像。它原本比一人略高，也就两米有余，全息影像捕捉投影之后，也变为三四十米高，和秦始皇的影像刚好四目相对。

"嬴政，你来了。"特组长开口道。

"师父，嬴政来迟了。"嬴政伸出手，拱手致礼。

"是这个姑娘送你来的，"特组长示意云帆，"她现在以副体现身，你认不出她的人形。但她是一路从秦陵护送你至此，你应该说一声谢谢。"

"感谢姑娘之义。"嬴政低头对云帆说，"你可姓云？"

"是。"云帆说。

"云达是你父亲，抑或祖父？"嬴政问。

"祖父。"云帆说，"自你与他相遇，已经过去57年。"

"比我预料的时间迟啊。"嬴政叹息道，"云先生可还好？"

"不好，一点都不好。"云帆的声音忽然有一点变调，听得出是有情绪涌上来了，"我祖父五十五岁就患病去世，当时我还没有出生。"

"哦，不知云先生所犯何疾？"

"我祖父得的是癌症，我怀疑他是每日接近某些危险放射源，受放射线过量照射而患癌症。"云帆说，"我祖父逼我父亲从小就立下重誓，今生今世尽一切努力必须帮你完成你交托的任务。你知道这对我父亲意味着什么吗？我父亲必须花他一生的时间来寻找线索。你给的线索那么少，那么模糊，时间又过去了两千多年，怎么能找得到外星人到来的时间地点？我父亲把他能想到的线索都找了个遍，考古的、历史的、神话的、科学史的、地理的、人类学的、天文的线索，他几乎学了五六门学科的博士课程，长年不回家泡在图书馆，梳理那些含混不清的史料，想判断每一次外星人到来的时间地点规律。我家里贴满了无数小纸条，都是我爸爸打印下来的各种考古证据和历史事件记录，我小时候最怕见到这些了。对于你来说，可能觉得这就是区区小事一桩，但是你知不知道这对于一个家意味着什么？当一个家里有一个人——还是这个家作为顶梁柱的父亲——一直沉浸到心魔一样执着的事情中，这个家的母亲和孩子，就没办法好好生活了。我妈妈从我很小的时候就工作得很苦，因为她的收入差不多是支持我们全家生活的唯一来源，接送我上下学也都是我妈妈的事情。最后当我爸爸被世人嘲笑、被学校开除，那只是压死骆驼的最后一根稻草，我妈妈在之前就不堪重负了。……这些事情，你都知道吗？你的一句话，就等于毁了一家人的一辈子，你知道吗？"

云帆说着，有一丝丝哽咽。

嬴政一直无言地听着，最后才说："对不起，我不清楚这件事这么难。"

"我来，其实就是想要你这句对不起。"云帆说，"我没有我爷爷和我爸爸那么重承诺、守信用。我只是看到我爸爸一个人孤苦伶仃为你而死，太可怜了，后悔为什么我没有早一点帮他。我答应帮我爸爸，是因为我想赎罪，想让他在最后的时光中安心，但是也更是想当面跟你说出这些话。我想让你知道，别人为了完成对你的承诺，付出了怎样的痛苦和矢志不渝的坚决。这可能就叫'一诺千金'。我觉得我爸爸值得你一句对不起。"

"对不起，向你家人道歉。"嬴政并未争辩，而是沉静低缓地说。

"阿政，"特组长说，"你有些变了。"

嬴政微微颔首："在地球上已经经历两千余年，如果还是当初心性，岂非浪度时光？"

云帆一口气把想说的都说了，情绪稍稍平和了一点，问："我可不可以最后再问几句，始皇帝，当初你带我爷爷进入秦陵地宫，他看见了什么？他为何从此以后百死无悔地要帮你完成嘱托？他又为什么坚决不同意我们申请开掘地宫？"

嬴政沉声说："我只是带他看了地宫中诸子百家的论辩之影。"

"诸子百家？论辩之影？什么意思？"云帆不解。

"我当初曾经请诸子百家各家优秀学者，在秦陵完工之前进入地宫，在地宫中论辩学问，讲述道理，以信息子记录所有学者论述，分外精彩。"秦始皇解释道，"我带云先生进去参观的时候，他亲眼见证了信息子留下的记录影像，历两千余年而不消逝，于是相信我对他说的都是真的。"

"所以你当初不是焚书坑儒，而是请入地宫论辩？"云帆问。

"你从何处记载，见我焚书坑儒？"嬴政问。

"历来皆知。《史记·秦始皇本纪》中如是说。"云帆答。

"后世著史，目的颇多。"嬴政哼道，"即便如此，司马迁小子，也未曾书写一次'坑儒'二字。再至后世，以讹传讹者颇众。"

"那你聚集的诸子百家学者，后来各自去向何方呢？"云帆问。

"一半终老于秦陵，一半与扶苏共赴塞北长城脚下隐居。"嬴政道，"终老于秦陵者，我亦在地宫中安排其陵寝。"

"那你为什么要这么做呢？"

"师父教我，文明之根基，在思想交流。唯有思想交流，可生成永世不竭之精神能量。"嬴政又向特组长拱了拱手，"我想囤积精神能量，供千秋万代后世利用，可成中华文明之宝藏。"

云帆点头表示理解，但稍一思量又问："但是此等增强精神能量的好事情，你为什么要秘密在秦陵地宫中进行呢？为何不能公开在大堂上、广场上，在咸阳人流最密集的地方做呢？让所有人看到不是才能激发最多精神能量诞生吗？"

"当时之人难以理解，"嬴政说，"我需蓄力至众人可理解之日。"

这时候，特组长插嘴道："阿政，你难道不想讲一下你的兵马俑计划吗？这几位可以说是你的直接后人。"

"算了吧。"嬴政说，"我已经放弃了。"

"但是如果不说，他们又岂能理解你当初的安排？"

"当初的安排……"嬴政似乎叹了口气，"还是我太妄自托大了。"

"也不能这么说，"特组长说，"你当初，刚好在抉择的边缘，犹如一张纸牌，可能倒向这边，也可能倒向那边。不经历这一切，你也不会甘愿做现在的选择。我觉得你还是讲一下，作为你的后人，他们有权利知道。"

"好，"嬴政说，"那就听师父的。"

接着嬴政低头，转向云帆他们三个，说："你们都是从地球来的吧？你们可知我为何要设置如此多测试环节，甚至到最后一步，都一定要信使讲出我的留言才能解锁？"

"不知道。我们也想问。"云帆答道。

"我的设置，本为了华夏千秋万古基业而设，"嬴政又叹了口气，"因此必须保证来人是我的后人，而且必须保证来人是我所托之人，按照我所托之语讲出，我才能将事业托付此人。这是我两千多年前的设计，也是我那个时候打的如意算盘。"

云帆轻声问："那你想托付的，究竟是什么事业呢？"

"引更高精神能量，以兵马俑为副体，平定天下。"嬴政平静地讲出来。

只听到江流扑哧笑出了声，开口问："那后来为什么放弃呢？是不是发现兵马俑的战斗力太弱了？"

"你懂什么！"嬴政嗤之以鼻，并不以为然，"你没见过驭物之术，以精神能量灌入，便可成就刀枪不入、飞天遁地之绝世神功，与所驭之物强弱无关。"

"我没见过驭物之术？简直笑话。"江流笑道，"我若没见过，我现在这身装扮是什么？难道我在地球上就是这样一头怪兽吗？我现在能刀枪不入、飞天遁地吗？"

"那是因为你精神能量不够强，不是因为所驭之物不够强！"嬴政说。

"好了，还是我来解释一下吧，你们这样一来一回，永远也解释不清楚。"这时候忽忽插嘴道，"你们所讲的事情，我都是见证者，没有人比我更清楚事情的来龙去脉了，还是我来讲吧。如果有讲得不对的地方，还请嬴政和组长帮我补充。"

"好，大忽啦，你说吧。"嬴政说，"事到如今，也只有你们了解我了。"

于是忽忽开始讲："当年我们刚到地球的时候，秦始皇即位不久，他还没有称霸天下，就听我们说了文明进化原理。所以，从他平定天下，当上皇帝的那一刻起，他就开始计划要让文明升级，要平定整个地球，要让人类也加入宇宙协作联盟里来。那个时候他只能掌控华夏大地，于是他统一了文字、车轨、货币、度量衡，他知道这样就能让中华大地融为一体，长久不衰竭，产生出最多思想和精神能量。但是他还没有办法平定更广阔的地球人类空间，因此希望我们能帮助他，让他的生命一直延续下去，延续到他能统一全人类的国家和语言为止。我们当时建议他的是，让他的精神意识直接进行跃迁，然后就被永久保留在李鲁霍曼星上，这样他也能相隔宇宙一直观察地球的发展。他并不愿意。他仍然希望自己能作为一个角色，生活在地球的舞台上，直到他觉得做好了准备，可以平定全天下为止。所以后来我们把他生成一种叫作木化石的物体，可以用最缓慢的新陈代谢，支持一个人活好几千岁。

"当时嬴政的打算是，建造足够多的副体，等到自己认为已经足够强大、时机到了，就让人远程操控这些副体，重新建立一支战无不胜的军队。他除了建造了你们已经挖掘而且对外展示的兵马俑队伍，在秦陵封土下还有更多兵马，此外还在地宫里建造了大量机关兽，就与你们目前所驭之物类似。嬴政是极聪明之人，最初造金属机关兽的方法是我们所授，但后来他自己命聪明匠人日夜研习，竟自行研制出多款我们不曾教授的机关兽，个个灵巧凶猛。他刚刚说的是对的，并不一定需要所驭之物达到极高科技水平，只要驭物之人的驾驭水平极高就可以了。像你们所见到的龙船，也是秦代事物，今天依然可用。重点是，信息子对电磁场和光子这样的轻子有简单直接的影响效果，可排布微观电路。

"当时嬴政和我们的约定是，他找寻到可靠之人为他送信，如若他打算发起最后攻势，那么送回的信物会是箭镞的形状；如果他放弃发起最后攻势，他会送回保留他个人意识信息的二十面体信物。如果他送来的信物是箭头形状，他就拜托我们帮他开启他所有精兵的意识信息，并拜托组长以高级驭物之术，助他一臂之力。"

"什么？他的精兵的意识信息？"齐飞讶异道。

"是啊。"忽忽点头道，"所有制作成泥塑雕像的士兵，都存有意识信息，有方法开启。你难道没发现那些泥塑士兵个个不同吗？当时我们教他一种可降解材质的配置方法，用这种材质可以很方便贴合每个人外形制作模型，再将陶土贴在外面制作雕塑，最后将此材料溶解，原理与失蜡法极像，只是材质本身更容易贴合人体。这些士兵都进行了脑信息的数据采集，存储在我们这里，如有需要，可以唤醒，每人驭物，可驭自己之身躯雕塑。"

"所以……"齐飞思量道，"秦始皇原本的打算是，让特组长帮他以高级精神能量助力，他指挥秦军，在两千多年后继续平定天下？"

"这是他的计划一。"忽忽说，"你们执行的是计划二。"

"为什么最后放弃计划一了？"齐飞问。

"这我们还是请本人说吧。"忽忽转向嬴政，"剩下的还是你自己说吧。我们也已经很久没见过了。"

嬴政点点头，但没有直接回答，而是面向高大的特组长影像问："师父，我问你一句话，还望务必真实告知。"

特组长颔首道："你问。"

"你是不是，从来都没打算真的助我大战？"嬴政问。

"为什么这么问？"特组长反问道。

"在地球两千多年，也见了太多事，"嬴政说，"对你们来说，地球上发生的事情都是倏忽一瞬。但我不一样，我这两千多年日夜浮于东海上方，举目能看见整个巍峨陆地，繁华热闹我见过了，满目疮痍我也见过了，残忍杀戮我见过了，顽强不屈我也见过了，置之死地而后生我见过了，一时膨胀而后死我也见过了。什么都见过，对一些事情的想法自然不同了。我开始回忆你对我说过的话，有好多话，在当时听的时候不以为然，时间久了，才明白其中的意思。"

"你想了哪些话？"特组长追问道。

"你对我说过，追求一人万世独大，是危险的事情。"嬴政说，"我在少年意气风发时，怎肯听这般教诲。我当时只以为你说的是我做不到，我中途会失败。"

"那你现在如何理解呢？"特组长很平静地问。

"我现在才明白，你说的危险，是指无路可退。若走上追求唯我独尊之路，这条路是无法停止的，中途既不得进，亦不得退，总有强弩之末的一天，而唯我独尊的追求却永无尽头，因此早晚有一天如孤魂野鬼，困死在一时荣耀的山峰，却尸骨无存。"嬴政稍顿了一下，说，"以我的心性，若你说我做不到，我定是偏要做给你看的。我一生一世，还没有说到做不到的事情。因此当初你们离开的时候，我依然抱着执念，心想着自己要长生日日思考，思考永远胜利的战术之道，待我想清楚，你们定然会对我刮目相看，助我完成大业。可是，我没想到我思虑到最后的结果是这条路不值得再走了。直到这时候，我才想起你曾经说过的吞噬文明。"

"是。"特组长点头道，"宇宙里现在有许多个吞噬文明，它们皆走到了一人独大之路。走到了这一步，就无法停下了。"

"它们的命运是怎样的呢？"嬴政问。

"一个文明发展到一定阶段，就需要文明智能的整体升级。"特组长声音沉缓而有力量，"文明智能整体升级有两种方式：一种是文明内个体的大脑思想联通，组成高度复杂的信息网络，让新信息的生成整体提升数量级；另一种是文明内争斗升级，最终有超强个体习得了吞噬其他个体精神能量，让其他个体被自己控制的方式，扩大自己的意识边界，这就产生核爆一样的正反馈效果，超强个体吞噬的精神能量越多，个体就越强，发展到最后，就是以一人之意志力吞噬了整个星球的意识，操控其他所有个体。这样的超强个体，比一般星球上的普通个体强很多倍，可以凭自身能量打开虫洞，到其他宇宙肆意掠夺。在最初几个文明阶段，这样的唯我独尊和肆意掠夺是很过瘾的，但是宇宙之大，宇宙之多，近乎无穷，会使得后续掠夺越来越难，而吞噬文明是单体意识，缺乏新信息产生能力，如果不持续掠夺扩大自身，就会逐渐枯竭，因此吞噬文明在半路枯竭也不在少数，极少能发展到 5 级以上。"

"那这些文明，意识不到后续将陷入的危机吗？"嬴政问。

"唯我独尊，是太强的诱惑。"特组长说，"一个文明，需要每一个体都有清醒的认知，抵抗这种诱惑，并不容易。你们文明的命运，也曾掌握在你的一念之间。加之宇宙里又流传着一个传说，说最早达到发展顶峰的就是吞噬文明，最古老的吞噬文明已经发展到和自身的宇宙合一，可吞噬其他宇宙的地步。虽然最终以爆炸结尾，但像这样的传说，对很多星球文明也是蛊惑。"

"那这个传说，到底是不是真的？"嬴政继续问。

"不知真假，也不可考据。"特组长说，"但无论真假都不重要，重要的是，一个文明要从一开始就做出选择，要走的是哪条路，个体之间要保持什么样的态度。有的时候，是有一些吞噬文明比我们协作文明中的任何一个发展都快，产生了极大威胁。但如果一个文明知道自己的信念是什么，为什么选择，就不会因为一时发展的快慢而产生摇摆。"

"所以……"嬴政想了想，"重点是要给每个个体加以限制吗？让个体有边界？"

"恰恰相反。"特组长说，"就是边界才让人有领地意识，才有因你多我少而引发的争夺，才有对扩大边界的热望。协助文明的信念其实不是划清每个人的边界，而是建立每个人的关系。"

"关系？"

"是的，每个人和每个人之间的关系。只有当两个人有了精神上的关系，才不会吞噬。关系和边界的区别在于，关系可以让两个人同时加强，边界只有你多我少。"

嬴政有片刻没有说话，像是在思量，眉头微皱。

"你在想什么？"特组长问。

"我在想一句我从前完全不认可的话。"嬴政说。

"什么话？"

"仁。"

就在这时，他们所有人都感觉到脚下一阵震动，宛如地震。呈现嬴政影像的小塔也微微晃了几下，这让嬴政的影像发生了很大幅度的摇晃。

"不好，提前到了。"特组长发出一声低喝，"阿政，只能先停止了。如果这次大难不死，师父陪你聊三天三夜。"

他收敛了自己的投影影像，又拂动小塔，收敛了嬴政的影像，让小塔回收进入地面。

接着，特组长示意众人跟上它，快步带着大家出门，沿来时路走去。不知道为什么，路上的所有物体都向路的一侧滚去，就好像大地发生了倾斜一般。

"时间不多，我需要迅速带你们进入跃迁。"特组长的声音又快又严厉。

江流略有不解："为何这次你们如此如临大敌？此次来的敌人很强大吗？"

"是。"特组长说，"这是我们遇到过的最强对手，大约到了8级。"

"一路上都在听文明几级，这到底是什么意思啊？"江流一边快步走着，一边问，"5级是什么意思？8级又是什么意思？是指精神互动层次吗？"

"还不是这个意思。"特组长说，"这里的级别，主要是指对宇宙能量的操控级别。

"0级就是前文明阶段，只能操控身体去觅食。

"1级到了机械能量阶段，能造出各种工具，利用机械能量。

"2级进入化学能量阶段，能燃烧燃料获取能量，控制一般物质。

"3级进入电磁能量阶段，能控制电磁场，控制辐射。

"4级进入微观粒子能量阶段，能控制原子核以下级别的粒子，获取能量。

"5级进入几何粒子能量阶段，能控制暗物质中的几何粒子，获取能量。

"6级进入精神能量阶段，能控制信息子，利用信息子获取能量。

"7级进入纠缠能量阶段，能通过远距离纠缠直接传输，获取能量。

"8 级进入引力能量阶段，能控制引力场，从而改变宇宙物质分布。

"9 级进入维度能量阶段，能以高维控制宇宙几何，改变宇宙拓扑。

"10 级进入太一能量阶段，智慧体和宇宙合而为一，可跨多宇宙。

"目前我们所知大致就是这 10 个级别，不清楚再高还有没有。地球刚刚进入第 3 级别，掌控还不全，第 4 级要求的原子核和夸克粒子控制都没达到。我们算是在第 7 级吧，但这次袭击来的吞噬文明应该是到第 8 级了，它们估计会用引力场攻击，非常难防守。"

特组长说着，但是脚步不停，语调也沉稳。

江流、齐飞都竖起耳朵拼命抓取关键信息，他们听得似懂非懂，但大为震撼。他们能够理解一些术语，但是绝大部分信息还是超出了他们的理解范畴，属于人类的知识空白领域。当他们听到人类刚进入第 3 级，而今日来袭的文明已经到第 8 级能力水平，立刻明白特组长为何从一开始就如此紧张。

"引力场攻击是什么意思？"江流问。

"就是改变我们星系引力场参数，让我们星球运行轨道发生共振，引起星球自身振动，如果严重可能会将星球震碎。"特组长解释道，"而且由于公转速度大幅度降低，母星引力场又被加强控制，我们的行星会向恒星母星跌落，在这个过程中，一切文明设施都会被燃烧殆尽。"

"这么严重？"江流倒吸了一口气，想了想又问，"特组长，你有没有想过，你们坚持选了协作文明的路线，发展没有吞噬文明快，那你们会后悔吗？"

"这是我们的选择。"特组长说，"选择协作，不是因为必胜，而是因为我们相信每个个体意识都应该存在，不应该被吞噬。这是信念，不是赢的赌注。"

"哪怕这一次输了会覆亡？"江流问。

"虽输无悔。"特组长脱口而出。

就在他们快要走到来时的跃迁厅的关口，因为剧烈的地面摇撼，侧面的一座瘦高的柱形塔建筑倒了下来，刚好砸在他们和跃迁厅之间。他们本能地向后躲避。

这个过程中，齐飞手中一直捏着的红色怜惜花一蹦，不小心飞了出去，齐飞伸手去抓，但是金属龙形兽的爪子操控起来毕竟没那么灵活，抓了两下没抓住。又是一股气流袭来，红色怜惜花飞得更远了。齐飞扑了一下去抓，这次抓住了怜惜花，但在这一扑的过程中，突然跌落的一块建筑屋顶残片把他和其他人隔在两边。齐飞反应迅速，立刻纵跳，希望踏着建筑残片迅速与大家会合。

就在他跳起来，双脚踏上建筑残片的一瞬间，建筑残片下方的地面却突然裂开了，裂口迅速扩大，几秒钟时间里，就扩大为四五米宽、几十米深的巨大裂缝，而且还在急速扩大，齐飞踩踏的建筑残片刚好处在裂口上方，顺着裂口向下落。饶是齐飞训练有素、反应机敏，立刻选择蹬一脚建筑残片，借反弹之力向平地纵跃，但无奈大地仍在快速裂开。齐飞的双脚就差那么一点点就能踩到地面了，但是地面继续后退，他的脚滑了一下，就向深谷坠去。

江流见状，立即扑过去，试图抓住齐飞。齐飞正在下坠，虽然江流的爪子抓到了他，但是没能把他拉回来，两人一起往下坠。

"你们有翅膀，可以飞!"忽忽在岸上喊道。

江流和齐飞闻言，都想尝试调动翅膀，可是他们平时哪里有运动背肌控制翅膀的经验，几乎完全感觉不到效果，大地的裂口迅速扩大到数百米深，齐飞和江流一直在下坠。

就在这时，他们感觉到腰部有一股托举的力量，下坠停止了，被人托着向上升起。他们回头，发现原来是特组长飞下来救他们。他们都没有注意到特组长身上的翅膀。翅膀不大，但是展开的时候有整排长长的闪光的尖刺，气势非凡。他们就这样被托回到地面上。

"来不及了，"特组长说，"现在没法回到刚才的厅里了，只能铤而走险。"它回头对忽忽说，"跟我一起飞上来，你驭着云姑娘。"

说罢，它就继续托举着江流和齐飞向高空飞。他们刚来时所在的跃迁厅是一栋高耸的圆锥形建筑，此时特组长就托着他们向这座圆锥形建筑的顶端飞。忽忽驭着云帆跟在后面。从内部看这座建筑，感觉有数百米，真正飞在空中看，或许有上千米。在建筑顶端，外墙迅速收窄，尖端又向上延伸很高。

他们最终到达了建筑顶端，那里是直径大约三四米的一个圆形收口，镂空。墙壁不厚，最多也就半米，几个人小心翼翼站在顶部，拥挤而危险。

特组长说："阿罗司空，我接下来传授你的所有话，你一定都要记清楚，按我说的去做。中途万万不可以犹豫，不可以退缩。稍有犹豫，不仅会葬送你的性命，而且会葬送你带来的这三位小朋友的性命。你不要怕，你能力很强，一定要相信自己。"

特组长开始向忽忽面授机宜，它们头上的角又开始发光变色，显然是在进行深度交流。忽忽有一阵子闭着眼睛，后来又睁开，眼神出奇地凝注。

在这短暂的几秒钟时间里，江流和齐飞第一次俯瞰这颗星球的样子。虽然以他们的高度，无法纵观整个星球，但仅在他们目力所及的范围内，他们看到了令自己震惊的一幕。李鲁霍曼星周围，至少围绕着几十个月亮。月亮高高低低围绕在星球附近，形成三圈轮状结构。而地面到每一个月亮之间，都有坚硬金属制的天梯相连，月亮和月亮之间，也有坚硬的环状走廊相连。每一个月亮应该都已经被潮汐锁定，面向行星的角度永远不变，这样就使得天体和环廊的结构稳定。

整个星球，和周围的月亮环，以及中间的无数道天梯，就像龙船最终形成的环状结构。原来，龙船是李鲁霍曼母星的缩小复刻版。

星球大地上的城市灯火通明，延伸遥远，此时全都在震荡的风雨飘摇间。建筑陆续轰然倒塌，让人看得内心凄惶。

就在这时，特组长对忽忽的面授结束了，并催促忽忽迅速启动上路。

"组长，是你送我们一起上路吧？"忽忽问。

"嗯，一起启动吧。"特组长说。

特组长让忽忽站在它身前，忽忽闭上眼睛，它和特组长头上的角都开始强烈地变颜色，接着，他们感觉到身边似乎有剧烈的风旋转起来，可从外界的事物看，并没有风。

很快，几个人周围升起一道透明的屏障，将自己和周围的环境隔离开来。忽忽仍然双目紧闭，头顶双角的光芒越来越盛。此时，特组长忽然张开眼睛，把云帆、江流和齐飞都朝忽忽身边推了一把，自己却向后一个纵跳，离开了他们的范围，飞到半空中。忽忽专注地完成自己的动作，并没有注意到这个变化。就在特组长离开他们的一瞬间，他们身边升起的透明屏障合拢了，将几个人包围起来。他们脚下的圆锥形建筑开始发射出强烈的白光，向他们的头顶射去。他们在透明屏障中，顺着白光开始缓缓上升。

接下来的一切开始加速，他们在外界景物消失前，看到圆锥形建筑轰隆隆倒塌，看到星球和月亮之间的天梯一根根断掉，从万丈高空砸向星球表面。他们感觉到身下的白光消失，但就在那一刹那，他们周围的一切也都消失了。

他们终于懂得，什么叫作刹那永恒。

第十六章　回归

当他们再次看见事物，熟悉的龙船球舱出现在眼前。

萦绕的白光，金属树叶，四周的小门。

无法言语的喜悦。

在这一次跃迁的过程中，他们的感受不是整个人的解离，而是绝对的空无。也不再看见那些记忆碎片，没有情绪感受和纷乱的自我意识，整个人意识是完整的，但是是彻底空无，感觉不到任何事物，时间空间的感觉也消失了，似乎没有任何事情是存在的。

好在这种感受只有极短的一瞬间。从万物消失到视觉恢复，感觉上也只是经过一分钟。当然，谁也无法确知到底经过了多久，因为时间是完全消失的，也是不可计数的。

他们都看到了彼此，心里一惊。每个人都是带着自己的副体回到了地球宇宙。齐飞、江流仍然是金属龙形兽，云帆仍然是金属小鹿和凤凰的结合体。忽忽倒是它的本体——麒麟。他们周围透明的隔离层仍然存在。忽忽仍然闭着眼睛在做什么努力，能看到它似乎痛苦的神情，身体像是在承受极大的压力。江流想起来忽忽说过，两个宇宙物理参数不同，身体没法传输，想来是特组长传授了它什么样的方法让身体做出调整，以适应新的宇宙。

他们耐心等了好一会儿，忽忽痛苦纠结的神色终于消失了，头上的角发出的光也暗下去，身体隐约的抽搐也止住了。忽忽睁开了眼睛。

它看了一圈，先看到江流，然后是齐飞和云帆。看到最后，它大惊失色。

"组长呢？"它叫道。

"特组长没有跟我们来。"齐飞解释道。

"怎么可能？！"忽忽摇头表示不信，"如果没有组长，是不可能打开时空通道的。"

"是你打开的，一路上都是你带我们回来的。"齐飞说。

江流也补充道："特组长都说了，要你相信自己。"

"可这是我第一次……"忽忽说。

"谁都有第一次。恭喜。"江流说。

但忽忽一点都没有高兴起来，"哇"一声大哭："组长——"其他几个人第一次知道原来麒麟也能哭出声音。那是一种婴孩一般的哭声，让忽忽显得稚嫩了不少。

云帆起身，用翅膀一直轻抚忽忽。忽忽最终止住了哭声。它轻轻跺了跺脚，他们四周的透明屏障一点一点变得更薄，最终消失在空气里。直到这一刻，他们才真正回到地球宇宙。当屏障撤去，江流、齐飞能看见自己的金属身体在扩张，大概也是在适应地球宇宙的参数。但毕竟碳纤维镀膜不是真正的神经系统，这个过程中他们倒没感觉痛苦。

"我们现在这个样子，要怎么办呢？"江流向忽忽挥了挥爪子，"我可不想真的以龙的样子活下去。"

"这个没关系，"忽忽说，"待会儿还去沉睡舱，把意识换回原来的身体就好了。远距离都能纠缠传输，近距离更没问题了。"

"对了，一直在说纠缠，"江流问，"这和我们地球上说的量子纠缠是一回事吗？"

"是的。"忽忽说，"你们发现的量子纠缠，只不过是宇宙纠缠中的一种。宇宙是抽象的，本质就是纠缠的。纠缠其实就是数学上的不可分解，这是最普遍的现象。"

"唉，不太懂。"江流感叹，"不懂的太多了，什么时候能都懂了呢？"

"急什么，你们还有大把时间。"忽忽说，"反正我已经到你们宇宙了，你们可以经常来找我上课啊。啊哈，我给你们开个学校吧。嬴政就拜我组长做师父了，你们也可以拜我为师，我不介意多收几个徒弟。我在你们宇宙里的任务就是巡查，收徒弟效果不是更好吗？是不是个好主意？哎，你们说，是不是个好主意？"

云帆、江流、齐飞面面相觑，江流道："你先给我们恢复原样再说。你要是没法把我们变回来，我们还得找你算账呢，还想让我们拜师父！"

"好，好，没问题，没问题。"忽忽咧开嘴，想了想又说，"那我要不要顺便也进入副体呢？是保留一只麒麟的状态好，还是青铜人的状态好呢？"

云帆打趣道："庄子是不是也跃迁过？要不然他怎么会问：到底是我变成了蝴蝶，还是蝴蝶变成了我？"

"你接下来有什么打算？"齐飞问，"如果跟我们到地球上，那还是青铜人吧。我们带一只麒麟回去舆论肯定炸了。如果你留在飞船上，自然可以做你的本体。但是你怎么生活呢？按我理解，你们本体也得吃饭喝水吧？"

"嗯，我再想想，再想想。"忽忽说，"先帮你们弄吧。"

于是，接下来三个人跟着忽忽向通往沉睡舱的小门飘过去。进入了沉睡舱通道，就看到常天坐在地上，歪靠着几个沉睡舱的小门打瞌睡。

常天睡得本来就不熟，一直保持警醒状态，稍微有动静立刻就醒了。睡眼惺忪中，第一反应是回头看沉睡舱，发现沉睡舱很安静，里面躺着的人也很安静，松了口气。转过头来，忽然看到通道内飘着的一只巨大麒麟、两只龙、一只凤凰，当时就"啊——妖怪！"一声大喊，本能地向身后退了好几步。

"别过来，你们别过来！"常天还想后退，但又想起前面三个沉睡舱里还有三个人等着他照顾，于是又回来几步，伸出右手护住沉睡舱。

忽忽向前踏了半步，常天脸上的表情非常微妙。他已经彻底醒了，虽然心里还慌，但是飞行员的冷静本能开始上线，他伸左手翻自己腰带和裤子侧袋，想找一找有没有合用的武器，右手还是死死挡住沉睡舱。他左手勉强抽出一副双节棍，用余光看了一眼，知道自己舞得不是很熟练，于是向前很用力甩了一下就伸手横在胸前，做出气势十足的样子，想逼退忽忽。

那一瞬间，江流、齐飞、云帆看见常天奋力挡住沉睡舱的样子，心里有说不出的感动。

"是我啊，我是忽忽。"忽忽说。

"什么？"常天一下子没反应过来。

"我是忽忽啊，这是我本来的样子。"

常天听着声音，觉得确实是忽忽没错，稍稍放下了戒备，问："你真的是忽忽？"

"是啊。"忽忽说，"要不然谁还能知道这个地方？我们是跃迁去了我的母星，但是回来的时候我的母星遇到了危机，我们没法用设备，就打开了肉身跃迁的宇宙通道，直接回来了。所以你看到我现在这个样子，是我本体的样子。"

"那……那他们三个呢？"常天问，"他们怎么没回来？"

"他们回来了啊。"忽忽指着身后三只"怪物"。

"什么？！"常天的下巴都要掉了。

于是江流、齐飞、云帆分别走上前来说了一句话，通过几乎跟本人一致的声音证明自己。他们简要描述了发生的事件，常天疑神疑鬼地问了好几个细节问题，最后才敢相信。

然后开始准备让意识回到本体。就在江流他们三个人将要爬进沉睡舱之前，忽忽突然问他们一句话，又把他们问住了。忽忽问："对啦，你们想不想试试大脑相连？你们之前通过测试了，我有权限操作。如果想，那我这就一起做了，省得你们爬进去两次。"

四个人呆住了，谁也没想到这件事来得这么早。

"你说什么？"齐飞问，"大脑现在就可以连接吗？"

"啊，这个事情比跃迁简单啊。"忽忽说，"大脑随时和信息子发生交互，两个人信息子直接纠缠，就能随时体察到对方的思绪情感。"

"那会侵入到对方大脑里吗？"江流问。

"一般不会，只是实时进行新思维的沟通，对陈年往事的探知，还需要精细得多的设备。"

"那是不是一点秘密都不能有了呢？"齐飞问。

忽忽说："需要比平时真实。倒不是完全不能欺骗，例如你故意想一些说谎的想法，但是因为对方能感知到的不只是你的一条语言想法，还包括你当时想到的画面、回忆的事情、不自觉的联想和一些情绪，也就是当时的一个思绪包，这些会被信息子一股脑记下来，都会相互感知，这种情况下编造一条谎言会更容易被觉察。"

"那是每时每刻相连吗？会有很多时候……不方便啊。"云帆问。

"不会。"忽忽说，"初期我会给你们加控制开关，也就是大脑给信息子一个纠缠与否的信号，如果探知了开启信号，信息子可以纠缠；探知了切断信号，信息子可以切断纠缠。你就这么理解：你们平时不是有手机吗，手机跟另一个手机是电磁波通信，挂了电话就断了，现在你们可以开启信息子通信，也能挂断。"

"纠缠是这么容易开合的吗？"江流仍不相信，"我们原来在实验室，都得精心制备，才能得到一对纠缠光子，而且一旦去纠缠，就没法再纠缠上了。"

"那是因为你们从来不去真正理解万事万物的信息化。"忽忽说，"信息子是抽象的，光子是具象的。在信息子上加一个符号就可以。唉，说了你也不懂，做我徒弟就教你。"

江流闭上了嘴。

常天是最后一个开口发问的："有的时候我会遇到一些人，声称自己能通灵，或者能意念传输什么的，这种人有没有可能是提前感知到信息子了？"

忽忽摇摇头："肯定不是真感知到了。你们的大脑都还没开启这个感知系统。但不排除之前就有一些人感受力相对敏锐一点，模模糊糊能感觉到，所以一点隐约的感觉就刺激了大量画面联想。"

常天追问道："那么，你到底会在我们大脑里加什么，才能让我们感知信息子呢？"

"其实重点不在于感，而在于知。"忽忽说，"交互作用总在发生，但是你们自己不知道。怎么让你们知道呢？有这个探知设备是最难的。这就好比，即使没有眼睛，你们的身体也时时刻刻和光子发生反应，但是你们的大脑不知道。盲人沉浸在光里，但不知道有光。难点并不是盲人的身体和光发生反应，难点是如何让盲人的大脑知道什么是光。信息子也是的，不管你们知不知道，它都在那里，你们都沉浸其中，发生反应。重点是造出类似于叶绿素或者色素这样的接收器，能翻译信号给大脑。那么接收器怎么造呢？其实不用什么新物质，主要是要结构复杂。叶绿素就是一个复杂的光电反应器。功能是从复杂性中涌现的。我给你们大脑的一部分神经元重排一下，就能造出复杂的探知系统。你们放心，不危险的。"

"那……我们商量一会儿哈。"常天说。

"没问题，随便商量。"忽忽挥挥手，退出小门。

四个人在沉睡舱前的通道里，面面相觑，有好一阵子，谁都没有说话。常天看着三个人的副体，仍然不太适应，看一会儿就得把脸扭过去，平复一下心情。这种情况下，沟通交流也是不够平和的。但没有办法，他们谁都没想到，对人类来说这么大的决策，就让他们四个人这么随随便便，甚至敷衍了事地决定。

"我们现在的决定，"云帆先开口道，"是不是代表了地球人？"

"我也想问这个问题。"齐飞说，"忽忽是在问我们四个人的意愿，还是在问地球人的意愿？"

"那你们觉得，"江流说，"如果我们是代表地球人，地球人会愿意大脑相连吗？"

"愿意。"云帆说。

"不愿意。"齐飞说。

常天没说话。

"为什么不愿意？"云帆问齐飞，"这是千载难逢的文明升级的好机会。对人类来说，能让文明进化一大步，难道不好吗？"

齐飞不知道该怎么说。说自己和江流打了一架，快死了？还是说凭他对地球人的理解，一旦大脑相连，就是血流成河？还是说地球人有太多隐私不愿意让人知道？还是说地球人也不太在意什么宇宙文明等级？还是说什么？他只是直觉上对这件事有莫名的担忧。

"我只是觉得，"齐飞说，"地球人连简单的线性沟通都不和平，要是换成了复杂的大脑沟通，还不知道会发生什么事。风险太大了。"

"那么如果，"江流继续问，"现在是由我们四个人代表人类做一个小范围的实验，测试一下一旦大脑相连会发生什么事，你们愿意代表地球人做这个实验吗？"

"愿意。"常天说。

"不愿意。"齐飞说。

云帆没说话。

常天看了一眼齐飞，没有问为什么，他可能太了解齐飞为什么不愿意。于是他改口说："得要所有人都愿意才行。如果有人不愿意，就等于大家不愿意。"

于是江流问齐飞："你为什么不愿意呢？你究竟在怕什么呢？"

齐飞的表情从金属身躯外壳上完全看不出来，除了眼睛，他全身都是金属机械，看上去冰冷平静，毫无情绪。他没有回答，而是反问江流道："刚才你一直在问我们，那你呢？你自己愿不愿意代表人类做选择，做实验？"

"我愿意。"江流说，他死死盯着齐飞的眼睛，又重复了一遍说："我愿意。"

齐飞没说话。

"我跟你打斗输了，我都不怕，"江流说，"你又怕什么呢？"

"你敢说，"齐飞问，"你大脑想的所有事情，都不怕让我们几个人知道？"

"我不怕。"江流说，"我有什么好怕的？我什么都没有，就只有一点勇气。"

齐飞沉默了三秒说："我看你不是勇，你是疯。"

"是又怎样呢？"江流说。

"我没你那么勇。"齐飞说。

江流转过脸，望向云帆。

云帆低了低头。她的小鹿状头颅有一点仓皇地向一侧转，仿佛要躲避几个人的目光。她轻声说："我不确定。"

江流向云帆迈了一步："你刚才明明坚决地说地球人愿意，怎么到自己，又不敢了？"

"我……"云帆说，"我忽然有点担心……"

江流说："你都有赴死的勇气了，这点小事有什么好担心的呢？"

云帆想说什么，但又闭上嘴没说。

"我给你们分享一点我自己的经验吧。"江流说，"我从小就知道自己拥有的东西比一般人多一些，还不光是家庭条件，而是在很多事情上都有天赋。我就经常问自己：为什么我一生下来就很幸运？凭什么街边的流浪汉无家可归，我就能住大房子？后来我知道，我所拥有的东西，都是让我衡量行为的标杆。面对任何一件糟糕的事情，我都会问自己：你能不能让它变好一点？如果我觉得自己不能，我就会继续问自己：要是连你都不能让事情变好，还有谁能做到呢？要是连拥有这么多天赋的你都没法改善这个世界，又能去指望谁呢？这种时候就觉得我不能逃。如果连我都逃了，还能指望谁呢？指望无家可归的人承担责任吗？你们需要知道，我们四个已经代表了人类群体中拥有极多天赋的那少数人。你们三个，每一个都天赋超群，卓尔不凡。大脑连接这件事，如果连我们四个都做不到，地球上又有谁能做到呢？还有谁呢？"

"好吧，你说服我了。"齐飞说，"责任是我认同的。我愿意试试。"

云帆也点了点头："好。"

"好，那就这么说定了。"江流说，"大不了一开始咱们都不启动开关。"

就这样，他们重新把忽忽叫回来，表示四个人愿意尝试，愿意代表人类做大脑连接的实验。忽忽对这个决定并不感到意外。它帮助他们在沉睡舱躺好，然后开启了设备操作流程。

几个人很快失去了意识。

在一场异常深邃而漫长的梦境之后，他们重新回到了人间。

当江流、齐飞和云帆重新见到自己人形的身体，伸伸手，发现手指还能活动如常，他们心中的狂喜是无以言表的。这就好比失落许久的珍宝失而复得，他们以前从来没有意识到，身体对于自我而言，是一种宝藏。

忽忽示意他们先不要起来，而是等它操作仪器，让每个人反复想自己设定的纠缠开闭词，完成最后的调整。都结束之后，四个人从沉睡舱里坐起来，相互看了看，跟来时无异，活动了一下，身体都无恙，如梦初醒，如获新生。大脑似乎没有察觉任何不同。

"起来吧，"忽忽说，"都搞定了。你们的纠缠开关现在都没开启，等你们觉得准备好了再开启就行。"

他们于是起身，与忽忽告别。"你想好要去哪儿了吗？"江流问。

"我想好了，"忽忽说，"我这次还是不跟你们去地球了。我带着怜惜花呢，得好好照顾，去地球上不方便。我在你们太阳系里搜索到了一个不错的地方，在小行星带，上面有很多水。我准备去那里待一段时间。怜惜花有水就能繁殖，保温和食物都不成问题。"

"好，那你小心一点，有事情跟我们联络。"齐飞说，"不对……我们跟你的大脑没纠缠，你怎么跟我们联络啊？"

"以前不好办，"忽忽说，"但现在你们能感知信息子了，就好办了。有事我会给云帆的颈链发消息，云帆就能知道了。"

"那我们怎么跟你联系呢？"齐飞又问。

"还是云帆，戴着颈链的时候，聚焦去想'忽忽'，我这边会有提示。"忽忽说，"你们可以带着那个金属人，有事我还能用副体找你们。"

忽忽送他们到龙船的入口——龙口的位置。它等几个人把脱下的宇航服穿好，做好准备，站到门口。忽忽头上的角又发出光，龙船头尾开始解锁，分离到一定程度时，龙船的入口又重新打开了，江流家的航天飞机仍然在老位置停留。先抛出定位蛛丝，然后蹬龙船，经太空行走回到航天飞机的位置。

四个人都登上航天飞机时，回首向忽忽告别，但已然看不到忽忽的身影。

回到航天飞机上，他们看了下时间，距他们离开航天飞机，已经过去了28个小时。这个数字比他们的体感时间短多了。按他们心理上的经历算，感觉已经过去了好几个月。从身体上看，毕竟是超过一天时间粒米未进，还高强度紧张穿越惊险环境，此时此刻放松了，才感觉已经完全饿坏了。

"常天，快弄点吃的，"江流说，"随便什么都行，别弄得太精细了。可不要慢炖牛肉，要快，大火煎一下就能吃的东西。啊，我要死了。"

他说着，四仰八叉地躺在沙发上，揉着肚子喊饿。常天笑眯眯地做饭去了，云帆回房间洗澡换衣服，齐飞坐在江流身旁。

"刚才你说的，"齐飞说，"挺触动我的。"

"其实我挺好奇的，"江流说，"你究竟是为什么，这么担忧我们了解你的思想，你这么正气的一个人。"

"怎么说呢……谁都有阴影的部分。"齐飞说。

"阴影，就跟一个人的后背一样，"江流说，"谁还能没有后背呢？就看你敢不敢把后背对其他人亮出来了。"

"你为什么敢呢？"齐飞问，"你认识我们也没几天，比我们认识这么多年都敢。"

"你知道吗？在你和云帆身上，我看见一些我一直没有的东西。"江流斜靠着沙发背，把头枕在一只手臂上，仰着头看天花板说，"你俩身上，都有一种特别执着的东西。她是对要完成的使命执着，你是对家国大义执着，那种执着特别纯粹，让我特别羡慕。如果一个人一辈子能有一些自己真正执着去做的事情，虽死无憾，这个人的精神状态是非常不一样的，是很锐利、很发光的。我自己也一直想找某种执着的事，但一直都没有找到，所有所有的一切，似乎都是虚无的、无意义的。你知道吗？有一阵子我差点出家。"

"你？"齐飞哑然，"看不出来。"

江流笑道："还不止一次呢。大学那段时间我到处游历，每次到一座佛家寺庙，就很想住下来剃度，再也不走了。那个时候就是觉得没意思，什么都没意思。"

"那是你在做'天赏'之前吧？"齐飞问。

"嗯，是。"江流回忆道，"后来大学毕业的时候，就是在跟你说过的'那件事'之后，我开始做'天赏'。最开始就是想给自己赎罪，因此设定加入的门槛是有亲友在战火中遇难，且生活有困难的人。但没想到后续加入的人越来越多。"

"也是功德一桩。"齐飞说。

"咱们这一次去忽忽它们星球，"江流又说，"你知道我印象最深刻的是哪一个瞬间吗？"

"秦始皇？"齐飞问。

"不是，"江流摇头道，"是特组长最后的那句'虽输无悔'。我当时看着它脸上的坚定，特别感动。我觉得你也是能说得出'虽死无憾'的人。"

"那倒是真的。"齐飞点点头，他没想到江流会说出这样的话，"我特别喜欢看中国史。在中国史里，一直有坚守信念而死的人。'崔杼弑其君'，几个史官前仆后继，赴死也要直书，就是因为他们有一种信念在。我一直在想，那种信念到底是什么。是简单的忠君吗？肯定不是。如果是，这些史官就不会为了说真话而死了。那是为了立功立德立言？也不是。人都死了，还立什么功、德、言？是宗教吗？其实很久以前很多知识分子就不信教了。那是什么呢？我后来想，其实就是'士人风骨'四个字，也就是一个人相信自己要坚守的道义，虽死无憾。"

"可惜后世这种精神很少流传了。"江流说。

"少也没关系，有就可以。"齐飞说，"哪怕零零星星，也可以薪火相传吧。"

说到最后几句的时候，云帆已经换洗完毕，从房间里出来，听到了他们后来的几句话。她默默走过来，坐在两人旁边的小沙发上。

云帆说："说到士人，有一个细节，我不知道你们还记不记得，就是秦始皇和特组长说的最后一句话。"

"最后一句话？"江流回忆了一下，"我想想……哦，是不是秦始皇提到孔子？"

"不是提到孔子，是提到'仁'。"云帆说。

"哦，对，是。"江流笑了一下，"我一听到'仁'，就想到孔子了。"

云帆点点头："孔子确实是'仁'的宣传者。但孔子一直都说，他宣传的是他听来的，是圣人之说。孔子并不贪婪占有很多概念。我当时听特组长说起'关系'，又听到秦始皇说'仁'，一下子就联系起来了。"

"联系什么了？"齐飞问。

"你心目中，仁是什么意思？"云帆反问道。

"仁？"齐飞想了想，"仁慈、仁爱，就是对人宽厚的意思吧。"

"这是我们后世的理解。"云帆说，"但我记得我看过一个说法，现在越想就越有道理。'仁'，二人也。什么是'二人'？就是'关系'。'仁'这个字造出来，就是要讲理想关系。'仁'和'礼'不一样，'礼'讲的是秩序，'仁'讲的是关系。不过我当时对此的理解完全是古籍层面的，这次听了特组长说'协作联盟'的重点在于建立良好的关系，我一下子就通了。特组长可能告诉过我们的先人有关'关系'的重要性，因此在先贤师承中流传过这样的讲法，后来通过老子抵达孔子，孔子把所有说法汇集起来，就形成了有关'仁'的学说。'樊迟问仁，子曰："爱人。"'就是这个意思。"

"哦，好像有点道理。"齐飞说，"《礼记》里好像有一句：'仁者，人也，亲亲为大。'用良好关系解释起来也合理。"

"但不一定都是这个意思吧？"江流说，"我想一想有没有其他应用。我一直不大爱看儒家，就没太仔细研究。"

"嗯，"云帆说，"我也就是自己的感觉，回去以后肯定要梳理文献，才能确认。"

"谁在说良好关系啊？"就在这时，常天从厨房出来，说，"要问良好关系必须问我呀。不过你们得先填饱肚子，再舞文弄墨。"

常天手里，端着四盘黑椒蘑菇牛肉粒炒饭，还没放到茶几上，香味就把其他三人的魂儿都勾没了。毕竟是 28 个小时没吃东西，全靠坚强的意志撑着，此时此刻意志放松了，发现原来吃饭可以这么美。几个从小到大没尝过饥饿滋味的人，第一次感觉饥饿之后食物的美味。连话都顾不上说，低着头呼噜呼噜吃炒饭，狼吞虎咽，也没空抬头嘲笑别人的吃相，都觉得这辈子没有吃过这么好吃的饭。

很快把盘子清空了，三个男人都靠着沙发背，长出一口气，满足地躺着，只有云帆还在慢慢品尝美味。

常天这时候笑道："你们说什么都是纸上谈兵。我刚才听你们聊，都替你们着急。你们说'良好关系'都只能从学术角度讲，自己都不懂什么是'良好关系'。"

"那你说说什么是良好关系？"江流问。

"一段良好关系，"常天说，"首先能让人面对自己缺损的部分，看清自己，建立更完整的人格；其次是能够确认彼此都能接纳对方的人格，这里面可能会有多次接近与抗拒的过程，得把自己比较内核的部分向另外的人打开；然后彼此都能接住，谁也没伤害、没抛弃对方，哪怕是很糟糕的状态，也能接纳。相互确认之后，又面临长久信任的考验。"

江流用胳膊肘捅捅常天，笑道："你还笑话我们舞文弄墨，你还不是满嘴学术语言。"

"我不光讲学术啊，"常天说，"我能自我应用的。你们仨就不行。嘴上说的，和自己实际做的，差别很大。"

"瞎说什么呢！"齐飞满不在乎，"言行一致一直是我的特色，你懂什么是言行一致吗？"

"我是说真的。我能看见自己的问题，你们仨看不见。"常天认真了起来，"我很清楚我的症结在哪儿。我的症结在于，我从小对自己接纳度不足，总是有点讨好型人格。这和我家的情况有关系。……我问你们，如果周围有人很不喜欢你，你会有什么感觉？"

"是他有问题。"江流说。

"关我什么事。"齐飞说。

"不喜欢我没事啊，麻烦少很多。喜欢我才麻烦。"云帆说。

"你们看，"常天说，"你们仨的优势是内心超级强大，对自我有极强的信心，完全不会因为其他人对自己的负面看法有什么难受之处。这是因为你们很优秀，也是因为你们幼儿期的安全感建立得好。但我就不是，如果周围有个人不喜欢我，我就会觉得'一定是我不好'，然后就会想，我到底是哪里不好，什么是别人觉得好的人，我应该怎样改变。做出调整之后，又会特别在意别人有没有更喜欢我一点。这样次数多了，我就对自己特别不自信，总是因为别人的看法陷入谷底，反复试图修改自己。当然这些是我以前的状态，自从我开始学会自我觉察和诊断，慢慢就梳理清楚了，也发现了症结来源。但这是我的情况，你们三个人现在还都对自己的情况没有觉察。"

他说完看看另外三个人，他们的表情空白，显然没明白他在说什么。

"我就问你们这么一个问题：你们想象中的完美人生，大概是什么状态？"常天问。

"你先说。"齐飞对江流说。

"凭什么我先说，你先说。"江流反对道。

"那还是我先说吧。"云帆说，"说实话，我原来这几年，对人生的想象就截止到完成使命，当时是想着可能在完成任务的过程中就死了，所以从来没规划过未来人生。完成使命那一刻，说实话，我心里是空空的，也没有我想象中的爽，就是觉得以后的人生不知道该干什么了。但是后来听到特组长说起'关系'，我一下子想到了'仁'，觉得又有新的学术课题可以做了。我想接下来这几年，就把这件事梳理清楚，然后多输出一些内容给公众。能做好这件事，我就觉得很理想了。"

"对了，帆帆，"江流问，"你一个人怎么生活啊？我一直都没问，你爸爸不在了，妈妈也不在身边，你也没有什么经济来源，需不需要钱啊？"

"你个富贵公子，懂得什么是独立人生？"云帆打趣道，"我就问问你，如果没有了家里的钱，你一个月能有多少生活费？我从十六岁就开始自己写稿挣钱了。你是多大才挣了自己第一笔钱啊？我现在写文章挣钱，一个月肯定比你挣得多。"

"厉害啊，我都没问过。"江流说。

云帆笑道："嗯，等什么时候你被家里逐出来，养不活自己，我还可以接济你。"

"所以你理想的人生，就是自己一个人做学术、写文章？"常天问。

"嗯。"云帆说。

"那你俩呢？"常天又转向江流和齐飞。

"我最理想的生活，"江流说，"就是每天黄昏能自己一个人在凯克天文台对着晚霞喝酒，耳机里放着我喜欢的电影音乐，弦乐声部和晚霞层次完美配合，太美好了。"

"好。"常天点点头，"你的理想人生，就是一个人看晚霞？"

"差不多吧。"江流说，"还有到处走走看看。"

"该你了。"常天对齐飞说。

"我？"齐飞说，"我之前是真的希望能看到 AI 有大的突破。但是听了特组长的话后，我可能会改一改研究方向，多转向脑域研究。后面还是希望能在人类对智能的认知方面有贡献。"

"想象中的生活呢？"常天问。

"我恨不得住在实验室里。"齐飞说，"我就希望其他事情都少占用我的时间。这些研究，都属于穷一生之力也未必能出成果的，人生苦短，需要特别抓紧时间。"

常天点点头："所以，你们发现了没，在你们对于未来理想人生的想象中，完全是自己一个人的状态，在全部想象生活里都没有其他人的存在。你们有没有觉得，自己一个人远比跟其他人在一起好？"

"那当然。"齐飞说。

"当然。"江流说。

"当然。"云帆说。

"所以说嘛，"常天把手放到脑袋后面，笑吟吟地说，"你们仨根本不知道如何与人相处，恨不得自己与世隔绝一辈子，还煞有介事地谈论'良好关系'。你们生活里根本没有关系好吗？你们自己都不知道如何与其他地球人建立良好关系，也根本没准备尝试建立良好关系，这又怎么教育其他人？"

其他三个人相互看了一眼，他们从来没有从这个角度想过自己的生活，也从来没质疑过自己生活的合理性。常天的一番话，像是隐隐约约拂去了他们拒绝去看的画面上的蒙尘。但他们又明白，常天说的是对的，很多事情如果不面对，他们头脑中的开关将永远都无法开启。

但他们还没来得及深思，航天飞机就剧烈地震动了一下，像是遇到了撞击。他们吓了一跳。江流立刻跳起身来，奔到驾驶室里，调出所有的视频图像和数据信息。

他们被眼前看到的事物惊呆了。没有事物撞击到航天飞机，但是有攻击过来的激光炮。是激光炮的冲击让航天飞机震动了，但显然，这只是示威，而不是真正的全力攻击。

在他们目力所及的前方，是一排军事航天飞机阵列，簇拥着一架航天母舰，森严整齐，都有着灰白色的配色和规整的标识——是大西洋联盟太空中队。

赵一腾的面孔出现在航天飞机的屏幕上，笑嘻嘻地说："二位，好久不见啦！"

第十七章　保护

当江流和齐飞看见大西洋联盟的航天母舰，他们就知道事情严重了。赵一腾的脸上挂着得意的笑容，手里拿着一支电子雪茄，故意拖长声音道："齐所长，江巨子，三五天不见，二位看上去如此疲倦，这是去哪儿辛苦了？"

江流和齐飞相互看了一眼，齐飞两根手指轻碰了一下太阳穴，江流知道他跟自己想的是一件事。江流轻轻在头脑中想了自己的开启暗号，然后尝试着在头脑中呼唤齐飞：[齐飞，齐飞，在吗？]

[在。]是齐飞的应答。

在头脑中听见彼此回应的时候，两个人都感觉到奇异的震撼。

接下来快速交换的信息变多了，有一些并不是头脑中直接生成的语言，但是能感知到快速的信息流。当齐飞关注航天母舰和战斗航天飞机的队形，江流可以觉察这种关注。江流知道，齐飞的视线关注点在右侧第三和第四架飞机之间。江流还能知道，以齐飞的交战经验判断，这两架飞机在运动中会变阵为一前一后，在变阵的间隙会有一个空当可以快速穿过去。这是逃离这个封锁阵形最好的机会，但也是铤而走险、孤注一掷。江流也表达了自己的意思：他可以和赵一腾对话，齐飞可以在他们的通信信号中用 AI 快速解析，看看能不能反向分析信号波段的特征，找寻切入点，然后他自己可以伺机干扰电磁波，反向植入一段病毒。如果能让对方控制系统瘫痪三分钟，他们脱身的概率就大大增加。齐飞表示赞同。所有这些沟通，都发生在几秒钟的时间里。

"赵首席，"江流笑道，"三五天不见，赵首席看上去就变得容光焕发，脸上春风荡漾，不知道赵首席这是去哪儿滋润了？"

赵一腾志得意满地笑笑说："我容光焕发，完全是因为找到了二位的踪影。自从上一次领教了二位的能力，我就非常想向二位继续学习。若找不到二位，我是坐立不安。现在能够跟随步伐，我确实是春风得意啊！"

"赵首席太客气了，"江流继续说道，"相互切磋，何须调动如此大的迎接阵仗。这么高规格的礼遇，赶上国家领袖待遇了吧？我二人何德何能，受这番大礼。当真折杀小可。"

这时，江流听见头脑中齐飞的声音：［时间还有点短，AI 分析找不到信号的破解切口。但是有一个意外的发现，目前正在跟咱们对话的是一架侦察航天飞机，在右侧阵列第二架。赵一腾就在这里。这家航天飞机的信号源最早是在 64 个小时之前就跟咱们的航天飞机建立了联系。］

［64 个小时之前？］江流在头脑里计算。

他和齐飞大脑中同时闪过前面三四天的整个过程，两个人的记忆交叠，得出结果就加倍迅速。按航程经历回溯，他们立刻明白，赵一腾是在上一次导弹追踪之后，就让自己的侦察信号和他们的航天飞机的通信系统建立了连接，这样就可以一直追踪他们的踪迹。上一次的导弹，很有可能根本不是为了摧毁他们，而只是为了和他们的通信系统连接，以便跟踪。

如果是这样，那就意味着，过去这段时间的经历，赵一腾已经完全探知，无可隐瞒了。江流和齐飞在头脑中，几乎同时闪过［警报升级］的念头。量子雾是情报圈里非常著名的一套系统，它的运作原理高度机密，特点就是像量子测量一样神出鬼没。可以猜想的是，它是把量子波函数的随机性进行了系统性放大，让某种类似于病毒的探测程序潜入对方控制系统，如同量子波函数一般扩散并随机塌缩，通过对观测结果的分析，找到目标数据的大概率存储位置。在复杂系统情况下，这种如雾一般扩散的侵入程序非常难以防控，很多时候侵入对方系统很久都不会被发现，但是数据早已窃取。

如果是64个小时之前就已经和航天飞机系统相连，那就意味着航天飞机系统里的记录，赵一腾肯定已经都看过了，包括他们对龙船的扫描信号、通信信号。他也一定完整看到了他们的行踪轨迹，知道他们是从哪里和龙船对接。之所以比他们延迟了一天多到达，估计是因为调动军事航天飞机和航天母舰耽搁了时间。他们可能以为自己刚好赶到现场，没想到，齐飞他们与外星飞船的接触，只有一天多的时间便已结束。

［所以他们的目标不是我们，是龙船。］江流在头脑中对齐飞说。

［那我们现在不能逃。我们逃了，就是把龙船拱手让给他们了。］齐飞回应道。

［我们能引开他们吗？］江流问。

［你还是先试试找找龙船的位置吧。换我来拖住赵一腾。］齐飞答。

当这些信息交换都是直接用大脑思维完成，他们发现所有的沟通都快了很多。当江流在头脑中想到龙船，齐飞就顺理成章想到了保护。他们难以想象，如果没有这样的沟通机制，此时此刻又该如何协同策略。

"赵首席，"齐飞对屏幕说，"咱们客套的话就不多说了。不知道赵首席带这么大的队伍来找我们，具体所为何事呢？"

"齐所长果然爽快，开门见山，那我也实话实说吧，"赵一腾说，"我们知道二位在昨天会见客人去了。我们只想知道，二位会见了什么客人？聊了些什么？"

"那我们是否也可以问问，"齐飞不卑不亢地回答，"你们为什么想了解我们的私人会客？就算是公安局想要调查一个人的会客情况，也得出具调查函。你们又有什么样的调查函呢？"

"你们是私人会客吗？什么样的客人要到太空里来会？"赵一腾接着问。

就在这时，赵一腾被旁边一位老者打断了。老者花白头发，看得出来以前是栗色头发，皮肉有点下垂，但是面色还是红光十足，身材不高，肚子有点突出，穿一身没有任何标记的大西洋联盟航天制服。虽无勋章在身，但从气场和其站位看，是这次行动的领袖之一。

"Don't waste time here. Just tell them the options. Otherwise we will go directly. (不要在这里浪费时间。只需告诉他们选项。否则我们就直接去。)"老者说。

［查他。］齐飞示意。

江流点点头，把自己刚刚探测到的结果跟齐飞过了一下。龙船的速度果然惊人，离他们离开飞船还不到 4 小时，他们自己刚刚航行了 10 万公里，龙船就已经航行了 700 多万公里，而且还在加速的过程中。按这个趋势，要不了一天时间，龙船就能越过火星区域，向小行星带附近驶去了。龙船又恢复了电磁波隐身状态，如果不经过滤波处理，电磁波观测还是毫无踪影。

这个搜寻原本是蛮好的结果，但赵一腾下面一句话让两个人一下子紧张了起来。

"They won't tell us. How about launching it on Mars now? (他们不会告诉我们的。现在开始火星发射怎么样？)"赵一腾在屏幕里问。

那二人直接对话，毫不避讳屏幕另一端的齐江二人，可见是有备而来，有恃无恐了。

［糟了，他们在火星上有部署，说明是一路追踪着龙船信号，现在知道龙船向那边去了。］江流在脑内对齐飞说。

［忽忽会不会已经做了准备呢？毕竟这么大阵仗的编队，它也能探知。］齐飞想。

［难说。忽忽又不是它们组长，未必有这么缜密。更何况龙船虽然科技高超，但未必有战斗力。］江流想。

［我们先让云帆试试联络忽忽吧。］齐飞想。

两个人快速交流了想法之后，齐飞悄悄出了驾驶室，找云帆大致叙述了来龙去脉。他让云帆想办法联络忽忽，有什么消息，最好不要进入驾驶室，而是尝试用大脑信息子的方式，直接告知他和江流。他和云帆试了试，也可以接收到彼此的信号了。[能听到？][能听到。][感觉怎么样？][好奇怪。][没事，适应了就好了，非常快捷。]齐飞和云帆交换了几句话。他们并没有意识到，这种联通意味着什么。

齐飞回到驾驶室的时候，江流正在对屏幕中的老者喊话："What are your options? Let's get this straight.（你的选项都是什么？直说吧。）"

"那还是我来说吧。"赵一腾回答道，"我们给你们三个选项，你们自行决定。

"第一个选项：你们带我们去你们昨天会客的地方看看，会会你们的朋友。

"第二个选项：你们把云帆留下，剩下的人可以自行返回地球。

"第三个选项：我们自己去找你们的朋友，如果你们想阻挠，咱们就过过招。"

江流和齐飞交换了一下眼神。好家伙，这三个选项，哪一个都不简单。第一个，让他们直接投降，背叛忽忽；第二个，让他们直接投降，背叛云帆；第三个，硬碰硬，武力碾压。江流和齐飞快速在头脑中做了多重沙盘推演。

如果他们能联系到忽忽，可以让忽忽意识跃迁到他们飞机上的副体上，这样他们可以想办法逃生。但是这样会让忽忽的本体和怜惜花留在龙船上，一旦龙船被发现就有灭顶之灾。也可以尝试让忽忽打开本体跃迁通道，直接让本体和怜惜花跃迁到飞机上，这是最稳妥的法子，但不知道缺少了星球上能量塔的助力，忽忽还能不能完成本体跃迁。第三种可能性是让忽忽想办法驾驶龙船开启近光速飞行模式，干脆远离太阳系进入宇宙，但是不知道这里是否有足够的加速粒子。最后一种可能性是配合龙船，和大西洋联盟的舰队硬碰硬，这取决于龙船自身的战斗力和他们的即时战略，没有十足的把握。

就在这时，云帆的声音在他们脑中响起来：[我联络到了忽忽。它没法完成本体跃迁，因为精神能量不够。]云帆的话让江流和齐飞心里一沉。[那龙船的战斗力呢?]齐飞问。[它说它不可以跟地球人交火，]云帆回应道，[主要是因为巡查小组没有开火的权限，如果交战需要星球通过，但它联络不到总部。而缺少总部支持，即使交火也没有多少胜算。毕竟只是秦代修建的龙船，本身抗击打能力并不强。]江流和齐飞闻言，感觉事情又难办了几分。[那它能不能快速加速飞出太阳系?]江流问。

[那倒不用。]云帆说，[忽忽说不要担心，它可以从飞船里带着怜惜花乘坐小舱飞出来，大概是一个小型球舱，也可以电磁隐身，短时间不会被发现。]江流和齐飞大喜过望。[这样就解决问题了。我们只要能和忽忽的小型球舱建立联系，想办法接到它就行了。]齐飞表示。[可问题在于，我们如何摆脱这么大阵仗的围追堵截呢?]江流问。

[把我交出去就行了。]云帆在头脑中对他俩说。

[你疯了吗? 这怎么可能?]江流和齐飞几乎同时在头脑中表示强烈的抗议，云帆能感觉到那种被激起的愤怒，不是对她，而是对大西洋联盟方案的愤怒。她能感觉到，按她的方案他们会觉得受了侮辱，不能保护自己的队友，卖友求荣这种事，他们是坚决不会做的。于是她在头脑中也给他们推演了几条可能性:如果不把她交出来，他们直接伺机逃跑，那么对方肯定将所有注意力和追击火力都集中在航天飞机上，这样很容易就能击中他们，不但把所有人抓住，而且他们没办法和忽忽接应;如果他们硬碰硬交火，没有任何胜算，一旦发生不测，就会让忽忽陷入孤立无援之境;如果他们佯装带大西洋联盟去找龙船，那么一路必然会被严格监控，任何和忽忽接头的尝试都会导致自投罗网。唯有把她交出来，让对方暂时放过他们，才有可能绕到无人之处接应忽忽。她有太多有关外星人的秘密，大西洋联盟为了探听秘密，必然会带她回地球，绝不会在太空就对她不利。而只要回到地球，他们就可以再营救她出来。

[话虽然是这么说，但我绝对不要做这样的事。]齐飞表示。云帆和江流都能感觉到齐飞有一种强烈的被压抑的负疚感。[你不要意气用事，

我懂你为什么这么说，但你知道我的提议才是唯一合理的。]云帆回应道。
[但这还是太危险了。我们再想一想，肯定还有更好的方法。]江流对云
帆说。

[其实你们应该让我再经历一些危险。]云帆说。[这是什么话？]江
流和齐飞同时震惊。[你们知道吗？我当初要去找龙船，是抱着赴死的
心的。]当云帆这么说的时候，江流和齐飞都能感觉到那种阴寒的心境，
曾经疯狂而又冰冷的状态。他们不由得暗暗心惊。云帆又说：[但现在
我没死，回到地球，我一下子不知道该怎么生活了，心里空荡荡的感觉，
就好像生命还没回来。你们让我再去经历一些危机，也许我还能激起生
的渴望。]

[你想找生的渴望，就更不能求死。这次又是羊入虎口。]齐飞阻止
道。[你们放心，我现在不会主动求死的。我和赵一腾打过交道，他这个
人属于心思缜密、精巧计算的类型，他必然不会用严刑拷打逼供的粗暴
法子，而一定想用更巧妙的方式。这样我是有机会的。]云帆说。[问题是，
即便我们送你过去，赵一腾应该也会充满提防，估计还是会派军队尾随
我们。还是再想想。]江流说。[这不妨事，我想你们绕开一两架战斗机
应该不成问题吧？我自己保证赵一腾的飞机向相反方向去就行了。只要赵
一腾不跟着你们，我想你们能脱身。]云帆回应道。

[那还是这样吧。]江流想了想，[我们还是先逃跑，往龙船的相反
方向跑，他们无论如何部署兵力，主力军肯定是追龙船，这样我们还是
有机会。]齐飞表示赞同：[不到万不得已，不能让帆帆冒险。]云帆也暂
时没有异议：[你们只要知道我可以涉险，就好了。不要让我成为行动的
软肋。]

就在电光石火的片刻间，他们已经快速交换了以上所有的信息和情
绪，交换速度之快，情绪信号之直接，都是他们从来不曾幻想过的高效。
以语言为载体的思绪仍然通过语言交换，而大量非语言信号，让他们很
容易获得对方实际的意思。

这是他们想都没想过的沟通体验。

行动开始了。

齐飞把常天叫进来，跟他对好了计划方略。他们先是掉头向龙船的方向行驶，然后伺机躲开追击。常天把行驶的速度拉满，航天飞机迅速加速到 3 万公里每小时以上。与此同时，齐飞把系统中的侵入信号反解析出来，虽然不确定是否找到了真正渗透的量子雾程序，但是很明确找到了赵一腾的侵入信号。江流迅速接入此信号，加以调制，生成了至少十几个"数字孪生"，如幻影一般布满赵一腾的观察屏幕，同时切断赵一腾和航天飞机联系的真正主信号。真身解放，幻影留存。

大西洋联盟舰队果不其然开始快速跟上，两架侦察航天飞机——包括赵一腾所在的一架——在最前方追击，中间的编队果然如齐飞预料的，右侧第三到第四架航天飞机之间，出现一个错位，排好前后阵形。庞大的航天母舰跟在最后。航天母舰类似于移动的空间站，可以提供航天飞机接驳、蓄电和空中起飞的各项设施，自身也具有重型攻击武器，但是行动力偏弱，调整姿态的速度完全不如航天飞机灵活。

常天就看准了这一点，在数字孪生信号成功干扰了赵一腾的监测屏幕时，他拉动机头，让航天飞机迅速下坠，绕了一个大圆弧，再 180 度转身，扶正机位，掉头向大西洋联盟编队下方俯冲而去。

他们距离大西洋联盟编队不远，本只有三千公里，后来他们加速逃离了一段路，将距离拉远到五千公里左右，以全速向回俯冲，约莫只要八九分钟就能到达编队位置。而他们的计划是从航天母舰下方冲过去。这是整个编队最不容易攻击的位置，而航天母舰本身可以成为他们最好的屏障。他们只有很短的间隙来完成这一切动作，赵一腾大概很快会发现，数字孪生信号中，没有一个是他们真实飞机的信号，然后就会重新搜索，而他们本身朝向大西洋联盟编队飞来，实际上是极容易被重新定位的。这时候，赵一腾和其他将领就会重新部署战斗航天飞机，迎头截击。

他们赌的只是速度，只要赵一腾发现信号不对，重新搜索并部署编队的时间超过 6 分钟，他们的航天飞机就会靠近到编队难以攻击的近身位置，进而冲到航天母舰腹下。

只有赌这转瞬即逝的机会。

最初的几分钟一切顺利。他们掉头俯冲了 3 分多钟，都没有见到大西洋联盟的编队调整队形或速度，显然是仍然朝着数字孪生信号的方向追去。直到 5 分钟 10 秒，编队两架散开的侦察机才开始向中间靠拢，接近常天他们飞行的轴线。直到 5 分钟 45 秒，编队两翼两架战斗航天飞机才开始开火。此时距离他们计算的安全范围只有不到一百公里了。

常天猛地拉高机头，躲开第一波攻势，然后并不停留，又突然向下俯冲，朝航天母舰的底部全速冲击。

五十公里。

二十公里。

进入安全范围。

几个人稍微松了口气，开始恢复日常的语言沟通。

云帆好奇地问："此时离航天母舰明明还有一段距离，为什么说是安全范围？"

齐飞轻笑道："我最了解他们的部署，所有这些编队航天飞机，最多只有 3 架有飞行员驾驶，剩下的基本上是无人驾驶航天飞机，靠 AI 控制。大西洋联盟 AI 有一条成文的规矩，在可能伤及己方舰艇的距离自动熄火。我们已经进入了他们编队自伤的距离范围。"

"哦——所以你算准了到了这个范围之内他们就不会开火了？"云帆恍然大悟。

"你倒是反应挺快，用'我执'破'法执'，也是个疯子。"江流对齐飞道。

"死到临头还不疯，岂不是太迂腐？"齐飞笑道。

眼看他们的航天飞机就快要冲到航天母舰下方，赵一腾所处的侦察机却突然开火了，有两架战斗机也跟着开火。此时他们能腾挪的空间已经很小了，如果大范围腾挪，躲避火力，很有可能撞到航天母舰身上；而如果高度不变，只是左右漂移，则很难躲开激光炮的覆盖范围。

"弃尾部，是救生舱！"江流喊道。

常天立刻会意，从操控盘上找到"救生舱弹射"的控制键，将航天飞机尾部挂的救生舱弹射出去，这样不但航天飞机本身又获得微弱的向前推力，而且救生舱刚好吸收了攻击火力，给他们极佳的掩护。

呼啦——

当他们钻入航天母舰下方区域，似乎能感受到遮天蔽日的沉重压力，即使那种压力并非直接施加到航天飞机上，即使太空里不存在地球表面弥散的阴影，但他们依然能感受到四周突然降临的庞大沉重的遮蔽性力量，在人心里也投影出恐惧。有那么一段时间，当航天飞机全速向外冲刺，几个人都没有说一句话，头脑中也似乎同时进入了空白。

唰——

当航天飞机从大西洋联盟的航天母舰身下冲出来，他们喜悦地欢呼起来。

但好景不长。他们以为自己从编队背后穿出来，向地球进发就是安全了，但没想到整个大西洋联盟的飞行编队都放弃了向龙船方向继续进发，而是减速掉头，形成巨大包围圈，继续向地球方向堵截他们。他们以为赵一腾会更想追击龙船，却没想到仍然不放过他们。

"也是个疯子。"江流有点焦躁地敲了敲控制台。

"电量……"常天突然提示道，"电量不是十分充足了。如果想平安降落，需要减速。"

"怎么会……"江流思量道，"按理说应该是能运行 30 天的度假飞机。可能是因为咱们做的上升下降和加速减速行动比我想象的更耗能吧。要减速到多少？"

"减到 2 万以下是安全的。如果维持 2.5 万，得拼一拼，我不确定。"

常天说。

"那就减到 2 万以下吧，"江流说，"我们还要接应忽忽呢。"

"可是减到 2 万以下，我们就不可能逃离封锁了。"齐飞皱眉道。

"3 万也逃不了。"江流说，"咱们赌的本来就是他们放过咱们，去追另一面的龙船。但现在他们既然选择了追捕，咱们怎么都逃不了。"

"所以你想的是——"齐飞说。

他感知了一下江流此时头脑中闪过的想法，瞬间明白了，跟他自己不谋而合。

"你要是不去也行，"江流却故意露出一贯的嬉笑表情说，"那你就回家，让我和帆帆去。以后我俩若死了，把我们葬在一起就行。"

"想得美！"齐飞白了他一眼，"小心我把你跟赵一腾那家伙葬在一起。"

"哈哈哈，齐所长生气了，"江流继续笑道，"这可太好了，齐所长生气了，能把赵一腾搞死，我们大家就都不用死了。"

"就你有嘴。"齐飞嘟囔道。

江流接下来在操作台上做了几个操作安排，然后叫常天来看。他又跟常天测试了头脑中的连接对话是通畅的，然后给他打开了一个隐藏的数据端口，里面有大量秘密的联系方式，叮嘱他到了地球上，如果需要任何求助，都可以从中找到人，出示密钥就能获得支持。

"你们这到底是在做什么啊？"常天略有不解。

"待会儿，等我们登上航天母舰，我会让咱们这艘小破船启动自动锁门程序，将你关在里面。你不要有任何犹豫和停留，迅速回到地球去。"江流解释道。

"什么什么？……"常天惊讶道，"你们要上航天母舰？"

"嗯。"齐飞解释道，"现在在反正逃不掉，与其硬拼，不如我们几个想办法智斗。你留下有生力量去接应忽忽，帮它找到能生活的地方。"

"这太危险了吧？……你俩可都是大西洋联盟恨不得通缉的人。"常天反对道。

江流笑笑："如果我俩不去，就得让云帆自己去，你觉得哪个更危险？"

"我能自己去。"云帆说。

"你得了吧。"齐飞不由分说地拒绝，"我说不行就不行。"

于是常天和云帆也不再争辩。常天做好了独自开飞机回地球的一系列准备。云帆把她的颈链摘下来给常天戴上，让他感知了一下颈链传来的所有信息，并且指导他凝注精神，通过颈链聆听忽忽的消息。常天原本精神专注力极好，很快就使用妥当了。

"我刚才跟忽忽联系过了，"云帆说，"它已经乘坐小球舱从龙船里飞出来了，电磁隐身，目前航线方向和我们与龙船的连线垂直，从编队的动作看，他们显然没有发现。接下来忽忽会不断跟你汇报它的位置方向，你们找到会合的地点和方式就可以。忽忽说它对龙船也做了安排，让我们不用担心。"

做完这些交代，航天飞机的速度也慢了下来。大西洋联盟的舰队围成一圈，将他们围在中间，航天母舰就在他们身后很近的地方。

常天主动操控航天飞机与航天母舰对接。航天母舰原本就可以在伸出的十几个分支上悬挂多架航天飞机，因此哪怕是商用航天飞机，对接起来也不算困难。让航天飞机原本在舱门四周预留的对接口和航天母舰悬挂分支的入口连接起来，就算停稳了。航天母舰入口打开。

他们还没来得及走进航天母舰，就看见赵一腾的身影图像出现在航天母舰通道的内侧门屏幕上。"啊哈，四位好呀！"赵一腾露出一口白牙笑道，"难得各位都是识时务的人，真是太好了。那句老话怎么说的来着？识时务者为俊杰。……抱歉，我的中文一般，如果有用错的句子你们多包涵啊。……你们能来，省去了多少麻烦。要不然炮弹真的打到你们英俊美丽的脸上，谁都会觉得惋惜。"

"我们只和洛伦佐上校对话。"江流说。他指的是那位老者。

"好，没问题！"屏幕里的赵一腾做了个手势，"里边请，保证安排好。"

江流走在第一个，云帆跟在他身后，齐飞是第三个。当齐飞踏上航天母舰的通道口时，江流抬了抬手，向身后轻微挥动了一下。航天飞机的舱门咔一下关闭了，自动脱开了连接，开始按常规的起飞流程喷出冷焰和电磁辐射，相当敏捷地向前冲去。由于赵一腾没有准备好阻拦，只几秒工夫，航天飞机就冲出了一大截，几乎要突破封锁圈。

此时封锁圈开始收紧，可以看到常天操控航天飞机的走向，飞出一条相当飘忽的路径。但与此同时，编队阵列围起来的包围圈也越收越紧，而且摆出了纵向的三维防线。留给常天突围的空隙并不多了。

就在齐飞、江流透过舷窗紧张地观望走势的时候，突然之间，战斗航天飞机围成的阵列开始撤退了。集体撤退，迅捷有序，可见是同时得到了撤退的信号。这一下就给常天一个极大的空间，常天毫不停留，突破包围，绝尘而去。

当常天驾驶飞机消失在视线里，航天母舰里的三个人才松了一口气，但也异常奇怪为何编队阵列对唾手可得的战果突然放弃。他们转身望向航天母舰内舱门，发现赵一腾兴冲冲地对着他们笑："三位，快来看。你们看我们发现了什么？你们一定会感兴趣的。"

三个人彼此对望了一眼，在头脑中快速交流。[他们发现了什么？该不会是忽忽吧？]云帆问道。[如果他们发现了忽忽，我们怎么办？]江流说。[静观其变。等他们把忽忽带到舰上，我们再想办法保护它。]齐飞说。

他们三个人跟随地上亮起的蓝色箭头向航天母舰内舱走，穿过内舱门，就有四个武装的航天士兵围过来，簇拥在他们身旁。航天母舰的重力非常小，不像龙船用离心力产生重力，也不像江流家的小型航天飞机用电磁场加配重力鞋已经足够，整个航天母舰非常庞大，又缺少足够的转动惯量，因此只有电磁场产生的微弱重力，向前一边飘一边走，十分费力。赵一腾的面孔又阴魂不散，出现在他们经过的每一扇门板上。

"你们怎么不问问我发现了什么？"赵一腾挤挤眼睛说。

三个人都没说话。他们知道，像赵一腾这样具有表达欲的人，听众一言不发都能讲好久，但凡有人接茬配合，那就更是添油加醋、变本加厉。

果然，赵一腾没有等他们的回话，又换到下一扇门，自顾自地说下去："我们发现一艘很大的舰船，很粗糙的金属结构，有一点古典感。这是不是就是你们会见朋友的地方啊？"

［原来他们发现了龙船。］云帆说。三个人多少都松了口气。如果只是空空荡荡的龙船，想来他们也发现不了其中的端倪。只要不是忽忽的本体被生擒，其他一切事情都好办。江流忽然有一点戏谑道：［我其实还挺期待他们探索一下龙船的。尤其是想看看，赵一腾那家伙在幻象空间会看到什么。］［别瞎琢磨了，］齐飞说，［且不说咱们的任务完成之后，飞船内部的幻象空间还存不存在，没了云帆的钥匙，他们估计进去也难。这时候少不得来审问咱们。］江流笑道：［审问怕什么，你也审问过我不是吗？］

就在这当口，他们跟随箭头的指引，来到航天母舰前舱，具有庞大270度环形外玻璃的控制中心。

赵一腾的巨大脸孔还是出现在大屏幕上。由于这一次是全方位球幕，看起来格外刺眼。他身边站着的洛伦佐上校眼睛一直盯着另一个方向。江流和齐飞都查了，洛伦佐上校属于大西洋联盟鹰派中的知识分子，以前是战略专家，后来一路上升，进入联盟总部指挥部。

"这就是你们昨天的会客厅吧？太壮观了！"赵一腾笑着说，"你们不如详细讲讲，里面有什么东西？"

当赵一腾让开身子，切换了画面，三个人才从航天母舰的屏幕里，看见龙船这次的样貌。龙船又一次转变为轮盘状结构，差不多一公里直径的圆环，有多条辐条从中心连到圆周，仿佛巨大的车轮。但是这一次圆环完全立了起来，和他们行驶的方向90度垂直，宛若庞大的太阳巨轮。

齐飞、江流和云帆看着屏幕里的巨轮，也感受到强烈的震撼。当他们身处龙船中，他们并不能看到龙船的外观全貌，只是凭知识推理和想象猜出了龙船环形的外观，但此时此刻，当龙船环绕成的太阳轮形状真的呈现在眼前，他们内心还是产生了"无与伦比"的惊叹。而且这种震撼和惊叹的感觉在大脑之间传递，相互增强，达到了身心的强烈共鸣。

龙船和他们的距离，缩短到十万公里以下了。他们不知道龙船是如何做到在短时间内往返七八百万公里的距离，只知道它又回到了他们最初相遇的地方，甚至更近。这就意味着龙船是自己送上门来，面对大西洋联盟编队的。

他们接下来，看到赵一腾乘坐的侦察航天飞机，开始向龙船行驶而去，仿佛一只小船迎向巍巍巨轮，有一点飞蛾扑火的意味。他们想到前两日的自己也是这样，感叹两日之内的变化之巨。

赵一腾坐的小船在龙船脚下绕了几圈，想试探着找到入口，但明显一无所获。

"你们进去过，对不对？"赵一腾的面孔又出现在屏幕里。

"赵首席别着急，"江流故意拖长声音道，"什么事情难住了你？"

"你们进去过又出来，就说明里面没有危险对不对？"赵一腾问，"如何进去？告诉我方法，要不然要你们好看。"

"太好了！我们就想要好看呢。"江流戏谑道。

"不说？"赵一腾有点恼怒，气愤地说，"我们有的是时间，我早晚有方法让你们说。"他接着挥挥手，示意另外所有航天飞机一起上前，用拖拽的线绳吸附到龙船身上，"现在，把这艘船运到月球去。"

几十根线绳缠绕龙船，拖拽着它向月球方向行驶。航天母舰仍然跟在队伍最后，也驶向大西洋联盟的月球基地。三个人不知道等待他们的是福是祸。

[我有一句话想说。]云帆突然在头脑中对另外两个人说。

[别说谢谢，别说对不起。]江流说。

[我想说，]云帆说，[如果我接下来说出任何对你们不利的话，不管是嘴上说，还是头脑想，你们不要信。能跟你们一路，是我整个人生中最幸运的事。]

[傻子，说这干什么。]江流说。

第十八章　失散

大西洋联盟舰队拖着龙船，浩浩荡荡向月球基地驶去。由于龙船体量庞大，舰队整体的速度不快，大约需要三天才能到。齐飞、江流和云帆被安置在航天母舰上的高级单人房间，每天有士兵送进来三餐，虽然比不上江流家的旅行飞机那样食材讲究，但也还算可口。三个人被限制在航天母舰上一个小区域，严格禁止他们进入更核心的控制区，但在小区域里，却没人管他们的起居自由。他们可以见面、对话，随便做什么事，赵一腾再也没有露面，也没有派人来监管或者审讯他们。他们都有一点奇怪。

[赵一腾葫芦里卖的什么药？] 江流奇怪道。

[或许是避免在这里发生冲突，打算降落之后再跟我们谈？] 齐飞猜测道。

[落地就逃，有把握吗？] 江流问。

[没把握，但可以试试。] 齐飞点点头。

三个人接下来花了一段时间制定策略，准备在月球上降落之后逃脱。但当他们真正降落，一切策略都没有用上，而他们直到此时才明白赵一腾的用意。

当航天母舰在大西洋联盟的月球基地降落，所有月球表面的工作人员都仰头望着它身后的龙船。航天母舰长度大约三百米，而背后拖动的太阳轮一般的龙船直径有一公里，比月球基地的基础建筑圈还要宏伟。庞大的巨轮如天神降临，静谧而缓慢地一节一节落在月亮上，虽然在真空中无声无息，但是那种庞然降临的气势，却让所有人感觉到地动山摇。

　　就在江流、齐飞和云帆站在舷窗前，目睹龙船降落到月球的过程时，他们所在的区域的隔离门突然被人撞开了。

　　进来一行人，走在前面的是一位瘦小、穿一身笔挺西装的男人。他走到三个人面前，用不由分说的口吻对江流说："Mr. Jiang, I'm the representative of WTO. I have the order to take you back to the earth. (江先生，我是世贸组织的代表。我得到命令要带你回地球。)"

　　"But I have no connection with WTO. (但我与世贸组织没有任何关系。)"江流说。

　　"Your father has. (你父亲有。)"瘦小男人说，"He can come if you require. (如果你需要的话，他可以过来。)"

　　正当江流还想要争辩和抗拒的时候，他看到一个曾经在数据库里关注过、气宇轩昂的人走进门来。这个人穿着太平洋联盟的军服，按阅兵时最高规格的装饰进行了佩戴，有肩章，有胸前的奖章，有腰带扣上的星徽。江流只要稍一留意就知道这人是谁。

　　果然，齐飞不自觉地退后一步，恭敬地致意："袁将军，您怎么来了？"

　　"我来接你回去。"袁将军说。

　　"您……千里迢迢来月球，只是为了……？"齐飞有点不知所措。

　　"对，就是接你回去。"袁将军重复道。

　　"何劳您大驾……太费周章了吧。"齐飞说。

　　"接你回去是联盟最重要的事。"袁将军似乎为了证实自己的话，又向前踏了一步，"这是军令，不是商量。"

　　袁将军这一步，似乎把齐飞摇摆的心踏碎了，又踩实了。齐飞知道自己此时不能忤逆。他向前走了半步，敬了个军礼说："齐飞收到。"

　　随后，齐飞跟着袁将军走出了隔离门，一路朝航天母舰的出口走去。他出门的时候回头扫视了一下江流和云帆，眼神复杂，传递出的困扰远大于归家的喜悦。齐飞在头脑中也没留下过多信息，似乎是克制着不让自己多想任何事。[随时联系。]这是齐飞留下的最后讯息。江流和云帆心里都暗暗捏紧了。江流明白，自己的抵抗也不过就这几分钟而已。如果想强硬拒绝，最后让父母都飞到月球上，自己也很难不跟父母回家。

"May I take this girl with me?（我可以带这个姑娘一起走吗？）"江流问。

"No, I only have the permission to take you.（不可以，我只有带你一个人离开的权限。）"瘦小男人说。

"What if I say no?（如果我说不行呢？）"江流问。

瘦小男人听闻招了招手，从隔离门外冲进来七八个荷枪实弹、穿着宇航军服的士兵，每一位都比江流高大，更有全副武装的准备。江流衡量了一下，战力悬殊，不是不能战，而是必须死战才有一丝胜算，但还不知道后续有没有跟进的队伍。武装士兵排在两侧，问题就已经很明朗了。

"What are you doing?（你这是在干什么？）"江流问。

"It is the order from your father.（这是你父亲的命令。）"瘦小男人说，"He is the director-general of the World Trade Organization now. If it concerns you, you can speak to him directly, not me.（他现在是世界贸易组织的总干事。如果你对这个命令感到不安，你可以直接和他对话，而不是我。）"

说着，他又挥了挥手，四五个士兵立刻簇拥上来，举着枪将江流围在中间。江流知道，自己既难以抵抗，又难以带走云帆。

"But I suppose WTO has no power to command the army, right?（但我认为世贸组织没有权力命令军队，对吗？）"江流问。

"No.（是的。）"瘦小男人耸耸肩，"But the Atlantic Alliance would like to support whatever your father demands. These are their men.（不过大西洋联盟愿意支持你父亲的任何要求。这些是他们的人。）"

江流这才恍然领会赵一腾这几天的用意。原来他故意不在航天母舰上和他们对话，却在私下联系了自己的父亲和袁将军，然后用一切可调动的力量支持他们带走自己和齐飞，以便留下云帆一个人。

留下云帆一个人，赵一腾就好下手了。

［这个老狐狸！］江流忍不住想。

［你还是走吧。］云帆轻轻劝他，［别惹麻烦了。］

［可是你……］江流有点焦虑。

［放心，我真的没事的。］云帆说。

这时候，齐飞的声音依旧很清晰地传到两个人脑袋里：［看来赵一腾告诉他们不少事，虽然龙船里的事他没看见，但是也猜出不少。袁将军刚才问我好几个细节。］

江流依然在权衡要不要走，云帆跟他讲：［走吧，没事，我会一直开着大脑里的通信，说什么你们也能知道，若我感觉有危险，我一定提前向你们求援。你们回去地球找到协助，比现在更有办法。］

江流点点头，知道云帆说的是对的，即使这么一直耗下去，在大西洋联盟的地盘里，他也没办法护他俩周全，能回到地球，力量就大多了。于是他向瘦小男人示意了一下，跟着他走出航天母舰。

房间里只剩下云帆，她开始默默深呼吸，调整情绪状态，等赵一腾上门。

当赵一腾真正到来的时候，云帆正躺在床上小睡。赵一腾拉了一把椅子，坐在她房间里，慢慢等着。当云帆睁开眼的时候，看见一双盯视自己的眼睛，吓了一跳，迅速坐直。

"没事没事，你继续睡，不着急。"赵一腾的笑容充满外交客套感。

"赵首席有何贵干？"云帆低声问。

"没有，没有什么重要的事，就是找你一起聊聊，喝杯咖啡。"赵一腾说。

"我不喝咖啡。"云帆说。

"茶也可以。"赵一腾说，"我这里也有上好的安吉白茶、武夷岩茶、云南普洱，你喜欢什么都可以点。桂花酿也有，我觉得适合你。如果你肯赏光，什么都能点。"

"你把这么多劳什子运到月球上？"云帆问。

"在任何地方，生活品质都不能打折。"赵一腾站起身来，向云帆做了一个邀请动作，"更不能亏待了我们的贵客。"

"有什么话，不能在这里问吗？"云帆故意道，"我不喜欢折腾。"

"不能。"赵一腾依旧站着，保持着邀请姿势，"除了喝茶，我还有一些东西要给云姑娘看。"

云帆知道，在这种情况下，硬是口头抵抗也没什么用。对方既有备而来，就是算准了她的所有反应，拒绝只是浪费时间。更何况，她也想知道，赵一腾要给她看什么。于是云帆站起身来，也不再多话，跟着赵一腾就出门去。

在走廊里，云帆试着跟江流和齐飞联络。[你们还在吗？能听得见我吗？]云帆在头脑里问。但是等了许久，也没有任何回复。她的心咯噔下坠，不知道是地月之间太远，大脑感应已不好用，还是两个人遇到了什么问题，关闭了头脑中的信息交流。她只知道，此时此刻，一切都得靠她自己了。

当赵一腾将云帆带入航天母舰最前方的驾驶室，云帆被驾驶室庞大的舷窗和控制台震撼到了。整个驾驶室至少有五十米高，比她见过的大剧院都要宏阔。舷窗里是两排繁复的圆盘形控制台，舷窗外是壮观的月球盛景。

从舷窗看过去，刚好能看见龙船首尾相接的部分——他们当初登船的入口，现在死死地卡住锁闭着。圆环形龙船宛若月球上另一座环形山，当真有了"昆仑"的气势。

"赵首席要带我看什么？"云帆试探着问。

"你看这里，这个屏幕里。"赵一腾带云帆来到舷窗右侧的一个小屏幕前，指着屏幕说，"这里的事物，你见过吗？"

云帆一看，原来是他们三个人曾经驾驭，并在跃迁中携带的副体——龙形兽和凤形兽。在这三具两三米高、赫然显眼的金属怪兽旁边，是一系列稍小型的金属异形兽，有人形上身、骏马下身的人头马怪兽，也有九条尾巴的金属狐狸怪兽，还有鸟头龟身蛇尾的不知名金属兽。想来这就是忽忽说过的，它们巡查组曾经在地球上制造的一系列副体了。

"这些是什么？"云帆问。

"你没见过？"赵一腾反问。

"没有。"云帆说得若无其事，"你是在哪儿找到的？"

"就在前面那艘船里。"赵一腾观察着云帆的神色。

"你们进去过了？"云帆问。

赵一腾停顿了半秒，似乎在思量如何回答才能显得真实，又能套出云帆的话。"没有，"他如实说道，"我们试了，进不去。但是中间的辐条和船身的连接处有缝隙，我们用激光切割下来一条辐条，里面有这些金属兽。"

云帆心里多少咯噔了一下，但是不动声色道："哦，都已经切割开了，难道还不能进入船身吗？"

赵一腾微微眯了眯眼睛，观察云帆的表情："难道姑娘曾经从中央的辐条进入过船身？"

云帆差点脱口而出"难道你们进不去"，但是及时刹住，只说："没有，我只是好奇，我以为你们既然激光切割这么厉害，也能把船身切开。"

"那云姑娘当初是怎么进去的呢？"赵一腾顺势问。

"你怎知我进去过？"

"如果没进去，"赵一腾说，"那你们消失踪迹的28小时，究竟到哪儿去了呢？"

"消失……？"云帆皱眉道。

"我在你们某人身上，安置了一个不容易被察觉的追踪物。哪怕洗澡换衣服，大概率也拿不掉。"赵一腾有点得意扬扬地说，"所以我现在就能知道他已经回到地球，现在到了哪里。你想知道吗？……前两天我发现，他在去往这艘船的途中，有28小时失去了踪迹，肯定是进入过了这艘船。"

"你好诡诈！"云帆说，同时隐隐担心齐飞和江流的安全。

"那你现在可以告诉我了吗？"赵一腾斜靠在控制台上，"你们是如何进入的？我可以坦率地告诉你，我们没有进去。辐条和船身之间的连接入口锁闭得很死，而且不知道是什么材料封锁的，我们直接切割的方案都没能奏效。我们承认失败了，非常坦诚。那你现在能不能告诉我，你们是怎样进去的？"

云帆轻轻扬起下巴问："我为什么要告诉你？我有什么好处？"

"你要什么好处？你要的我都给你。"赵一腾说。

"哈，说得轻巧。"云帆哼了一声说，"如果我什么好处都不要呢？"

"不会的，不会有人什么好处都不要的。"赵一腾从控制台俯过身来说，"就比如说，我出钱，把云逸先生的论文集结成册，在全世界范围内出版，举行纪念云逸先生新闻发布会，让联合国教科文组织为云先生正名，你看可好？"

云帆的瞳孔睁大了。她惊讶的不是赵一腾提出这样的条件，而是他私窥她私人事务的能力。他是从哪里知道她在为父亲筹划文集出版呢？他又是从哪里知道她在寻找联合国专家支持呢？所有这些让她百思不得其解，但又隐隐恐惧。她说："不好意思赵首席，家父已然去世，对名利再无所求，因此你说的这些好处，恐怕已不算好处。"

"真的吗？真的不算是好处？"赵一腾若有所指地说，"那反过来呢？如果你发现，你在秦陵偷偷挖的地下通道被人知道，你真的不怕被你们当地政府文物管理部门投入监狱吗？"

云帆心里沉了沉。赵一腾跟上他们几个，总共也没几天，却如附骨之疽，不仅紧盯他们的行踪，而且连每个人的过往和不能公之于众的秘密都探查得一清二楚。

"你到底想要什么？"云帆反问道。

"我想要知道这艘船的秘密。"赵一腾说。

"知道这些秘密对你有什么好处？"云帆也打量着赵一腾。

"我是纯粹对技术感兴趣，"赵一腾笑笑说，"我就是想知道，这艘船里有什么科技秘密，你又是如何知道这些科技秘密的。"

"然后呢？"云帆接着问，"你知道了会怎么样？让你在大西洋联盟内升职？"

"差不多吧。"赵一腾也不反驳，转而问她，"我就问你，愿不愿意做这个对咱们俩都有好处的交易。我帮你成功，你也帮我成功。其他那两个小子根本不了解你，他们也帮不了你想做的事。"

"你不想直接问船里的人吗？"云帆问。

赵一腾"哈"的一声说："这船里要是有人，又怎会让我们这样乖乖地拖来，又砍掉辐条？我们每一步是测试反应、留有退路的，但是从来没有遇到任何阻拦，按照这艘船的科技水平，肯定不会是里面的人怕我们，只能证明这是一条空船。"

云帆沉吟了片刻，说："我们确实是可以做个交易：你不要跟别人说我挖掘秦陵的事，我也不会告诉别人你悄悄用量子雾窃听总统和联盟秘书长的事情。"

"你说什么？"赵一腾的眼神忽然变得严厉。

"你知道我在说什么。"云帆说。

赵一腾微微眯起眼睛，想估量云帆说这番话，是掌握了多少信息，又是从哪里获得的信息。他本能地想要再套云帆的话，然后根据云帆掌握信息的多寡，跟她谈判开出价码，但他又觉得这样不妥，这无助于他和云帆建立起短暂利益共同体，而是会进一步使他们变成对立谈判者。他对于云帆说出的威胁实实在在感到惊讶，不由得对这个小女子刮目相看。

赵一腾换了一种口吻说："你跟我合作有什么不好呢？你真的了解跟

你一起上天的两个家伙吗？"

"我是不了解他们。"云帆说，"你又了解吗？"

赵一腾笑笑："你知不知道，江流在你的秦陵里，布了特别多信息收集器？我刚才说的信息，都来自他收集到的信息。是他在暗暗查你，不是我。他把收集到的信息传输回系统里，说不准也想在天赏上卖钱吧。你看他对你花言巧语，你是不知道他这个人有多贪财。"他看到云帆的脸色有变，更得意地说，"你又知不知道，齐飞借着跟你出去，是想获得外星高科技以立功？立功之后，立刻就能娶将军的女儿。齐飞这个人，最懂得攀附，他所有的严谨其实都是在跟老将军表现。你相当于是自杀，用命来给齐飞和他未婚妻做贺礼。"

赵一腾知道，任凭云帆再怎么有气度，听到这些真相都会扎心。他说的都是事实，但事实如何呈现在于解读的方式。女孩扎心之时，就是他最好的介入时机。

"你跟我说这些做什么？"云帆说。

"你可以不听，但是你小心被人卖了。"赵一腾说，"你想想，他们两个人，从一开始，为什么接近你？你想没想过他们为什么帮你？人心最是难测，做事的动机才告诉我们一切。你不能只相信你看见的，当一个人眼前摆着巨大的利益，没什么人能不扭曲。告诉你，你过不了多久就会看见江流跟他家人一起出来做生意赚钱，齐飞成了他们联盟的战斗英雄，而你只是他们获利的棋子而已。我这么多年什么事情没见过，凡事你只相信最坏的一面就对了。你不如跟我合作，至少我把我的利益说得清清楚楚，不会欺骗你的感情。"

赵一腾默默地等着，等着云帆脸上闪过痛苦的裂痕。

当江流被带入父母在阿尔卑斯山脚下住的度假别墅，他立刻感到一种不同寻常的气息。整栋房子太甜，也太照顾他的情绪了。

他没看见父亲母亲，但他看见了开放式厨房里忙前忙后的两个厨娘，又看到客厅里悬挂的彩带花，就觉得和他自己有关。这栋房子，他还是中学时来过。客厅里还摆放着全家人的度假照片，大相框里，动态照片中他和哥哥在打闹，他往哥哥身上洒水，两个人绕着全家人转圈圈，最后才胡乱摆了造型，跟穿着珍珠小礼服的母亲和姐姐站在一起拍照。动态照片是循环播放，江流一次又一次绕着家人转，而父亲只是面无表情站在中间。照片看久了，这样一圈一圈绕得人眼花，照片外的江流异常头晕。

他想上楼，回自己的房间里休息，但是被一位厨娘拦住了，问他中午的菜单选鱼还是肉，配菜要什么，酒要哪款。江流平时喜欢挑剔这些东西，但今天被问得不胜其烦。他心里转动各种念头，希望把云帆解救出来，但一时没有极好的法子，心思烦乱。

回房间躺在床上，他睁着眼睛睡不着。他在头脑中想要跟云帆和齐飞联络，但是呼叫了几次都没有回音。

刚才在路上，他把头脑中的信息子开关关闭了，原因是在从月球回地球的路上，瘦小的男人主动找江流攀谈，开始讲江流父亲的嘱托。原来这个男人在进入WTO之前就在江家企业工作，一直是江流父亲的办事专员。江流迅速将脑中的通信关掉。他并不清楚男人会说什么，也不清楚自己会如何回应。这种情况下，他没办法实时面对齐飞和云帆。

最终瘦小的男人只是重复了一下江流父亲在他出发之前和他谈好的事情：在最近开展的联合国机构改革中，江若钦已经让区块链决策纳入决策机制之一，作为民意测验的替代，成为最终决策机制中权重显著的一块。接下来需要江流的辅助，他具体交代了做法。

江流又一次觉得荒唐。父亲连跟自己交易，都找中间人谈，还是不想面对面沟通。

当时江流切断了联络，不想让云帆和齐飞感知。但此时当他想与云帆和齐飞对话的时候，他发现再也呼叫不到。他心里有一点担忧，不知道他们遇到了什么情况。

江流想着可能的解救方法，发现每一种自己都有点无能为力。他可以找赵一腾谈判，但他发现自己的谈判桌上没有什么像样的筹码。他不在军方，也没有办法调动任何飞船舰队，直接抢人的法子完全走不通。他手下的天赏，都是最穷苦、受战争所害的小民，连维持自身生计都很困难，做点打打杀杀、偷袭之类的没问题，但谁又有能力到月球上救人？就连出钱请太空采矿队做秘密营救都做不到，他平时的账户都在家族基金管理的监控下，一旦金额超出一定范围，就会触发父母审批的程序。这个时候他有点羡慕哥哥姐姐，终于知道他们为什么每人都一定要一家子公司了，这个世界上很多事，不调动大额资金是做不成的，而只有掌管足够多资本和企业的人才有能力调动资金。

正当他躺在床上胡思乱想的时候，母亲推开门走进来。母亲穿了一件真丝居家连衣裙，面料华贵，但设计简洁，通常母亲想在家招待好友的时候，就会选择这种不动声色的奢华风格，和好友暗自较劲。她手里端了一个托盘，上面是咖啡和乳酪蛋糕。

"别起来，"母亲见江流想坐起身来，特意用手摆了摆，"累就躺着吧。"

"没事，不累。"江流还是起来，坐到窗边的扶手椅上。

母亲在他床边的贵妃榻上坐下，用甜美而温柔的语调说："这一趟挺远的，很累吧？"

"还行。"江流说。

"我听说你们去太空里，见到外星飞船了？"母亲问。

"嗯。"江流点头道。

"很壮观吗？"母亲问，"有拍照吗？"

"我身上的摄像头有自动扫描，全程都有数据。"江流说。他又想起自己在船舱里，用透视射线全程扫描，然后投影到齐飞隐形眼镜的过程了，恍若隔世。

"太好了。能给我看看吗？"母亲有点兴奋，"有 VR 数据吗？"

江流点点头，转了转手链，调出飞船外观和太空行走的数据，和房间里的 VR 镜片做了蓝牙连接。母亲在 VR 镜片里看着，不时发出"哇哦""哇"的惊叹。

"太棒了！"母亲说，"你把数据给我，我给你剪辑包装一下，发到你的 VR 虚拟空间，肯定是爆炸的传播效果。"

"不要。"江流急忙阻止道，"这件事事关重大，肯定需要让各国政府来处理，而且应该是科研为主，不适合告知公众。"

"怕什么，让民众知情也是应该的。"母亲仍然兴冲冲地，"这么重大的消息，就是应该让所有地球人知道嘛。让政府处理？哪个政府能处理？属于全人类的信息，能给哪国政府？Eric 呀，妈妈跟你说，你这次也算是人类英雄了，这时候就应该站出来，代表所有人的利益，而不是一国政府，给人类做个表率。"

江流听上去觉得隐隐不对，又似乎有那么一点道理，不知道母亲到底是什么意思。"我不行。我不配。"江流说。

"你怎么不配？我儿子这么英俊，又聪明，又勇敢无畏，就是英雄。"母亲说。

"妈，我做不了英雄。"江流说，"我特别不习惯做公众人物，我一个人游荡惯了。"

"Eric 呀，妈妈前两天想了好多，"母亲露出一个意味深长的笑，又特意坐得离江流的位置近了点，"我之前对你可能太苛刻了一点。我有点不理解你做的事。你也别怪妈妈，我就是希望你们兄弟姐妹三个都能成才，都能过上好生活。哪个当妈的不想让孩子有出息呢？现在你哥哥姐姐也都管上自己的公司了，稳定了，我也有更多时间照顾照顾你了。"

"妈，我二十七岁了。"江流皱眉道，"不用你照顾了。"

"你们再大，也是小孩儿。"母亲说，"你哥三十六了，选衣服什么的，不是还得来问我吗？你一直对自己不太上心，散漫惯了，我这两年帮你好好经营一下，能让你脱胎换骨。其实你条件多好啊，从小各方面天赋就比你哥还好，但你就是不大会用。人啊，三分天注定，七分靠经营。经营好了，才不浪费资源。要不然像你这么随随便便混一辈子，真算是暴殄天物。Eric，妈妈之前不知道你做的天赏是什么事，但现在知道了，你做的就是慈善事业啊，这可以好好宣传一下，再加上这次的太空行动，你就是全人类的英雄。年轻人需要英雄偶像。"

以江流洞若观火的理解力，岂能不懂妈妈话里的意思——将他打造为太空英雄、大众偶像，在VR虚拟世界里爆红，再加上天赏身份的宣传，成为全世界的明星。这样家里最不成器的一个小儿子也总算是为家争光了，作为母亲，她又可以笑嘻嘻地接受所有人的赞美了。

江流什么都懂，但不知道为什么，这一次他没有像以往那样直接回怼母亲。他只是说："这不适合我的性格。"

"没事，"母亲笑吟吟地说，"你都交给妈妈，妈妈都帮你搞定。"

"如果我不想呢？"江流说。

"那我当然不勉强你。"母亲说，"不过人都是会变的，你到时候感受感受再说。另外，妈妈也跟你说句掏心窝的话，我希望这次你回来之后，能好好在家待待，别再跟那个姑娘，还有太平洋联盟那小子来往了。可能马上有大战，你跟他们走太近不好。那个姑娘一看就是心思特别重的那种女孩，来找你，八成是冲着咱们家。你得学会保护自己。"

当天晚上，正如江流所想，度假别墅里举办了规模不大但规格很高的派对。几个旅居欧洲的商人家庭都来了，跟江流同辈的俊男美女有七八位，其中年龄稍长的带了小孩，三四个孩子在客厅里绕着沙发跑，就像全家福里他和哥哥一样不停地绕转。这是一个为了庆祝江流的太空任务圆满完成举行的派对，但除了派对刚开场的时候母亲夸张地表达庆祝，几个不太熟的男女围着江流问了几个问题，后来就再没有人提起派对主题。男男女女举杯、碰杯，悄无声息将手臂放到彼此的腰胯，脸上微笑，口若悬河，眼睛里写着欲望。

父亲没有来。江流本想跟父亲再谈一个新的交易，但没有机会了。

江流本来很熟悉这种场合，即便他并不喜欢，他也很擅长虚与委蛇，和各种美女搭讪。但这个晚上他只是坐在小露台上喝酒，仰头看着月亮，徒劳地尝试在空空如也的头脑讯息中寻找熟悉的声音，紧锁的眉头划出一丝痛苦的裂痕。

　　齐飞跟着袁将军，直接降落到太平洋联盟总指挥部——南沙群岛某小岛，周边各大军区都有长期派驻在此的将领和参谋官。

　　他在路上就关闭了大脑信号沟通，担心有任何不可泄露的信息。

　　到达小岛，白沙绿水，碧海蓝天，宛若幻境。

　　袁将军一年有一半时间在西安，另一半时间就在这里开会。齐飞之前只来过一次，还没有进入核心区。袁将军没有带齐飞四处参观，而是直接带他来到自己的小办公楼，是一栋二层小楼，在几丛浓密的棕榈树后。小楼线条简洁，和岛上其他建筑风格一致，外观也没有任何装饰，从外表完全看不出是指挥部，这样可以最大限度避免轰炸攻击。

　　齐飞跟袁将军进了办公室，办公室跟袁将军在西安的很像，墙上有一张巨大的世界地图，实时动态光点闪烁，传递全球信息。袁将军也没有什么客套话，示意齐飞自助接水泡茶，然后开门见山地问："现在回来了，可以放心说了。这儿没别人。你们看见什么了？"

　　"嗯……说来话长。"齐飞想了想要怎样解释，"我们见到外星文明了。刚开始是在那艘飞船里，后来我们去到了外星球，叫李鲁霍曼星。"

　　"你们去了外星？怎么去的？"袁将军明显感到了兴趣。

　　"我们是跃迁而去的。"齐飞说，"这不太好解释。外星文明以往就介入过地球文明，古史里留下的很多传说都来自外星。它们大约七八百年到地球一次。它们给我们讲了一些物理原理，其中就包括跃迁原理——简单点说，就是大脑可以和一种叫作信息子的事物发生交互作用，通过信息子纠缠就能跃迁。这里面还有一些环节，我也不完全清楚，还需要再研究。"

　　"就你观察，"袁将军沉吟了一下，"这些外星人，比咱们科技高出多少？"

"很多。"齐飞说，"它们说过一个文明科技等级标准，咱们勉强到3级，它们差不多是7级了。"

"差这么多？"袁将军略微沉吟了一下，他站起身，去窗台上把烟取来，点了一根问，"那你觉得……它们跟咱们联手合作的可能性有多大？"

齐飞很喜悦，说："很大。它们隶属于宇宙协作文明联盟，本来就是互相协助，也扶助弱小文明发展。它们一直愿意扶助地球。"

"不是，我是问，能不能跟……咱们合作？"袁将军指了指自己和齐飞。

"什么叫跟咱们合作？"齐飞隐约感觉到什么，但没敢多想。

"过几天可能会有大战了，咱们跟大西洋联盟的决战。"袁将军说，就像在说一件小事，"主战场还没定，但很有可能是空天。毕竟地面战受到太多人道主义公约牵制，发挥不开，如果是空间战就是纯实力比拼了，让他们见识见识咱们的实力。有可能在地球同步轨道附近，但也不是不可能更高一点，比如把主战场放到月球附近。"袁将军弹了弹烟灰，"把那艘船夺回来，还有你的小女朋友。"

"将军……"齐飞的心突突跳了两下，不知道袁将军是什么意思。

"云帆现在在大西洋联盟手里，你是不是想把她救出来？"袁将军问。

"嗯。"齐飞承认道。

"那你想不想知道你妈妈对此是什么反应？"袁将军故意问。

"不要……拜托您。"齐飞慌忙阻止道。

袁将军一边说一边朝墙壁挥了挥手，墙壁上出现跟齐飞母亲联通呼叫的讯号。齐飞还没来得及阻止，信号就联通了，齐飞的母亲出现在墙壁上。

"小飞，小飞，"齐飞母亲有点惊慌失措的样子，"是你回来了吗？"

她在房间里环视，看见了齐飞，像是某种巨大的惊恐得到了释放，长长地出了一口气："小飞，真的是你回来了！太好了，你不知道前几天妈妈有多担心你。"

齐飞有一点不情愿地站起来，走到墙边，对母亲笑了一下说："妈，没事的。"

齐飞母亲在屏幕里上下打量着齐飞，问："这几天你去哪儿了？你走的时候只说是执行任务，没说是去哪儿。后来我听说你去太空了是吗？去太空好危险啊。你又没经历过训练，怎么能说走就走呢？把妈妈吓死了。你不知道，这几天晚上我都睡不着觉，做噩梦都是梦见你从太空飞船里掉出来，越来越远，再也回不来。我就吓醒了，然后睡不着，一整晚都提心吊胆，只能躺着等天亮。已经好几天了。你看看，我这头发都掉了一把。"

齐飞母亲在屏幕里开始给齐飞展示自己的头发，齐飞很紧张，连声说："您不用担心，您看，我现在挺好的，我没事，在太空里也不危险。"

"你这次执行任务的同伴都还好吧？"齐飞母亲问，"前两天我听见'云帆'这个名字，还以为……还以为是那个云帆。后来袁将军解释说是同名同姓，是同名同姓吧？那是巧了。你们这次几个人去？其他人还好吗？他们在路上对你好不好？"

"好，妈，您放心，一切都好。"齐飞说，"其他人都挺好的，对我也挺好。我现在没事，您看我不是好端端地站在您面前吗？别担心了，好好睡一觉吧。"

母子又互相说了几句叮嘱关心的话，切断了通信。不知为何，齐飞心里惊心动魄的程度远高于前几天的所有太空冒险。齐飞身上有一层细密的冷汗。他不知道如果母亲知道自己和云帆一同出行，会有怎样的反应。齐飞能看出母亲身上紧张的因素，从他上大学开始，他就习惯了这样的话语模式——"我很好""我没事""我还在""您放心""您别担心""您好好休息"。但不知为什么，越说"我很好"，他越不愿意回家，或许是不想让母亲感知到他实际的状态和语言中的"我很好"之间的鸿沟。

通信切断之后，齐飞坐在沙发上，低头缓和了好一阵情绪，才冷静下来。

袁将军一直等着齐飞，没有说话。最后是齐飞先开口道："我和云帆……您一直都知道？"

"嗯。"袁将军点点头。

"那为什么……？"齐飞皱眉问道。

"没错，从一开始派你去执行任务，我就做了背景调查，知道你和云帆是什么关系。"袁将军说，"但我为什么还让你去呢？最主要的原因是，我相信你能拎得清亲疏远近，也能想得明白，谁是一辈子对你好的人，谁是不该长期接触的人。以你的身份接触云帆，她才能放心将你纳入行动计划。我知道她一定掌握了什么重要秘密，这个秘密，若非你出马，估计没有可能知道。现在行动结束了，证明我赌对了。"

"您把行动视为一场赌局吗？"齐飞呢喃道。

"齐飞，你要知道，人生就是赌局，一场一场豪赌。"袁将军说，"所以聪明的人每一步都要找到赢面最大的盘。你知道我现在为什么跟你和盘托出吗？是因为我想带你下场，进入下一个更大的赌局。"

齐飞像是进入了一种机械模式，问："……什么赌局？"

"我帮你救云帆，保证她平安，而且答应你，绝不告诉你妈妈这次行动和云帆有关。"袁将军说，"你联络外星人——我知道你能联络——说服它们在这次决战中帮助咱们——你知道'咱们'是什么意思。"

"果然是一场豪赌。"齐飞轻声说，"袁将军运筹帷幄，一切都在掌控中，齐飞学到了。您期望获得什么样的帮助呢？"

袁将军笑笑说："如果决战在太空，你觉得咱们如何才能拿到决胜的砝码呢？具体需要什么，要你去想，你去谈，你去安排了。你也放心，联盟从来不会亏待功臣，这场决战一战成名，我保你晋升少将。这将是大西洋联盟和太平洋联盟加起来最年轻的少将。太平洋联盟的巅峰时刻，有你的名字。"

"那您呢？"齐飞问，"您想要什么？"

袁将军微笑了一下："我？我什么都不要，我只要联盟胜利。现在的太平洋联盟，已经出了不少软弱腐败的迹象，有一些求和的软骨头。这些废物点心的诉求是和大西洋联盟讲和，然后保持休战。这是把自己的肉割下来给别人吃。要是这帮人掌权，你我都没有好果子吃。他们是在腐蚀联盟的精神。我什么都不要，就是希望联盟站到世界巅峰。我能做到这一点，他们那些人不行。除此之外，我希望你在这次决战之后，再也不见云帆，和露露好好生活。"

"哦——"齐飞点点头，"这么一说我就明白了。"

"所以，你知道该怎么做了吧？"袁将军满意地笑笑，"齐飞，你要记住，你是军人，而且始终是太平洋联盟无上光荣的军人。不要以为你跟小情人和江家小子出去玩了几天，你就能忘记自己的身份。江家那种人，是无利不起早的，永远没立场，哪儿有利益往哪儿去。但你不一样，你的立场是：永远为了联盟的光荣。跟那些利益蛆虫在一起你会堕落。你不会忘了你父亲是怎么死的吧？这次决战，就是你最好的复仇机会。"

齐飞像是一台自动答录机，说："我没忘记。"

"明天早上，你跟我去日内瓦。"袁将军说，"明早在日内瓦有安理会常务理事会。事情到了明天，就全部明朗了。一旦达不成协议，决战立刻开始。你还有一个晚上的时间，联系你的外星小朋友，说服它们帮助咱们。我相信你，这段时间足够了。"

"收到。"齐飞说。

袁将军对自己的一番教训和部署十分满意，舒服地靠坐在转椅里，享受地抽着烟斗。他没有注意到齐飞脸上闪过的一丝痛苦。

第十九章　抉择

　　齐飞晚上睡不着，打开大脑的信息子连接开关，想要听一听其他人的信息，但是没有，什么都没有。他心里有点沉重，想到前一日几个人联手对付赵一腾的时候，进行的是怎样的交流，回到地球上，他就似乎把他们都丢掉了。他们也把他丢掉了。他找不到他们，听不到他们，见不到他们。

　　齐飞躺在自己的招待宿舍里，回想白天的事，他觉得自己比自己想象的更软弱。他不是听不懂袁将军的意思，但他第一反应竟然不是热血沸腾，而是想着怎样从这次行动中撤离。他想不明白这种本能反应的来源。其实他回到地球上时是在考虑如何调动力量去解救云帆，这次大战就是救出云帆的好时机；而他之前在很多年的训练中，都在期待某一天对大西洋联盟的一场大胜，报自己的杀父之仇。

　　可他还是想撤退，他说不好是为什么。袁将军的话里有些什么东西是不对的。那种气息很危险，带着一丝陷阱的味道，齐飞不知道它是什么，他的第一反应是逃。

　　他仔细思量着袁将军交代给他的指令：第二天在日内瓦，会召开联合国安理会小型常务理事会，大西洋联盟、太平洋联盟、红海联盟和联合国总部专业委员会都会派人参加，专门讨论齐飞他们遇到外星飞船的事情。现在几大联盟和联合国安理会都已经听说了飞船的事，这件事已不再是几个人的秘密行动，而是变成了全球事务。在这次会上，太平洋联盟会声称龙船是自己领土的物品，要求大西洋联盟无条件交出龙船，交给自己保管；而不出意外的话，大西洋联盟一定会拒绝，这时候太平洋联盟就会向大西洋联盟宣战，并挑起第一轮大规模空间决战。两方在最近三十年不断加码太空军备竞赛，空间各个轨道都堆满了军事化卫星和攻击设备，就差开枪点火。

给齐飞的感觉是，两方都盼着这扣动决战扳机的机会，都想看到太空核弹爆炸的样子。这里面的所有过程和所有人——包括他自己——都是不重要的，没有一个人会真正期望达成和平，双方都会匆匆走完过场，奔向结局，这是两边对战了二十年都在等待的一刻——大规模决战的一刻。而他们四个人，恰好走在了两边的枪尖底下。

这不是他事先想象的。

他想象的是什么呢？是军人的职责：正义、尊严、保卫家园？无论如何，并不是这样在太空核战争中对权力之巅的角逐。可是正义存在吗？谁来定义正义呢？难道正义不等于对权力之巅的角逐吗？是吗？不是吗？

当数千架战斗机在太空里爆炸，释放烟花般的火光，谁才是心满意足的人？

就在齐飞胡思乱想、身体冰冷的时候，他隐约在头脑中听见了云帆的独白。

[常天，常天，你在吗？]是云帆的声音。

齐飞屏息聆听，没有发出回应，只是试图感受接收到的云帆的讯息和情绪。

[常天，我有好多话想说，但不知道能跟谁说，只能试着跟你说了。]云帆轻声细语道，[我还记得你在船舱里跟我的谈话。我们谈起了江流和齐飞，当时我说，他俩并不爱我，我那时候心里感觉，我们只会合作这一程，结束了就散了。但是现在，我的想法变了。]

齐飞听到这话，心里突然抽紧了，他尽可能静息听着。

[常天，你知道吗，]云帆思绪的声音很轻，[今天赵一腾跟我说，

江流会调查我的数据，传到网络上卖掉；齐飞用跟我的行动换取勋章，然后娶将军的女儿。那个时候我心里很疼。这让我非常非常惊讶。我惊讶的不是他俩有可能做出这样的事，而是我竟然情绪上很在乎。你知道吗，自从爸爸死后，这五年时间里，我都几乎没有任何情绪上的波动。我心如止水，以为什么事情都不会再让我情绪波动了。我一直在练习吐纳呼吸、调息静气，而且我也确实什么事都不在乎，什么人也不在乎了。他俩刚开始来找我的时候，我可以平平静静谈条件，心里也没有什么波动。可是这一次，当赵一腾说，他俩有可能辜负我的信任，为自己牟利，我突然非常非常难过。我其实不想深究他们到底会不会这么做，我只知道，我心里很在乎，我很久都没有这样了。我很明确，那种感觉不是爱情的占有，不是女生被男朋友劈腿的恨，而是另外一种东西，不是爱情，但我说不好是什么。可能就是信任。我太久没有将自己的心敞开给谁看了，当我信任一些人，我特别害怕他们不值得信任。这关乎我对这个世界的信任。我现在有点害怕，就像是小时候在公园里走丢了，我怕被这个世界丢下。]

[没事，我在。] 是常天的思绪声音，[没关系的，不怕。他们是值得你信任的，你放心。他们不会把你丢下的。]

[我其实特别讨厌装可怜的人。] 云帆说，[做出可怜的样子，本身是一种强势，是绑架，是把别人放在被迫的位置上，要是别人不按自己的意思做，就显得很悲惨，显得别人很糟糕，让人有负疚感。我讨厌这样，我不想装可怜。我一直告诉我自己，周围人来就来，走就走，都是自由的，谁也不亏欠谁。如果他们真的有各自成功的生活，那也挺好。可是……可是我还是有点害怕。月球上太黑了，我什么都看不见。]

[不怕不怕，我不会丢下你。] 常天说，[我和忽忽在一起，我们有办法的。明天我们就安排，接你回来。]

[嘿。] 突然响起了江流的声音，[英雄救美的戏码，你问过我吗? 让你演了吗?]

[啊！你在呢？] 常天有点惊喜地问。

[你什么时候连接的？] 云帆很慌，[我刚才明明试探了好几次，你们都不在。]

[我刚连接一会儿吧，但也……有一会儿了。齐飞，你也出个声吧。] 江流表示。

[嗯。] 齐飞应了一声。

[那你们刚才都在？啊，我，我不是……我是说……] 云帆的思绪一下子变得很杂，能感觉到她的慌乱。

[嗯，我们都听到了。] 江流说，[傻丫头，我们怎么会把你丢下呢？齐飞那小子怎么样我不知道，我可是绝对不会把你丢下的。]

[臭小子，] 齐飞道，[江流我告诉你，你少在背后恶语中伤。]

两个人像往常那样戏谑，但在头脑里交换的信息并没有欢乐，而是有一种忧郁的气息。江流知道，自己刚才忧虑的事情齐飞八成感觉到了，就像他刚才觉察了齐飞的担忧。他们俩刚都有意识收敛心神，聚焦于自己的思绪，并没有发出任何与他人直接对话的信号。但是在聚焦和内观的过程中，他们都觉察到另一个人的思绪状态。这个时候他们才发现，大脑的感知并不是一蹴而就的，而是觉察力不断增强。刚开始几个人只能"听到"相互讲的信号，但时间越久，他们能互相觉察和交叠的个人思绪就越多。

那种感觉就像……就像进入黑暗里，眼睛最初只能看见几个人拿着的手电筒，以及用手电照耀的地方，但是越沉入黑暗越适应黑暗，慢慢就能在黑暗里觉察勾勒出更多事物，看见彼此身上没有被照亮的部分。当眼睛适应黑暗，就能看见黑暗，时间久了甚至不再觉得黑暗，而能看清层层叠叠的事物。此时此刻，江流和齐飞就能觉察出彼此脑中层层叠叠思绪的暗影。江流能觉察齐飞对第二天任务的不情愿，齐飞也能感知江流对家庭要求的回避。那种阴霾的情绪是他们平时谁都不说的。他们知道，这些幽微信号云帆和常天也很快能感受到，他们只是一直都还在对话，没有沉入暗影世界而已。

只有沉入暗影世界，感知到心底的阴霾，才有忽然释然的感受。

原来我们能在阴霾处相遇。

［齐飞，你知道吗，我今天想到一个法子。］江流说。

［什么法子？］齐飞问。

［这个法子得靠你。］江流对齐飞说，［今天我最大的感受就是：很多事情靠我自己真的搞不定。］

［快说。］齐飞道。

［我得先跟你解释一下，为什么我搞不定。］江流说，［今天我母亲建议我站出来做一个虚拟空间里的人类英雄。我当时的直觉是想逃。我后来想了好久这是为什么。我觉得还不只是因为我母亲的虚荣让我反感，更主要的原因是，我觉得我面对不了这种复杂的处境……我指的复杂，还不是环境复杂、案件复杂。如果是外部复杂，我都能处理……我指的复杂，是我无法面对让我自己复杂。我心目中总有某种……"完整的我"，我只能接受自己处在这种"完整理想"状态下，其他一丁点我不想面对的东西都不能有。所以我发现我这些年永远都是一个人飘来荡去。只有一个人的情况下，我才是按我自己的想象生活，是自在的。只要是处于跟其他人共事的状态中，我就没法自在，因为完全不愿意改变我自己。我试过几次，都很失败，别人稍微想要改变我，我就直接甩头走人了。这次也是，我本能地想到成为虚拟英雄之后必然有极端复杂的状态，所有黑色白色红色绿色紫色全都会侵入我。我就想逃跑。我宁可自己一个人永无打扰，也不想让各种颜色侵入。］

［你想保持更纯粹的自己，这也没问题。］齐飞回应道。

［但这样什么都做不了。］江流继续道，［我这一次觉得特别无力。就是我意识到如果你非要保持自己完整，那就是封闭的，你就没有办法调动任何庞大复杂的势力，最后的结果是连自己想要营救的人都营救不了。我这个时候理解你说的那种集中力量的意义，但这就需要允许自己

被改变、被侵入。你跟我不一样，你可以接受自己的身上有一半是自己坚持的东西，但也有另一半可以与不喜欢的事物协调，你能控制这一切。我就在想，为什么我做不到呢？也许是因为自己从小到大做什么事看起来都挺好，考试、跳舞、滑雪、格斗，全凭本能，什么都行，就给自己制造了一种幻象，以为自己是万能的。但其实没有任何一个人是万能的。齐飞，我跟你说，你身上的力量是我没有的，而我想到的办法，只能由你来做。］

［你先别说，你先听我说。］齐飞打断他，［我今天差点辞职了。］

［什么？］其他几个人都惊讶道。

［今天袁将军跟我说，明天要发起大决战，和大西洋联盟在空间决一死战。］齐飞很沉郁，［要是以前，我可能还会对此激动，但我今天听见，第一反应就是我要退出。］

几个人都等着齐飞。当他们用这样的方式交流的时候，头脑中的语言信号似乎是并发的，除了语言，还有其他很多感受性信号伴随着，就像是立体信息。这种感受他们很难用语言形容，但异常直接。每个人的情绪感受似乎都在自己心里震荡。他们能觉察齐飞不易产生的忧郁。在齐飞日常平稳坚强的情绪信号中，这一丝忧郁像水里的一丝墨。

［如果没有上天这一趟，我可能一直还很憎恨大西洋联盟。］齐飞继续说，［但是这一次我发现，我当时那么强烈的情绪，其实是我有一些东西不敢面对，在压抑、强压之下一定要反弹，所以对大西洋联盟的愤怒就那么强。但实际上，我发现我真正没法面对的东西是怨恨。我心里有怨恨，就像以前故事里讲的，水井底下压着一团黑气，只能用大石头将井口封得死死的，要不然它就要出来作乱。我怨恨的是有人把我的生活毁了，但我不知道该怨恨谁，就每天怨恨大西洋联盟。但这一次我发现……其实生活并没有全毁掉，还是可以继续的。我见到帆帆，发现帆帆还在坚定地追求自己的生活。我忽然觉得，我也可以。那个时候我突然有点空旷，那种强烈的愤恨一下子消失很多。］

［嗯，］江流也说，［帆帆也挺影响我的。我做任何事都没这么执着过。］

［我……我恰好相反。］云帆轻声道，［这一次之前我知道我要做什么，现在反而什么都不知道了。］

［一旦不那么压抑，我的脑子也清醒点了。］齐飞说，［我今天下午就在想，我当初那么憎恨轰炸大桥的那个飞行员，但我自己明天还要指挥战斗机器去轰炸月球基地，里面死的人就没有儿子吗？那死者的儿子要恨我吗？这是我的错吗？我是个邪恶的人吗？讽刺的是，我们四个刚刚选择代表人类做实验，结果转天我就去轰炸另外的人类。要是我都这么做了，人类又怎么可能通得过进化之门？所以我后来就一直想退出，但又不知道退出之后还怎么去解救帆帆，所以一直觉得自己很没用。］

［你不能退出，你要站出来。］江流说。

［怎么站出来？明天大决战指挥无人机？］齐飞问。

［当然不是。你要站出来阻止明天的大战，然后成为未来行动的领袖。］江流说。

［什么？怎么可能？］齐飞震惊道，［两大联盟剑拔弩张，我哪有能力阻止？更何况上面有那么多高层人物，怎么可能听我一个人微言轻的小人物的话？］

［你不是人微言轻的小人物，你明天要在谈判中讲话的。］江流说。

［讲话？不过是走个过场。］齐飞反驳道，［你还不知道这种谈判吗？两边都会大声重复无数遍自己的诉求，相互一句都不肯让，最后谈不拢，一拍两散，大炮解决。］

［你说的是现状没错，但你可以改变这一切。］江流说，［你可以站出来，让一切变得不一样。我可以帮助你。］

齐飞仍然拒绝：［你帮助我也没有用，这个事情就是办不到的，起码我做不到。］

［你怎么做不到？］江流坚持道，［你忘了你说过的"明知不可为而为之"了吗？你说过"士人风骨"几个字在你心里。仲尼尚且为宣传仁四处

奔波，如丧家之犬，你就甘愿见天下大乱，自己袖手旁观吗？]

[你说得容易，那你做啊！] 齐飞有点恼。

[我说了我不行，但你可以！] 江流也有点急。

[好了，你们别吵了！] 云帆突然打断他们，[太紊乱了，我喘不过气来了。我感觉到的信息全是乱的，我现在好冷。你们都别吵了。都是我的问题，你们都不要救我了。我说过我一个人可以的。求求你们不要管我了，不要吵了。]

就在这时，几个人在紊乱冲突的信息流中，突然感觉到一阵温和镇静的气息，如阳光，如绿叶的味道，如早春的风。他们突然感觉平静下来，很想沉溺在这柔和的气息里。

[你们几个，真不让人省心。] 是常天的声音，[少看你们一会儿，就又吵架。有什么事就不能好好说吗？还好我提前有准备。]

他们于是知道，常天不知道用什么方法，能将一种让情绪舒缓的感受传过来，或许是他储存的某种精神治疗的方式。几个人只觉得呼吸舒畅、神经放松，刚才感受到的紧张压抑和剑拔弩张都消失了，慢慢就平静下来。

[常天，你在哪儿呢？] 当齐飞回过神来，问道，[我今天呼叫你一整天，都没有回应。]

[嗯，白天我一直跟忽忽忙着呢，] 常天说，[我们现在在一个小岛上，大溪地群岛附近，很隐秘的一个小岛。忽忽也累了，刚才已经睡觉去了。我以为它们李鲁霍曼星人都不用睡觉呢，但看它睡觉的样子，也跟个婴儿似的，可爱得很。]

[你们安顿了就好。你跟忽忽接应，一切都顺利吧？] 江流问。

[不算太顺，中间有不少波折。不过都是小事，回头有空我给你们讲。] 常天说，[对了，你们知不知道，我们把怜惜花种下了。怜惜花需要好多水，但是有了水就长得很快，特别美。明天我可以给你们看图像。]

[这太好了。] 云帆赞叹道。

[不过话说回来，咱们现在应该心平气和想一下可行的策略，明天怎么能化干戈为玉帛，把帆帆平安接出来，你们也能来找我。]常天说，[我和忽忽其实今天想了一个方法。刚才我就想说来着，江流非拦着不让我说。]

[好好好，说说说。]江流此时也温和了，[你先说你的策略，我再说我的策略。我也还没来得及说呢。]

[就说你们嘛，没事吵什么架，正经事都说不出来。]常天的沟通永远给人微笑的感受，[不过我先说句题外话，刚才我观察到好几个好现象。一是帆帆敢表达需要了。帆帆你之前最大的问题就是好像什么都不需要，谁也不需要。其实人不可能不需要他人。你是不敢需要，你那层鸡蛋壳太厚了。刚才我听你讲自己害怕，其实我还挺欣慰的……现在再说江流。]

[喂，你是在点评学生作业吗？]江流慌忙阻止他，[你跟忽忽在一起没多久，怎么好的东西不学，好为人师的坏毛病全学来了？]

[你呀，]常天笑道，[刚有半点自我觉察，承认自己有弱点，怎么又开始不让人说了？我说说你怎么了？说你是敲醒你。其实你刚才触碰到一个特别重要的点，但你让它滑过去了。你可以想一下，当你害怕自己不完整、被侵入的时候，你害怕的究竟是什么？]

[你到底有没有正经策略啊？]江流怼道，[你要是再不说，我就还是先说我的策略了。]

[好好，马上说。最后一句题外话——]常天还是笑眯眯的语气，不急不恼，[我再说一句齐飞。小飞啊，我最了解你，我也不赞成你退缩。我倒不是要逼你成为英雄或什么的。但是你退缩是因为你碰到了禁区。你头脑里有好多禁区，不让自己想，袁将军就是一个。]

齐飞无声无息，没有任何反馈，或许在思量常天的意思。于是常天继续道：[好了好了，我不说题外话了，你们自己想吧。现在我来说我和忽忽想到的策略。帆帆，你明天一大早，就带赵一腾进入船舱，到一间小控制室里。我待会儿给你发全息图，让你看进入船舱的地方，和小控制室所在的位置。]

　　第二天清早，云帆带赵一腾进入龙船的船舱。

　　进入之前，赵一腾充满狐疑又无比兴奋地问："是什么让你改变了主意？"

　　云帆轻轻朝他笑了笑："赵首席，其实我对你挺好奇的。这个世界上，大多数人做事是骨子里谋求利益，但是表面上不说，都还是说自己为了仁义礼智信。是什么塑造了你，让你从里到外毫无遮掩地谋求利益呢？"

　　赵一腾嗤笑了一声说："我一直相信，做人要真诚，不能一套一套的。利益是人世本质，没什么好遮掩的。我即使再贪婪，也比虚伪的人强。我起码想要多少都是真诚地写在脸上，不像有些人，脸上是大善人，骨子里依旧自私得很。云帆，早晚有一天，你会被那样伪善的人所害。"

　　"我是祸是福，不劳你费心。"云帆微微笑笑，"咱们君子协定，我带你进去，把我知道的告诉你，你就送我回家，把你的监视器都撤去，从此让我安安静静生活。"

　　"一言为定。"赵一腾说，"不过，我撤了我的，不保证那个姓江的和姓齐的……"

　　"别人的事，自有别人解决。我在这儿只解决我跟你的事。"云帆说。

　　说完，云帆径直向龙船走去。赵一腾看着她的背影，眯着眼睛沉吟了一会儿，然后步履匆匆跟上去。他们已经从月球基地出来，要跨过一小段月球表面坑坑洼洼的路才能到龙船，因此两个人都穿了宇航服，用对讲机通话。赵一腾连宇航服都是特制的，相当紧身，还按照空军制服做了对襟、立领、肩章的设计，显得十分浮夸。

　　两个人深一脚浅一脚朝龙船走去，月球的陨石坑如同一个又一个潜伏的陷阱，静静埋伏在两人各怀心事的路上，让他们都有一丝焦虑。两个人都看了看自己宇航手套上的时间显示。现在距离地球上的联合国会议召开，还有不到 30 分钟了。

云帆带着赵一腾，来到赵一腾带人切割下来的辐条断口处。她突然转过身，问赵一腾："你听说过灵魂附体之说吗？"

因为云帆的表情有点诡秘，尽管隔着宇航服头盔，赵一腾还是不免有一丝轻微的战栗。但他镇定地笑了一下说："我从不相信任何灵异事件。"

"那你信不信，当你做了亏欠良心、有愧于他人的事情，会有冥冥中的天道在等着你？"云帆又笑了笑。

赵一腾越发觉得诡异，但还是强笑了一下说："我并不亏欠良心，有什么天道等我。"

"哦哦，那你拿总统的私人信息为要挟，给自己争取机会，挤掉了一个更合适的人，也不算亏欠良心吗？"云帆朝赵一腾眨眨眼。

赵一腾心里咯噔一下，这就是两天前的事情，但他这两天在她面前没有露出任何信息，那只能是江流和齐飞查到的了，但云帆又是怎么知道的呢？

赵一腾还没来得及细细思量，就看到云帆走上前去，从宇航服里掏出一块小小的磁铁，轻轻贴在船舱门上。就这样一个简单的小动作，门上就闪现了大量蓝色线条，整个门板宛如一块巨大的芯片亮起密密麻麻的电路。随后，很快，整块圆形门板向内退去，又向两边打开。赵一腾惊呆了，他万万想不到一块小小的磁铁竟然有这样的效果。他也百思不得其解，完全说不出其中的道理。

云帆站在打开的门口没有动，赵一腾刚想向门内走，突然被眼前见到的事物再次震惊。他看见一只金属怪兽在向外走，看上去很熟悉，似乎是在一些中国景点建筑上看到过的怪兽，但又叫不出名字，和龙有一点像，但又不是。怪兽缓缓踱步，走到舱门口，停下来，守着，抬起头，青铜身躯刚强又灵活，在月球黑暗的天空中，宛如一尊自上而下睥睨万物的神祇。怪兽瞪着赵一腾，赵一腾被它盯视得有点发毛。

"云帆，这是怎么回事？"赵一腾问。

"我不是说了吗？你有什么问题，可以直接问船里的人。"云帆说，"这不是来了吗？你想问什么，可以进去问。"

赵一腾咽了口口水："里面……里面还有更多……？"

云帆露出意味深长的笑容说："怎么，赵首席，怕了吗？你不是一直想找我打开这艘船，获得这艘船的秘密吗？怎么我帮你实现心愿，你反而不想上前了呢？没问题，你不进去也行。现在选择权在你，进不进去，我都听你的。"

赵一腾又看了看青铜兽，心中忐忑地上下翻涌。他最终还是决定进去。

跟着云帆走入船舱，赵一腾惊讶地发现船舱里有着中国古代宫廷的布置。云帆在前面走，姿态端庄娴雅，虽然依旧身着宇航服，但仿佛有一种古代宫廷女子的威仪。这越发显得诡异。每隔三五十米，就会从船舱侧壁不知道什么暗室里走出一只金属怪兽。每一只造型都不同，但步态同样沉缓、威武、高傲，给人压迫感。

最终，云帆停在一条通道前，转过身。

"我们到了。"云帆做出请的动作。

赵一腾的心跳得越来越厉害。

与此同时，在地球日内瓦联合国总部门口，各方代表从四面八方赶来。

联合国新总部落成只有四五年时间，流线型建筑，外立面极简、极现代，却有着复杂的弧度，仿佛三四个莫比乌斯环以诡异的姿态结合在一起。新总部坐落在日内瓦湖畔，门前的绿草坪边上，散落着星星点点的咖啡座。湖光山色，碧空如洗，远处看得见中世纪小教堂，近处一两只黑天鹅在水里漫游。这样的景色确实容易让人忘记时间，进入某种禅意的栖居，无怪乎联合国总部工作人员在近年来动荡变化的极化世界中，无所作为、偏安一隅，就好像自己并不再是国际秩序的维持者。万国国旗飘着，更像是被人遗忘的存在。

齐飞陪伴着太平洋联盟理事长、秘书长、总司令和袁将军一行人，从飞机场一路赶来。在来时路上，齐飞大着胆子做了请命表达。从他说完到现在，理事长、秘书长和总司令一直比较沉默，显得心事重重，齐飞心里也越来越打鼓。但他知道，事已至此，也不能退缩了，就在心里一直默念聚焦和加强意志力的话。他能感受到江流和常天的情绪稳定。

他在来时的机舱里，主动请缨，让他在做完整个行程的汇报之后，也能加一段谈判演讲，力争阻止武力解决，达成和平协议，并确保太平洋联盟在协议和未来行动中的优势地位。

"我们太平洋联盟，无论是东亚诸国，还是南亚和东南亚，古时候都是儒家文化圈。"齐飞讲，"儒家一直讲王道，不讲霸道；讲天下，不讲一国之利益。圣人怀天下黎民安危，不逞一时之勇，仁爱治天下，才有数千年文化流传。这是我们太平洋联盟诸国都可以认同的文化根底。"

秘书长和总司令相互看了一眼，不知道齐飞是什么意思。袁将军面色冷峻，眉头紧锁，显然对齐飞有所不满。

"现在不是你想仁义就仁义的。"袁将军嘟囔道，"对手霸道，我们仁义？哼！"

"孙子云：'上兵伐谋，其次伐交，其次伐兵。'又云：'不战而屈人之兵，善之善者也。'"齐飞向袁将军颔首道，"如果我们能不费一兵一卒，靠得当的智谋与谈判技巧，达到不动武的目的，又同样确保领导地位，岂非善莫大焉？"

"你打算怎么做呢？"理事长缓缓开口道。他是一位面色慈和、喜怒不形于色的老人，见过他的人都说他胸中有丘壑。

"我想试一试，建议成立全球领导小组，专门研究处理宇宙文明事宜，而由太平洋联盟担任小组领导。"齐飞表明态度。

"哼，大西洋会让你？齐飞，你还是太年轻了，理想主义。"袁将军道。

"老袁啊，"总司令插嘴说，"我看这个年轻人不错，倒不如让他试试，大不了还退回到原计划，咱们也没什么损失。你我都老了，现在啊，快到年轻人的世界咯。"

总司令说的时候，故意看着袁将军，似笑非笑。齐飞也不想深究这里的利害关系。一些事情他不了解，也不便问。他的分寸感让他一直进退有度。他知道，今天他无须说太多话，只要目标明确，越简捷的路径越好，避免节外生枝。

自此之后，几个人都没说几句话。齐飞并不知道几位老领导心中的真实感受，每个人的内在思量都化作了相对无言的冷峻。

专车滑过日内瓦街头，能看见 19 世纪新古典主义建筑，仿佛时光停滞。

[你快到了吗？] 齐飞脑中响起江流的声音。

[快了，还有两公里吧。] 齐飞讲。

[路上说了吗？] 江流问。

[嗯，说了。] 齐飞答，[他们答应让我试试。]

[干得漂亮！] 江流赞道。

[你也快到了？] 齐飞问。

[已经到了，等你呢。] 江流的笑意即使看不见，也能感觉得到，[让我爸他们先进去了，我在湖边喝杯咖啡。]

[嗯，马上。还有几分钟。]

当专车最终停下，并缓缓落下自动门和台阶，齐飞远远就看见了江流。江流穿白西装，双手插着裤子口袋，正在草坪上悠悠闲闲踱步子，看上去心情很好，还微笑着和鸽子打招呼，身材颀长、容光焕发，引起路过的女生注目。齐飞等老领导都下车，向前走去，故意有一点落在后面。

江流看见齐飞下车了，微笑着走过来。今天他手上换了几枚不一样的戒指，猜想是需要发送的信号较为复杂的缘故。齐飞在草坪前站定，等江流过来。齐飞今天穿了黑色制服，是军队研究系统统一的服装。两个人没有商量着装，但恰好一黑一白，都觉得巧合。

"齐所长，好久不见了。"江流微笑道。

"江巨子，一向可好？"齐飞回礼。

"江某今日愿睹齐所长风采。三千万赏人已就位，供齐所长调遣。"江流说。

"齐某得江巨子赏识，深感荣幸，愿不负嘱托，完成江巨子所托之事。"齐飞说。

江流笑了，做出向里请的姿势。

两个人并肩向银白宏阔的联合国总部会场走去。

第二十章　携手

　　齐飞和江流一起走入会场，两个人从右侧小门进入，身材高挑，面容俊朗，十分醒目。齐飞转向太平洋联盟座席，在圆弧形会场的左侧，江流在会场中间的联合国代表座席就座。江流父亲给他按照联合国总部官员的身份办了参会资格，以方便配合现场。

　　会议流程烦冗，就像所有国际会议一样有大量仪式性的措辞和信息。

　　其实早在21世纪50年代，全息远程会议已经做得十分方便和逼真，大多数人一年到头远程办公、远程开会，都不需要任何线下见面的会议，但是联合国讨论重大国际事项却偏偏还需要用最原始的方式。最主要的原因是，重要的政治经济军事会议，利益影响太大，早有无数无孔不入的黑客技术，试图从远程会议下手，以毫无破绽的图像和声音、经过伪造的网络 IP 地址，伪装参会人，做出影响世界的决策。这在瞬息万变的国际形势中是最为危险的。因此联合国安理会规定，所有重大决策会议仍然需要线下真人参与。为了防止越来越高超的整容技术，在会场通道里还要加上几项指纹、虹膜和 DNA 相关检测技术。

　　而恰恰因为如此郑重的线下开会流程，联合国会议就成了全世界保持最古老仪式习惯的集会。新时代公司各种高技术炫酷开会模式，什么游戏世界虚拟会议、冲浪滑翔伞会议、解谜剧本工作会、线上吸烟聊天工作会，等等，在联合国这里全都不存在。在古老的地点，用古老的方式，传承属于旧时代的郑重其事。

　　而这恰恰是江若钦看中的改革机会。

他坐在主席台第二排，不算最显眼，但也足够有分量。他担任世界贸易组织总干事也就一两个月时间，但已经不满足于这个位置，而是看中了联合国安理会常设及特设委员会下属的议事规则专家委员会的职位。这个委员会看似不起眼，却是审议联合国安理会的议事规则的组织。联合国安理会议事规则还是 1946 年通过的《暂行议事规则》，后来经过了 130 多年的变迁，虽然改到了第 15 版，但是本质上并未发生变化，仍然是十几个安理会成员一国一票。在分裂的世界中，这永远无法达成一致。如果有人改革这套议事规则，就有可能成为世界格局中举足轻重的人物，未来接任下一任安理会主席，甚至联合国秘书长。

江若钦在世贸组织任职之外，又兼任了常设及特设委员会议事规则专家委员会理事长。他永远不希望最显眼，但步步运筹帷幄，这辈子爬升之路就没赌错过。

他找机会向联合国秘书长和安理会轮值主席建议过很多次决策机制改革的事情，但就像其他所有改革一样，进展缓慢，步履维艰。先从一两个小型会议开始尝试，要做试点测评，做几年时间的跟踪实验，做多轮数据比对和阶段性方案论证，才能推进一小步。这对江若钦的政治生涯计划来说，太漫长了。他为人谨慎，但不是这种学术的谨慎。

他要一击制胜。

当轮到江若钦上台发言的时候，他已经观察大西洋联盟和太平洋联盟代表好一阵子了。主持会议的是安理会轮值主席，主持人说话的时候，底下傲慢的代表几乎完全不听，有些人表面上恭恭敬敬坐着，但是其神思出离让人一眼就看得出来；有些人没坐前排，就干脆在下面交头接耳，以为没有人会注意到。江若钦露出轻蔑的笑。

轮到江若钦上台了。他看了看两大联盟代表，又看了看坐在会场后方的江流。江若钦的助理正坐在江流旁边，帮助江流操作和记录数据。看到一切跟计划中一致，江若钦挥了挥手，让背后的大屏幕显示出实时监控的动态数据——

"能站在这个讲台上是我的荣幸。作为系统一位很普通的工作者，有幸向在座诸位汇报近期的决策机制变革，我感到十分激动。"江若钦说，"各位先生可能会觉得我汇报的事务和今天的讨论主题不甚相关，但我想说的是，正是由于今天讨论的事务意义十分重大，我们才一定要探索和尝试更好的决策机制。时代已经变了，新科技保证我们能让以前做不到的事情都化为现实。区块链技术是一种信息承载方式，具有不可伪造、全程留痕、可以追溯、公开透明、集体维护的特征，完全可以解决过去权威机构民调或者统计数据的造假和垄断问题。用区块链技术对全球公民开放，进行民意调查、公民投票，是最好的公共政策决策机制。

"在今天这个会场上，我们讨论的是对人类具有重大意义的公共事务议题，"江若钦继续说道，"因此也是测试区块链技术作为公共决策工具可行性的良好机会。我们之前已经在很多次小型会议上做过内部测试，效果十分好。这一次也正是最合适的机会，作为正式公共议题的民意调查。各位先生，我现在就展示现场开放、直播、实时联动的区块链民意调查系统，参与我们今天议题的投票。大家放心，今天的民意链公投结果，并不会直接决定决策结果，只占很小的一个权重比例，但它是民意的极佳显示。大家可以看到链友对议题的实时支持率。链友的分布非常平均，每大洲每国都有一些分布。"

在他背后，超大屏幕上显示出世界地图，上面是无数光点信息的汇总。江流知道，这是父亲搭建出来的私有区块链，虽然是以联合国安理会的名义搭建，但实际上技术基础设施都来源于他家的企业。就像自己的天赏，也不过是借用了家里的技术基础设施。在这个链上，每个注册进来的自然人限制为一个节点，有严格的准入机制，但是后续的动作公开、透明、匿名，每个人为决策投票，而不用担心政治帮派的打击报复。这是一套很好的公民意愿决策系统。江流知道，父亲为这件事布局很久了。

江流一直支持区块链去中心化决策系统，然而他也能察觉什么地方是不对的——联合国决策，为何会放在他家搭建的私链上？

父亲绝不是政治哲学爱好者。

但江流还是按捺着，等待着时机到来。

接下来的发言顺序是：联合国安理会特别行动小组、大西洋联盟、太平洋联盟、其他发言者。其中联合国安理会特别行动小组的发言最为平稳无趣，充满了所有人都能听懂的外交辞令："前一日各方代表已经在电话会谈中交流了信息，在友好氛围中充分交换了观点。"——谁都知道这等于说没有达成任何共识。

联合国安理会特别行动小组只有一个主张，那就是这一艘外星飞船是对全人类意义重大的资产，理应交由联合国保管，由联合国组织召集专家研究。

大西洋联盟显然是做好了充分准备，想要表现出炸场的效果，他们只言简意赅说了几句，就开始调取三四天前的星空录像，试图证明外星飞船就是他们的合法获取物。视频里出现航天母舰和其他战斗机拖动轮状龙船的场景，把江流家的航天飞机剪得一帧都不剩。

根据2042年通过的《太空采矿业国际公约》，任何国家的飞船，只要能将太空物体人为地挪动一百公里，就判定太空物体归属于这个国家。这就是为什么大西洋联盟不惜派出舰队和航天母舰拦截，也要把龙船拖到自己的月球基地。他们以为这就获得了国际公约保护。

也许是觉得自己势在必得，大西洋联盟代表得意扬扬地打开了月球基地的全息直播图像。会场前方是一个圆形演讲区，开了直播图像之后，整个圆形区域都被逼真的月球场景占据，令人震撼。

黑暗冷冽的月球天空，银灰色庞大壮观的龙船。

奇怪的是，整幅全息画面都似乎是从一个固定视角拍摄，但是视角里并没有人，也没有声音。从这个视角拍摄，刚好完美展现了龙船全貌，如巍峨小山一般的巨型金属轮盘尽收眼底。但判断不出这是从哪里拍摄的镜头。

"Chris, Chris,（克里斯，克里斯，）"大西洋联盟的发言代表轻声唤道，"Are you there?（你在吗？）"

显然他们是事先和赵一腾约好了直播连线，但是没有回应。

"Chris? What's going on?（克里斯？这是怎么回事？）"他继续问，但还是毫无回音。

大西洋联盟代表有一点尴尬，刚要切断直播画面，突然之间，所有人都看到龙船动了。刚开始大家都以为自己眼花了，但是龙船从月球表面升起来，很快离开地面超过两米了，没有人能忽视这样庞大的事物升起这样的高度，所有人眼睛都看直了。

龙船的全息图像即使在会场中，也显得宏伟。当这样宏伟的龙船从平躺的状态中立起来，变成垂直于月球地表的竖直轮盘，并且还在缓缓升高时，不知为什么，每个人都感受到一种神圣的意味。它从月亮上升起，升成月亮的月亮。这样静谧庄严的画面，如果有音乐加持，可能有的人会忍不住流泪。

在龙船升到距离月球表面二十米左右的高度时，停了下来。轮盘中央，所有辐条的中心，一个圆球状舱室开始发光，越来越亮，辐射范围越来越大，宛若中央亮起一颗太阳，每一条辐条都是太阳的光芒。

突然，一个人影从中央的亮点中出现了。是一个女人的身影，长发、白裙，不断升高。到后来，身影长得像整个轮盘一样高了，背后的轮盘就像她的神女光环。女人的面容是云帆，但在额头发饰和身上圣洁白裙的装扮下，有点不像云帆，而像是传说中的上古天神。巨大的人影在月球表面高悬，容貌静美，眼神低垂，睥睨万物。

会场中人目瞪口呆。

"吾乃常羲，久居月宫。今日扰我，所求为何？"云帆缓缓开口道。

她的声音清雅、空旷，悠悠传来，让盯视者感觉到一丝战栗。

"五千余载，吾守人世平安。"云帆继续，"所来何人？以一己之私，扰万世太平。"

云帆悠悠庄严的样子，让江流和齐飞忍俊不禁。两个人在自己的座位上低着头，忍着笑，看到旁边所有严肃的大人物看呆的样子，差点就憋不住笑出声。

这时候，全息影像画面开始转向，仿佛拍摄的摄像装备开始移动。转动180度后，人们赫然看到令人更为吃惊的画面。一只两三米高的金属怪兽，像龙和马的混合体，又有金属的凌厉质感，正在用自己的前爪抓住赵一腾，逼赵一腾注视天空中的云帆神像。尽管赵一腾穿着宇航服，依然能看得出他的惊骇，他在微微颤抖，只是用自己的职业素养在勉强维持镇定。

这样的突然变动让会场中的每个人都惊呆了。大西洋联盟的代表看着这猝不及防的画面，觉得无比尴尬，慌忙向控制中心挥手，切断了全息直播信号。

齐飞不由得"扑哧"一声。

［别笑，这都是很好的戏。］江流对齐飞说，［现在该你了，快上吧，别搞砸了。］

［你想着你自己吧，不许给我拖后腿。］齐飞说。

齐飞从他座位上站起来，大踏步走到前方会场中央，向在场所有人微微欠了欠身，然后不卑不亢地说："既然大西洋联盟的展示提前结束了，那么我作为太平洋联盟的发言人，就向大家做一下简单汇报。我叫齐飞，来自太平洋联盟西北和中亚战区907研究所，任所长。本人有幸参与了这次太空任务，获得比较多一手信息，向诸位汇报。"

就在这时，江流打开了自己在VR宇宙空间中的个人账号。即使他自己不愿意，妈妈也已经把他们太空行走和龙船的视频片段剪了一些，昨晚就趁热发出，还重金砸了广告，以至于一夜之间这些内容就在全球范围有45亿次播放，江流的个人账号增长了890万粉丝。于是，当江流把自己的个人账号直播打开，直播标题设定为"外星文明遭遇纪实"，便迅速成为 VR 空间里最受人关注的直播，围观的人数迅速突破 500 万，热度在急速上升。江流的 VR 空间里出现齐飞演讲的全身镜头，全世界的目光都集中在齐飞身上。

此时此刻，会议厅里的代表们还不知道正在发生的事情。所有疑惑的目光都盯着齐飞，想知道他接下来会说什么。

"我们这一次，遇到过技术非常发达的外星文明。"齐飞沉缓地说，"它们的技术发达到什么程度呢？我给大家看几个画面。"

说着，他用指挥棒挥了一下，和技术台预先设定的连接通路相连，调出全息录像画面，选取了几个片段，包括接近光速的运行轨迹、从隐身中显影的过程、空无一人的船舱中自动运行的电路、船舱中的古代中国大殿、金属人忽忽和它讲解的宇宙，最后是热带海岛上的怜惜花实验田，唯独略过了李普霍曼星上面的所有画面。

"最后大家看到的这种花，叫作怜惜花，是我们跟外星人接触之后，它们送我们的礼物。"齐飞说，"这种花的能量转换效率能达到地球植物光合作用的一万倍，我们把它从太空拿到地球上种下来，三天前种下，到今天早上已经在我们选定的实验田里长出了十八朵。神奇的是它的根系能相互连通，纳钾导电性非常好，有近乎人类神经细胞的良好电性能，这种情况下这种花本身就可以成为极大的电能供给源。这种花是外星文明研发的生物，它们的研发早已经不限于机械物质，已经延伸到生物和思想意识领域。

"我前面展示的画面，也显示出外星文明在物质和能量领域所达到的科技高度。它们的飞船是收集了一种我们尚未发现的暗物质粒子，以暗物质粒子的自湮灭作为推动力。而更为神奇的是，它们建造所有这些飞船和器物，都不需要直接跨越宇宙距离，而可以采用远距离信息沟通的方式，与另一文明合作发展。我们遇见的外星文明，曾经在人类历史上多次造访地球。在多民族的早期文献中，都记录过它们的踪迹。大家刚才所见的神灵降临场景，可能多次出现在人类历史早期。

"这一次我们和外星文明相遇之后，最重大的学习体验是：了解到信息沟通交流对文明升级的重要意义。地球文明几次飞速进化，都是因为信息沟通方式有了大跨度的提升。未来如果想要再次获得跨越式发展，依然需要提升地球人沟通交流的水平。直到这个时候，我们才理解，外星文明传递的智慧，已经在它们前几次造访地球的过程中，通过我们的典籍传承。《礼记》中讲：'大道之行也，天下为公。'在家、国层次之上，始终有'天下'这一层。全天下人人皆如兄弟，才是先贤孜孜不倦追求的梦想，也是宇宙文明给我们的启示。

"因此，我斗胆提议，成立一个独立于任何国家、联盟甚至联合国政治体系的、以探索宇宙文明为己任的、属于全体地球人的组织，可以定名为'宇宙跃迁者'。它的使命就是帮助人类探索宇宙文明，与外星文明建立联系，协助地球人类完成科技、思想和文明的全面跃迁。

"我提议，以参与这一次太空行动的四位探索者作为这个组织的创始成员。这四位成员均来自太平洋联盟，但我们承诺，将把所有发现无条件奉献给全人类。"

这一番话讲完，会场里有片刻沉寂，连刚才的窃窃私语都安静下去，参会代表似乎都还在消化齐飞话里的信息量，一时无法估量齐飞的提议隐含的意味。会场里情绪气压很低，似乎是在酝酿着一场激烈交锋。

但就在这时，会场门开了，一位助理从外面走进来，走到安理会主席面前，低声说了些什么。安理会主席面色略微有一点慌，又问了几句，然后匆匆站起来，向会场所有人宣布："各位代表、理事，我们今天需要迅速完成议程，按照规则进行投票。主要原因是虚拟网络对这一场会议爆发出了意想不到的舆论反应，全球有 4.3 亿人在虚拟空间里目睹了刚才的讲话直播。舆情还在迅速发酵，并失去控制。在联合国总部外，也开始涌来观众，想要参与旁听讨论。现在门口已经有上千人，很有可能会产生骚乱。为了不影响代表安全，希望大家加速决议过程。"

"民众的诉求是什么呢？"太平洋联盟理事长问。

"主要是希望有决策参与权。"安理会主席说,"民众认为这件事与所有人有关,不应该被排除在外。又有人在煽动情绪,待会儿恐怕会有人冲进来。"

"那我们快开始吧。"太平洋联盟理事长说。

没有任何一个参会的政治领袖希望在重大高层会议上纳入太多民意因素。民意可以参考,可以作为一定权重的决策依据,但是关键的票数必须掌握在少数核心人员手里。一国一票,这是贯彻上百年的原则,怎么能轻易发生变动呢?因此这些领袖开始匆匆投票,现场的气氛有些潦草,远不像他们来之前运筹帷幄时想象的那样大局在握。

接下来的投票有些混乱。在2056年安理会投票机制改革之后,一票否决权不再有效,而变为提案相互竞争,获得三分之二多数支持的提案自动通过。联合国提议以自己的研究机构承担龙船研究和宇宙文明沟通,大西洋联盟和太平洋联盟都希望由本联盟内的研究机构来承担。各国有15票,联合国区块链系统的民意公投也占2票。每个国家投自己所在的联盟,小联盟和中立国投联合国,于是任何提案都获得不了超过一半的选票,更不用提三分之二多数了。

正在胶着中,太平洋联盟修改策略,把齐飞提议的设立独立的新机构作为自己的提案,这样收获了那些原本摇摆的中立国票。而戏剧性的一幕发生了,联合国区块链系统民意公投原本稳稳地支持联合国提案,但突然之间,票数直接摆荡到支持太平洋联盟系统。

票数一下子到达了三分之二,提案通过的铃声在会场响起来。

只有江流知道是怎么回事。父亲建立的区块链民意公投系统,由于在测试阶段,只注册大约七千万世界公民,而其中就包括父亲私自接入的天赏的三千万赏人。赏人先不投票,但在票数分散、投票胶着的时段,只要这三千万赏人同时倒向一边,就足以左右民意系统的选择。父亲与他交易的就是这"倒向一边"的时刻。

江流做到了,只是选项非父亲所愿。

就在这个时候，会场的门被激动的民众冲开。为首的几个是年轻人，十几岁，二十几岁，情绪亢奋，纷纷叫着"我们要外星人""我们要决策权"。所有在场的政治人物不约而同想起自己的年轻时代，纷繁往事闪过眼前。每个时代的青少年都需要一些发泄荷尔蒙的社会议题，他们能想到也许"我们要外星人"会成为这代孩子的政治口号。

于是无论是大西洋联盟，还是太平洋联盟，有经验的政治家不约而同站立起来，在安保人员护卫下从后门向场外退去。

江流和齐飞大喜过望。他们之前唯一拿不准的一步就是如何退场，这样的混乱也是预料之外的事情。于是江流在脑中向齐飞吆喝了一句［走！］，就朝会场逃生通道走去。齐飞心领神会，对袁将军和总司令说："这些年轻人恐怕冲我而来，我先留下来，让领导先走。"领导退场之后他也向逃生通道跑去。

江流和齐飞一前一后跑进逃生通道，推开小门，进入清洁和维修人员进出的工作通道，又特意避开人员出入口，解锁了一辆无人驾驶货运车，一起逃跑。

两个人到日内瓦湖附近下车，沿着小路跑了约莫一公里，期待中的直升机终于从天而降。常天的脑袋从直升机里探出来，说："我还以为你们两个家伙跑不出来了。"

"废什么话！快点下来！"江流叫道。

当日内瓦湖边终于有散步的路人认出齐飞的脸，他们已经爬上直升机，绝尘而去。

海风、椰树、沙滩。海岛上的小木屋十分简陋，但四个人喝着啤酒，吃着岛上的野果，好不惬意。

"我跟你说，你们算是幸运了，"常天一边切水果一边说，"我们刚来那两天，这岛上什么都没有，这小木屋也是漏风漏雨的，我前两天都在整修，这两天又去大采购，你们才能有吃有喝。"

江流拿起一个鸡翅啃着："你当时怎么找到这里的？"

"我们先得在地球上锁定一个水多的地方，那肯定得靠海。但是大陆海岸线全是战火，肯定不行，就只能找海岛了。"常天说，"又不能靠近南海、菲律宾海和印度洋，那些地方的交火太多了，人流密度也大。只能在太平洋深处找无人岛。这里离任何大陆都不近，群岛上野果也不少。我们最后锁定这里，就是看上了这个木屋。当初可能是有人来这里建造灯塔，就盖了一些木屋，我们还看到灯塔的地基了。但是不知为什么没盖完，有可能是没经费了，木屋也就荒弃了。"

"这个地方不错，离夏威夷也不算太远，"江流说，"过几天我还能回学校拿两本书。"

"忽忽还好吧？"齐飞问，"它怎么一直昏睡？"

"还好啦，"常天笑道，"我刚带它来的时候也吓了一跳，它一落地就开始睡觉，就是我修房子那两天，它一直睡，睡了得有 50 个小时。我当时都吓呆了，以为它适应不了地球的气候，死过去了。但是查了查身体，发现生命体征正常。后来才知道人家平均一觉就这么长。我当时吓得……一边担惊受怕，一边自己修房子，一边还得担心你们仨熊孩子。估计这回它在月亮上也累了，可能得睡更久。"

"我们也很担心你，"云帆说，"当时你为什么无声无息呢？"

"我也不知道。"常天说，"当时用了你的颈链和忽忽联系，后来就联系不到你们了。我也不知道是怎么回事。"

"对了，"江流问，"你们昨天表演是怎么回事？当初咱们只说了让云帆呈现为神女造型，但我看现场还有金属兽，是忽忽再次驾驭副体了吗？"

"嗯。"常天说，"忽忽想了半天，觉得如果只靠云帆一个人操作，怕不稳妥，忽忽就又用自己逃生的小球舱里的设备，重新跃迁，以不同的金属兽配合云帆。你不知道，忽忽当时快要忙死了，因为一直要变换驾驭之物，待在球舱里也不平静。"

"嗯，是，"云帆点头补充道，"我当时可紧张了。因为每走三五十米就得出来一只新的神兽,我就只能走慢一点,怕忽忽来不及。"

江流笑得呛了酒,说:"真是一个穷剧组,群众演员全是一个人客串。"

"赵一腾什么反应?"齐飞问,"他真的相信神灵下凡了吗?"

"我不知道,"云帆笑吟吟地摇摇头,"反正他当时越走越惊骇,但估计还一直想用理性分析其中的道理,自己都混乱了。直播结束之后,大西洋联盟立刻有一支队伍从基地里出来,把我和他都带回去了,也没让我俩再次见面,就直接派人把我送回来了。估计这次也是他们很丢人的时刻,也不想再闹大了。"

"他们能信了我,把你送到澳大利亚,也不容易。"齐飞说,"要是真入境回到西安,我估计你也出不来了呢。"

"那是,"江流对齐飞笑道,"你现在是太平洋联盟的英雄了,谁不都得卖个面子嘛。"

"话说,咱们就这么全都跑出来了,"云帆说,"几大联盟都不干吧?你们怎么想的?就敢这么一直在小岛上待着?"

"为什么不行?"江流笑嘻嘻道,"这么待一辈子才好呢。我可再也不想回家见我爸了,他要是见到我,肯定狠狠削我。现在我不在,他只能训波叔。我都能想到波叔正在说什么:'江流你个臭小子,你给我记着,让我逮住你,看我不把你屁股打成稀巴烂。'哈哈,你看我还能回去吗?"

云帆忍着笑点点头:"模仿得还行,有五分神似。"

常天问江流:"你爸真能接受最后的结果?不会去查其中的问题吗?"

"查了又能怎么样呢?"江流耸耸肩,"查了就能不接受结果吗?是他自己提出的机制,让民意决定这2票的归属,难道自己能反悔不承认?其实就算我不给信号,赏人们听见齐飞的讲话也会投给齐飞。我最了解他们。都是一些苦苦讨生活的小民,饱受这漫长战争的折磨,肯定是支持一个全球独立组织的。民意就是民意,水能载舟,亦能覆舟。既然决定听民意,就不能只想自己说了算。我爸他再怎么算计,也不能不承认这个道理。"

"说得一本正经，"齐飞笑道，"那你还不敢回家？"

江流笑起来："结果是得承认，但是揍我也是可以揍的。我回去讨打干吗？"

"咱们早晚还是得回去，"齐飞说，"就是得想想怎么回。"

"你回去跟那些大人物打交道，"江流说，"我们在岛上逍遥，正好。你在明处做英雄，我们在暗处帮你做英雄。"

"你倒是不傻，"齐飞冷笑道，"把我打发回去，你自己在岛上陪帆帆度假，你怎么那么美呢？你小心我也削你。"

江流哈哈笑着，举起手边一个苹果，咬了一口说："来啊，你倒是削啊。"

齐飞哼了一声，也不含糊，抓起桌上一把水果刀，反手就朝苹果削过去。江流向左躲，让水果刀贴着自己右脸颊擦过去，同时拿着苹果朝齐飞脸上一递。齐飞前一击本身留有后手，顺势折回来刺向江流手腕。江流把苹果往天上一扔，手缩回来，躲过一击，等苹果落下来又接住，继续咬一口，还朝齐飞晃了晃苹果，得意地笑起来。齐飞又被他激起了胜负欲，继续使出近身格斗术，用水果刀左突右刺。江流就笑吟吟地拿着苹果，左躲右闪。在一个关口，齐飞使出一招避无可避，江流就从凳子上腾地跳起来，使出后空翻，向身后沙滩方向退去。齐飞不由自主一个箭步追上去。于是两个人就一跳一蹦打到了沙滩上，举着苹果和水果刀，一直舞到海里。

两个人转瞬之间斗得不可开交，也把云帆和常天看呆了，好一会儿才回过神。常天摇头叹道："这俩人，什么时候心智才能超过三岁。"

"其实看他们这么打打闹闹的，生活还挺开心的，"云帆说，"就像回到了小时候。你还记得吗？我刚来咱们小区的时候，跟着你出去玩。那个时候你和齐飞也总打闹，你总哭，哭了之后还是继续跟齐飞玩。可能只有小孩子的人生是这样的吧。"

常天说："帆帆，你知道吗？这趟行程，我最高兴的是看到你的改变。你开始回忆从前，就说明你自己好多了。你刚来我店里那天，我真的被吓到了。你从头到脚都是一种我要去死的气息。他们感觉不出来，我一眼就能感觉出来。我这个人，这些年最大的自我认知就是，我身上的直觉很准，有一种巫医般的准。"

"真的吗？"云帆轻声道，"我自己都觉得像上辈子的事。"

"你知道我为什么跟着你们走吗？"常天说，"不是为了齐飞，是为了你。如果只是齐飞的新任务，我才不跟着呢。他以前的任务多了，我要是什么都愿意跟着，也不会退伍。但我看到你那个冷漠的样子，和一心求死的危险，还有他们两个人迟钝的感受力，我就觉得我不能不跟着。"

听到这里，云帆的眼泪唰一下就流了下来，看着常天说："你怎么这么好。"

"傻丫头，"常天笑道，"这有什么好哭的。这就是我想做的事。我自己从飞行员岗位上退下来，就是想帮几个心里受伤的人。我能觉察到自己的直觉，就不想浪费这天赋。"

"你真的帮了我们，"云帆说，"如果不是你，我完全不知道我们三个人怎么相处。大脑连接结果肯定是相互伤害，一塌糊涂。"

"其实一般人都是的，"常天说，"相互伤害。不过这还是因为没跟自己和解。你得慢慢跟自己和解。他俩也是。"

"我不知道我能不能做到。"云帆说。

"慢慢来，日子还长。"常天说。

常天和云帆看着海滩，夕阳给远处天边染上了淡淡的橙粉和紫红。

"其实我现在不知道接下来会怎么样，"云帆喝了一口酒，看着海浪，"也不知道我和他们的关系是什么关系。我觉得不是爱的关系，但说不好是什么关系。我自己觉得，是生死关系，就是我的生死交在他俩手里，我是不怕的。"

"你敢把自己的后背亮出来了。这是很需要勇气的。"常天递给云帆一块鸡蛋糕，"其实不管是什么关系，我们四个人都是在替全人类尝试，人和人的关系，到底能做到什么程度。所以这里具体用什么名称倒不重要，重要的是我们四个人能不能一直相互信任，同生死，共进退。"

"你觉得能吗？"云帆问。

"说不好。"常天说，"我们还没经历更黑暗的时刻。"

"接得住黑暗，才有光明，是吗？"云帆看着夕阳，夕阳将她的发丝映红。

"嗯，反正未来还很长。"常天想了想，"……所以现在才要吃好喝好。只有吃好喝好才是正经事。"

他俩莞尔，举起酒杯，轻碰了一下。

就在这时，身后的小木屋里传来了声音，咚咚的脚步声，他俩回头，发现是忽忽醒了，兴冲冲地跑出来。云帆露出喜悦的表情："忽忽，你醒啦？"

"我收到组长的消息了！我收到组长的消息了！"忽忽兴高采烈道，"它们没死。"

"太好了！"云帆由衷替忽忽开心道，"特组长说什么了？"

常天站起身，向海滩招呼道："喂！你俩不守纪律的小屁孩儿，回来开会啦！忽忽收到组长的消息啦！"

听到这话，齐飞和江流立刻不打了，迅速拍着沙子跑回来，凑到忽忽身边听它讲。忽忽忙着吃水果，吃了两盘才停下来，抹抹嘴说："特组长和我们星球的长老们，最后拼死抵抗，总算是把攻击扛下来了。虽然星球算是损毁了一大半吧，但是我们的智慧宝库还没毁，人口也还留了一半。现在它们暂时安全了，正在安排修复重建。组长说，这次它们在抵抗最难的时候，突然参悟抵抗引力场干扰的方法了，这有可能让我们掌握驾驭引力场的方法，让文明水平再提升一个等级。"

"那是好事呀！"江流说。

"我也很想知道这些奥秘。"齐飞说。

"有事做了!"江流笑道,"感觉未来路长着呢。"

"吾生也有涯,而知也无涯……"齐飞说。

"以有涯随无涯,勇矣。"江流接口道。

所有人都心领神会地笑了。大家一起举起杯,让泡沫从杯中溢出,流到黄昏的指缝里。他们开始吃椰子,喝鸡汤,喝酒吹牛。海岛夜色来临,璀璨的银河开始出现在清澈的夜空。他们在小木屋昏黄的灯光下,感觉这是宇宙里最温暖的角落。

吃完晚饭,就还剩下最后一项工作,把一块刻着"宇宙跃迁者"的小木牌,挂到小木屋门廊上方。他们以后会找到更为官方正式的地方,也许是在月球上,也许是在喜马拉雅山,也许是在联合国总部附近,建立宇宙跃迁者的对外官方基地。

但是对他们所有人来说,这座海岛,这个小木屋,才是真正的总部基地。

江流在小木牌上刻了字,齐飞爬上高凳子,拿着小木牌挂到屋檐上。齐飞敲钉子的力气大了点,把屋檐原本不结实的横梁砸裂了,又得找铁条固定上。

"你行不行啊?要不然还是我来吧。"江流站在地上嘲笑道。

"废什么话,快给我找个螺母去。"齐飞站在凳子上说,"这里本来有个连接件,还不错,但现在少了个螺母。"

江流找来找去,给齐飞随便递了个零件道:"差不多就行啦。"

齐飞一看,只是个小铁环,说:"你懂不懂什么是螺母?有螺纹、能拧的那种。四体不勤、五谷不分的家伙,一天天的,就知道说我!"

"你下来让我弄,"江流说着就去拽齐飞,"我保证给你安上去。"

俩人说着就又要打架,常天连忙把两个人拦下来,自己爬上凳子,把小木牌安上屋檐。歪歪扭扭的牌子,歪歪扭扭的刻字,在浩瀚盛大的星海下,有种偏安一隅的美好。

几个人对着牌子默默地站着，思量着，畅想着，他们隐隐约约感觉到这牌子意味着未来大幕缓缓揭开，但那大幕背后会有什么剧情，他们谁也不知道。前路漫漫，他们只知道自己并不害怕。在那黑暗的未知宇宙里，有他们要寻找的光，彼此心底的光。

从此之后，他们有了一个名字：宇宙跃迁者。

后记

《宇宙跃迁者》这本书，是我"折叠宇宙"系列六部曲的第一部。

在这本书里，我希望探索中式科幻——中国古典美、武侠与科幻的结合。这个方向很难，因为科幻代表着刚硬冰冷的科技和快速变化的未来，很少能和悠长静美的古典美相结合。但是我很爱中国古代文化和美学，很希望将它们也带到未来，而不会被时光尘封掩埋。

中国古典美，第一在于洗练，第二在于高洁。这都可以和科幻结合。

想将中国文化带入科幻的另一重尝试，是对于传统文化本身的理解翻新。无论是典籍，还是经典技艺，都可以在科幻的语境中获得另一番呈现。

有人说：你这样编派中国历史，说中国文化都是外星人传授，是不是否认中国文化呀？对这个问题，我想反问一句：当有一个人说"金字塔一定是外星人建造的，否则难以理解"，你觉得这是夸赞古埃及文化，还是否认古埃及文化？毫无疑问，这当然是夸赞古埃及文化。因为古埃及金字塔技术实在是太高超，超出现代人类理解范畴，才会有"外星人建造"的感叹。

当我们合上小说，从完全虚构的世界里跳出来，问我们自己一句：如果没有外星人奇迹，该如何理解我们中国先人的伟大成就？答案是：尚有很多未解之谜。

这种情况下，你就可以理解，为什么我要写这样一本小说——用故事中杜撰的传奇，来衬托现实中历史的神奇浩瀚。在没有外来力量相助的情况下，中华民族做出了如此大的成就，这是多么了不起的奇迹呀。

于是我很想把那些伟大的经典写下来，写进现在与未来。

书中涉及的经典

故事里涉及的典籍、器物和遗址大概包括这些：

"惟皇上帝，降衷于下民。"出自《尚书·商书·汤诰》。《尚书》是中国最古老的历史典籍。"道冲而用之或不盈，渊兮似万物之宗。挫其锐，解其纷，和其光，同其尘。湛兮似或存，吾不知谁之子，象帝之先。"这是我在《道德经》中最喜欢的一段话。和光同尘，吾归万物。

"非攻"：墨家的核心主张之一。最早出自墨子与公输班的虚拟对决，一攻一防，精彩纷呈。在鲁迅先生的《故事新编》里有描述。

玉琮：是良渚文化遗址出土的重要礼器，工艺发达，造型精美，上面的神人兽面纹是后世很多纹理的起源。良渚文化的发达和突然消失至今在考古学领域成谜。良渚文化村环境优美，值得访问。

青铜：中国的青铜器在发源之初就有较为成熟发达的器型、独特的工艺。商周青铜礼器是世界古代历史的璀璨瑰宝。它的起源和发展脉络至今有很多未解之处。安阳殷墟博物馆，值得访问。

阿房宫：近年来考古发现显示，阿房宫遗址并没有火烧的痕迹，甚至很可能没有建成的建筑。我有个朋友曾在阿房宫遗址做遗址保护，设计博物馆，他说遗址出土的瓦当直径都有一米多，比普通建筑的大不知道多少倍。最终神秘难解之处还是很多。

秦陵：秦陵地宫的构造和建造历程，今天仍是考古学中极大的谜题。为了保护历史遗迹，时至今日仍然没有挖掘，给人极大想象空间。传说中铜飞鸟是秦陵地宫中的器物，汉代就有看到铜飞鸟飞出秦陵的民间传说。

十二金人：传说秦始皇收天下之兵，制成十二金人，但是最终下落不明。

写作时间线

下面我来说说这本书的写作时间线。

《宇宙跃迁者》这本书，早在十几年前就有雏形。当初在物理系上学时，有一段时间着迷于宇宙生命的诞生、智慧文明的诞生、秩序的诞生，特别热衷于看有关熵和自组织的书，一直想写有关物理与文明的故事，但是写不出，只写了很多碎片。

宇宙中最难解的问题之一，就是秩序如何从无序中诞生。正常物理过程总是朝着均衡、无序方向发展，但是有两类复杂系统除外，一是生命，二是文明。我试图探索物质与信息、意识与文明的发展过程，这是我写作中持久的兴趣母题之一。

2010 年，写了短篇小说《阿房宫》，是云帆祖父云达的故事。表面上是写云达和秦始皇荒诞的相遇，深层次是想探讨：文明如何建立于平凡人——而不是圣人——的基础上？自私而又有恻隐之心的普通人，到底是如何协调，自组织产生社会秩序？

自此之后，就在酝酿《宇宙跃迁者》，想写宇宙文明的产生。

读研究生期间，也开始对中国古典文明产生兴趣，参与了清华北大社会学系和哲学系联合开展的一门课：封建社会。当时老师们的共识是：中国是个早熟的社会，自秦至清的这段社会不是封建社会，但也无法命名是什么社会。

后来就经常看这方面的书，甚至想做中国古代政治经济史研究，但被工作难度劝退了。

2016 年底，有幸和一位我非常欣赏的导演合作，给他写了一个电影的万字大纲，就是这个故事的基本脉络，定名《文明之源》。那时有了云帆的原型。我和导演一致的想法是：要把"沟通"作为主题。但是当时的合作突然遇到外部政策的限制，戛然而止。制片人也换了公司，这个项目不了了之。

那时候我发现，影视剧受影响的因素太多了，作为一个小说作者，也很难改变什么。

从 2016 年到 2021 年，为了把《宇宙跃迁者》写出来，我一直在默默学习，积累相关的细节知识。我用了两年时间研读心理学，两年研读考古学和青铜器，最近一年看了看宇宙学的新发现。中间特别感谢一些专家朋友的帮助，带我去殷墟走访，给我讲解研发中的新科技。

最近一年，我看到了最令我激动的宇宙物理学论文，阐述"ER=EPR"，那是到目前为止，让我最怦然心动的理论文章。"ER"是爱因斯坦罗森桥，也就是通常所说的虫洞。"EPR"是爱因斯坦、波多尔斯基和罗森佯谬，也就是通常所说的量子纠缠。这篇物理论文的核心宗旨是：纠缠的黑洞可以打开虫洞。这种意外的关联给了我很大的想象空间。

在大体建立了宇宙文明体系之后，我仿佛看到了地球文明未来的整体轨迹：从偏安一隅的宇宙角落，逐渐步入宇宙文明体系旋涡中，危机共遇，险中求生，顽强自省。

2021 年，我动笔写小说。我写作品和很多作者不太一样，我写作需要很长时间酝酿，很短时间写作——

2016—2021 年，五年酝酿；

2021 年 6—8 月，两个月写作。

这种写法不一定是值得推崇的好方法，但对我来说却至关重要。这种写法能让一切情感在心中酝酿堆积，很久很久，直到人物角色自己活起来，所有情感倾泻而出。

主人公的发展

这本小说写的是四个独立个体在宇宙与世间探索真相与真理的故事，他们需要面对自我的问题、关系的问题、世界的问题、文明的问题。这本小说写自我觉醒，后面几部他们需要逐步扛起世界的责任。

四个主人公的塑造，经历了漫长的时间。最早的想法是写一个结构简单的故事，雏形就是《西游记》和《绿野仙踪》，四个人上路，去西天和奥兹国，获得成长。很多故事的内核都有传统神话的影子。

云帆、江流、齐飞、常天，四个人的名字都取自诗词。苏轼是我心目中的中式英雄，在未来的故事里，四个人身上也会有诸子百家和文学名士的许多痕迹。

从 2016 年开始，我在纸上反复画下四个人的命运轨迹，但人物方面，一直有很多让我难以落笔的卡点，直到今年才清晰起来。我开始慢慢能感知到他们的个性，他们心底的哀愁。当我心中有了四个角色，就希望给他们写很远很远的故事，见证他们的成长、失落、苦痛、慰藉和超越，陪他们成为士人精神的传承者，成为宇宙中的侠客。

他们每个人，都有自己要解决的问题：内心的问题，家庭的问题，成长的问题，世界的问题。他们需要凭借自己的坚韧和勇气，修复自己的问题，寻找更完整的自己，在此基础上再成为英雄，拯救彼此和世界。每个英雄，都先要修复自己，才能修复世界。

江流成长于名利场，这是他孤独感的来源，也是他虚无感的来源。有时候他感觉自己能叛逃这一切，但还是一次又一次被裹挟，身不由己。冷淡到情感缺席的父亲，虚与委蛇而又强势的母亲，江流始终面临着家庭和自我的拉扯，这场斗争短时间内无法结束。

齐飞是一个自我控制非常良好的人，他在任何人眼中都是一个优秀、自律、强大的人。但自我控制良好，不代表没有秘密，甚至阴影。每一个个体都是在大大小小的坎坷中，艰难地自我成长。齐飞在未来也会面对难以突破的束缚和压力。

云帆的不安全感，在于自童年起就感受过的来自父母的分裂。云帆是一个觉知力极强的孩子，而又容易有向内归因，这是她的天赋，也是她的诅咒。云帆的父亲，在流言中死去。这个世界上，最难判定的是有关陌生人的真相，仅凭只言片语和印象，在网络上判人生死，这样的事情到了2070年依然存在。积毁销骨，众口铄金。因此她难以相信这个世界。

即便是通透如常天，被所有人批评辱骂，也会难过低落。

每一个人，总有一天需要面对内心暗影的部分。敢于面对暗影，才有可能成为新的自己。他们四个人，会在层层阻隔与困境中艰难成长。在未来的旅途中，遇到的压力和艰险会甚于第一本书，但是他们看见过自己，也感觉到相互之间背靠背的温度，因此敢于面对未来。

对酒当歌，人生几何。星空无眠，世事无常。拉近人与人关系的永远只是四个字：性情中人。

他们终将承起世界的力量。

文学与信息子

故事中，常天想知道：是不是所有美好的事物都是短暂的？

也许美好的事物是短暂的，但美好是永恒的。

我很感谢这个过程中，我阅读的书、遇见的人、旁观的美好带给我的灵感。

文学艺术创作，就是抓住那些逝去的信息子。现实世界每秒都不停留，阴错阳差，一直在变，亦有很多怨憎会、爱别离、求不得的无奈。如果真有信息子，那么一切都会留存。

好比一朵美丽的花，终究会逝去，终究荡然无存。但是它的美是永存的。花存在于现实世界，美存在于信息子世界。我们永远都不能强求现实世界事事如愿，但我们永远可以感谢生命里遇见的美。因此，我感激生命里一切见到的美好。

是我曾经见过的所有美好，留在信息子，让我变得更好。

惊鸿一瞥，此后相忘于江湖。

郝景芳

2021 年 9 月

【全书完】

宇宙跃迁者

装帧设计｜付禹霖　　产品经理｜曹俊然
　　　　　　孙　莹　　　　　　　冯　晨
技术编辑｜丁占旭　　执行印制｜刘　淼
　　　　　　　　　　　策划人｜于　桐

图书在版编目（CIP）数据

宇宙跃迁者 / 郝景芳著. -- 杭州：浙江文艺出版社，2021.11（2021.12重印）

ISBN 978-7-5339-6652-2

Ⅰ.①宇… Ⅱ.①郝… Ⅲ.①幻想小说－中国－当代 Ⅳ.①I247.5

中国版本图书馆CIP数据核字(2021)第207954号

宇宙跃迁者

郝景芳 著

责任编辑　陈　园
装帧设计　付禹霖　孙　莹

出版发行　浙江文艺出版社
地　　址　杭州市体育场路347号　邮编 310006
网　　址　www.zjwycbs.cn
经　　销　浙江省新华书店集团有限公司
　　　　　果麦文化传媒股份有限公司
印　　刷　北京盛通印刷股份有限公司
开　　本　880毫米×1230毫米　1/32
字　　数　295千字
印　　张　11
印　　数　35,001—40,000
版　　次　2021年11月第1版
印　　次　2021年12月第4次印刷
书　　号　ISBN 978-7-5339-6652-2
定　　价　49.80元